Wilhelm Jensen

Die Erbin von Helmstede

Roman

Wilhelm Jensen

Die Erbin von Helmstede
Roman

ISBN/EAN: 9783741110740

Hergestellt in Europa, USA, Kanada, Australien, Japan

Cover: Foto ©Andreas Hilbeck / pixelio.de

Manufactured and distributed by brebook publishing software
(www.brebook.com)

Wilhelm Jensen

Die Erbin von Helmstede

Die Erbin von Helmstede.

Roman

von

Wilhelm Jensen.

Dresden und Wien,
Verlag des Universum.
Alfred Hauschild.
1895.

Du würdest unter den Umständen doch auch Sassa=
parillendekokt geben?" sagte der Dr. med. Erich
Präconius junior.

„Das würde mir gewiß zu allerletzt einfallen," er=
widerte der Sanitätsrat Dr. med. Kaspar Präconius
senior.

Ein wenig verwundersam mochte die Antwort klingen,
indes überraschend eigentlich nicht. Denn in Bezug auf
beide hatten die Leute sich an die Annahme gewöhnt
— bei aller Hochachtung vor ihren ärztlichen Quali=
täten — der eine sei im Kopf ein bißchen eigen und der
andere etwas absonders. Auch konnte je nachdem der
andere der eine sein. Zweifellos aber hielt die große
Mehrzahl der Gesundheitsbedürftigen im Städtchen
und in der Landumgegend sich an sie und hatte sich aus
ihnen unter der Pluralbezeichnung „de Dokters" eine
Art Sammelbegriff gemacht, der die Behandlung durch
den Vater und den Sohn an Wert und Wünschbarkeit
völlig gleichstellte. Das hatte wieder ein bißchen Merk=
würdiges, denn bei einer gelegentlichen Stellvertretung

riet der letztere gewiß jedesmal, nicht bei der Verordnung des ersteren — „eines noch etwas in überlebten medizinischen Anschauungen zurückgebliebenen alten Herrn" — zu beharren, und der Dr. Präconius senior riß sicher das vom Dr. Präconius junior aufgeschriebene Rezept als das „eines in der wirklichen ärztlichen Praxis noch unerfahrenen jungen Anfängers" entzwei. Das wichtigste jedoch — besonders für die Landbewohner — war, daß beide stets beim Gehen gleich lange und kostspielige Rezepte hinterließen, und daneben, daß die Patienten größtenteils ebenso bei der einfachen, wie bei der Doppelbehandlung wieder gesund wurden. Ja, die letztere schien sogar die allergünstigsten Resultate zu erzielen und war deshalb am meisten gesucht.

Beide wohnten im selben Hause — natürlich mit getrennten Warte- und Sprechzimmern — und verhielten sich in ihrem Alter gegenwärtig genau wie 2:1, d. h. der Vater befand sich im sechzigsten und der Sohn im dreißigsten Lebensjahre. Jener ließ nicht die Vermutung aufkommen, daß er einmal eine — seit langen Jahren schon verstorbene — Frau besessen, und der zweite konnte als lebendiges Paradigma eines sich an ihm heranbildenden Junggesellen für ein misogynes Prachtwerk als Titelkupfer in Stahl gestochen werden. Das tägliche Leben verbrachten sie miteinander in ebenso unbeeinträchtigter Verträglichkeit, als das wissenschaftliche ihrer Berufsausübung in beständiger Anzüglichkeit; sie

waren ein paar Kollegen, wie die medizinische Praxis
sie mutmaßlich noch selten gesehen, schnitten sich keine
stummen Grimassen hinterm Rücken, sondern drückten
sich die unverblümtesten Meinungen stets von Gesicht zu
Gesicht aus. Offenbar bildete ihnen das ein tägliches
Lebensbedürfnis, dessen Befriedigung beiden zu ihrem
Wohlbefinden nötig fiel, denn wenn sie sich daran
gütlich gethan hatten, lachten sie sich vergnügt an und
gaben sich gemeinschaftlich der erquicklichen Tagesbe-
schäftigung am Teller und Glase hin. Der Thätigkeit
beim letzteren befleißigten sie sich hauptsächlich abends,
je nachdem auch nächtlicherweile, in der Honoratioren-
wirtschaft des Städtchens, und es wäre demjenigen übel
bekommen, der in Gegenwart des Doktor Erich Präconius den Sanitätsrat Kaspar Präconius nicht nach
jeder Richtung als einen der geistig hervorragendsten
Zeitgenossen betrachtet hätte. Nicht minder aber würde
der sich den Mund verbrannt haben, der leisester Möglichkeit Ausdruck gegeben, ein Vater könne mehr zum
Stolz auf die Vorzüge, die Anlage, Ausbildung und
den Charakter seines Sohnes berechtigt sein als Dr.
Präconius senior, und das allgemeine Urteil ging auch
dahin, das Dafürhalten des einen wie des anderen
keineswegs für unbegründet zu erklären. Nur ein bißchen
kurios machten beide sich zuweilen; aber da der Stamm
etwas eigen war, konnte der Apfel, der davon gefallen,
nicht wohl anders als etwas absonders sein. Auch aus

den Dingen, die das Äußere am Menschen ausmachen, ließ sich gleich auf dies Abkunftsverhältnis schließen; mutatis mutandis, wie der Altersunterschied es einmal naturgemäß mit sich brachte, stimmten bei ihnen Größe, Wuchs, Haltung, Gesichtszüge, Haar und Augen überein; bezüglich dieser und der Gesamtheit an leiblicher Mitgift waren beide ebensowenig zu kurz gekommen, wie bei der Austeilung der geistigen. Dreißig Jahre stellten das alles begreiflicherweise in jugendlicherer Frische zur Schau, doch auch die sechzig hatten es sich durchaus einnehmend, höchst säuberlich und keinerlei Nachhilfe bedürftig erhalten, verfügten noch über ebenso lückenlose, beim Sprechen weiß aufglänzende Zahnreihen und erfreuten den Blick durch nicht weniger schlank verbliebene Leibesgestalt und unverringerte elastische Leichtbeweglichkeit ihrer Gliedmaßen.

„Du wirst mir vielleicht erlauben, lieber Vater, trotz der Meinungsverschiedenheit einer solchen medizinischen Autorität von meiner Sassaparillen-Verordnung die beste Wirkung zu erwarten," antwortete Erich Präconius.

Und Kaspar Präconius entgegnete: „Da die Pastoren erklären, nichts sei dem Menschen besser, als für immer von seinen irdischen Leiden befreit zu werden, so zweifle ich nicht im geringsten, lieber Sohn, daß Du diese Wirkung bei Deinem Patienten erzielen wirst."

Es ging so gegen den Abend eines weichen, windigen

Vorfrühlingstags oder eigentlich eines stürmischen, denn der Südwest jagte die Wolken am Himmel, wie ein im Feld herumstreunender Hund einen aufstiebenden Gänse- oder Entenschwarm über die Brachkoppel. Mit wenig Phantasieaufwand konnte man aus dem Sausen der Luft zeitweilig auch ein Gebell, Gegacker und Geschnatter heraushören, wenigstens gaben sich Fensterläden, Schornsteine, Wassertraufen, Baumäste und was sonst in der Stadt musikalischen Sinn besaß, redliche Mühe, ähnliche Töne wie aus lebendigen Kehlköpfen nachzumachen. Draußen auf dem freien Lande bildete einen beständigen, sicher eingeübten Chor dazu das Schnurren in den dürren Zaunbesen der Feldknicke, das Murren braunknospender Buchenwälder und, etwa um eine Meile entfernt, das unveränderlich gleiche Gerohr der klatschenden, rollenden und dumpfgrollenden See.

Vater und Sohn waren eben, jeder von einem Praxiswege, heimgekommen, im Hause zusammmengetroffen und zeigten sich durch ihren kurzen wissenschaftlichen Anschauungs-Austausch jetzt vollauf befriedigt. Sie lachten sich mit den gleichen weißen Zähnen vergnüglich ins Gesicht, und der jüngere fragte:

„Findest Du auch, daß die Luft heut ungewöhnlich austrocknet?“

„Wenn Deine Wahrnehmung sich auf die fauces und den oesophagus bezieht,“ versetzte der ältere, „so habe ich die nämliche gemacht.“

„Was würdest Du dagegen verschreiben?"

„Recipe cerevisiam seu vinum rubrum, non peracerbum, quoad satis."

„Es ist merkwürdig, daß ich genau auf dasselbe Mittel verfallen war."

„Für den eigenen Gebrauch hast Du zum Glück von meinen Erfahrungen in der Pharmakopöe profitiert."

Bescheiden erwiderte junior: „Ich müßte unglaublich beschränkt sein, wenn ich bei so vorzüglichem Resultat mich nicht blindlings der väterlichen Einsicht unterordnen wollte. Das ist jederzeit mein Bestreben."

Doch senior überbot ihn noch an Anerkennung: „Ich hoffe, Du hältst mich nicht von solchem Größenwahn verblendet, der Überlegenheit meines Sohnes in dieser Selbstbehandlung nicht volle Gerechtigkeit widerfahren zu lassen. Also treffen wir uns beim Apotheker."

„Wenn Du Dich nicht genierst, mit mir über die Straße zu gehn, ich bin gleich parat. Nimm einen Augenblick in meinem Wartezimmer Platz."

„Gern, beeile Dich nicht. Die Vorstellung, daß ich nicht zu den Leuten gehöre, die gewöhnlich dort warten, wird mir eine sehr angenehme sein."

„Versieh Dich aber nicht im Zimmer, lieber Vater, hier links. Wenn Du statt dessen Dich in Deines setztest, könntest Du in der Zerstreutheit Dich selbst für einen ambulanten Patienten halten und in die Kur nehmen. Die Verantwortung möchte ich doch nicht tragen."

Draußen lag noch einigermaßen helles Licht, doch der Tag dämmerte schon ziemlich lang, und die beiden hielten an der löblichen Gewohnheit fest, sich nicht als die Letzten am abendlichen Honoratiorenstammtisch einzufinden, um nicht nachher als die Ersten durch ihren Aufbruch Störung zu verursachen. Indes auf diesen rücksichtsvollen Brauch gedachte der heutige Tag seinerseits keine Rücksicht zu nehmen, denn gerade, wie sie, zum üblichen Abendgang fertig, zusammen vor die Thür hinaustraten, rumpelte ein ländliches Fuhrwerk über das in weiser Abwechslung aus pyramidenförmig zugespitzten und löffelartig ausgerundeten Steinen zusammengeordnete Straßenpflaster herzu, hielt an, der peitschenführende Bauernknecht machte: „Brrr!" und antwortete, an der Mütze rückend, auf eine ihm entgegenklingende Doppelfrage, was er wolle:

„Ick schull be Dokters halen."

„Was giebt's denn?"

„Och, do is sun fremden Kerl in't Dörp kamen, be will starwen."

„Ja, wenn er das will —" sagten gleichzeitig und einmütig Vater und Sohn.

Aus der Äußerung und ihrem Ton klang alles eher als Brotneid und unkollegialisches Trachten eines jeden, den „Fall" für sich auszubeuten. Andererseits erheischte dieser offenbar nicht, den Sammelbegriff „der Dokters" anders als more solito angewandt zu nehmen, denn zweifellos reichte für ihn der Singular mehr als genügend aus. Wenigstens verlieh Präconius senior dieser Überzeugung durch die bedauernden Worte Ausdruck: „Es thut mir leid, daß Du bei dem Sturmwetter noch eine Fahrt machen mußt, aber ich beruhige mich damit — von woher ist der Wagen denn? — daß Du das Versäumte nach Deiner Rückkunft schon wieder einholen wirst." Und der Sprecher machte eine Fußbewegung, die sichtlich eine Fortsetzung seines Weges nach der „Apotheke" bezweckte. Doch Präconius junior ließ gleichfalls keinen Augenblick über seine Auffassung der Sachlage im unklaren, sondern fiel mit hurtiger Bescheidenheit ein: „Ich weiß, was ich dem älteren Kollegen schuldig bin, und es macht sich häßlich, wenn die Jugend sich vorzudrängen sucht. Das soll mir um keinen Preis, auch um den eines so interessanten Praxisfalles niemand nachsagen können, lieber Vater — wer hat Sie hergeschickt? — ich will ins Haus zurück, um Dir Deinen dickeren Mantel herauszuholen." Und er drehte seinerseits den Fuß eilfertig gegen die Thür.

Da der Kutscher indes jetzt zu Wort kommen konnte, so faßte er seine Erwiderung auf die beiden an ihn gerichteten gleichbedeutenden Fragen in eine zusammen: „Dat is na Hollebek herut, wat to dat adlige Got Helmstede vun de Fru Baronin vun Birkwald henhört."

Der Sanitätsrat Kaspar Präconius wiederholte: „Zu Helmstede,“ und mit jugendlicher Behendigkeit plötzlich den Fuß umdrehend und auf den Wagentritt hebend, fügte er hinzu: „So — das ist ja eine andere Sache. Da liegt mir als Gutsarzt allerdings die Verpflichtung ob — ich freue mich für Dich, daß Du dadurch der windigen Partie enthoben wirst —“

Aber Erich Präconius verwahrte sich jetzt ebenfalls mit gleich rasch eingetretener Sinneswandlung aufs entschiedenste dagegen: „Nein, ich kann nicht zugeben, daß Du Dich der Beschwerlichkeit für mich unterziehst, ich weiß, was der Jugend bei einem in Jahren vorgerückteren Kollegen geziemt. Oder wenn Du es durchaus für Deine ärztliche Pflicht hältst, so sehe ich es als die des Sohnes an, Dich wenigstens die Fahrt im Dunkel nicht allein machen zu lassen.“ Und er schwang sich eilfertig an der anderen Wagenseite auf den Tritt.

„Deine kindliche Fürsorge rührt mich tief,“ antwortete der Sanitätsrat, ohne daß indes seine Miene etwas von der Ergriffenheit an den Tag legte, „aber ich habe nicht gehört, daß um Zuziehung eines Konsultationsarztes gebeten worden ist.“

„Doch, lieber Vater; Du hast wohl anfänglich nicht darauf acht gegeben. — Sind Sie nicht hereingeschickt, um de Dokters nach Hollebek hinauszubringen?“

„Jowul, de Dokters schull ick heruthalen,“ bestätigte der Kutscher.

„Du hörst, lieber Vater." Der Sprecher vollendete
seinen Aufstieg und ließ sich neben jenem auf dem harten
Brettsitz nieder. Der Wetteifer der Aufopferung zwischen ihnen, sich den lästigen Fall abnehmen zu wollen,
war damit durch die Herstellung eines fait accompli
erledigt. Beide hatten kurz den Anschein erregt, als ob
jeder vorgezogen hätte, die Fahrt allein zu unternehmen,
und beide bemühten sich offenbar, diesen Eindruck nicht
weiter aufkommen zu lassen. Warum aber beide zu
einer so plötzlichen Umänderung ihrer Anfangsmeinung
über die Unnötigkeit zweier Doktoren gelangt seien, das
hüllte sich figürlich in Dunkel, wie dies jetzt thatsächlich
über die Straße hereinzudämmern anfing. Der Sanitätsrat fragte nunmehr, was denn eigentlich im Dorf
passiert sei, und der Bauer versetzte, den Kopf umdrehend:

„De ol Kerl het dat oppen Kopp kregen, as he
bör't Holt kamen is. Na, wat inn'n Kopp mutt he
wul ok hatt hebbn, sus weer he bi den Storm nich
mang de Böm lang fackelt; bo is denn en orrigen
Knast op em balknackst, un nog het he wul davun. Arver
en Schaden is jo nich dabi, denn so een vun de Lumpen-
bagasch is dat jo man, un vör min Verscheel weer't
nich nöbig west, dat de Dokters davör halt wurr'n.
Denn kosten deiht dat jo jümmer wat, dat is Snack,
dat de Dod umsünst sin schull. Hü, Lise, mak en
beten to, du slöppst wul in." Und der Kutscher weckte

die schlafmützige Liſe durch eine kleine Peitſchenermahnung zu beſſerem Austraben auf.

*   *   *

Es giebt in winterlicher Jahreszeit wenig mehr natürlich-menſchliches Behagen einflößende Erdenflecke, als einen Krämerladen in einer kleinen Landſtadt. Vor allem gegen Abend, wenn auf der Straße noch etwas Taghelle liegt, das eifrige Geſchäft brinnen aber ſchon Lampenlicht fordert, und noch ganz beſonders, wenn braußen der Sturm fegt, jeder oder jede froh iſt, für ein Weilchen aus ihm heraus unter Dach und Fach zu kommen, und ſich keineswegs ungehalten zeigt, um früher eingetroffener, noch unerledigter Kunden willen einige Minuten, vielleicht auch ein Viertelſtündchen länger in dem ſichern Windſchutz zubringen zu müſſen, als eigentlich nötig gefallen wäre. Das Licht bereitet ſo traulich auf das in der eigenen Stube zu Haus anzuzündende vor, und es riecht durcheinander ſo nach allem Guten, was in der Welt vorhanden iſt, nach Sirup, gebörrtem Backobſt und gebrannten Kaffeebohnen, nach geſalzenen Heringen, Schnupftabak und Apfelſinen. Der Andrang ſteigt um dieſe Tagesſtunde immer am höchſten, ſo daß die Thür beſtändig offen bleibt und man vor dieſer den Wind mauzen, winſeln, ſchnurren und belfern hört, was für Leute, denen er im Moment nichts anhaben, keinen Hut vom Kopf reißen oder Unter-

röcke über die Schultern aufstülpen kann, einen ent-
schiedenen Reiz besitzt. Und jeder von den Einläufern
kennt jeden ganz genau und nimmt ein stumm-lebhaftes
Interesse daran, was der andere sich heut zum Abendessen oder für morgen mittag in den Suppentopf holt.
Doch troß allem bleibt das noch geringfügig gegen die
ringsum ausgehende geistige Anregung und Gemüts-
nahrung, so daß zur Aufnahme ihrer Fülle die karge
Natur den Kopf nicht ausreichend mit Ohrmuscheln
bedacht hat. Das Rathaus mag ja offiziell als das
Hauptquartier des bürgerlichen Gemeinwesens bezeichnet
werden, aber das eigentliche, wirkliche ist hier aufgeschlagen, wo alle wichtigsten Nachrichten sich zusammen-
finden und der berufenen Beurteilung unterliegen. Denn
das Ausgeschlossensein der weitaus in den meisten
Lebensdingen sachverständigeren Bevölkerungshälfte der
Stadt von den Rathaussitzungen beweist schon ausreichend, daß dort nicht der ausschlaggebende Mittelpunkt für die Beredung und Beratung der öffentlichen
Angelegenheiten gesucht werden kann.

Den bildete im Städtchen aber ohne jeden Zweifel
der wohlausgerüstete Godemelk'sche Krämerladen, an
dem jetzt gerade das Fuhrwerk mit den beiden Ärzten
durch die Hauptstraße des Orts vorbeirasselte, so daß
einige Köpfe sich hurtig nach der offenen Thür drehten
und die Sprachorgane darunter gleichzeitig fragten:
„Wa schüllt de Dokters denn noch hen?" Doch wußte

niemand eine Antwort darauf, und der Geschäftsinhaber Jörgen Gobemeck war mit seiner Frau und dem Lehrling zu gewaltig in Anspruch genommen, um gegenwärtig auf etwas draußen Vorgehendes achten zu können. Er hantierte mit aufgekrempelten Rock- und Hembsärmeln nun zwischen abgelagert verschrumpften Würsten und triefend aus einer Salzlake heraufgeholten unbestimmbaren Fleischbrocken, nun am Sirupfaß und schon mit der Butterwage; dazwischen strich er Fünfziger, Zwanziger, Nickel- und Kupfermünzen ein, ließ sie in eine Sackfalte seiner weißen Schürze herunterklimpern oder warf geschickt ein Thalerstück seiner Frau zum Wechseln zu. Diese befaßte sich mit dem Abwiegen von Salz, Pfeffer, Nelken, Zimt und Muskatnuß — die letztere ward stark gefordert — oder versah höchstens die auf dem Ladentisch wartenden Körbe mit Mehl, Nudeln, Zucker, Reis, Kaffee, Thee und sonstigen begehrenswerten trockenen Kolonialwaren. Die säuberlichere Thätigkeit entsprach sowohl ihrem auf das Feinere gerichteten Sinn, als dem ihr in der Taufe beigelegten vornehmen Namen Antoinette. Durch welche Verknüpfung dieser an sie oder sie zu ihm geraten sein mochte, gehörte allerdings zum nicht leicht Erklärlichen, und da ein halbes Jahrhundert über ihrem ersten Wiegenfeste hingegangen war, zerbrach sich auch niemand mehr fruchtlos den Kopf darüber, sondern die ihr näher Stehenden benannten sie, wie ihr Mann, „Nette" und gaben sich dem beruhigten Glauben hin, darin eine landesübliche Abkürzung von Trinette anzuwenden. Freilich hatte auch das — sonst zu keiner Klage berechtigende — Ehegeschick der Betreffenden sich damit einen kleinen Spaß erlaubt, daß es die Namen Antoinette und Godemelk ein wenig unorganisch mit einander verbunden. Doch die Trägerin derselben ermangelte nicht der geschichtlichen Kenntnis, es habe eine gleichbenannte Königin von Frankreich gegeben, die ein Gefallen daran gefunden, zuweilen auf einem ihrer Güter ländliche Beschäftigungen zu treiben, bei denen sie mutmaßlich auch vor einer Berührung mit „guter Milch" nicht zurückgescheut war. So brauchte auch Frau Antoinette Godemelk sich durch diese Verbindung und ihre werkeltägigen Obliegenheiten nicht entwürdigt zu fühlen, um so mehr, als sie das Bewußtsein in sich trug, selbst bei den letzteren eine Haltung zu bewahren, welche feinerem Verständnis eine Empfindung aufnötigen müsse, sie befasse sich mit der Bedienung von Kunden nur zu ihrem zeitweiligen Vergnügen. Und am Sonntagnachmittag, wenn sie sich zum Ausgang vor dem Spiegel bereitete, ließ dieser ihr keinen Zweifel, daß der königliche Name ihr nicht lediglich vom Zufall ohne eine tiefer deutende Beziehung verliehen worden sei.

Als letzter unermüdlich im Geschäft Thätiger befand sich hinter dem Verkaufstisch der Ladengehilfe und Lehrling Hinrich oder Hinnerk Schötensack. Er war

mit der Verwaltung des Flüssigen betraut, füllte Öl-
kannen und Essigflaschen, zapfte aus dem Metfaß und
aus der Petroleumtonne. Dadurch kam auch er selbst
unvermeidlich abwechselnd mit diesen verschiedenen Feuch-
tigkeiten etwas in Berührung, und besonders seine Hände,
doch auch da und dort sein Gesicht legten ein glänzen-
des Zeugnis davon ab. Obgleich er trotz seinen erst
achtzehn Jahren in Bezug auf die Länge seines Körpers
fast schon Grenadiermaß besitzen mochte, standen die
Hände dazu doch in einem noch um das doppelte zum
Reckenhaften vorgeschrittenen Verhältnis; sie erregten
den Eindruck, ohne jede Anstrengung auf den Klavier-
tasten zwei Oktaven greifen zu können, und warfen den
satten Leuchtglanz einer vollaufgeblühten Bauernrose
um sich. In der Breitenausdehnung zeigte sich dagegen
seine Leibesbeschaffenheit ungefähr auf die Hälfte des bei
mageren Jünglingen Herkömmlichen ermäßigt, während
sein Kopf zunächst die Vorstellung eines Miniatur-Ur-
waldgestrüpps mit zwei runden blaßblauen Wassertüm-
peln darin wachrief. Doch auch bei näherer Betrachtung
fiel es schwer, bestimmte Züge des Gesichts ausfindig
zu machen; es war ganz Haarbusch und ganz Auge,
und beidem sah man eine, wenngleich gegenwärtig ver-
haltene, doch außergewöhnliche Begeisterungsfähigkeit
an. Sie sprach ebenfalls aus der energischen Wucht,
mit der er in einem Mörser bald diese, bald jene Ge-
würzware auf Verlangen kleinmalmte, und der Takt

des Klöppels ließ eine Ahnung von rhythmischen und melodischen Schwingungen im Gemüt Hinnerk Schötensacks aufkommen. Ab und zu einmal schien er sich im minder erleuchteten Hintergrund des Raumes in eine Art langbeinigen Riesenkankers zu verwandeln, so hurtig lief er in seinem mausgrauen Überzug unter Benutzung der Sprossen einer unsichtbaren Leiter scheinbar senkrecht an der Wand hinauf, um aus einem obersten Gefach irgend eine begehrte Köstlichkeit herunterzugreifen. Aber trotz dieser atemlosen Hingabe an das Geschäftsinteresse erwiesen sich die Begriffe Jörgen Godemells von der nötigen Schleunigkeit eines Lehrlings unverkennbar doch noch als drüber hinausragend, denn hin und wieder benutzte er eine ihm durch Annäherung gebotene Möglichkeit, seine gerade für den Augenblick freie kräftige Hand nach dem Jackenkragen seines verdienstlichen Ladengehilfen auszustrecken und zwischen den Zähnen dabei zu brummen: „Schall ick Di mal den Sack schöteln?" Das enthielt, nicht mißzuverstehen, eine Anspielung auf den Namen des damit zu noch rascherer Thätigkeit Angefeuerten und verursachte jedesmal in den beiden Wasserflächen der Augen desselben eine kurze Trübung wie vom Schattenwurf einer vorüberziehenden Wolke. Nicht der handgreiflichen Antastung seiner männlichen Würde halber, sondern wegen der unliebsam aufgeweckten Erinnerung an seinen Namen. Denn der bildete einen Lebenskummer für ihn; er war

über den ästhetischen Gleichmut seiner Vorfahren, die
irgendwo Säcke mit Mehl, Korn oder sonstigem In=
halt geschüttelt hatten, hinausgewachsen, und sein ver=
feinertes Gefühl verabscheute die Erbschaft, die sie ihm
im Taufregister hinterlassen.

Er sprach auch niemals plattdeutsch, so wenig wie
Antoinette Godemelk sich den Kunden gegenüber dieser
Mundart der ungebildeteren Leute bediente, doch im
Laden klangen beide Sprechweisen in beständiger Ver=
mischung durcheinander und um so regsamer, als die
redefertigere Geschlechtshälfte weitaus an Zahl überwog.
Sie setzte sich zumeist aus Handwerker= und kleinen Kauf=
mannsfrauen zusammen, einzelne dazwischen befindliche
Jungfrauen vertraten ein schon gereifteres Lebensalter,
da und dort wiesen bloße, rot und gesund ausgerundete
Arme auf Hausmägde oder Köchinnen hin. Sie standen
als Bedienstete eigentlich um eine Stufe tiefer auf der
sozialen Rangleiter, als die übrigen, keinem fremden
Gebot Untergeordneten, aber mit feinerem und tiefer
reichendem Unterscheidungsvermögen respektierte Frau
Antoinette in ihnen die Vertreterinnen — gewisser=
maßen Botschafterinnen — ihrer Herrschaften, wid=
mete ihrer Bedienung bevorzugende Aufmerksamkeit
und war sich ihrer Bildungspflicht bewußt, sie durch
passende Ansprachen und Erkundigungen auszuzeichnen
und geschickt zu Antworten zu veranlassen. Doch
neben diesem Hauptredefluß plätscherten unterlaßlos

mannigfache kleine Rinnsale gleichzeitig oder sich ablösend umher.

„Dat is hüt jo rein en Storm, as schull een dat Hus öwer'n Kopp infalln."

„Nein, sagen Sie das nich, so was muß man auch nich inn'n Spaß sagen."

„Ick weet nich, mit dat ol nie Geld kam ick jümmer noch nich rech to paß; mi weer'n de olen Schillings und Süßlings veel lewer."

„Dat is mi gans lik, wenn't man nog sünd," meinte Jörgen Godemelk, die erst vor kurzem aufgekommenen neuen Nickelstücke mit der Linken in die Schürzentasche einsackend.

„Es ist doch man gut, daß wir die haben und kein französisches Geld, wenn's im Krieg anders gegangen wär', das hätt' ja auch passieren können."

„Gewiß, meine Liebe," stimmte Frau Antoinette zu — sie benutzte diese Anrede gern in einem dunklen Gefühl, daß fürstliche Persönlichkeiten sich derselben manchmal bedienten — „es hätte sogar sehr leicht passieren können, denn die französischen Könige haben früher immer die besten Soldaten gehabt. Aber als deutsche Patriotin muß man ja sagen, daß es so besser ist." Und die Sprecherin begleitete das letzte mit einem leisen Seufzer.

„Dat is jo man en Snack," warf ihr Mann aus seiner emsigen Thätigkeit herüber, „dat hebbt wi be Chassepots wist. — Wat schall't sin, Kötsch?"

Auch Hinnerk Schötensack wurde augenblicklich durch eine Frage vom Flüssigen aufs Trockne versetzt und erwiderte: „Da, die Backpflaumen sind was billiger, da is manchmal en Wurm in."

„Dummen Bengel, hal' de Snut, wat weeßt Du davun!" flog's nach der anderen Seite aus den Zähnen seines Lehrmeisters, von einer unzweideutigen, doch zum Glück nicht lang genug ausreichenden Handbewegung begleitet.

„Haben Sie all gehört, draußen auf Ottenhof bei dem Pächter Bredenkamp hat letzte Nacht 'ne Kuh ein Kalb mit 'nem Fuchskopf gekriegt."

„Mein Gott, wie is 's doch einmal möglich?"

„Und er is sonst doch so'n braven Mann."

„Ja, und gut was auf die Kante gestellt muß er die dreißig Jahr lang haben."

„Na, denn geben Sie mir man von den Pflaumen mit'm Wurm in."

„Bi den Klempner Klövkorn weeten se gor nich, wat dat bedüden schall, ehr Dochter is hüt' Nach nich to Hus kamen."

„Ick heff all hört, se meent, dat se sick verdrunken het."

Ein junger Bursche, der sich eine eingehandelte Wurst in die Tasche drückte, drehte den Kopf herum: „Da war wol auch en Wurm in?"

„Pfui, der Mensch soll' sich ja was schämen,"

kam's entrüstet von einem Mund, dem man die Zugehörigkeit zu einer ehrbaren alten Jungfer ansah.

„Ja, de Pachter Bredenkamp up Ottenhof mutt dat dick achter de Ohren hebbn; he speelt un süppt nich as be annern, un ut sin Söhn het he richti en feinen Minschen makt."

„Guten Abend, Herr Magister," sagte Antoinette Godemelk, eine interessante Unterhaltung vorderhand abbrechend; „ist das werte Befinden gut?"

„Zur Befriedigung. Ich bitte um drei Lot Holländer Käse und einen halben Hering vom Milchner."

Dieser Erwiderung bedurfte es eigentlich von seiten des Antwortenden nicht, denn schon seit langen Jahren holte er sich ständig um diese Zeit die nämliche Abendbeköstigung aus dem Laden. Lang und hager, in einem nicht nur an den Nähten fadenscheinig glimmernden schwarzen Anzug stand er da, trotz der Jahreszeit und dem Wind ohne einen Überrock; man wußte, es widersprach seinen Grundsätzen, daß der Mensch sich verweichliche, und er ging, wenn auch mit den Zähnen klappernd, bei zehn Grad Kälte ebenso. Sein Äußeres war auch sonst nicht gewöhnlicher Art, jedenfalls lag Absonderliches in den Zügen, die mit ihrer völligen Bartlosigkeit und höchst beweglich ausgebildeten Lippenwinkeln an ähnliche Gesichtseigenschaften bei Schauspielern erinnerten; der Mund ließ vermuten, daß er ebensowohl pathetisch als sarkastisch zu reden vermöge. Vor dem nach hinten lang herabhängenden dunklen oder wenigstens erst leicht angebleichten Haar, besaß der Kopf ein Paar merkwürdig verwickelte Ohrgehäuse, in denen ein etwa hineingeratenes kleines Insekt sich nur langsam erst zurecht gefunden hätte; als ob sich wirklich ein solches darin aufhalte, hatte der Eigentümer der Ohren die Gewohnheit, bald an dem einen, bald an dem anderen vorüber mit der hohlen Handfläche eine halb scheuchende, halb greifende Bewegung auszuführen. Über der langen, mageren und vogelschnabelartig gekrümmten Nase konnten die Augen, obwohl sie ungewöhnlich viel Weiß darboten, doch aus den Pupillen zuweilen ein schwarzes Gefunkel um sich werfen, das auf höchst lebendige Erregbarkeit im Innern der Schädelhöhle hinter ihnen zu deuten schien, vielleicht sogar ein bißchen einen irrlichternden Eindruck zu machen im stande war. Doch für gewöhnlich verstand seine Physiognomie sich darauf, eine gemessene Ruhe darzubieten, die mit seiner amtlichen Stellung und seinem bürgerlichen Stande sich im Einklang befand.

Er hieß Jakob Pflaumenbaum — „ein nicht häufig vorkommender Name", pflegte er einem Fremden gegenüber bei der Vorstellung hinzuzusetzen — und was jene amtliche Stellung betraf, so bekleidete er den Posten als Schreib- und Zeichenlehrer an der Mädchenvolksschule des Städtchens. Doch ziemlich zweifellos wohl hatte sein Streben sich nicht von vornherein auf das

Betreiben dieser verdienstlichen Thätigkeit gerichtet, sondern sie glich vermutlich mehr einem kleinen Nothafen, in den sein Lebensschiff nach mannigfacher Umfahrt auf weiteren, vielleicht ziemlich stürmisch bewegten Meeren eingelaufen war. Etwas Thatsächliches wußte niemand davon, nur kam gelegentlich zu Tage, daß er selbst seinerzeit eine höhere Schule besucht haben müsse, denn ab und zu brachte sein Mund eine lateinische Redensart oder Bemerkung zum Vorschein, die um so eindrucksvoller wirkte, als er dies eigentlich nur Leuten gegenüber zu thun pflegte, bei denen sich voraussetzen ließ, daß sie keine Silbe davon verständen. Indes durfte daraus nicht geschlossen werden, seine altrömische Äußerung sei bei anderen Hörern nicht angebracht, vielmehr war es wirkliches Latein, an dem auch ein philologisches Ohr keinen Anstoß genommen hätte. Überhaupt setzte niemand in eine allgemeine höhere geistige Begabung Jakob Pflaumenbaums Zweifel, nur bestand keine Meinungseinigkeit, nach welcher Richtung dieselbe sich im besonderen erstrecke. Einige hielten ihn von Haus aus zu einem Gelehrtenberuf veranlagt und stützten diese Ansicht auf allerhand wunderliche Schrullen, die er zwischen seinen vier Wänden in der Stille zu Tage fördern solle. Andere dagegen glaubten mehr eine ursprüngliche Künstlernatur in ihm mutmaßen zu müssen, und diesen fiel es leichter, ihre Hypothese durch sein in der That über das Landläufige hinausgehendes

Zeichentalent zu begründen, das sogar in Unterrichts-
stunden, die er auf dem abligen Gut Helmstede erteilte,
Anerkennung gefunden hatte. Darin stimmten jedoch
alle zusammen, was in ihm stecke, sei nicht richtig herausgekommen, sondern habe wesentlich nur aus ihm gemacht, was das Sprichwort einen „schnurrigen Heiligen"
benannte. Aber wegen seiner unverkennbaren ehemaligen
Anläufe rechnete man ihn halb zu den Honoratioren
der Stadt, und man würde ihm diese auszeichnende
Zugehörigkeit vielleicht ganz zuerkannt haben, wenn
seine Lebensführung ihm einen Anspruch darauf hinzu-
gefügt hätte. Doch er nahm keinen Platz am abendlichen Stammtisch der geistig oder kommunal hervorragenden städtischen Persönlichkeiten ein und besuchte
überhaupt nie eine Wirtschaft, pflog mit niemand Verkehr, geschweige denn näheren befreundeten Umgang.
Er besaß keine Verwandten und selbstverständlich auch
keine Frau; auf den Einfall, sich Jakob Pflaumenbaum
als Ehemann vorzustellen, war sicherlich noch kein halbwegs bei gesunder Vernunft Befindlicher geraten. Vor
Zeiten hatte ihn jemand einmal, ob aus Spaß oder
weil er seinen Namen nicht gewußt, mit der Bezeichnung
„der schnak'sche Magister" belegt, und diese Titulatur
war nach und nach im Ort Brauch geworden und saß
— natürlich mit Weglassung des schmückenden Bei-
wortes — als allgemeine Anrede an ihm fest. Woher
er eigentlich gekommen und wie alt er sei, wußte er

allein, doch nach seinem Aussehen mußte er die Vierzig wohl passiert und die Fünfzig noch nicht erreicht haben. Abgesehen von seiner etwas übermäßigen Schmächtigkeit, die durch den zu knappen Sitz der sie umschließenden schwarzen Hülle noch mehr verstärkt oder eigentlich vermindert ward, nahm er sich übrigens nicht gerade unvorteilhaft aus.

„Kiek, do is noch en Fleeg," sagte Jörgen Godemelk, „oder is dat all een vun't nie Johr?"

Der Kopf Jakob Pflaumenbaums flog bei dieser Äußerung, wie von einer elektrischen Kraft gedreht, jählings herum, seine Augen warfen ein dunkles Glimmerlicht nach der Richtung, in die der Ladeninhaber gedeutet, vorschnellend streckte einer seiner langen Arme sich aus, und im nächsten Augenblick hielt die hohlgeöffnete Hand mit staunenswerter Geschicklichkeit die ahnungslose Fliege von einem süßen Honigtopfrand weggeschnappt, ohne diesen berührt und im mindesten gefährdet zu haben. Nach seinem Gesichtsausdruck vollbrachte er das wie eine ihm obliegende ernste Lebensaufgabe, deren erfolgreicher Vollzug ihn unverkennbar mit innerer Befriedigung erfüllte.

„De het he richtig bi de Flünken," lachte Godemelk, dagegen eine zartere Diskantstimme gab einer anderen Auffassung Laut, indem sie sagte: „Ach, das arm' Tierchen, wie kann man nur so grausam sein!"

Die Besitzerin dieser Stimme war erst eben in den

Laden getreten und von Frau Antoinette gerade mit der Ansprache: „Guten Abend, Mamsell; was steht zu Diensten?" begrüßt worden. Ihre Kleidung befand sich, obwohl aus billigsten Stoffen hergestellt, in einem sehr sauber-ordentlichen Zustand, saß gut und legte ebenso Zeugnis von einem Sinn für Wohlanständigkeit, als von nicht schlechtem Geschmack ab; man sah der Trägerin dreierlei Dinge an, bescheidenste Lebensumstände, ungefähr dreißig Jahre, eher noch ein bißchen Zuwage darüber, und bisherige Einzelführung ihrer Daseinstage. Backfische ließen natürlich gern ihrem Mundwerk die Zügel schießen, sie nach ein paar Fältchenansätzen auf der Stirn eine alte Jungfer zu betiteln, doch die gesetzteren Leute im Städtchen urteilten milder, Jette Blei habe vor zehn Jahren ganz niedlich ausgesehen, könne, wenn ihr Mund sich zu einem Lachen verziehe, noch daran erinnern, und benannten sie ein vorgeschritteneres Mädchen. Auch ein in seiner Art ganz tüchtiges, das sich rechtschaffen durchbringe, denn anderes konnte ihr niemand nachsagen. Sie war bis vor einem Jahr auf dem Gut Helmstede „Mamsell", das hieß, Leiterin der Hauswirtschaft gewesen und durchaus zur Zufriedenheit der Baronin von Birkwald, hatte dann aber wohl gemeint, sich zu verbessern, indem sie sich um die erledigte Lehrerinstelle für den Handarbeitsunterricht an der Mädchenschule beworben. Unter einem halben Dutzend von Konkurrentinnen war sie auch dafür bevorzugt worden, da die Prüfung ergeben, daß sie entschieden am geschicktesten mit der Näh=, Stopf=, Strick=, Stick= und Häkelnadel umzugehen verstand, und ihre eigenen selbstgefertigten Kleider gaben jedenfalls den Schülerinnen ein aneiferndes Vorbild, wohin man es mit weiblicher Fingerbehendigkeit, Ausdauer und Fleiß auf Erden bringen könne. Denn diese drei Eigenschaften oder Fähigkeiten bildeten eine unanzweifelhafte Naturmitgift Jette Bleis, und wenn sie es selbst nicht über die Erfüllung bescheidenster Lebensansprüche hinausbrachte, so lag das weder an mangelhaftem Arbeitstrieb, noch an ihrem guten Willen, sondern lediglich an der Schwierigkeit, sich aus Nadeln Leitersprossen zum Erklimmen eines höheren und glanzreicheren Aufenthalts, als in ihrem dürftigen Stübchen, herzurichten. Aber sie ließ sich dadurch nicht abhalten, ohne Mißmut auf ihrem kümmerlich lohnenden Posten zu beharren, als sehe sie doch noch irgend eine Zukunftsstaffel für besseren Aufschwung vor sich; und wenn sie es vielleicht auch nicht mit besonderer Vorliebe hörte, daß sie nach dem erfinderischen Mundwerk in den Schulstuben gleichfalls von der höher aufgeschossenen Weiblichkeit der Stadt „Tante Jettchen" benannt wurde, so gab ihre Miene doch nichts davon zu erkennen. In den Stopf=, Strick= und Nähstunden erwies sie sich allerdings streng, aber es konnte ab und zu den Eindruck machen, als sei es ihr eigentlich nicht ganz naturgemäß, und es gab unter ben älteren Leuten einige, welche behaupteten, von Hause aus habe Jettchen Blei ein Schalk im Nacken gesteckt. Und im Grunde sei sie auch weichherzig, daß sie keiner Fliege ein Leid anthun könne.

Diese letztere Eigenschaft schien sie gegenwärtig durch ihre Äußerung auch wörtlich bekundet zu haben, doch sichtlich nicht zu einem weiteren Anwachs der Befriedigung Jakob Pflaumenbaums, der, durch ihre Stimme erst auf ihre Anwesenheit aufmerksam gemacht, abermals und jetzt nach ihrem Standpunkt mit dem Kopf herumfuhr. Und zwar zugleich mit einem Blick, der nicht Zweifel darüber beließ, daß seine Augen im Begriff ständen, auf etwas ihnen höchst Unerfreuliches zu stoßen. Doch rückte er, sich keines Formverstoßes schuldig machend, gleichzeitig an seinem abgetragenen breitrandigen Filzhut und erwiderte mit einem leicht ironischen Lippenverziehen:

„Ich hatte noch nicht das Vergnügen gehabt, Sie zu bemerken, Mamsell Kollega, erst Ihrem angenehmen Organ verdanke ich, daß dieser Genuß mir nicht entgangen ist. Ihre Stimme hat etwas von dem musikalischen Ton, mit dem eine Fliege das Ohr aufsucht; ich bedaure, Ihnen den Gegenstand Ihrer tierfreundlichen Teilnahme nicht zur häuslichen Pflege aushändigen zu können, denn meine Hand hat sie bereits zu ihren Vorgängerinnen versammelt. Aber sobald die Jahreszeit kommt, werde ich mich einmal der Aufmerksamkeit befleißigen, Ihnen eine alte Schachtel voll Ihrer Lieblinge lebendig zuzuschicken."

Das war alles durchaus kollegialisch-höflich im Ton vorgebracht und hätte für eine Anhäufung liebenswürdiger Komplimente gelten können, wenn nicht aus den Augen des Sprechers ein begleitender Kommentar geredet, daß ihnen Jette Blei ebenfalls als eine Art großer Fliege erscheine, mit der wünschenswerterweise eine höhere und umfänglichere Hand, als die seinige, in gleicher Weise verführe. Doch die Angesprochene schien, ein wenig beschränkten Sinns, alles für bare und echt geprägte Münze zu nehmen, denn sie sah mit einem treuherzigen Blick auf und entgegnete: "Dafür müßte ich Ihnen ja sehr dankbar sein, Herr Magister, wenn Sie sich für mich solche Mühe machen wollten. Aber sind Sie denn ein so fürchterlicher Tierfeind?"

"Ich hab nur eins gern," antwortete er.

"Was denn für eins?"

"'Ne Spinne."

Das sah Jakob Pflaumenbaum allerdings ähnlich und hatte eigentlich wohl den Zweck, die Unterhaltung zum Abschluß zu bringen. Aber Tante Jettchen fragte doch noch mit dem gleichen treuherzigen Augenaufschlag:

"Warum die denn?"

"Weil sie noch besser stricken kann, als alle Frauenzimmer, Mamsell, und keine Fliege, die ihr ins Maschenwerk gerät, wieder herauskommt, um mit ihrem Gesurr

einem denkenden Menschen das Leben weiter zu verleiben. — Meine Rechnung wird neun Pfennige betragen, Frau Godemell."

Das that sie allabendlich, er faßte mit der Linken
nach seinem mittlerweile in Papier gewickelten Einkauf
und nahm mit der Rechten sorglich einen Kupferpfennig
als Herausgabe auf das hingereichte Nickelstück in Empfang. Jette Blei aber sagte jetzt halb lachend, was
ihr in der That gar nicht übel stand:

„Da sollten Sie sich doch eine Spinne anschaffen,
Herr Magister, die ein großes Netz vor Ihrer Stuben-
thüre strickte. Nur müßten Sie sich in acht nehmen,
denn das wäre zu drollig, wenn Sie einmal selbst hinein-
kämen und wie eine große Brummfliege drin zappelten."

Der letzte Vergleich, ob auch mit der unschuldigsten
Miene von der Welt vorgebracht, enthielt augenscheinlich
für Pflaumenbaum etwas so Anzügliches und innerlich
Aufregendes, daß ihm unwillkürlich vom Munde flog:
„Hole Sie —!" Aber er verschluckte den Rest, richtete
sich gemessen empor, rückte wieder an seinem Hute und
beendete den abgebrochenen Satz: „Ich habe das Vergnügen, mich von Ihnen zu verabschieden, Mamsell
Kollega. Musca domestica communis, diaboli effigies
sub specie avunculae. Fiat, spero, ut quisque tibi
in itinere frangat cervices tuas!"

Von diesem mit liebenswürdigem Ausdruck geäußer-
ten Wunsche, bei dem der Sprecher sich zur offenen

Thüre wandte, verstand allerdings Jette Blei, ob zu
ihrem Leidwesen oder nicht, keine Silbe, obwohl unverkennbar ihre Ohren sich bemühten, genau auf den Klang
der Worte zu horchen. Es fand indes nicht zum erstenn-
mal statt, daß ihr Schulkollege sich in derartig unver-
ständlicher Weise von ihr empfahl, ja, er pflegte ihr
gegenüber seinen lateinischen Redeschatz mit besonderer
Vorliebe zur Anwendung zu bringen, so daß sie an
einen solchen Abgang von seiner Seite vollgewöhnt war.
Doch sollte dieser letztere für den nächsten Augenblick
noch nicht stattfinden, denn etwas Unvorhergesehenes
begab sich hindernd dazwischen. Von der Straße her
erscholl auf dem Pflaster deutlich vernehmbar „tapp —
tapp — tapp" offenbar der Hufschlag eines hurtigen
Reitpferdes, mit welchem Klang sich jetzt ein scharfes
Geklirr im Hausinnern vermischte. Denn zugleich erhob
sich der blonde Haarwald Hinnerk Schötensacks, der
gerade am Boden vor der Petroleumtonne gehockt, vermittelst eines plötzlichen Beinschwunges seines Besitzers,
gleich einer aus der Unterwelt auftauchenden Erscheinung hoch über den Ladentisch, ein umkollernder Glas-
hafen mit Senfgurken folgte ihm auf den Fersen nach,
rechtshin und linkshin schob, drückte und stieß er mit
der übrigen Kundschaft auch Jakob Pflaumenbaum an
die Seite und stürzte zur Schwelle der geöffneten Thür.
Seine Augen hatten sich mindestens noch um die Hälfte
weiter ausgerundet und mit einem fast geisterhaften

Glanz bereichert, während er, sichtlich allen gewöhnlichen
irdischen Thatsächlichkeiten um sich her völlig entrückt,
laut vom Munde stieß:

„Das ist — ich kenn's — wie die Blinden von
Genua —“

Leider jedoch ließen dadurch die irdischen Thatsächlichkeiten sich nicht abhalten, ihren gewöhnlichen
niedrigen Lauf zu nehmen. Die Gurken schwammen
zwischen Scherben in ihrer Lauge, und da der Hahn
am Petroleumfaß offen geblieben war, nahm der Inhalt
desselben, leis plätschernd und Duft um sich breitend,
in wörtlichem Sinn seinen Lauf auf die Fußdiele. Allerdings nicht für übermäßig lange Dauer, denn zum
Glück faßte Jörgen Gobemelk rasch mit ahnungsvoll-
geschäftskundigem Blick das drohende Unheil auf und
bändigte noch einigermaßen rechtzeitig die ölige Sünd-
flut in ihren Tonnenbauch zurück. Dann aber erwies
er sich ebenfalls von rüstig-behender Leibesbeschaffenheit, denn um ein Verschnaufen später befand er sich
in der Lage, mit den verheißungsreichen Worten: „Nu
schötel ick bi awer mal gehörig den Sack!“ seine kräftige Hand nach dem Kopf Hinnerk Schötensacks aus-
zurecken. Und er schien diesmal in übertragener Bedeutung die Ohren desselben dafür anzusehen, denn an
ihnen beförderte er seinen Mitarbeiter, ein wenig einem
großen jungen Hunde gleich, den man mit der Schnauze
auf den Fleck einer von ihm begangenen Missethat

herunter drücken will, eilfertig in den süß=säuerlichen Gurken= und Petroleum=Dunstkreis zurück.

So ward die Thür mit außerordentlicher Schleunigkeit wieder frei, und es lag wohl in dem angeborenen Wissensdrang der Menschennatur, daß sich jetzt eine Anzahl anderer Köpfe mit der gleichzeitigen Frage: „Wat harr he denn?" über die Schwelle hinausreckte. Auf der Straße lag noch so viel Dämmerlicht, um unterscheiden zu lassen, daß der Hufschlag von einem Pony herrührte, auf dem ein junges Mädchen oder eine junge Dame nach dem Sprichwort „windgeschwind" vorübergeritten und nur halb mehr sichtbar war. Doch reichte es hin, einem Mund die Antwort zu ermöglichen:

„Dat weer de Baronin up Helmstede ehr Dochder."

„Na jo, dat kann man sick jo denken, dat dat de Baroneß sin muß, en vernünftigen Minschen galoppeert jo nich so öwer de Steen. De brickt sick noch mal dat G'nick mit ehr brotlosen Kunst."

„Das wäre gewissen Leuten wohl nicht besonders unangenehm."

Trotzdem die Ohren Hinnerk Schötensacks immer noch nicht von ihren Fingerklammern erlöst waren, gelangten die letzten Aeußerungen ihnen doch zur Auffassung, und die beiden zwischen ihnen herüberstarrenden Augen durchfuhr eine schreckvolle Trübung, wie wenn sich eine Wasserfläche vom Windstoß kräuselt. Indes stieß die lautgewordene Mutmaßung bei einer besseren Meinung von der menschlichen Natur auf Zweifel:

„Na, so wird doch keiner sein."

„Davun kunn Mamsell wul am besten vertelln."

Das konnte Jette Blei als langjährige Hausgenossin auf Helmstede allerdings und war auch dazu bereit, wenngleich sie mit Rücksicht auf die früher von ihr eingenommene Stellung ihre Erläuterung etwas in diplomatische Form kleidete, das hieß, auf eine Wiedergabe des Thatsächlichen beschränkte. Denn sie erwiderte:

„Das verhält sich richtig, daß die Birkwalds auf Warleberg beim Tod des Herrn Barons von ihrem Bruder das Gut Helmstede geerbt hätten, wenn die Frau Baronin ohne ein Kind geblieben wäre. Und da können sie ja vielleicht einmal denken, sie wohnten jetzt auf dem schönen Schloß am See, wenn die Baroneß Gertrud nicht existierte."

„Den richtigen Nam het se kregen, en Trud is se."

„Awers hübsch as de Düwel."

„Was sich in Bezug auf das Adjektiv nicht von jeder behaupten läßt," schaltete Jakob Pflaumenbaum als eine letzte Bemerkung von seiner Seite ein. Insofern er dem Freifräulein Gertrud von Birkwald einmal wöchentlich Zeichenunterricht erteilte, war er befugt, in dieser Frage mit einen Entscheid abzugeben, nur fiel es unnötig, doch ohne gerade etwas Überraschendes zu haben, daß er seine Augen dabei auf Jette Blei richtete, als ob er beabsichtige, sie zum Beweismaterial für seine Behauptung oder Nicht-Behauptung heranzuziehen. Und obendrein konnte man aus seinen Worten, ohne ihnen viel Zwang anzuthun, herausentnehmen, sie sei zwar das Gegenteil von hübsch, doch sonstige teuflische Qualitäten wolle er ihr keineswegs absprechen. Zugleich aber, da auch sie sich nun anschickte, den Laden zu verlassen, trat er, stets der höflichen Form genügend, mit einer steifen Verneigung zurück, um ihr den Vortritt zu ermöglichen.

Doch von solcher äußerlichen Rücksichtnahme auf ihr Geschlecht hielt sie nicht gerade viel, und heute besonders stand ihr der Wunsch nicht danach. Im Gegenteil suchte sie nach einem Grunde, noch im Laden zu bleiben, und scheute zu diesem Zwecke nicht vor einer Extra-ausgabe zurück, indem sie sich nochmals an Antoinette Godemelk mit dem Ersuchen wandte, ihr fünf Lot gebrannte Kaffeebohnen abzuwiegen. So verließ ihr Kollege und Antipode, nicht ohne vorher ein deutlich vernehmbares: „Soror coffeae germanica" von den Lippen zu bringen, vor ihr das Geschäftslokal, und sie folgte erst um einige Minuten später nach. Und bei ihrem Hinaus-treten vor die Thür ließ sich aus dem Wohlanständig-keits-Sinn Jette Bleis allerdings abnehmen, weshalb sie dieser Verzögerung den Vorzug gegeben, denn der Sturm empfing sie draußen sofort mit solcher Rücksichts-losigkeit, daß Jakob Pflaumenbaum, wenn seine Augen noch zugegen gewesen wären, höchstwahrscheinlich seine

Entdeckungen noch durch eine lateinische Klassifizierung
„surarum diabolicarum“ vermehrt haben würde. Freilich mit Unrecht, da auch der indiskreteste Windstoß
außer stande war, in dieser Hinsicht etwas über natur-
gemäße menschliche Bildung Hinausreichendes und noch
weniger verkümmert dahinter Zurückbleibendes zur Schau
zu bringen. Und was die dabei für gewöhnlich nicht
zur Sichtbarkeit gelangenden Kleidungsstücke anbetraf,
so hätte ihr tabelloser Zustand vielleicht die Konkurrenz
mit der Erdgeschoßausstattung mancher in der „Beletage“
höchst elegant eingerichteten Dame — deren es übrigens
im Städtchen keine gab — äußerst glänzend bestanden.

Tante Jettchen besaß indes keinen Ehrgeiz, aus einem
derartigen Wettstreit als Siegerin hervorzugehen, sie
bemühte sich vielmehr nach Kräften, den ihr Begegnenden jede nach solcher Richtung gehende Mutmaßung
zu benehmen und kämpfte, soweit es nur möglich fiel,
die flatterlustigen Kleider an sich haltend, rüstig ihrer
Behausung zu. Doch ein bereits erleuchteter Geschäfts-
laden ließ sie einmal stehen bleiben; es war der des am
reichsten ausgerüsteten Buchbinders im Ort, der wegen
eines Wandschrankes mit gleichfalls feilgehaltenen Schul-,
Gesang- und Erbauungsbüchern in seinem Kreise sich
der höher ehrenden Bezeichnung eines Buchhändlers
erfreute. Auch sonst fand sich manchmal einiges an
Druckerzeugnissen, meistens freilich in sehr überlebtem
Zustand, unerwartet und merkwürdig durch billigsten

Einkauf auf seinen Ständern zusammen, und Jette Blei trat, von einem plötzlichen Gedanken angefaßt, bei ihm ein. Ihre Nachfrage stimmte zwar wenig mit den bei ihrem Geschlecht üblichen überein, und es war nicht annehmbar, daß sich der von ihr begehrte Gegenstand zwischen dem Lagervorrat aufhalte. Aber der Zufall erwies sich der Wahrscheinlichkeitsrechnung überlegen, der Buchhändler streckte mit großartiger Gelassenheit die Hand in einen dunklen Winkel, äußerte kurz etwas von einem umfangreichen Ankauf aus der Hinterlassenschaft eines Gelehrten und legte ein lateinisch-deutsches Wörterbuch vor seine Kundin hin. Obwohl es vom kleinsten Format war, machte die Inhaltsmasse dennoch einen respektablen Eindruck, äußerlich betrachtet dagegen sah es, mit zerrissenem Einband, Eselsohren und verschwenderischen Tintenklexen verziert, ziemlich despektabel aus, bekundete seine Herstammung aus dem Schulranzen irgend eines zu praktischerem Lebensberuf abgefallenen Untertertianers, und da der Verkäufer es mutmaßlich für etwa zwanzig Pfennige eingehandelt hatte, begnügte er sich, den Wiederabtretungspreis nur mit einem vierhundertprozentigen Aufschlag anzusetzen. Das bildete allerdings für die Verhältnisse der Kauflustigen eine gewaltige Summe, aber sie hatte sich auf einen in Silber zu zahlenden Betrag gefaßt halten müssen, befand sich außerdem offenbar heut abend in der Extraausgaben-Stimmung, legte ein Markstück auf den Tisch und begab sich mit ihrem merkwürdigen Einkauf wieder davon, ohne daß der Ladeninhaber in seiner Beglückung über das unverhoffte Geschäft zu einer Verwunderung über die eigentlich noch weniger zu erhoffende Abschließerin desselben und die Absonderlichkeit des von ihr ausgewählten Erbauungsbuches gelangte.

Dann trat sie in ihre Wohnung ein, zündete sich ihre kleine Sparlampe an, und diese ließ erkennen, daß sich in dem Stubenraum umher außer ein paar Blumenstöcken durchaus nichts Überflüssiges, doch ebensowenig etwas Unordentliches oder Unsauberes befand. Nicht nur der weiblichen, sondern wohl überhaupt der menschlichen Natur entsprach's, bei solcher Heimkunft zunächst ein so kostspielig erworbenes neues Besitzstück auf seine Güte hin zu prüfen, und da Jette Blei ein neidenswert aufbewahrendes Gedächtnis besaß, so nutzte sie für den Zweck die fremdzungigen Worte, mit denen sich Jakob Pflaumenbaum heute von ihr verabschiedet hatte. Freilich so leicht, wie sie sich's vorgestellt, fiel es trotz dem Wörterbuch nicht, sich jene zu einem deutschen Verständnis umzubeuten, aber vermittelst einer angeborenen Findigkeit ihres Kopfes setzte sie es doch durch, sich „soror coffeae germanica" in „deutsche Kaffeeschwester", und „musca domestica communis, diaboli effigies sub specie avunculae" in „gemeine Stubenfliege, Teufelsabbild in Gestalt einer Tante" zu übertragen. Was noch auf das letztere gefolgt, bereitete ihr allerdings große und zum Teil unüberwindliche Schwierigkeiten, doch mit lobenswerter Ausdauer gelangte sie schließlich dennoch bis zu der Auffassung, der betreffende Satz müsse etwas wie eine Hoffnung des Sprechers ausgedrückt haben, daß sie unterwegs den Hals brechen möge.

Wie dieser kollegialische Wunsch ihrem Verständnis aufging, platzte Tante Jettchen plötzlich in ein fröhliches Lachen aus, das nach seiner Gepflogenheit sie um ein Jahrzehnt verjüngt erscheinen ließ. Danach indes bewährte sie an sich den sorglichen Trieb einer „alten Jungfer" oder eines „vorgeschritteneren Mädchens", indem sie ihre Blumenstöcke reichlich mit Wasser versah. Etwas zu ausgiebig sogar, da sie ihrer sonstigen Behutsamkeit entgegen einen der Töpfe zum Überplatschen brachte. Die Schuld daran war jedoch weniger ihrer Hand als ihrem Munde beizumessen, der während ihrer Beschäftigung fragend vor sich hin murmelte: „Wie mag wohl eine Spinne heißen?" Aber darüber konnte ihr neues klassisches Bildungsmittel nicht Auskunft geben, denn es war nur ein lateinisch-deutsches und kein deutsch-lateinisches Diktionarium.

*   *

*

„De Tid vergeiht, dat Licht verbrennt, be ole Kerl, be will nich starwen."

Das Dorf Hollebek zog sich, ungefähr eine halbe Stunde vom Stadtende aus gerechnet, ziemlich lang zwischen seinen Koppeln und Waldstücken hin, sein dicker Kirchturm sah, da er auch hoch war, nach allen Richtungen weit ins Land, und die Beschaffenheit der Grabsteine und Kreuze um ihn herum stellte den Einwohnern ein löbliches Zeugnis ihres Ordnungssinnes auch noch bei der Regelung ihrer letzten Angelegenheiten aus. Zu dieser sich jährlich nur mäßig vermehrenden Ansiedlung führte von rückwärts her ein breiter, tiefsandiger Zugang, auf welchem, dem Beharrungstrachten aller Dorfbevölkerungen gemäß, seit Jahrhunderten der Lebensabfall des Gemeinwesens nach dem für ihn eingefriedigten Acker verbracht wurde und der deshalb schon seit der nämlichen Zeitvergangenheit den Namen „der Totenweg" trug. Wenn die Urgroßväter oder -Mütter des gegenwärtigen Geschlechts wieder unter ihre vermoosten Strohdächer zurückgekommen wären, würden sie von einem, „mit den dat slech stünn," ebenso wie die heutigen flachsköpfigen Rangen von jenen, und sicherlich mit dem nämlich gleichmütigen Ton gesagt haben: „Den warrd se wul oppen Dodenweg bringen." Denn schließlich wurde jeder einmal auf ihm gefahren, und es war nicht viel Aufhebens wert, ob es ein bißchen früher oder später geschah. Außerdem machte es sich für die kleinen und großen Kinder immer festlich-besonders, wenn die Leichenfrau, nach Urväterbrauch oben auf dem schwarzen Sarg sitzend, langsam mit dem Leiterwagen durch den dicken Sand kutschierte.

Wo der krummgebogene Totenweg in den breitesten Lebensweg des Dorfes, die mitten hindurch gehende Landstraße ausmündete, warf die offene Thür einer Schmiede jetzt Feuerschein und Hammerschlag ins eingebrochene Abenddunkel heraus und ließ den ersteren schräg hinüber bis an ein nicht besonders ansehnliches Gebäude flackern, dessen innere Bedeutung man nicht nach dem Äußeren abschätzen durfte, da es zur Unterbringung der vorschriftsmäßigen dörflichen Spritze hergestellt war und zugleich den Eiskeller der Hollebeker Gemeinde unter demselben Dache beherbergte. So dienten seine Räumlichkeiten gemeinnützigen Zwecken, zu denen gelegentlich auch die zeitweilige Verwahrsamung eines für die öffentliche Wohlfahrt zweifelhaften Landstorgers oder sonstigen verdächtig-unliebsamen Straßengastes gehören konnte. Zur sicheren Unterkunft eines solchen enthielt der von weislicher Bedachtnahme angelegte Bau noch ein drittes, allerdings etwas stallartig anmutendes Gelaß, durch dessen kleines, gutvergittertes Fenster gegenwärtig auch ein Helligkeitsschein, doch nur der eines Talglichtes nach außen herausfiel. Neben diesem hockte die „Harfentrina" auf einem niedrigen Holzschemel und wiederholte mit zahnlosem Mund von Zeit zu Zeit:

„De Tid vergeiht, dat Licht verbrennt, de ole Kerl, de will nich starwen."

Sie war wohl seit zehn Jahren die Leichenfrau des

Dorfes und eines nebligen Novembertags an die Stelle
ihrer zum Schluß selbst passiv auf dem Totenweg ab=
gefahrenen Vorweserin getreten, ohne daß jemand recht
gewußt, woher und wie sie zu dieser amtlichen Stellung
gekommen sei. Aber keine Konkurrentin hatte ihr die
Nachfolge streitig gemacht, die Notwendigkeit ihrer ge=
legentlichen Dienstleistungen war nicht aus der Welt
wegzuschaffen, und so befand sie sich im unangefochtenen
Besitz des von ihr eingenommenen Postens. Als sie
diesen angetreten, waren ihr die Haarstränge in der
Farbe von frischgelöschtem Kalk an den Schläfen her=
untergefallen, so daß man ihr Alter jedenfalls nicht unter
sechzig anschlagen gekonnt; demgemäß mußte sie sich, an
den Fingern abzuzählen, jetzt unmittelbar vor oder hinter
den siebzig befinden. Ihre Wohnung, oder besser ihren
Unterschlupf, hatte sie am äußersten Dorfrand, bis wo
der Fuchs noch seine Besuche aus dem Eichenbusch her=
über abstattete und die gelbe Ringelnatter sich auf der
anderen Seite vom Heidekraut herschlängelte. Dort
hauste sie allein in einem kleinen wettermorschen Holz=
kasten, der ursprünglich ein Feldschuppen zu irgend einem
nicht mehr ausfindbaren Zweck gewesen, dem dann ein=
mal ein altes Schornsteinrohr angewachsen und ein ver=
kümmerter Fensterkreuzstock als Auge eingesetzt worden
war. Die Insassin mochte sich den Bau nach dem
nationalökonomischen Grundsatz ausgewählt haben, daß
der Mensch richtig handle, den fünften Teil seiner Ein=

künfte auf die Wohnung zu verwenden, denn sie zahlte dem Kirchenvermögen, dem die Baracke und der Bodengrund angehörte, vierteljährlich einen alten Hamburgischen Courantthaler Mietzins, und mit fünf vervielfältigt ergab das mutmaßlich so ungefähr die Jahresleibrente, die der Tod ihrem Lebensbedürfnis abwarf. Da im übrigen von letzterem kaum etwas vorhanden war, außerdem auch noch die sommerlichen Wald-, Feld- und Heide-Emolumente an Beeren, Pilzen, Wurzeln und Brennholz kostenlos hinzukamen, reichte die Einnahme-Summe für die tägliche Tafelbestellung hin, zumal der eiserne Tischbestand aus dem herbstlichen Ertrag eines Kartoffelackerstücks gebildet wurde, das die Harfentrina lediglich mit ihren eigenen Händen bearbeitete. So benannt ward sie, weil man keinen anderen Namen von ihr wußte, und weil zur Sommerszeit ab und zu von ihrer Behausung her ein eigentümlicher Klang zum nächsten vorbeiführenden Feldweg herübersummte. Jemand hatte sich einmal an ihr Fenster herangemacht und im Dorf berichtet, der Ton rühre davon her, daß die Alte in ihrer Stube oder vielmehr in dem Raum, der Wohnstube, Küche, Schlaf-, Vorrats- und Reisigkammer zur Einheit verband, auf einer alten, wie es geschienen, ehemals vergoldet gewesenen Harfe klimperte. Davon war sie zu dem Namen Harfentrina gekommen, welcher dem Bedürfnis der Dorfbewohnerschaft völlig genügte, und sie selbst erhob keinerlei Einwand dagegen, so angeredet

zu werden. Sie war langgewachsen und spitz von Gesicht, doch ohne eine Mitgift ihrer reichlichen Jahre,
die berechtigt hätte, sie hinter ihrem Rücken als eine
alte Hexe zu titulieren. Im Gegenteil hatte sie einige,
allerdings beträchtlich verwitterte Anzeichen bewahrt, daß
sie nicht nur in ihrer fernen Jugend, sondern auch später
noch nicht übel ausgesehen haben müsse, und ihre ver-
runzelten Finger waren ohne Frage bedeutend fein-
gliederiger, als die der vornehmsten Hufnersfrauen und
selbst der gefeiertsten Hufnerstöchter in Hollebek. Was
ihr sonstiges Wesen betraf, so machte sie kein Aufhebens
aus sich, und man konnte ihr alles eher als Geschwätzig-
keit nachsagen. Sie bekümmerte sich nicht um andere
und wollte selbst auch am liebsten allein gelassen sein;
nur um die Toten mußte sie sich ihrer Obliegenheit
gemäß kümmern, aber bei denen war sie keiner überflüssigen Redebenötigung ausgesetzt, kam schweigsam den
Pflichten ihrer Amtsbestallung nach — nur mit sich
selbst laut zu sprechen, hatte sie dann und wann in der
Gewohnheit — und ging sonst seitab von den Lebendigen
still ihrer Wege.

Nun hatte man die Alte gegen Abend aus ihrem
Schuppen geholt, sie saß in dem Vagabundenloch des
dörflichen Spritzenhauses auf dem Schemel neben einer
langen Holzpritsche, draußen trieb der Wind allerhand
knarrenden, klappernden, stöhnenden und stäubenden
Unfug, dazwischen schollen über den Totenweg herüber

aus der Schmiede im Takt die Hammerschläge auf den Amboß, und auf den rotschwelenden Docht des Talglichtes blickend, murmelte die Harfentrina vor sich hin:

„De Tid vergeiht, dat Licht verbrennt, de ole Kerl, de will nich starwen."

So alt freilich konnte er eigentlich noch nicht sein, wenigstens im Verhältnis zu ihr keineswegs, der da ausgestreckt auf der mit ein paar verwaschenen Pferdedecken etwas weicher gemachten Pritsche vor ihr lag; höchstens reichte er erst an die Fünfziger. Aber verkommen genug, die Strolchherberge für ihn als passende Unterkunft anzusehen, nahm er sich in seiner zerlumpten Kleidung und mit dem schwärzlich bartbestoppelten Gesicht aus, von seinem Mund kam ein Fuselschnapsgeruch, und sein gegenwärtiger Zustand vermehrte den abstoßenden Eindruck. Was ihm geschehen war, ergab der erste Anblick; der Sturm hatte ihm im Wald einen schweren Ast auf den Kopf geschmettert, eine breitklaffende Wunde lief von der Stirn über den Haaransatz weiter aufwärts, und unter ihr barg sich vermutlich ein Schädelbruch. So war er bewußtlos aufgefunden und hierher gebracht worden, die Träger gingen wieder an ihre Arbeit, und im übrigen wurde niemand im Dorf davon beunruhigt. Gefährlichkeit für das Gemeinwesen ließ er nicht mehr besorgen, man hatte vorschriftsmäßig auf dem Patronatsgut Helmstede bei dem Verwalter Anzeige gemacht, der in der Stadt zum Arzt geschickt, und außerdem hatte man die Leichenfrau zum Wachehalten bei dem Verunglückten geholt, auf den sie jedenfalls nahe Anwartschaft besaß. Weiter brauchte er nichts mehr, und zu einer Störung der abendlichen Gemütsruhe im Dorf bot der Vorfall durchaus keinen Grund. Er war nicht aus der Gegend und überhaupt wohl gar kein Landeszugehöriger. Dafür redete sein dunkeläugiges und schwarzhaariges Aussehen und im wörtlichen Sinn auch seine mittel= oder oberdeutsch klingende Sprache.

Denn die hatte er auf seiner Lagerstatt wiedergefunden und benutzte sie ab und zu in Pausen, hörbar halb im Fieber und halb im Schnapsdelirium. „Lustig — lustig“ wiederholte er manchmal — „nun geht's aufs Turmseil. Verflucht, sie haben's durchgeschnitten — und pardauz! — da liegt er unten und hat's Genick gebrochen. Oh — oh —“

Das war offenbar eine Wahnvorstellung, die aus seinem Niedersturz unter dem herabgeschlagenen Baumknorren entsprang; er warf sich herum, atmete schwer, stieß danach aber wieder vom Mund: „Thut nichts — thut nichts! Das renkt man ein — passiert jedem einmal. Sie soll ein silbernes Pflaster darauflegen — von Gold ist noch besser. Wo ist sie? Hier herum muß sie wohnen — ich will zu der Doktorsfrau. Sie muß es aus dem Schrank holen — wenn sie's auch nicht will — und dann lustig! Heda, Wirtschaft — ich bin trocken in der Kehle —“

Die Harfentrina griff nach einem neben ihr am Boden stehenden Thonkrug, schenkte daraus Wasser in ein gekittetes Glas und hielt es dem Irrerebenden an die Lippen. Das begleitete sie mit den Worten: „Wenn Sie durstig sind, trinken Sie einmal; der Doktor wird auch bald kommen." Sie sagte es, da er nicht plattdeutsch phantasierte, ebenfalls in hochdeutscher Sprache, und die Klangart ließ hören, daß sie auch dieser in gleicher Weise mächtig sei.

Der Glasinhalt war kein gebranntes Wasser, sondern solches von natürlichster Beschaffenheit, mit welcher der Mund des Verwundeten sich beim ersten Ansetzen nicht befreunden wollte. Er stieß einen Ton wie „Brrr!" von sich, aber danach that er doch einen langen Zug, und der frische Trunk schien die Verworrenheit in seinem Gehirn etwas abzudämpfen. Seine Augen öffneten sich, dann fragte er vor sich hinaus: „Der Doktor? Was hat der Doktor hier zu thun?"

„Zu thun wird er wohl nicht viel mehr haben," meinte die Antwortende gleichmütig.

Das brachte ihn offenbar noch ausgiebiger zur Besinnung; er sah sie an und ihm kam zwischen den Zähnen hervor: „Wer bist Du? Du siehst aus wie ein weißer Galgenvogel."

Darunter verstand er mutmaßlich nach ortweis üblicher oberdeutscher Benennung einen Kolkraben; er machte eine kurze Pause, dann sagte er hinterdrein:

„Glaubst Du, ich muß abfahren?"

Die Harfentrina sah es augenscheinlich nicht als eine Zugehörigkeit ihrer Amtsverwesung an, ihre Meinung durch Umschweife abzuschwächen. Sie nickte bejahend zu der letzten Frage, aber setzte, zweifellos aus eigener Überzeugung, tröstlich hinzu: „Das ist nicht schlimm und geht bald vorbei; danach hat man's gut."

Es ließ sich merken, der zerschmetterte Kopf hatte den Sinn der Antwort aufgefaßt, und in ihm wälzten sich Fiebergeflacker und vernünftige Denkversuche durcheinander. Zuerst klang's unsinnig: „Die Doktorsfrau — sie hat mich kommen sehen — und da — bums! — sie wollt's nicht — von einer Birke war's — im Wald — im Birkwald." Aber dann bekam das Bewußtsein die Oberhand: „Nein, der Doktor kann nichts mehr — Du hast recht, drauf pfeifen. Ist der da — der unter dem Hahn? Wie heißen sie ihn? Was geht's mich an? Richtig, da ist er — der Pastor. Rufen!"

Der Sprecher ließ den halb aufgerichteten Kopf erschöpft zurückfallen; seine Beisitzerin stand auf, trat vor die Thür und rief draußen durch den Wind über den Totenweg etwas nach der Schmiede hinüber, woraufhin ein halbwüchsiger Lehrbursche seine Beine zu einem mäßigen Trab gegen die Kirche zu in Bewegung setzte. Dann begab sie sich ins Innere zurück, wo der Sterbende wieder zu phantasieren angefangen: „Hochgeboren —

turmhoch — ein Hundsfott, wer falsch schwört! Aber der unterm Hahn soll's ihr — da — weg —"

Seine linke Hand griff nach der rechten, zog kurz am kleinen Finger derselben, als ob sie etwas davon abzubringen suchte, doch fiel sie kraftlos herunter. Es blinkerte matt an der Hand, die Harfentrina nahm das Licht, leuchtete und bückte sich über. Ein alter silberner Ring steckte an dem kleinen Finger, von der Art, wie sie in früherer Zeit wohl zwischen sonstigen Kostbarkeiten in „hochfeinen" Jahrmarktsbuden ausgeboten wurden, ziemlich breitrandig, vorn auf einer Abplattung ein eingraviertes, von einem Pfeil durchbohrtes Herz zeigend. Um dies letztere zu unterscheiden, mußte die Leichenfrau den Kopf noch etwas tiefer niederbücken, und sie ließ ihn so ein bißchen mit betrachtenden Augen. Dann richtete sie sich in ihre vorherige Haltung zurück und redete vor sich hin: „Wat sun Ring vertell'n kann; de seet mal an'n annern Finger, de wat lütter un smächtiger weer. Dat löppt allens rund, as he sülben." Aus dem Mund der Harfentrina war vorher Hochdeutsch in einer Weise gekommen, die kundgethan, daß sie in diesem vollständig und jedenfalls von früherem Gebrauch her bewandert sei. Doch offenbar hatte sie sich seit langem gewöhnt, wie im täglichen Lebensgang auch mit sich selbst plattdeutsch zu sprechen.

Da scholl jetzt ein Wagenrollen vor der Thür, und „de Dokters" waren gekommen. Sie traten ein und

untersuchten den gegenwärtig reglos und verstummt
Hingestreckten, zuerst der Vater, während der Sohn
wartend dreinsah, dann ebenso der letztere, und der
erstere bildete derweil den Zuschauer. Das Talglicht
war geschneuzt worden, so daß es etwas mehr Helligkeit gab, die den Gegenstand der ärztlichen Begutachtung
deutlicher als vorhin zu erkennen gestattete. Darin
stellte er sich allerdings fraglos als ein „corpus vile"
im medizinischen Sinn heraus, als ein mutmaßlich durch
Trunksucht und Verlotterung herabgekommenes Subjekt;
aber vom anatomischen Standpunkte aus angesehen, ge-
reichte die hellere Beleuchtung ihm zum Vorteil. Sie ließ
nicht Zweifel, daß die Natur es mit seiner körperlichen
Veranlagung ursprünglich wohlgemeint gehabt, seine
Gestalt zeigte sich in tadellosen Verhältnissen, sein Glie-
derbau war zugleich kräftig und von einer gewissen
Zierlichkeit, und selbst in dem verwahrlosten Gesicht
konnte ein auf die ästhetische Seite hin prüfender Blick
Anzeichen ehemals hübsch gebildeter und interessant ge-
wesener Züge herausfinden. Aus der rasch vorschreiten-
den Farblosigkeit derselben sprach im übrigen unverkennbar, daß es bald mit ihm zu Ende gehe, und der
Sanitätsrat Dr. Kaspar Präconius bestätigte diese Prognose durch die Äußerung: „Fractura ossis bregmatis
et partis basilaris ossis occipitis; laesio gravissima
darae matris; haud dubio eruptio sanguinis ex arteria meningea media. Jamjam moribundus."

Dieser Diagnosenstellung hörte der Doktor Erich Präconius mit achtungsvoller Miene zu und versetzte dann: „Acerrimus visus, qui potest observare fracturam partis basilaris ossis occipitis. Sed ita cum se habuisset, sine dubio jum mortuus esset. Nullius est artis perceptio, fieri non posse, ut sit laesa arteria meningea media —“

Doch der jüngere Diagnostiker gelangte nicht bis zum Abschluß seiner beabsichtigten Erläuterung über den Ursprung der Blutung, denn es trat noch jemand ein, den die Kleidung wie die Gesichtserscheinung als dem geistlichen Stande angehörig zu erkennen gab. Sichtlich hatte er seinen langen Summar in ziemlicher Eilfertigkeit über einen kürzeren Winterüberrock angethan, wie seine Jahre es zur Vorsicht gegen eine Erkältung wünschbar machten, denn sein aschgrauer Kopf ließ ihn mindestens bis zur Mitte der Sechziger einschätzen. Es war der pastor loci Gerhard Hollermann, der fast schon seit einem Menschenalter allen übersinnlichen Bedürfnissen in Hollebek an Taufen, Konfirmationen, Kanzelreden, Kirchentrauungen und Parentationen Genüge gethan hatte. Das las man seinem pastoralen Gesicht in gewisser Weise auch ab, doch schien dies daneben einen physiognomischen Hinweis in sich zu tragen, daß es seine beiden hellgrauen Augen nicht lediglich in transscendentale Weiten hinausgerichtet halte, sondern sich auch an ein deutliches Sehen in der Nähe gewöhnt habe. Und insofern dies letztere dazu gehörte, um sich eine Ansicht und Einsicht über Feldbewirtschaftung, Viehzucht, Häuserbau, Kindererziehung, Rechtsfragen, Kapitalanlegung, wie noch sonstige profan-nützliche Angelegenheiten zu bilden und etwaigen Ratsuchenden seine Anschauungen davon nicht vorzuenthalten, im Gegenteil sie zumeist auch unaufgefordert aus dem Munde hervorgehen zu lassen — insofern hatte die dörfliche Gemeinde den Blick ihres geistlichen Hirten noch niemals einer zu ausschließlich auf das Jenseits hinausverwandten Übersichtigkeit bezichtigt.

Wie der Pastor Gerhard Hollermann den Fuß über die Schwelle setzte, sagte er mit einer noch jugendkräftig anmutenden Stimme: „Sie haben mich rufen lassen, Katharina." Dann wendete er sich höflichen Grußes gegen die beiden Ärzte: „Guten Abend. Es ist hier wohl keine Hoffnung mehr vorhanden, da ich zwei Herren Doktoren versammelt sehe."

Die Schwere des Falles schien sich ihm daraus als eine natürliche Schlußfolgerung zu ergeben, und er äußerte es in einfacher, bedauerlicher Weise. Doch ein Zug um seine Mundwinkel, obwohl er sich kaum bemerklich machte, umspielte leise die Worte mit einer anderen Beleuchtung, oder ließ wenigstens auch noch eine andere Auffassungsmöglichkeit zu und veranlaßte den Sanitätsrat zu der Erwiderung:

„Allerdings, Herr Pastor, ist für die Wissenschaft

das Leben dieses Mannes zu Ende, und es könnte nur ein Quacksalber mit einer Hoffnung auf noch weitere Fortdauer desselben vertrösten."

„So müssen wir uns eben mit der Erkenntnis begnügen, daß nach dem Geschick der irdischen Dinge Ihre ärztliche Kunst sich als zu Ende gegangen erklärt, Herr Sanitätsrat. Es erscheint indes, als ob der Mann sich für den Augenblick noch nicht mit dem wissenschaftlichen Begräbnis im Einvernehmen befindet."

Die Harfentrina hatte sich über den reglosen Gegenstand der ärztlichen und geistlichen Wechselrede hingebückt und ihm ins Ohr gerufen: „Der Pastor ist da!" Das brachte ihn noch einmal zum Bewußtsein und sogar zu der Kraft, den Kopf um ein weniges aufheben zu können. Seine Augen öffneten sich, richteten sich vor, und er sagte: „Bist Du's?" Und er war so weit zur Besinnung gekommen, daß er verbesserte: „Sind Sie's? Ja, das ist der schwarze Rock —"

„Sein Gesichtssinn unterscheidet die Farben in der That noch richtig," bemerkte der Doktor Präconius senior, „und es macht den Eindruck, als ob sein Gehörsinn den Wunsch hege, sich die schwarze Farbe zum Sprachton umsetzen und ins Ohr klingen zu lassen. Solche absonderliche Hallucinationsgelüste kommen in letzten Augenblicken der Agonie vor."

„Weg — weg!" scholl es vernehmbar, vom Versuch einer Handbewegung begleitet, von der Pritsche her, und

Gerhard Hollermann erwiderte: „Ja, er ist merklich noch bei Vernunft, denn er drückt unverkennbar den Wunsch aus, daß die Herren mich mit ihm allein lassen. So sehe ich mich zu der Bitte genötigt, Herr Sanitäts- rat —“

„O, ich bitte, Herr Pastor, es bedarf durchaus keiner Nötigung. Wir erkennen unsere fernere Anwesen- heit hier als vollkommen überflüssig und werden bereit- willigst das Resultat Ihrer letzten Verordnung draußen abwarten.“

Die beiden Doktoren verließen den Raum, der Pastor sagte: „Zunächst ist der Mann, wie es scheint, auch Ihrer noch nicht bedürftig, Katharina,“ und die Leichen- frau begab sich ebenfalls hinaus. Statt ihrer setzte der Dorfgeistliche sich jetzt auf den Schemel und sprach ruhigen Tones: „Da Sie mich holen ließen, ist es meines Amtes gewesen, zu kommen und zu hören, weshalb Sie nach mir geschickt haben. Strengen Sie sich beim Sprechen nicht an, mein Gehör ist noch gut. Ich sehe es als richtig an, Ihnen nicht zu verschweigen, daß die Erfahrung der Ärzte Ihrem irdischen Leben nur mehr einen sehr kurzen Aufschub giebt; von dem, was danach weiter folgt, erhoffen wir ja das beste. Es ist die Pflicht des Pastors, nach seinem Vermögen den Weg dorthin zu erleichtern, auch wofern Sie noch eine Bürde bedrücken sollte, Ihnen dieselbe abzunehmen. Und Sie wissen, daß meine Pflicht gleichfalls mit sich bringt, was Sie etwa noch auf dem Herzen hätten, als allein für mein Ohr gesprochen zu bewahren."

Das sagte der Pastor Gerhard Hollermann, um sich dem dicht vor dem Abscheiden Begriffenen verständlich zu machen, deutlich artikulierend, doch ohne irgend eine Salbung des Tonfalls; dagegen mit der gelassenen Ruhe eines Menschen, der sich schon oft in ähnlicher Lage befunden, die Notwendigkeit eines endlichen Abschlusses der irdischen Wanderung für jeden einsah und im Grunde nichts zu einer Weigerung Anlaßgebendes oder Beklagenswertes darin erkennen konnte. Wenn die letztere Auffassung von den beiden Doktoren draußen auch vielleicht nicht ganz geteilt werden konnte, so ließ sich doch ihrer ärztlichen Natur und ihrem Beruf nicht zu sehr verargen, daß sie gleichfalls dem drinnen Bevorstehenden gegenüber ziemliche Gemütsgelassenheit bewahrten und den abendlichen „Fall" zur Verkürzung ihrer Wartezeit dahin verwerteten, sich wechselseitig weiter über die Unzulänglichkeit der älteren und der neueren medizinischen Methode zu unterrichten. Es war allerdings auch für die Welt in Wirklichkeit höchst gleichgültig, ob ein versoffener Landstreicher mehr oder weniger noch seine Füße zum Herumstrolchen auf ihr benutzte, oder vielmehr war's ihr wohl eher dienlich, wenn sie ein Exemplar davon einbüßte. Der Wind hatte dies vermutlich eingesehen, in Kürze besorgt, und nachdem er seine nützliche Leistung vollbracht, begann

er jetzt, seine nicht mehr erforderliche Thätigkeit allmählich zu verringern und sich zur Nachtruhe vorzubereiten.

Vater und Sohn wurden indes in einem der inter-
essantesten Momente ihrer Wechselbelehrung unterbrochen
und zwar durch die gleiche Ursache, welche um eine
halbe Stunde früher im Städtchen die Wirkung hervorgerufen hatte, daß die beiden Ohrläppchen Hinnerk
Schötensacks noch gegenwärtig hinter dem Ladentisch
eine so leuchtkräftige Farbe wie die Blüten einer Staude
von „Brennender Liebe“ entwickelten. Es war der
nämliche „Tap-tap-tap“-Hufschlag, der hurtig über die
Landstraße daherkam, und nach ein paar Augenblicken
tauchten in dem von der Schmiede herüberfallenden
Essengeflacker der Pony und die junge Dame auf, von
der im Gobemeikschen Laden die Meinung lautgeworden
war, daß sie den richtigen Namen bekommen habe.
Ihr Weg brachte sie vorbei, denn Fräulein Gertrud
von Birkwald kam von einem ihrer häufigen weiten
Aus- und Umritte zurück, um sich nach dem Herrenhaus
von Helmstede heimzubegeben, das noch eine Viertel-
stunde von dem ihm zugehörigen Dorf Hollebek entfernt lag. Nun nahm sie in ungewohnter Weise einen
Lichtschimmer aus dem Fenster des Vagabundenloches
wahr, sah vor diesem den Wagen halten und ein paar
dunkle Gestalten stehen, parierte mit plötzlichem Zügelruck
ihr kleines Pferd und sprang auch im selben Atemzug

schon aus dem Sattel zu Boden. Oder eigentlich nahm es sich aus, als fliege sie, gegen ihren Willen geschleudert, kopfüber herunter, und diese Augentäuschung ließ dem Doktor Erich Präconius junior einen Ausruf entfahren, dessen Tonart man eigentlich in seinem Munde nicht als vorrätig vermutet hätte. Denn er stieß, hörbar innerlichst erschreckt, hervor: „Um Gottes willen — Baroneß — Fräulein Gertrud —!“

Aber sie stand so sicher auf ihren beiden Füßen da, als sei sie nur über eine winzige Grabenrinne gehüpft, lachte mit einer hellen, an irgend einen Vogelruf erinnernden Stimme auf und entgegnete: „Sind Sie's, Herr Doktor? Sie hatten wohl Angst, ich wär ein Schuhu und flöge Ihnen an den Kopf? Weshalb stehen Sie denn hier? Ach, auch Ihr Herr Vater? Da komme ich wohl gerade zur rechten Zeit hierher! Sie wissen, ich lache gern.“

„Se is doch, as weer de Dülwel ehr Vatter west,“ vermurmelte etwas seitwärts die Harfentrina zwischen den zahnlosen Lippen.

Etwas daran Anklingendes war, zu passender Weiterverwertung durch Jakob Pflaumenbaum, im Krämerladen geäußert worden, und wenn die übliche theologische Anschauung auch erheblich davon abweichen mochte, nach der Auffassung des volkstümlichen Sprichwortes ließ sich das Freifräulein Gertrud von Birkwald in der That als „hübsch wie der Teufel“ bezeichnen. Das

Schmiedefeuer warf eine Rembrandtsche Beleuchtung auf sie, und ihren Kopf bedeckte auch ein Rembrandtscher Straußenfederhut; eine feine weiße Gesichtshaut leuchtete unter ihm hervor, von dunklem, verwehtem Haar umwirrt, das indes beim Auffall des Flammenscheines da und dort mit einem goldbraunen Schimmer spielte, und der Hals hob sich ungewöhnlich frei und schlank von dem grazilen Schulterbau auf. Ihre Kleidung bildete ein Gemisch von großer Eleganz und geringschätziger Nichtachtung derselben von seiten der Trägerin; sie trug kein schleppendes Reitgewand, sondern ein fußfreies Kleid, über dem eine kurze, pelzbesetzte Jacke knappumschließend bis zu den Hüften reichte. Ein paar vor der Brust angesteckte Schneeglöckchen, die als Erstlinge des Frühlingsanfanges aus dem Gutspark stammten, zeigten, daß sie eine Blumenliebhaberin sei; wenn man die Dauer des Menschenlebens mit einem Sonnenjahr in Vergleich brachte, befand sie sich ungefähr auf der gleichen Stufe mit der gegenwärtigen Jahreszeit, am Ausgang des März, doch von ihren siebzehn bis achtzehn Sommern frühzeitig schon zu voller Blüte gebracht. Aber dabei erinnerten ihr Gesicht, ihre Augen und ihr Behaben doch wieder daran, daß ihr Lebenskalender noch erst bis zum Märzanfang gekommen sei.

„Ich hoffe, Ihre Frau Mutter befindet sich vollkommen wohl," sagte jetzt, den Hut lüftend, Doktor Präconius Vater.

Die Befragte antwortete: „Ich weiß nicht, vermutlich wird sie's wohl. Warum hoffen Sie's, Herr Sanitätsrat? Ein Arzt, dünkt mich, muß eher wünschen, daß die Leute krank sind."

„Für mich," fiel Präconius Sohn ein, „würde ich ihnen das allerdings wünschen, aber für Sie, Fräulein Gertrud, doch noch mehr, daß Sie in Ihrem Leben keinen Arzt gebrauchen."

„Dat is ok een vun be Motten, de in ben Lichtdocht danzt, bet se sick be Flünken ansengelt hefft," murmelte die Harfentrina, während der jungen Dame von den Lippen flog: „Sie sind wirklich übermenschlich uneigennützig, Herr Doktor, und von mir wär es unmenschlich, wenn ich krank würde und Ihnen damit Mühe machen wollte. Darum laß ich's lieber — aber warum stehen wir denn eigentlich hier?"

Dazu lachte sie wieder, weil sie, ihrer Aussage gemäß, gern jede Gelegenheit dazu nutzte, und die Alte redete wieder seitwärts vor sich hin: „Se lacht just as be Kuckuck, be kann't ok nich laten." Und der Vergleich traf nicht übel zu, der helle Klang kam ihr vom Mund, wie an einem Frühlingsmorgen plötzlich das Lachen eines Kuckuckweibchens aus blauer Luft oder blühendem Gezweig auftönt. Zugleich jedoch erscholl, wenn auch nicht an sie gerichtet, eine Beantwortung ihrer letzten Frage, denn der Pastor trat aus der Thür hervor und sagte: „Es ist vorbei, und er befinbet

sich an dem Aufenthalt, von dem wir das beste erhoffen."

„Sind Sie auch da, Herr Pastor?" fragte Gertrud
verwundert. „Was passiert hier denn eigentlich?"

Der Angeredete drehte mit einer rascheren Bewegung,
als sie sonst in seiner Gewohnheit lag, den Kopf und
stieß beinah wie halb schreckhaft überrascht aus: „Wer?
Sie, Fräulein von Birkwald? Wie kommen Sie in dieser
Stunde hierher?"

„Zu Pferd," versetzte sie spaßenden Tons. „Ich
habe den Sturm gern, er krachte so lustig durch den
Wald."

Der Geistliche fiel ein: „Nein, es ist hier nichts
geschehen — ich meine, nichts, was Ihnen Anlaß geben
könnte, Ihre Heimkehr nach Helmstede länger aufzu-
schieben. Oder —"

Gerhard Hollermann hielt kurz an und sah, als
ob er sich auf eine Fortsetzung des nachgefügten letzten
Wortes besinne, in das Gesicht der vor ihm Stehenden,
dann fuhr er fort:

„Das heißt, geschehen ist allerdings etwas, wie es
zu sein pflegt, wo die Ärzte und der Pastor sich zu-
sammenfinden. Sie sagten von dem Sturm — er ist
nicht für alle lustig heut gewesen, nur vielleicht gut —
ich meine, für den da drinnen gut, den ein nieder-
gebrochener Ast im Wald erschlagen hat, denn sein
Weiterleben hätte wohl für niemand Erfreuliches mehr

mit sich gebracht, auch für ihn selbst nicht. Es war ein auf der Welt unnötiges Geschöpf, und als ich Sie eben unvermutet hier außen sah, kam mir zunächst der Gedanke, es sei auch unnötig für Sie, für Ihre Augen, mit ihm in Berührung zu geraten. Aber da der Zufall Sie gerade hierher geführt, hat es wohl in seiner Absicht gelegen — die nämliche Stunde kommt uns allen einmal, und es ist besser, sich in der Jugend schon mit dieser Vorstellung vertraut zu machen, nicht vor dem Anblick des Todes zurückzuschrecken. Der Pastor handelt richtiger seinem Beruf gemäß, zu sagen: Treten Sie mit hinein, liebes Fräulein, und sehen Sie mit uns dem Ernst ins Gesicht, den der Tod auch da besitzt, wo er keine Trauer, weder an sich, noch um einen Angehörigen einflößt."

Das junge Freifräulein hatte in der That noch nie einen Toten gesehen — als ihr Vater gestorben, war sie noch viel zu klein gewesen, um sich daran erinnern zu können — und ein Trieb, aus jugendlicher Sorglosigkeit und Neugier gemischt, ließ sie der Aufforderung des Pastors Folge leisten; so traten die draußen Befindlichen zusammen in den engen Raum zurück. Er bildete, allen gleich zweifellos, die Abhubstätte eines unnützen, niemand von ihnen etwas angehenden Geschöpfes, aber daß dies jetzt so unbeweglich, weißen Gesichtes dalag, rührte doch mit einem unwillkürlichen Gefühl der Solidarität alles Lebens an, und selbst Vater

unb Sohn stimmten in ihren kurzen Äußerungen überein, ohne diese mit einer wissenschaftlichen Kontroverse
zu begleiten. Der Sanitätsrat sagte: „Ja, er ist tot,"
und Erich Präconius bestätigte es als unzweifelhaft in
gleichem Ton: „Ja, er ist tot."

Das war er und zwar, auch äußerlich betrachtet,
nach Art der Toten entschieden zu seinem Vorteil. Alles
Verzerrte und Abstoßende war aus den Zügen weg-
geschwunden, sie lagen ruhig und friedlich ausgeglättet
da; auch die Bartstoppeln machten nicht mehr den Eindruck der Verwilderung. Man sah, die Natur hatte
das Gesicht nicht roh im Plane gehabt und ließ es sich
angelegen sein, es so wieder zurückzunehmen, wie sie es
ursprünglich gebildet. Daß die dunklen Haare eben
gestrichen und die fast zierlich geformten Hände über-
einander gekreuzt auf der Brust lagen, war wohl das
Werk des Pastors gewesen, der den letzten Atemzug bei
ihm abgewartet.

Fräulein Gertrud stand und hielt den Blick auf die
Leiche gerichtet, was sie dabei empfand, oder ob sie etwas
dabei empfand, mußte sie selbst nicht recht, nur ihre Finger
schlossen sich ein bißchen fester um den Griff der kleinen
Reitgerte, die sie in der Hand hielt. Ihre Wißbegier
indes zeigte sich augenscheinlich bald gestillt, denn sie
hob noch vor Ablauf einer Minute den Fuß, um sich
wieder zur Thür umzuwenden. Doch zugleich klang die
Stimme Gerhard Hollermanns durch die Stille:

„So wollen wir ihn seinem Schlaf lassen, denn er braucht nichts mehr. Wäre die Jahreszeit schon eine bessere, da würde man auch ihm nach dem Brauch ein freundliches Sinnbild mit zur Ruhe geben, aber die Erde ist gleichfalls noch tot und verweigert es ihm —"

Der Kopf des Sprechers drehte sich jedoch bei den letzten Worten zur Seite, seine Augen hefteten sich auf die Brust des Mädchens, und er fügte nach:

„Zwar dennoch, nicht ganz blütenlos, sehe ich, ist sie, und es will mich fast bedünken, als habe sie Ihnen, liebes Fräulein von Birkwald, den Auftrag gegeben, ihre Erstlinge zu solchem Zweck hierher zu bringen. Es wäre ein freundliches Thun Ihres jungen Lebens, mit ihnen dem Toten eine letzte Ehre zu erweisen. Er empfindet zwar nichts mehr davon, aber man bereitet sich selbst damit das Gefühl, ihm noch etwas Gutes zugefügt zu haben, wofür er dankbar sei. Oder hegen Sie Furcht, selbst ihm die Blumen in die Hand zu legen?"

Furcht? Das Wort war Gertrud von Birkwald ein unbekanntes oder wenigstens unverständliches, sie hatte sich noch nie im Leben vor etwas gefürchtet. Und wenn sie auch die sonntäglichen Predigten des Pastors nur höchst selten einmal besuchte, hegte sie doch eine große Zuneigung zu ihm, war von klein auf gewöhnt, aus allem, was er sagte, etwas ihrem eigenen Gefühl Entsprechendes herauszuhören. Sie kannte eigentlich

keinen zweiten Menschen, zu dem es sie in solcher Art,
wie zu ihm hinzog, und er war auch vielleicht der einzige,
bei dem es ihr noch niemals auf die Lippen und in
den Sinn gekommen, über ihn zu lachen. Er pflegte
sie sonst noch wie als Kind mit ihrem Vornamen zu
heißen, und es lag ihr fremdklingend im Ohr, daß er
sie heute abend zweimal „Fräulein von Birkwald“ angeredet hatte, gewissermaßen mit einem Nachdruck, fast
als ob er sie durch die steife Benennung für etwas strafen
gewollt. Es klang ihr nicht nur ungewohnt, sondern
that ihr beinah weh; so griff sie gern danach, um ihre
Willfährigkeit gegen einen von ihm ausgesprochenen
Wunsch zu zeigen, nestelte rasch die Schneeglöckchen von
ihrer Pelzjacke los, trat vor und legte geschickt die weißen
Blumen zwischen die Hände des Toten hinein. Beim
Zurückziehen indes geriet die ihrige mit ihnen in eine
leisstreifende Berührung; das verursachte ihr doch ein
unbehagliches Gefühl, durchlief sie aus der Kälte mit
einem leichten Schauer, und sie trug kein Verlangen
mehr nach längerem Aufenthalt in der Totenkammer.
Sich umwendend, trat sie jetzt rasch vor die Thür hinaus
und atmete draußen einmal die frische Luft tief ein.

Auch die anderen, bis auf die Leichenfrau folgten
ihr nach, sie hielt den Bügel ihres Ponys gefaßt, dessen
der Kutscher des Doktorwagens sich inzwischen angenommen hatte, und stand im Begriff, den Fuß in den
Bügel zu setzen. Eilig kam Erich Präconius herbei,

ihr behilflich zu sein, aber ehe er die Hand ausstrecken konnte, hatte sie sich schon allein in den Sattel gehoben und sagte: „Ich danke, Herr Doktor, bemühen Sie sich durchaus nicht! Es wär unverzeihlich, wenn ein Wildfang wie ich das von einem so gelehrten Herrn annehmen wollte.“

„Aber es ist dunkel geworden und Ihr Pferd könnte leicht stolpern. Darf ich es nicht am Zügel fassen und sicher bis nach Helmstede hinführen?“

„Nein, danke, das wäre ja geradezu ungeheuerlich und könnte ich in meinem ganzen Leben nicht gutmachen. Mein Pony und ich, wir sehen beide wie die Waldkäuze, und Sie wissen, Unkraut verkommt nicht.“

Die Antwortende sprach's wieder in ihrem nur kurz abgelegten lachenden Ton; der Doktor Kaspar Präconius mischte sich nun ein: „Doch ich werde — Du kannst den Wagen zur Rückfahrt benutzen, lieber Sohn — ich werde pflichtgemäß das Fräulein nach Haus begleiten. Sie äußerten vorhin, daß Ihre Frau Mutter sich heut abend nicht ganz wohl fühle, und da ich mich so in der Nähe befinde —“

Doch die junge Dame fiel ein: „Da müssen Sie sich verhört haben, Herr Sanitätsrat, und ich kann Ihnen zum Glück den Weg ersparen. Meiner Mutter geht es so wohl, daß sie sicher Sie ebensowenig unnötig bemühen will, wie ich Ihren Herrn Sohn.“

„So wollen wir denn wünschen, daß der gute

Zustand sich forterhält," sagte der Pastor, gleichfalls herantretend. „Der Sturm ist ja auch glücklich vorübergegangen, ohne allzugroßen Schaden angerichtet zu haben, denn der Kirchturm steht noch und ich hoffe, die alten Ulmen auf Helmstede ebenso. Gute Nacht, liebe Gertrud!"

Er reichte ihr die Hand und hielt die ihrige einen Augenblick lang mit festem, herzlichem Druck. Dann klang der Hufschlag des kleinen Pferdes wieder und verlor sich auf der Landstraße. In einem kurzen Wortaustausch der beiden Doktoren ließ sich sein Ursprung aus einem mißmutigen Untergrund nicht ganz verkennen. Präconius, der Vater, sagte:

„Es war eigentlich sehr überflüssig, daß wir zu zweien um des Landstreichers willen hier heraus gefahren sind. Ich sagte es Dir vorher: Du thätest besser, manchmal etwas mehr auf die Erfahrung eines älteren Arztes zu geben."

Präconius, der Sohn, entgegnete: „Ja, in dieser Voraussicht riet ich Dir, zu Haus zu bleiben, aber natürlich, auf die Meinung eines jüngeren Kollegen hörtest Du nicht."

„Du wünschtest ja nicht, zu fahren, und einer von uns mußte es doch."

„Ich wollte es Dir aus Rücksicht auf Deine Jahre abnehmen, aber Du schienst mich als einen Konkurrenten zu betrachten, der den Fall für sich auszunützen beabsichtige."

„Da Du Dich mir förmlichst aufdrängtest, mußt Du wohl besonderes von ihm erwartet haben."

„Das entspricht nicht ganz der Logik, denn eben äußertest Du, ich hätte die Fahrt Dir überlassen gewollt. Es macht den Eindruck, daß eine Enttäuschung von Deiner Seite Dir dies etwas in Vergessenheit gebracht hat."

„So wünsche ich den Herren eine gute Heimfahrt und weitere angenehme Unterhaltung über logische Prinzipien," ließ sich höflich die Stimme Gerhard Hollermanns zum Abschiedsgruß vernehmen. Er sah kurz dem gleich darauf zur Stadt fortrollenden Doktorgefährt nach, dann begab er sich nochmals in die kleine Kammer hinein. Sein Blick ging über den Toten hin und er sagte:

„Es hat etwas Tröstliches, diese Blumen in seiner Hand zu sehen, wenn er auch nichts davon weiß, von woher sie zu ihm gekommen. Sie haben mit den Leuten geredet, Katharina, die ihn im Wald aufgefunden; es vermochte, glaube ich, keiner von ihnen etwas über ihn anzugeben, wie er heiße und wer er sein möge."

„Nein, das wußte keiner von ihnen, Herr Pastor," antwortete die Leichenfrau. „Er war jedenfalls nicht hier im Lande zu Haus."

„So wollen wir ihn denn morgen in der Stille dorthin bringen, wo er fortan zu Hause sein wird, und ihn als einen ohne Namen begraben; er wird darum nicht anders ruhen. Ein Name, wissen Sie, ist ja auch im Leben nichts Notwendiges, um so weniger bedarf jemand desselben im Grabe. Dieser Mann hätte der Naturbestimmung nach noch nicht zu endigen gebraucht, denn Sie und ich sind um manche Jahre vor ihm zur Welt gekommen, und wir leben noch. Wenn Sie für die Unterhaltung Ihres Lebens etwas bedürfen, so wissen Sie, daß es mich erfreut, Ihnen nach meinen Kräften behilflich sein zu können. Es gehört zum Besten für den Menschen, von seiner Dankesschuld abzutragen, wenn er auch immer im Rückstand damit verbleibt. Gute Nacht, liebe Katharina."

Gerhard Hollermann ging jetzt ebenfalls, um sich in sein stilles Pfarrhaus zurück zu begeben, in dem er seit dem Tode seiner Frau schon viele Jahre lang einsam lebte. Die Harfentrina befand sich in dem engen Raum wieder allein; sie hielt die Augen auf die hinter dem Fortgeschrittenen geschlossene Thür nachgerichtet und murmelte halblaut:

„Dankesschuld? Was ein Mensch so heißt! Andere hätten's nicht so genannt. Du warst ein schöner junger Mensch, und als Du mich küßtest, klopfte mir das Blut. Warum's geschah, daß ich mir den Dank von Dir verdient hab', weiß ich nicht. Mir that's leid — für mich — und darum vielleicht für Dich. Es muß wohl etwas gewesen sein — auch was ich mir selber damit angethan — daß er mir heut' noch dankbar dafür ist.

Wo war's? Im »goldenen Löwen« hieß es, aber die Stube oben seh' ich nicht mehr. Ich will nichts von Dir, als den Dank, das beste ginge sonst davon weg. Weg! Weg!"

Die Alte wiederholte das letzte ein paarmal mit einer scheuchenden Handbewegung, dann bückte sie sich über die Hand des Toten und murmelte in veränderter Sprache auf sie hinunter fort: „Dat harrst Du ok wul nich dacht — wat den Pastor in'n Kopp kamen is, dat be hochgeborne Hand em de witten Blom mitgewen schull — mennimal is he wat narrsch. De hochgeborne Hand —"

Sie drehte die Augen herunter und betrachtete eine Zeit lang ihre eigene Hand — „wat de Minschen vor snaksche Wöör hebbt — awer Di seh' ick noch, in dat lütt Nest oppen Johrmarkt, wenn dat Ding mi nich drogen hett — lat mal sehn —"

Ihre Hand streckte sich aus und zog von dem kleinen Finger des Toten den silbernen Ring herunter, den sie genau besah. „Jo, dat weer he, mit dat Hart un den Bolzen dör, ick stunn dobi, as Du em in be Bud köfft harrst un ehr in den korten, bunten Rock an'n Finger stekst. Weer en lütt nüdlige Deern un up't Tau as wenn se fleeg, in ehr'n Goldkram as en gelen Botterlicker. Awers en Ring to'n fasthalen weer dat nich, blot so'n beten to spelen, allens bun ben liken Slag. Na, ick dörf keen Steen op se smiten, awer op ehr warrb wul all een liggn, as morgen öwer em. Wat het he denn hier herum söcht? Dat is nu allens, wat dawun öwer is."

Die Harfentrina schien es als ein ihrem Amt zukommendes Emolument anzusehen, von den ihr zur letzten Wartung unter die Hände Geratenden eine Erbschaft anzutreten, denn sie ließ den silbernen Ring mit dem durchbohrten Herzen in ihre Kleibertasche niedergleiten. Ihr Mund verstummte jetzt, und nur das Geräusch der Taktschläge aus der Schmiede drang noch in die Stille herüber. Der Tod antwortete auf nichts, was zu ihm gesprochen wurde, sondern verhielt sich nach seiner Art in lautloser Schweigsamkeit, doch das Leben hämmerte draußen fort.

*   *

*

Das ablige Gut Helmstede war eines der ausgedehntesten und zweifellos das am schönsten belegene der Gegend. Sein schloßartiges Herrenhaus erhob sich am Rande eines langhin gestreckten und ziemlich breiten Landsees, ließ aus diesem die Wipfel seiner alten Parkbäume heraufspiegeln. Zur Rechten und Linken breitete sich eine anmutreiche norddeutsche Landschaft, von Buchenwäldern gekrönte Hügelrücken, Kornfelder, Niederungen mit Wiesen; alles trug das Gepräge üppiger Fruchtbarkeit. Weiterhin veränderte sich dieser Charakter, zog sich der See zwischen bürftigeren Ufergeländen entlang; der Boden ward bald moorig, bald sandig, nur da und dort noch auf Flecken mit Hafer und Buchweizen bebaut. Dem Landwirt konnte man es nicht verübeln, daß sich für ihn dergestalt die Schönheit der Gegend hier außerordentlich verringerte, doch ab und zu gab es ein Paar wunderlich veranlagte, zum Glück nicht häufige Augen, die im Gegenteil in der Abnahme der Nützlichkeit noch eine Zunahme der Anziehungskraft entdeckten. Sehr einsam und schweigsam umgab dies Stückchen Welt den Hineingeratenden, nur die kleinen Wellen, an sonnigen Tagen hellglimmernd, rieselten auf den Sand oder zwischen hohes Schilfgras und Rohrkolben, deren braune Blüten und dunkle Walzen sie im Sommer zu leisem Schwanken brachten; das Bläßhuhn ruderte und tauchte mit der weißblitzenden Stirn unter, noch hurtiger schoß einmal ein Fischotter davon und verschwand spurlos in dem kurz über ihm aufwallenden Gewässer. Von diesem zogen sich hin und wieder schmale Arme ins Land, an Stellen dicht mit weißen und gelben Teichrosen bedeckt; wo das Terrain höher anstieg, herrschte Heidekraut, das gewöhnliche, und die Glockenheide. Sie, der Thymian dazwischen und die süßduftigen Buchweizenblüten lockten die Bienen, stets lag viel Gesumm in der Luft, dumpf brummten die Hummeln einen Baß dazu. Schmetterlinge fühlten sich hier wohl, besonders Bläulinge, Feuerfalter und Hesperien, die keinen Anspruch auf die Nähe von Menschen

ober vielmehr ihrer Felb- und Gartenfrüchte machten;
als vornehmer Besuch in großer Toilette segelte dann
und wann ein Schwalbenschwanz vorbei, hielt herablassend hier und da flüchtige Einkehr. Die Ringel-
nattern, Blindschleichen und Eidechsen dagegen gaben
sich mit Vorliebe ein Stelldichein, wo die Sonne am
wärmsten an den Randhang des niedrigen Eichenkratts
hinfiel, das manche Stellen dicht überzog; in seinen
kleinen Lichtungen glühten zuweilen tiefrote Erdbeeren.
Doch war der Boden auch von höherem Baumwuchs
nicht völlig entblößt; vereinzelt hob sich einmal über
dem niedrigen Wachstum eine alte, breitästige Buche
und Eiche auf. Sie mochte schon ein Jahrhundert
lang so vereinsamt stehen, doch schien sie immer noch
verwundert um sich zu blicken, wo ihre einstmaligen,
dichtgedrängten Nachbarn geblieben seien. Es mutete
eigentümlich an, wie sie, stille, reglose Schatten werfend,
ihre Umgebung von Land und Wasser überschauten, und
wenn auch nicht für den Pflug und Spaten, hätte sich
doch für den Pinsel eines Malers hier mancherlei Aus-
beute geboten. Aber nur die kleine Tierwelt war um
diesen Teil des Sees von alters her ansässig, Menschen
suchten ihn höchst selten auf, und die „brotlose Kunst"
eines Künstlers betrieb niemand im Städtchen, geschweige
denn im Dorf. Auch von außen her ließ sich nicht
erwarten, daß ein solcher sich hierher verirren könne,
denn die Gegend lag um manche Meile von jedem

Reiseverkehr seitab, auch die Stadt ward noch nicht von einer Eisenbahn berührt. „Und das ist das einzige, was man dem Nest rühmlich nachsagen kann,“ bemerkte Jakob Pflaumenbaum gelegentlich in seiner liebenswürdigen Redeweise, wenn in seiner Gegenwart von lokalpatriotischen Mitbürgern über die Vorzüge ihres Heimatortes und die Notwendigkeit einer baldigen Bahnverbindung desselben gesprochen wurde.

Zu Helmstede gehörten das Dorf Hollebek und der große Pachthof Ottenhof, auf dem der gegenwärtige Inhaber Klaus Bredenkamp von Väterzeiten her erbgesessen war und nur seinen jährlichen hohen Pachtzins an das Gut entrichtete. Dies befand sich schon seit Jahrhunderten im Besitz des alten freiherrlichen Geschlechts von Birkwald, ohne jedoch Majorat zu sein; bisher war es allerdings stets vom Vater auf den Sohn übergegangen, fiel jetzt indes, da der letzte Eigentümer keinen männlichen Erben hinterlassen, in Zukunft der einzigen Tochter des in noch jugendlichem Alter Verstorbenen zu. Darauf hatten sich die Äußerungen und die Erläuterungen Jette Bleis im Godemelkschen Laden bezogen. Ein jüngerer Bruder des Abgeschiedenen lebte noch mit seiner Familie, einem bereits erwachsenen Sohn und mehreren Töchtern, auf dem ungefähr eine Stunde von Helmstede entfernten Nachbargut Warleberg, einem beträchtlich minderwertigen und wirtschaftlich ziemlich vernachlässigten Besitz, da die Insassen mehr dafür

angelegt waren oder sich darauf verlegt hatten, ihren
Namen vornehm zu repräsentieren, als mit Verständnis
und Thätigkeit den Erträgen des Gutes besser auf-
zuhelfen. Ein tüchtiger Pächter, wie Klaus Bredenkamp
auf Ottenhof, der überall mit eigenen Augen dreinsah
und, wenn's nötig that, auch wohl mit eigenen Händen
zugriff, hätte schon etwas aus Warleberg gemacht, aber
so, sagte man, wenn die Herren Barone auf dem eleganten Jagdwagen von einer Ausfahrt heimkämen,
habe inzwischen der Koch Schmalhans am Herd hantiert
und der Hauptinhalt der Wertpapierlade im Geld-
schrank bestehe aus Abschriften von Hypotheken. Das
hätte allerdings eine sehr wesentliche Veränderung erfahren, wenn nach dem Ableben Detmars von Birkwald
Helmstede an seinen Bruder Ulrich gefallen wäre, und
Tante Jettchen hatte sich als gewesene langjährige
Gutsmamsell jedenfalls etwas diplomatisch ausgedrückt,
als sie eingeräumt, daß die Warleberger vielleicht einmal
denken könnten, sie würden jetzt auf dem schönen Schloß
am See wohnen, falls die Baroneß Gertrud nicht in
der Welt existierte. Denn in Wirklichkeit thaten sie,
was der zumeist nicht so übel unterrichtete Volksmund
von ihnen annahm, sie dachten es jeden Tag und
keineswegs immer mit den liebenswürdigsten verwandtschaftlichen Empfindungen. Aber an der Thatsache,
daß Gertrud von Birkwald sehr leibhaftig vorhanden
war, ließ sich nichts ändern und ebensowenig an der

geſetzlichen Ordnung, die ihr ſtatt ihres Vaters Bruder
die Erbanſprüche zuerkannte. Dem letzteren würde
ſonſt das Gewiſſen vielleicht nicht allzu ſtark geſchlagen
haben, ſeine kinderlos verbliebene Schwägerin mit
höflichem Bedauern von Helmſtede fort zu bekompli-
mentieren, wenigſtens gab ſie, Frau Ottilie von Birkwald, ſich nicht vielen Zweifeln darüber hin. Das
Verhältnis zwiſchen denen auf Warleberg und auf
Helmſtede, auch das der Brüder untereinander, war nie
ein ſonderlich herzliches geweſen, und als ein erſtes
Kind Detmars und Ottilies ſchon bald nach der Geburt geſtorben, hatte man es den Verwandten anmerken
können, daß ſie ſich Rechnung darauf machten, der von
einem Herzleiden befallene Mann werde keine weiteren
Nachkommen mehr erhalten. Aber nicht lange vor
ſeinem vorauszuſehenden Tode hatte er trotzdem noch
die Freude gehabt, ſeinem Bruder die Anzeige von der
Geburt einer Tochter machen zu können — daß ein
derartiges Ereignis je nachdem zu hoffen oder zu
fürchten ſei, ſtand allerdings ſchon ſeit einigen Monaten
vorher den Warlebergern als unzweifelhaft vor Augen,
ſo daß ſie wenigſtens nicht jählings unliebſam von der
Nachricht überraſcht wurden — doch für ihre einmal
gegebene Auffaſſung das übelſte an der Sache war,
daß die Anzeige das Beiwort eines „geſunden" Töchter-
chens hinzufügen konnte und der Verlauf der Jahre
dieſe Annahme als eine vollbegründete herausſtellte.

An eine Vererbung des Leidens und der Todesursache ihres Vaters war bei Gertrud von Birkwald nicht zu denken; so von klein auf umher zu tollen, wie ein Wiesel zu springen und wie ein Eichkätzchen zu klettern, vermochte nur ein Kind mit einem Herzen von normaler, kräftigster Beschaffenheit. Auf eine mangelhafte Ausdauer desselben ließen sich vernünftigerweise keine Luftschlösser zur Gewinnung des wirklichen Helmsteder Schlosses bauen, und wenn die Warleberger dies „aufs innigste zu wünschende Ziel" nicht als unerreichbar aufgeben wollten, so mußten sie sich von einer anderen Seite her eine Zugangsmöglichkeit nach ihm anzubahnen suchen. Das lag in der That immer noch im Bereich einer veränderten, vielleicht Erfolg verheißenden Kalkulation, war deshalb auch in Aussicht genommen worden und hatte den innerlich sehr schadhaften Beziehungen zwischen den Inhabern der beiden Nachbargüter äußerlich einen schicklichen und verwandtschaftlich-teilnahmsvollen Anstrich forterhalten. Und zwar einen jetzt von seiten der Warleberger um so achtsamer beobachteten, als es sich nunmehr allmählich darum handelte, das lange nur für die Zukunft ins Auge gefaßte Projekt zu verwirklichen, eine Verlobung und Verbindung zwischen Vetter und Cousine, dem jungen Baron Albert von Birkwald auf Warleberg und der jungen Baroneß Gertrud von Birkwald auf Helmstede herbeizuführen.

Wie die Mutter der letzteren sich zu diesem, noch

nie deutlich ausgesprochenen, doch schon von je heraus-
fühlbaren Vorhaben ihres Schwagers verhielt, ob sie
es eigentlich begünstige oder zu hindern trachte, war
aus ihrem Verhalten nicht zu entnehmen. Frau Ottilie
Birkwald besaß eine eigentümliche, abgeschlossene Natur;
es ließ sich zum großen Leidwesen der Warleberger
nicht in sie hineinsehen und nichts aus ihr heraus-
bringen, was sie nicht selbst zum Vorschein kommen
lassen wollte. Sie stammte gleichfalls aus einer alten,
doch besitzlosen Adelsfamilie und trug in den Zügen
wie im Wesen ein unverkennbares aristokratisches Gepräge, nicht hochmütiger, doch selbstbewußter Art. Sehr
früh verheiratet, stand sie jetzt erst in der zweiten Hälfte
der Dreißiger; sie mußte sehr schön gewesen sein, denn
sie war es noch, schlank, blond, mit einem feinen, leicht
melancholischen Gesichtsausdruck, stets sorglich gekleidet.
Ihr Mann hatte sie sehr geliebt und, da er den
schwanken Zustand seiner Gesundheit kannte, nach dem
Tode des ersten Kindes sich sehr um ihre Zukunft beunruhigt, bis die Geburt Gertruds ihm die Bürgschaft
mitgebracht, daß er seine Frau im unanfechtbaren Besitz
Helmstedes zurücklassen werde; ob ihre Liebe zu ihm
der seinigen ganz gleich gekommen, war seinerzeit hin
und wieder angezweifelt, sogar behauptet worden, sie
habe die Heirat eigentlich gegen ihren Willen geschlossen.
Sie galt für eine etwas kühle, jedenfalls keiner heftigen
Leidenschaft fähige Natur, doch gab man allgemein zu,

sie sei während der wenigen Jahre ihrer Ehe eine tadel-
los gute Frau gewesen, die den Verstorbenen voll glücklich gemacht. Und aus seiner wirklich rührenden Sorge
für sie mochte auch in ihr mehr und mehr Liebe auf-
geweckt worden sein, denn es erlitt von keiner Seite
Anfechtung, daß sie seinen Tod aufrichtig und tief be-
trauert habe. Der leis schwermütige Zug um ihre
Lippen stammte daher.

So saß Ottilie von Birkwald nun seit bald siebzehn Jahren allein in dem großen Herrenhaus von
Helmstede, wenigstens in den ersten Jahren ihrer Ver-
witwung kaum anders, als allein. Mannigfache geistige
Interessen verbanden sich in ihr mit einem regen Thätig-
keitsdrang und praktischer Tüchtigkeit; sie las viel, doch
verwandte sie zugleich auch ein achtsames Augenmerk
auf die richtige Bewirtschaftung ihres Gutes, bekümmerte
sich, dem Sprichwort nach, um Küche und Keller und
noch mehr um die Arbeit in Scheune und Feld. Sie
besaß einen sicheren Blick, die richtigen Leute auszu-
wählen, hatte einen vortrefflichen Verwalter und alles
befand sich immer gleichmäßig in regelrechtem, bestge-
ordnetem Stand. Man wußte, sie sei streng, lasse keine
Nachlässigkeit durchgehen, doch innerlich, von freundlicher Gesinnung, und sie war bei ihren Untergebenen
im letzten Grunde ebenso beliebt, als wegen ihrer klugen
Einsicht und Umsichtigkeit geachtet. Verkehr mit Nachbarn unterhielt sie fast gar nicht; so jung sie noch war,

trug sie offenbar keinerlei Bedürfnis danach in sich.
Nur mit den Warlebergern tauschte sie alle Monat
einmal verwandtschaftliche, doch fühlbar gewissermaßen
offizielle Besuche aus.

Selbstverständlich aber bewegte sich ihre Hauptfür-
sorge um das Gedeihen ihres Kindes. Sie überwachte
ohne Unterlassung vom Morgen bis zum Abend jede
Mahlzeit der Kleinen, die Kleidung und das Spielzeug
derselben; die leiseste Unregelmäßigkeit im Befinden des
Mädchens versetzte sie in Unruhe und ließ sie sofort
in die Stadt zum Arzt schicken. Stets hielt auch sie
sich in der Nähe auf, wenn Gertrud sich mit ihrer
Bonne draußen befand, und beide mußten des Nachts
in einem Zimmer neben dem ihrigen bei offenstehender
Verbindungsthür schlafen. Ihrer schweigsamen, zurück-
haltenden Art gemäß that sie nie eine Äußerung darüber,
doch nach ihrer ängstlichen Vorsicht erschien es fast, als
ob sie ihren Verwandten zutraue, sie könnten sich einmal des Kindes in einem unbewachten Augenblick be-
mächtigen und die Erbin von Helmstede irgendwie verschwinden lassen.

Bei dieser nie versäumten Achtsamkeit Ottilies war
es sonderbar, stand fast in einem Widerspruch dazu,
daß ihre Sorgfalt sich jahrelang einzig auf das körperliche Wohl Gertruds erstreckte; es schien kein sonst damit
verbundener mütterlicher Drang in ihr vorhanden, von
früh an auch auf die Geistes- und Gemütsbildung

ihres Kindes einzuwirken, sondern sie überließ es nach
diesen Richtungen völlig der freilich zuverlässigen und
nicht unfein gearteten Bonne. Erst als die Kleine schon
lange sicher herumlief, vollständig sprechen konnte und
sogar unter Anleitung der letzteren in einem Bilder-
buch zu buchstabieren anfing, brachte eigentlich ein Zufall es mit sich, daß in der jungen Mutter wachgerufen wurde, sie habe noch andere Pflichten, als die
für das leibliche Gedeihen ihrer Tochter, zu erfüllen.
Diese kam einmal mit der Frage herangesprungen:
„Kannst Du auch lesen, oder hast Du's nicht gelernt?"
Und auf eine bejahende Antwort fuhr sie fort: „Warum
liest Du denn nie mit mir, Mama, wie Dorthe es
thut?"

Natürlich war's in Wirklichkeit schon öfter geschehen,
aber damals klang's Ottilie plötzlich im Ohr, als habe
ihr Kind sie zum erstenmal „Mama" angeredet, und
wie eine unscheinbare Kleinigkeit unter Umständen zuweilen eine nachhaltige und tiefgreifende Wirkung üben
kann, so that's in dem Augenblick das kleine Wort und
der daran geknüpfte kindliche Vorwurf. Die Frage
betraf Ottilie mit einer Art von Schreck, sie sah die
kleine Mahnerin stumm und groß an, dann erwiderte
sie hastig: „Du möchtest lesen lernen — ja, Du hast
recht, das muß ich Dich wohl lehren, ich kann's doch
wohl besser als Dorthe." Und gegen ihre Gewohnheit
hob sie das Mädchen auf den Schoß, strich ihm das

flatternde dunkelbraune Haar von der Stirn zurück und
fragte: „Hast Du Deine Mama denn lieb, Gertrud?"
Das schüchterte diese beinah etwas ein, denn sie war
nicht an Zärtlichkeit von ihrer Mutter gewöhnt und
ihr geschah's wohl in der That zum erstenmal, daß sie
auf dem Schoß derselben saß, die sich bisher päda=
gogisch-grundsätzlich solcher Liebkosungen enthalten zu
haben schien. So erwiderte das Mädchen nur stockend,
halb vernehmbar: „Ja" und trug Scheu, sich an die
Mama anzuschmiegen, bis diese es mit einer plötzlichen
Armregung selbst sich fest an die Brust zog. Ein über=
aus reizvolles Bild war's, die schöne junge Frau mit
dem schönen Kinde, das wohl zu mütterlicher Freude
und Stolzempfindung berechtigen konnte.

Von dem Tage an aber wandelte Ottilie ihre vorige
Achtlosigkeit in das eifrigste Bemühen um, auch für
die geistige Entwicklung der Kleinen bedacht zu sein,
gab sich diesem neuen Vorsatz unermüdlich mit der
vollen jugendlichen Energie ihres Wesens hin. Sie
war ungewöhnlich gebildet, kenntnisreich und ward von
ihrer einsamen Lebensführung vielfach zu eigenem Nach=
denken gebracht, so daß sie nicht allein eine Unterricht=
gebende in den Anfangsdingen für ihr Kind zu sein,
sondern auch eine Lehrerin für die Heranwachsende zu
bleiben vermochte. Fest, wie in einer Schule, regelte sie
die Lehrstunden und Lehrgegenstände, bereicherte sich selbst
die Tage dadurch und widmete sich ihrer Thätigkeit

mit steigendem Eifer bei der Erkenntnis, daß Gertrud dem Unterricht einen wundervoll hellen und wißbegierigen Kopf entgegenbrachte. Mit überaus leichter Auffassung begriff sie schnell und hielt das einmal Erlernte sicher im Gedächtnis fest; sie war mit höchst lebendiger Phantasie ausgestattet, vermittelst welcher sie oftmals ganze Reihen von Zwischengliedern gleichsam überspringen und das Endergebnis einer Belehrung schon vorwegnehmen konnte, ohne verbindender Erklärungen zu bedürfen. Darin glich ihre geistige Art der körperlichen, liebte keine langsamen, ebengebahnten Wege; deshalb wollten später auch ihre schriftlichen Arbeiten nicht recht geraten, eine leibliche Unrast ließ sie nicht bei dauerhaftem Sitzen ausharren. Die Erziehung zu guten Manieren, wie sie für ein junges Edelfräulein nötig sind, stieß bei ihr auf keine Schwierigkeit, darin zeigte sie sich äußerst gelehrig, wußte bei gegebenen Anlässen, besonders den Warleberger Verwandten gegenüber, sich höchst gewandt, selbst vornehm zu behaben. Nur kam nicht ihre eigentliche Natur darin zum Ausdruck; die war im vollsten Gegensatz ungebunden, fast ließ sich sagen unbändig, wie die eines jungen Füllenwildlings. Sie konnte keinen Tag vergehen lassen, ohne sich körperlich auszutollen, zu laufen, springen, im Winter über den See mit Schlittschuhen zu fliegen, und das änderte sich nicht mit ihrem Heranwachsen. Alles Waghalsige, oft unmöglich Scheinende, reizte sie, nicht selten fand man sie im höchsten Wipfel eines Baumes. Sie kletterte mit jedem jungen Burschen um die Wette, so unfehlbar geschickt und sicher, daß man bei dem Anblick nur von ihrer Gliederbehendigkeit und Grazie entzückt wurde, ohne an eine Sturzgefahr zu denken; doch ihre Mutter befand sich oft in Unruhe und Sorge um sie. Vor einem Jahr hatte Gertrud durchaus im See schwimmen lernen wollen und war davon nur durch die Zusage abzubringen gewesen, daß sie statt der Erlaubnis zum Schwimmen einen Pony zum Geschenk erhalten solle. Wie sie den zum erstenmal bestiegen, hatte sie so un-bekümmert im Sattel gesessen, als sitze sie auf dem gebuldigen Rücken ihres Kindheitfreundes, eines alten, gutmütigen Bernhardiners, den sie schon von klein auf täglich zu Reitkünsten benutzt. Seitdem bildete es ihr Hauptvergnügen, im Sonnenschein wie in Wind und Wetter oft viele Meilen weit blitzschnell herumzutraben und zu galoppieren, jählings abzuspringen, weil etwas unterwegs sie lockte, oder der Reiz sie faßte, sich an einen sonnigen Hang zu setzen und im Gegensatz sich von ihm aus die Welt vielleicht eine Stunde lang ruhig und reglos zu betrachten. Jeden Antrieb oder Einfall führte sie zumeist auch sogleich ohne weitere Überlegung aus; sie besaß viel Sinn für schöne äußere Erscheinung und trachtete mit Geschmack danach, sich hübsch und besonders zu kleiden, aber bei ihrem Umherjagen zu Pferd und zu Fuß vergaß sie, weiter darauf zu achten,

so daß sie heimkommend gewöhnlich zerzaust und nach-
lässig aussah. Rundum auf dem Lande und im Städtchen war niemand, der die „Baroneß", wie sie kurzweg
genannt wurde, nicht kannte, und vermutlich gab es in
allen Ständen nur wenige unter den jungen und jüngeren des sogenannten stärkeren Geschlechts, denen sich
bei einem Vorüberkommen Gertruds von Birkwald das
Herz nicht etwas absonderlich zu bewegen anfing, wenn
auch nicht alle so beherrschungsunfähig gezwungen wurden, dies an den Tag zu legen, wie Hinrich Schötensack. Sie hätte, wovon das Gegenteil bei ihr zutraf,
sehr kurzsichtig, fast blind sein müssen, um nicht wahrzunehmen, daß ihr Erscheinen vielfältig einen merkwürdigen — nicht immer gerade übermäßig geistreichen
— Ausdruck in die auf sie gerichteten Augen männlicher Jugendlichkeit hineinzauberte, aber wie weit ihr
die Bedeutung desselben, daß alle mehr oder minder
hoffnungslos in sie vergafft und verschossen seien, zum
Verständnis komme, gab sie nur dann und wann einmal zu erkennen. In solchem Fall zeigte sie sich besonders lachlustig und dachte im nächsten Augenblick
nicht mehr daran; sie bekümmerte sich um niemand,
am wenigsten von allen aber um den ihr zugedachten
Warleberger Vetter Albert von Birkwald, der mit vor-
nehm-steifer, hocharistokratischer Förmlichkeit ihr voll-
endetes Widerspiel ausmachte. Daß die jungen Leute
in sie verliebt seien, wußte sie, doch das bildete eigentlich

nur ein Wort für sie, dem sie aus sich selbst keine weitere Erklärung, was es besage, verschaffen konnte. Denn für sie besaß es keinerlei Inhalt, sie war trotz ihrer körperlichen Entwicklung und ausgebildeten geistigen Begabung doch im Grunde noch ein großes, übermütiges und nicht selten gedankenlos auf höchst unsinnige, durchaus nicht „baroneßliche" Streiche verfallendes Kind. Indes hatte sich in Bezug auf die letzteren die Furcht ihrer Mutter nach und nach beschwichtigt. Das Mädchen war aus so vielen halsbrecherischen Anstiftungen immer lachend und unversehrt hervorgegangen, daß Ottilie zuletzt dahin gekommen, es als jedem Wagnis gewachsen anzusehen und an keine wirkliche Gefahr mehr dabei zu denken. Auf Schritt und Tritt, wie einstmals, behüten konnte man sie außerdem ja doch nicht, irgend ein heimliches Unterfangen der Warleberger gegen sie stand nicht mehr zu besorgen, die Gewöhnung stumpfte die Unruhe ab, und vor allem gebrach es an einer wirksamen Macht, ihrem Trieb zur Ungebundenheit und ihrem Willen, ihm nachzuhandeln, durch inneren Einfluß auf sie zu steuern.

Denn eines hatte sich bis zum heutigen Tage seltsam und schwer an Ottilie von Birkwald gerächt, das war die Achtlosigkeit, mit der sie in den ersten Jahren nur auf die körperliche Pflege ihres Kindes bedacht gewesen, ohne sich in mütterlicher Fürsorge um eine Nahrung für Kopf und Herz desselben ernstlich zu bekümmern. Dadurch schien an der Wurzel der jungen Pflanze etwas versäumt worden zu sein, was keine noch so eifrige spätere Bemühung mehr völlig gutzumachen vermocht. Geistig wohl; nach dieser Richtung konnte sicher von keinem Rückstand geredet werden, und Gertrud betrachtete dankbar ihre Mutter als diejenige, von der ihr alles auf dem Gebiet des Lehrens und Lernens zugekommen. Aber ein richtiges echtes Gemütsverhältnis war nie zwischen beiden herangewachsen, obwohl Ottilie nach der Erkenntnis ihrer Verfehlung unermüdlich alles darangesetzt hatte, ein solches herzustellen. Von ihrer Seite war nichts mehr unterlassen worden und merkbar mit ihrem Bestreben in ihr selbst der Drang, das Bedürfnis gestiegen, ihre Tochter mit einem Band des Herzens an sich festzuknüpfen. Doch zu spät, das Gefühl dafür hätte eben wohl früher geweckt und genährt sein müssen; ein ganz sich der Liebe zur Mutter hingebendes, in ihr aufgehendes kindliches Vertrauen, die Zärtlichkeit und Innigkeit eines solchen hatten sich nicht mehr erzwingen lassen. Es kam kein Mißton zwischen ihnen zum Ausdruck, aber das Wort „Mama", mit dem Gertrud ihre Mutter anredete, besaß keinen tiefen Klang und die letztere keine im Innersten bestimmende, beherrschende Macht über ihr Kind. Das Mädchen gehorchte einer Lehrerin und Erzieherin, nicht einer zwingenden, aus gleichem Herzensbedürfnis entspringenden Gewalt in ihr selbst. Die zu späte Aussaat wollte

nicht mehr zur erhofften Frucht reifen, und Frau Ottilie
sah, daß der Aufwand ihrer eigenen Liebe im letzten
vergeblich gewesen sei, ihr nur eine Enttäuschung ein-
gebracht habe. Sie empfand es schmerzlich und es trug
öfter dazu bei, ihre Neigung für melancholische Stim-
mungen zu verstärken. Vielleicht um so mehr, als
Gertrud sonst zweifellos von gutherziger und leicht an-
hänglicher Natur war; sie hatte zu Jette Blei in freund-
lichstem Verhältnis gestanden und selbst an Jakob Pflaumenbaum, wenn sie auch nicht selten über ihn lachte,
doch immer auch gute und besondere Seiten heraus-
zufinden gewußt, war manchmal bemüht gewesen, freilich umsonst, ihn von seiner schrullenhaft wunderlichen,
alteingefleischten Feindschaft gegen „Tante Jettchen"
abzubringen. Ihre Mutter hatte ihn schon seit einer
Reihe von Jahren wöchentlich einmal zum Zeichenunterricht für Gertrud ins Haus kommen lassen, um
diese wenigstens während der Stunde zum ruhigen
Sitzen zu nötigen, und dabei war es bis heute fort-
verblieben; hier hatte er die Mamsell kennen gelernt,
seinen Widerwillen gegen sie gefaßt oder vielmehr vom
Tage der ersten Begegnung mit ihr, fast als er nur
erst ihren Namen gehört, kundgegeben. Die Hoffnung
indes, seine Schülerin durch ihn mehr an Stetigkeit
und Seßhaftigkeit zu gewöhnen, war ebensowenig in
Erfüllung gegangen, wie das darauf gerichtete Bestreben
ihrer Mutter, und seit einiger Zeit hing Frau Ottilie

von Birkwald oft einem Gedanken in Bezug auf ihre
Tochter nach. Oder richtiger, beschäftigt hatte dieser
sie schon lange und viel, in beinah verwundersamer,
wenigstens nicht zu vermutender Weise bereits seit dem
Tode ihres Mannes, nur hatte sie ihm stets ein Widerstreben entgegengesetzt und ihn abgewiesen. Doch jetzt
begann sie, sich ihm mehr zuzuneigen; die Hoffnung
auf ein innerlicheres Verhältnis ihrer Tochter zu ihr
war nach und nach erloschen, und sie hielt es für das
beste, ja von den Umständen geforderte, dem Trachten
der Warleberger entgegenzukommen und auf ein Verlöbnis zwischen dem Baron Albert und der künftigen
Erbin von Helmstede hinzuwirken.

* * *

Nun waren seit dem stürmischen Märzabend zwei
Monate vergangen, die Harfentrina hatte seit langem
auf dem billigsten schwarzen Bretterkasten gethront, in
dem man den fremden Landstreicher den sandigen Totenweg entlang gefahren, um ihn sang- und klanglos hinter
der aus alten Findlingsteinen aufgemauerten Kirchen-
wand in einer Ecke einzuscharren, und die wenigen großen
und kleinen Hollebeker, fast ausschließlich Frauen und
Kinder, die dabei christlichen Beistand geleistet, waren
äußerst gleichmütig von der kurzen Leichenpredigt zum
Suppenkochen nach Haus oder zum Herumjachtern auf
der Straße abgegangen. Den Aufwand eines Steines

oder Kreuzes auf dem Grab hatte die vernünftige Spar-
samkeit der Gemeinde nicht für nötig erachtet, so daß
der einzige Schmuck desselben aus einigen Schneeglöckchen bestanden, die der Pastor Gerhard Hollermann —
„narrsch, as he dat mennimal so'n beten weer" —
darauf gelegt. Dann freilich war der Frühling gekommen, der einmal von alters her keine Rang- und
Achtungsunterschiede, auch keine moralischen machte, und
hatte auf dem flachen Erdhügel Grashalme und allerhand sonstiges grünes Krautwerk angesiedelt, das seiner
hergebrachten Art nach sich nicht abhalten ließ, auch
allerhand Knospen und Blüten zu treiben. Aber eine
gewisse angemessene Bedachtnahme blieb bei seiner bota-
nischen Auswahl doch nicht zu verkennen; zumeist waren
es Taub- und Brennesseln, die da über der unbenamten
Gruftstatt des Strolches und Saufboldes wucherten, das
Hungerblümchen sah winzig dazwischen heraus, auch ein
bißchen Bitterling, und ein Faullieschen verhieß für
spätere Sommertage kleine, rote Köpfe. Ein Häuflein von
Hirtentasche machte die Nähe der Kirche und des Pastorats
erklärlich, aber wie ein Exemplar von Gnadenkraut sich,
mutmaßlich aus einem Wassergraben am Seerand, herauf-
verirrt haben mochte, lag weniger auf der Hand. Doch
stand es hier, trotz seinem Namen, in Anbetracht seiner
scharfätzenden, bitteren Safteigenschaft nicht unpassend
und mochte sich, noch mehr als die Nachbargewächse
umher, als richtiger Epitaph-Zierat bedünken.

So entsprechend dürftig der Mai in diesem Abfall-
winkel sein Wesen betrieb, um so prunkvoller bemühte
er sich sonst an den meisten Stellen, seinen Reichtum
an den Tag zu legen. Im Süden Deutschlands hatte
er damit größtenteils schon abgewirtschaftet und fand
nun hier im Norden einen ergiebigen Renommage-
Schauplatz, die Augen eines lange von allem Gepränge
entwöhnten Publikums zu verblüffen. Es war geradezu
eine unsinnige Luxusentfaltung, zwischen der Gertrud
von Birkwald in der Morgenfrische durch den Park
und weiter auf einem Feldweg hinging. Die Pflaumen-,
Kirschen-, Apfel- und Birnbäume trugen hundertfach
mehr, als sie für den höchsten Ertrag ohne umzubrechen
an Früchten ansetzen durften, der Schlehdorn zog sich
auf den Wällen durch die Felder, wie lange, hochauf-
gewehte Streifen von frisch über Nacht gefallenem Schnee,
Ranunkeln streuten in dichten Massen Goldpuder auf
die Wiesenflächen, oder flammten, großen Goldstücken
gleich, in kleinen Gruppen von feuchten Rändern, und
rötliche Anemonen wiegten überall ihre Glocken lautlos
im leisen Windhauch. Dazu kam ein verschwenderisches
Sonnengefunkel, das jede Glasscherbe zum Diamanten
machte, eine Luft, die wie mit weichen Händen streichelte,
schmetternde Finken und flötende Drosseln, Schmetter-
lingsgegaukel und Bienengesumm. Hier und da blinken-
des Wassergeriesel, ein Erdgeruch, wie nach frischem
Schwarzbrot, und stellenweise ein Duft, der von

unsichtbaren Heckenveilchen herrühren mußte, denn es gab solche, das Mädchen hatte sich eine Anzahl davon gepflückt und roch im Gehen daran. Was aber vielleicht allem erst zu der absonderlichsten Färbung, Tonschwingung und Wirkung verhalf, waren noch nicht voll achtzehnjährige Augen und Ohren, die sich darauf richteten; wenigstens wenn der Satz wahr sprach, daß der Hauptsache nach das Aussehen der Dinge nicht von ihnen selbst abhänge, sondern von dem Blick, der sie ansehe. Fräulein Gertrud stand einmal still, betrachtete einen ganz besonders von der Spitze bis zum Stamm überluxuriös drapierten, wie unter einem gestickten Brautschleier verschwindenden Pflaumenbaum und sagte lachend laut vor sich hin: „Er ist verdreht, wie sein Namensvetter, der Magister." Freilich, es machte halbwegs den Eindruck, als sei die Sprecherin von all dem Frühlingsglanz und Klang und Duft heut morgen selbst ein bißchen sonderbar im Kopf. „Oder noch ein bißchen mehr, als gewöhnlich," hätte vielleicht, wenn sie zugegen gewesen wäre, irgend eine hervorragend pädagogisch veranlagte alte Tante verbessert.

Wohin Gertrud wollte, wußte sie nicht, oder richtiger, sie hatte nach ihrer Neigung kein Ziel, überließ gern dem Zufall, das hieß ihrem Einfall, wohin er sie brachte. Sie gab viel auf Orakelbestimmung, allerdings zumeist nicht ohne merkwürdige Auslegung von ihrer Seite, blieb wohl an einer Wegkreuzung stehen, nahm einen

Stein und zielte damit nach einem entfernten Baum-
stamm. Wenn sie diesen traf, bedeutete es, sie solle nach
rechts, wenn sie ihn fehlte, nach links gehen. Gewöhnlich traf sie, denn sie warf sehr geschickt, nicht nach
üblicher unbeholfener Mädchenart, aber man konnte
ziemlich sicher darauf zählen, sie werde dann doch nicht
nach rechts gehen. Daß sie dies sollte, reichte dafür
hin; sollte sie sich von einem Stein und Stamm ihr
Thun vorschreiben lassen? Aber nach links wollte sie
nicht, sonst hätte sie sich ja keine Mühe gegeben, zu
treffen. Ein Augenblick, dann flog sie zumeist weglos
geradeaus, über jedes Hindernis fort, ob Graben,
Steinwall oder Hecke, und weiter über das Feld, ob
Stoppel, Brache oder Wiese, wie ein aufschwirrendes
Rebhuhn, so lange fortstreichend, bis ihr ein Fleck zu-
sagte, um an ihm „einzufallen". Auch zu Pferd machte
sie es oft nicht viel anders, doch sie ritt immer nur
nachmittags, den Vormittag hielt sie zum Herumstreifen
zu Fuß vorhanden. Eine Frage, warum, hätte sie
schwerlich beantworten können; das fiel aber auch nicht
nötig, denn sie war nicht gewöhnt, ihr Thun und Treiben
nach Gründen einzurichten. Eine königliche Formel
von ehemals lautete: „Car tel est notre bon plaisir",
und wenn das Freifräulein Gertrud von Birkwald auch
vermutlich nicht für einen Thron vorbestimmt war, ver-
fügte sie doch mit nicht minder souveränem Gutdünken
über die Unterthanin, die sie an sich selbst besaß, diese

ohne Ansehung von für oder wider ausführen zu lassen, was ihr eben in den Sinn kam.

Heute blieb sie indes auf einem gebahnten Wege, und dieser brachte sie in einem halben Stündchen langsamen Gehens an dem Wohnhaus und den Wirtschaftsgebäuden von Ottenhof vorbei. Hier nahm sich alles schlicht, doch musterhaft aus; es war Überlieferung von Vorvätern her, die der jetzige Besitzer oder Erbpächter Klaus Bredenkamp unverändert forterhielt. Nur mit sich selbst hatte er in jüngeren Jahren gegen das Hergebrachte eine Umänderung vorgenommen, indem er eine gelehrte Schule und danach eine Universität besucht. Das machte dann einen Unterschied; sein Vater war, wie dessen Vorgänger, ein einfacher Landmann gewesen und er ein Studierter. Aber daran dachte heut eigentlich niemand in der Gegend mehr, denn er that nichts dazu, irgend jemand daran zu erinnern. Die Jurisprudenz, mit der er sich einige Jahre lang eifrig befaßt, als ob er es darauf abgesehen, einmal Minister zu werden, hatte für ihn auf die Dauer doch nicht den richtigen Geschmack gehabt, er war wieder in die Väterart zurückgeschlagen, theoretischer und praktischer Ökonom geworden. Nach dem Brauch eines solchen und auch auf dringlichen Wunsch seiner Eltern nahm er sich bald nach der Heimkunft auf den väterlichen Hof sehr frühzeitig eine Frau, bei deren Auswahl er offenbar keinen Maßstab der ihm eingepflanzten höheren Bildung anlegte. Man begriff's nicht so recht, aber es erklärte sich wohl daraus, daß es vermutlich auch bei ihm selbst mit jenen vornehmen geistigen Errungenschaften keine so übermäßige Bewandtnis hatte. Seine Frau war ein ganz einfaches Ding von geringer Herkunft, allerdings frisch und fröhlich, wie's achtzehn Jahre bei Landmädchen mitzubringen pflegen, doch auch nicht einmal gerade besonders hübsch, obendrein ein Waisenkind und arm wie eine Haselmaus in einem schlechten Nußjahr. Dafür bot freilich der alte Bredenkamp ein ausreichendes Gegengewicht, denn er mußte nach der Meinung aller Fach- und Sachkundigen gewaltig viel „auf die hohe Kante gestellt haben", obwohl sich dem Lebenszuschnitt auf Ottenhof alles eher nachsagen ließ, als daß er Sprünge mache. Das ging eben wider die Natur eines Geizhammels, wie man landesüblich den Alten benannte, und da der Geiz als eine Eigenschaft mit Vererbungsneigung galt, übertrug man diese Betitelung auch ebenso auf den Jungen, der die Lebensweise nach dem Tode der Eltern fortsetzte. Seine junge Frau starb ebenfalls bald nach der Niederkunft mit einem toten Kinde und hinterließ ihm nur einen erstgeborenen Knaben; er verheiratete sich nicht wieder, sondern fand mit seinem auf das praktisch Fördersame gerichteten Sinn Genüge an seiner Felderbewirtschaftung und Rinderzucht. Es entsprach einem körperlichen Drang und Trieb zur Regsamkeit in ihm, selbst bei einer Arbeit mit zuzugreifen,

und in seiner Jünglingszeit sollte er nach Hörensagen
auch leicht erregbaren Geistes und Gemütes gewesen
sein; wenn sich das wirklich so verhalten, mußte indes
immer der Keim einer bedächtigen Natur daneben ge-
schlummert haben, da derselbe sich sonst nicht mehr und
mehr zu seiner jetzigen Ausbildung hätte entwickeln
können. Nunmehr war er ein kräftiger, sehr stattlich
gebauter Mann im Anfang der Vierziger, dessen Gesichtszüge etwas gewissermaßen verhalten Intelligentes
besaßen. Man sah ihnen an, daß sie keinem Pächter
von gewöhnlichem Schlag angehörten; wenngleich seine
Art zu sprechen landsmännisch an die phlegmatische
Wortkargheit seiner „Kollegen“ erinnern konnte, hatte
sie doch etwas anderes als bei ihnen, war nicht träg
und mundfaul, sondern gleichmütig gelassen. So hauste
er, da sein jetzt erwachsener Sohn sich schon seit einigen
Jahren auswärts befand, für sich allein auf dem Hof
und unterhielt fast mit niemand Verkehr; darin führte
er ein sehr ähnliches Leben, wie die Freifrau von Birkwald auf Helmstede, mit der er im übrigen nie in Berührung kam, obwohl sie gewissermaßen seine Lehens-
herrin bildete. Aber wenn er jährlich seinen großen
Pachtzins nach dem Herrenhaus brachte — „un dat
kümmt em wul allmal suer an,“ ging als Redensart
darüber in der Gegend um — so lieferte er die Geld-
beutel nicht an die Baronin persönlich, sondern stets nur
an den Verwalter ab, und sie bekam ihn niemals zu

Gesicht. Das besaß einen Grund, wie die Warleberger wußten, die ihn einen verbissenen, mit Widerwillen gegen den Adel aufgenährten und vollgestopften Demokraten, wie's sein Vater gewesen, benannten. Sie waren ihm wenig gut gesinnt, und Ulrich von Birkwald hatte seiner Schwägerin schon manchmal in den Ohren gelegen, sie solle die unangenehme Nachbarschaft doch los zu werden suchen. Aber das war leichter geraten, als gethan; er saß in freier Erbpacht, so daß es kein rechtliches Mittel gab, ihn von dem Hof fortzubringen, wenn er seinen Pachtschilling pflichtgemäß entrichtete, und daran ließ er nie das geringste fehlen. Frau Ottilie wußte als wohlerfahrene Gutsherrin das genau und schüttelte zu dem Ansinnen der Verwandten deshalb auch nur stumm den Kopf. Sie schien wohl ebenso über Klaus Bredenkamp zu denken, denn sie vermied ihn gleichfalls, wenn er zum Schloß kam, und schlug für ihre Spaziergänge nie den Weg nach Ottenhof ein. Doch so unbehaglich die Nachbarschaft ihr in der That sein mochte, hütete sie sich als kluge Frau, dies je durch eine Äußerung zu verraten und etwas anzufangen, wobei sie unbedingt den kürzeren hätte ziehen müssen. Und schließlich hantierte die Gewohnheit auch damit nach ihrem stetigen Brauch; es war nun viele Jahre lang so gewesen und gegangen und ging denn auch wohl ohne offene Mißhelligkeit so weiter. Was der Demokrat auf dem Hof im stillen über die Aristokratin im Schloß denken mochte,

kam ihr ja nicht zu Gehör und verlor dadurch, wenn
auch nicht alles Widerwärtige, so doch dasjenige, was
die Vorstellung davon im Anfang peinlich Berührendes
und Aufregendes an sich gehabt hatte. Denn Klaus
Bredenkamp äußerte gleichfalls niemals eine Silbe über
den Gegensatz, der zwischen ihm und der Frau Baronin
bestand, nahm bei keinem Anlaß nur ihren Namen in
den Mund.

Gertrud stand dagegen auf keinem schlechten Fuß
mit ihm, politische und soziale Gesinnungsunterschiede
bekümmerten sie nicht im geringsten, und ihre Mutter
hatte ihr nie etwas in den Weg gelegt, auf Ottenhof
vorzukehren. Aus früher Kinderzeit war sie hier sogar
mit Haus, Hof und Garten aufs genaueste bekannt, da
sie überall drin mit Hellwig Bredenkamp, dem um ein
paar Jahre älteren Sohn des Pächters herumgejagt,
dem einzigen Spielkameraden, den sie eigentlich je gehabt. Das lag allerdings schon weit zurück, ihr fiel's
heut ein, einmal nachzurechnen, wie lange, und da sie
noch einen Schätzungsmaßstab für die Zeit besaß, der
sich wesentlich von dem bereits länger auf der Erde
heimischer Leute unterschied, so erschien's ihr geradezu
endlos weit, wie eine halbe Ewigkeit, mindestens vier
Jahre. Das hieß, seitdem sie zuletzt mit Hellwig Bredenkamp zusammen gewesen; flüchtig gesehen mochte sie ihn
von fern dann und wann noch später haben. Aber
damals war sie in Streit mit ihm geraten, über was,

wußte sie nicht mehr, nur daß sie schließlich, als er wohl Miene gemacht, handgreiflich zu werden, gesagt: „Untersteh Dich nicht, mich anzurühren! Ich bin eine Baroneß und Du ein Pächterssohn; wenn's noch so wäre wie früher, so wärst Du mein Leibeigener, der mich auf den Knieen um Verzeihung bitten müßte, daß ich ihn nicht prügeln oder ihm den Kopf abschlagen ließe." Das klang ihr noch im Ohr nach und war eine Wissenschaft gewesen, die ihr zu der Zeit gerade, sie konnte sich nicht erinnern, ob von Jette Blei oder von Jakob Pflaumenbaum gekommen, so daß sie sich in der Lage befunden, das just Erlernte ausgezeichnet anwenden zu können. In ihrem jetzigen gereiften Alter kam's ihr mit einem Lachreiz, wenn sie daran zurückdachte, aber der dumme Mensch mußte es damals für ernst und übel genommen haben, denn seitdem war die Kameradschaft im Garten, Feld und Wald in die Brüche gegangen und er hatte sich nie mehr auf Helmstede sehen lassen. Übrigens kam er auch wohl zu der Zeit schon nur in den Schulferien nach Ottenhof und besuchte irgendwo ein Gymnasium, wie's sein Vater ehemals gethan. Das Gedächtnis Gertruds gab keine rechte Auskunft mehr barüber, doch ihr war's so, in den letzten Jahren, wenn sie mit ihm umhergestrichen, hätten entweder die Veilchen und Anemonen geblüht oder der Roggen schon mit gelben Ähren gestanden; es mußte also um Ostern herum und in den Hundstagen gewesen sein.

Sie hatte eigentlich lange nicht mehr daran gedacht, aber der heutige wundervolle Frühlingsmorgen und der Anblick von Ottenhof riefen es ihr unwillkürlich aus der Erinnerung wach. Der Weg, auf dem sie ging, führte hart an den Hofgebäuden vorbei, und wie sie am Ende der langen Scheune umbog, sagte jemand hinter ihrem Rücken: „Guten Morgen, Baroneß." Das war die ihr bekannte Stimme Klaus Bredenkamps; er stand, als sie sich umdrehte, hinter der kleinen Rückpforte seines Gartens, hielt einen Wurzelstecher in der Hand und hatte damit, da's in der gegenwärtigen Jahreszeit im Feld nicht sonderlich viel zu besorgen gab, Unkraut im Garten gereutet. „Guten Morgen, Herr Bredenkamp," versetzte sie, und er begrüßte sie jetzt nochmals durch formelles Lüften seines breitrandigen Strohhutes, denn an schicklicher und schuldiger Respektserweisung vor der jungen Erbin von Helmstede ließ er es trotz seiner demokratischen Gesinnung nie mangeln.

Im Grunde hatte sie ihn ja recht gern, doch mit ihm zu reden war ihr immer etwas schwer gefallen, sie wußte nicht recht was, und hätte sie ihn vorher gesehen, wäre sie eigentlich lieber schon früher seitwärts abgebogen. Aber dafür war's zu spät, sie mußte ein paar Worte sagen und fragte:

„Giebt's denn so viel Unkraut in dem Jahr?"

„Das ist 'mal die Regel und das andere die Ausnahme, Baroneß," antwortete der Pächter. „Im

Frühling muß man sich nicht darüber wundern, und hat man's nicht zur rechten Zeit weggestochen, auch nicht, wenn's zum Sommer in Samen schießt."

Gertrud fiel etwas ein, wovon ihr in den letzten Wochen ein Gerücht zu Ohren geraten. „Ist es denn richtig, daß bei Ihnen ein Kalb mit einem Fuchskopf zur Welt gekommen ist?"

„Ich hab's nicht gesehen, Baroneß," erwiderte Klaus Bredenkamp, „aber da Sie danach fragen, muß es wohl möglich sein; es kommt vor, daß ein junges Kalb seiner Mutter sehr unähnlich sieht. Doch wenn Sie einmal im Stall nachschauen wollen —"

Das Mädchen fiel ein: „Nein, ich danke — ich habe nicht Zeit." Ihre Frage war gedankenlos, eine Dummheit gewesen, von der Art, wie sie etwa im Gobemellschen Krämerladen geschwatzt wurden, und sie fühlte ein Bedürfnis, den Fuß zum Weitergehen vorzubewegen.

„Ja, Sie haben gewiß viel Notwendiges zu thun, Baroneß," bestätigte der Pächter.

Das ließ sie den Fuß mechanisch noch wieder anhalten. Sie mußte doch noch etwas Vernünftigeres vorbringen, suchte danach, fand indes nichts, bis ihr hilfreich in den Mund kam:

„Was macht denn eigentlich Ihr Sohn?"

„Ich danke, Baroneß," entgegnete Klaus Bredenkamp, „er macht mir keine Besorgnis, sondern gute

Hoffnung, daß etwas Ordentliches aus ihm wird; da hoff ich, macht er dann gut, was sein Vater falsch gemacht hat. Aber Sie wollen gehen, Baroneß, und ich will Sie nicht mit Dingen aufhalten, die Sie nicht interessieren können."

Der Sprecher lüftete wieder respektvoll den breiten Hut, und Gertrud sagte: „Abieu, Herr Bredenkamp," und ging weiter. Anfänglich, bis sie um eine Ecke kam, mit raschem Schritt, denn sie hatte ja gesagt, sie habe Eile. Es verdroß sie, das durch ein Anzeichen bethätigen, gewissermaßen mit ihren Füßen die Unwahrheit sprechen zu müssen; sobald es nicht mehr nötig blieb, verlangsamte sie ihren Gang, aber sie war überhaupt unbefriedigt von der Unterhaltung. Was hatte er eigentlich damit gemeint, sie solle in den Stall gehen und nachsehen, sie habe gewiß viel Notwendiges zu thun, und beinah mit allem, was er auf ihre Fragen geantwortet? Sein äußerlicher großer Respekt stimmte durchaus nicht mit einem dunkel in ihr auftreibenden Gefühl zusammen, er habe sie eigentlich als ein einfältiges Ding behandelt. Selbst seine Äußerung, daß manchmal ein junges Kalb seiner Mutter sehr unähnlich sähe, wollte ihr nachträglich sonderbar im Ohr klingen, denn ihr fiel dabei ein, daß sie und ihre Mutter äußerlich wie innerlich sehr wenig oder eigentlich gar keine Ähnlichkeit miteinander hätten, sie mußte wohl ganz ihrem Vater nachgeartet sein. Eine Zwiesprache mit dem

Erbpächter war ihr von Kindheit auf nie besonders angenehm gewesen, sie scheute sich immer ein bißchen davor
und ging ihr lieber aus dem Wege. Aber so wie heut
hatte es sie doch noch nie berührt, und ihr kam's zum
erstenmal, das stamme von seiner demokratischen Gesinnung her, von der sie auf Warleberg öfter gehört,
und enthalte eine innere Feindseligkeit gegen sie, wie
gegen ihre Mutter, weil sie eine Baroneß sei; daß er
sie in jedem Satz scheinbar mit Respekt so anredete,
war nur spöttisch gemeint. Am meisten indes verdroß
sie, daß sie auf seine sehr der Anzüglichkeit verdächtigen
Beantwortungen ihrer Fragen nichts Treffendes zu ent-
gegnen gewußt, sondern in der That wie ein einfältiges
Kind dagestanden hatte, bei welchem es dem Demokraten
gelungen, sich der Aristokratin überlegen zu zeigen. Denn
sonst war sie doch nicht auf den Mund gefallen; davon
hatte sie schon manchem, unter ihnen auch Doktor Erich
Präconius, verschiedentlich Gelegenheit gegeben, sich zu
unterrichten.

Gertrud ging weiter, dem nahen Dorf Hollebek zu.
Allerdings so ließ sich begreifen, daß Hellwig Bredenkamp
damals die ihr herausgeflogenen einfältigen Worte in
den unrichtigen Hals bekommen hatte. Der Apfel fiel
nicht weit vom Stamme, und er war vermutlich auch
von seinem Vater demokratisch großgenährt worden.
Einmal im Verdruß über sich begriffen, kam's ihr nicht
darauf an, sich gegenwärtig auch nachträglich noch als

Zugabe darüber zu ärgern, daß sie sich ihm durch das Kalbskopfgeplapper lächerlich gemacht haben mußte. Wahrscheinlich hatte er zu Haus nachher über sie gespottet.

„Großgenährt," das traf auch sonst wohl zu, denn großgewachsen für sein Alter war er immer gewesen, also natürlich jetzt mit ungefähr zwanzig Jahren noch mehr. Aber was konnte denn so Ordentliches aus ihm geworden sein oder werden sollen?

Der Fortschlendernden ging wieder ein Licht auf. Das hatte wohl gar nicht ihm, sondern jemand anders gegolten und zu verstehen gebracht, es gebe Leute in der Welt, bei denen nicht viel Hoffnung vorhanden sei, daß einmal etwas Ordentliches aus ihnen werde.

Nun denn — Gertrud pfiff ein paar Töne vor sich hinaus, denn sie verstand auch zu pfeifen — das demokratische Vergnügen, das Klaus Bredenkamp sich mit der Äußerung gemacht, konnte man ihm ja gönnen. Besonders, da er wenigstens einsichtig genug gewesen, hinzuzusetzen, er wolle sie nicht mit Dingen aufhalten, die sie nicht interessierten.

Da befand sie sich schon an den ersten Häusern von Hollebek, oder vielmehr an dem ersten, das hierheraus etwas vereinzelt vorgeschoben lag. Sie hatte es gern und stand beim Vorüberkommen immer etwas davor still, denn es nahm sich wirklich sehr nieblich aus, wohl auch ländlich einfach, mit Stroh bedacht, doch anders

als die übrigen Dorfgebäude. Alles so sauber, blink
und blank, nur jetzt am Maiende noch nicht in seinem
vollen Schmuck. Doch im späteren Sommer war es
ganz grün von wildem Weinlaub übersponnen, und im
kleinen Vorgarten — ein größerer zog sich nach rückwärts — standen die Beete dann so dicht mit Rosen,
weißen und Feuerlilien, Akelei, Mohn, Verbenen,
Phloxen, Astern, Zinnien und allem Erdenkbaren über-
blüht, daß die Pfauenaugen, Füchse, Admiräle, Distel-,
Zitronen- und Heufalter auf eine halbe Meile in der
Runde sich dort zum täglichen Rendezvous bestellten
und der Blick des darauf Schauenden oft nicht wußte,
was Blume und was Schmetterling sei; selbst ein Iris
kam dann und wann zum Besuch. Bis zum vorigen
Herbst hatte die alte Martha Plumbum ihre fast achtzig-
jährigen Augen daran erfreut und als erbliche Besitzerin des Häuschens, man konnte nicht einmal sagen
urgroßmutterseelen-allein, darin gelebt, da sie nie einen
Mann und infolgedessen zweifellos auch nie Kinder und
Enkel besessen, überhaupt niemand ihres Namens im
Lande. Aber am Ausgang des letzten kalten Winters
war sie nach der Üblichkeit der sehr alten Leute um-
gezogen, in gewisser Weise zu einem noch ländlicheren
und friedlicheren Aufenthalt, und begnügte sich seitdem
mit einer ganz kleinen, doch für ihre Bedürfnisse völlig
ausreichenden Unterkunft unweit von der alten cyklo-
pischen Kirchenmauer, wohin die Harfentrina ihr als

Wegweiserin gedient hatte. Dem Gericht war es, wie man gehört, schwer gefallen, einen mit begründeten Ansprüchen ausgerüsteten Erben der Alten ausfindig zu machen, doch mußte dies ihm neuerdings gelungen sein, denn obwohl das Haus und der Garten — abgesehen von den selbstverständlich bei den Frühlingsblumen bereits versammelten Schmetterlingen — gegenwärtig leer standen, so ward augenblicklich doch von einem Arbeiter eine nötig gewordene Ausbesserung am Dach vorgenommen. Den sprach Gertrud jetzt von der kleinen Gartenpforte her mit einer Frage an, wer wieder in das Häuschen einziehe, und der Mann drehte sich, die Mütze vom Kopf ziehend, oben auf seiner Leiter um. Aber er antwortete: „Dat weet ick nich, Baroneß —“ denn er kannte sie natürlich ebenfalls — „heff ick nix vun hört; ick schull dat man utbetern, het de Meister seggt,“ und ein Taubenpaar, das trotz der Arbeit gurrend ruhig am anderen Ende des bemoosten Firstes saß, gab ebensowenig eine Auskunft.

Neben dem verwaisten Haus bog zur Rechten der nächste Weg von der Stadt her nach Helmstede ab, und Fräulein Gertrud besann sich kurz, ob sie dorthin zurück wolle. Doch der Morgen war entschieden draußen schöner als in der Stube, und außerdem kam Jakob Pflaumenbaum heut zur Zeichenstunde. Den etwas warten zu lassen, war für sie, für ihn und für das Unterrichtszimmer vorteilhaft, denn er fing dann inzwischen darin die Fliegen weg, von denen es in diesem Jahr schon frühzeitig eine ungewöhnliche Menge gab, und danach ließen sich allerhand Possen und Schabernack mit ihm aufstellen, so daß vom Bleistift möglichst wenig Gebrauch gemacht wurde. Mithin besaß es Vorzüge, noch vom Hause fortzubleiben, und Gertrud begab sich auf einem Fußweg weiter am Dorfrand entlang. Ihre Stimmung war so vollkommen wieder ausgebessert, daß man dem schadhaften Dach nur das gleiche wünschen konnte, sie dachte nicht mehr an Klaus Bredenkamp und seine anzüglichen Erwiderungen, rupfte die ersten frischen Blätter von einem Hagebuchenzaun, um sich eine Art Mundharmonika daraus herzustellen, denn darauf zu spielen verstand sie selbstverständlich auch in beinah virtuosenhafter Weise. So kam sie, das Lerchengetriller über sich und Grasmückengezwitscher um sich nachmachend, wieder ins leere Feld hinaus, und nach einem Weilchen klang ihr einmal zwischen ihre musikalischen Leistungen hinein seither, vom leisen, warmen Wind getragen, ein anderer Ton ins Ohr, der jedenfalls von einem Konkurrenzinstrument herrühren mußte. Halb verwundert sah sie sich um; es war nichts in einiger Nähe, als der Feldschuppen der alten Leichenfrau von Hollebek, doch ohne Frage kam der merkwürdige Schall von dort herüber. Gertrud kannte die Inhaberin des vermorschten Holzbaus natürlich vom Sehen seit langem, aber in ihm war sie nie gewesen; es zog ihr selten den

Fuß nach dieser Richtung landein, sie hielt sich gemeiniglich mehr um den See. Da fiel ihr übrigens bei dem wunderlichen Gesumme ein, daß sie einmal gehört, woher die Harfentrina ihren Namen haben solle, und bei dieser Gedächtnisaufweckung konnte nicht weiter in Frage stehen, daß sie sich mit eigenen Augen darüber unterrichten mußte. Wie ein Iltis, der sich im Zickzack unterm Wind an einen Kaninchenstollen heranlauert, duckte sie sich so, daß sie aus dem offenstehenden Fenster des Schuppens nicht wahrgenommen werden konnte, an diesen hin; richtig, die klimpernden Töne kamen aus dem Innern, und wie sie vorsichtig um den Fensterrand blinzelte, saß die Alte auf einem Holzkloß, hielt eine Harfe mit abgeschabtem Goldzierat zwischen den Knieen und strich mit den Fingerspitzen über die verstimmten und altersmürben Saiten. Gertrud hielt noch ihre Blätterharmonika in der Hand, hob dieselbe mit plötzlicher Eingebung an ihren Mund und lockte daraus zur Begleitung ein paar Töne ungefähr wie von ängstlich quiekenden Mäusen hervor. Davon hörte indes die Harfentrina nichts oder achtete nicht darauf; erst wie der Accompagnierenden draußen das Konzert zu komisch ward, daß sie in ein lautes Lachen ausprasselte, drehte die Alte den Kopf um und sagte: „Dat weer de Kuckuck.“ Zugleich ward sie des Mädchens ansichtig und somit ihren Irrtum gewahr, doch trotzdem verbesserte sie ihn zunächst nicht, sondern wiederholte im Gegenteil noch einmal: „Ja richtig, de Kuckuck." Dann jedoch stand sie auf, öffnete ihren Thürverschlag und sagte in hochdeutscher Sprache: „Das ist ja eine große Ehre für mich." Und dabei machte die Harfentrina einen tiefen, den unerwarteten Besuch begrüßenden Knix, der in mehrfacher Beziehung Absonderliches hatte. Denn er gab sich nicht etwa unbehilflich Mühe, eine in vornehmen Kreisen übliche Verneigung nachzumachen, sondern er wäre in jeder guten Gesellschaft vollgültig dafür angesehen worden; zugleich indes lag in dieser äußerlich höchst devoten Respektskundgebung etwas, das ihr innerlich die Zuthat eines leisen ironischen Beigeschmackes lieh.

Die junge Dame warf einen kurz-neugierigen Blick über die primitivste Vereinigung aller sonst als zum Leben nötig erachteten Räumlichkeiten zwischen den vier baufälligen Holzwänden des Schuppens, der mehr an eine große alte, zerspaltene und zerlöcherte Spanschachtel erinnerte, und gab dann Antwort: „Ich kam gerad hier vorbei und wollt einmal bei Ihr — bei Ihnen — bei Euch einsehen."

Der Sprecherin kam's erst im letzten Moment, daß sie nicht recht wußte, welches Pronomen sie eigentlich bei der Alten anwenden sollte. Aus Väterzeit her war für alte Dienstboten wohl noch die Anrede in der dritten Person des Singular gebräuchlich, aber die wollte hier doch nicht recht passen. So sprang Gertrud zur dritten

Person im Plural über, die ihr indes nach entgegen=
gesetzter Richtung ebensowenig angebracht klang, und sie
verfiel schließlich auf das sie am richtigsten bedünkende
Fürwort, das gleichfalls auf dem Lande, Untergebenen
gegenüber, seine patriarchalische Herkömmlichkeit noch
nicht ganz eingebüßt hatte. Die Angesprochene wieder=
holte als Entgegnung nochmals: „Das ist ja eine sehr
große Ehre für mich, Baroneß," und wie sie dies sagte,
machte die Harfentrina im Augenblick trotz der Arm=
seligkeit ihrer Behausung und Kleidung ganz den Ein=
druck einer alten vornehmen Dame, die eine Standes=
genossin bei sich empfange, doch in ihrer Miene nicht
verhehle, daß diese noch ein blutjunges Ding sei, welches
auf weiteres als die Beobachtung formeller Höflichkeit
keinen Anspruch machen könne. Nun versetzte das Mäd=
chen, die eine Hand nach der Kleidtasche und dem darin
enthaltenen Portemonnaie senkend, das infolge eines
angeborenen Naturells der Besitzerin nie unter über=
mäßiger Anfüllung litt:

„Wollt Ihr Euch nicht etwas für Eure Stube an=
schaffen, daß Ihr's in Eurem Alter hier bequemer habt?"

Doch die Befragte erwiderte: „Ich danke für Ihre
wohlwollende Absicht, mich zu unterstützen, Baroneß,
aber ich trage kein besoin danach."

Gertrud mußte über den Ton der Antwort und
besonders des eingemischten französischen Wortes fast
lachen, und doch bot das Ganze, das durchaus nicht

gespreizt, sondern vollkommen natürlich klang, keinen rechten Anhaltspunkt, sich darüber lustig zu machen. Nur drollig war's, die Harfentrina derartig sich ausdrücken zu hören. Aber sie so zu benennen, wollte der Besucherin doch nicht recht von der Zunge, und kurz nach einer anderen Anrede suchend, erwiderte sie:

„Wie kommt Ihr denn eigentlich zu der Harfe, Mutter?"

„Ich besitze keinen Anspruch auf die Auszeichnung, so benannt zu werden, Baroneß, denn ich habe mich nicht zu einer Heirat resolviert gehabt, sondern bin unvermählten Standes geblieben."

Das entgegnete die Harfentrina in der gleichen ruhig gemessenen und, so komisch es klingen mochte, nicht anders als damenhaft-vornehm zu heißenden Weise, und fügte dann nach:

„Es bereitet mir ab und zu ein Vergnügen, Baroneß, mich in meinen Mußestunden im Harfenspiel zu üben. Vielleicht gelangen Sie auch noch einmal dazu; in Ihrem Alter wußte ich noch nicht, daß ich solche Anlage besaß, und wenn es Ihr Wunsch ist, bin ich gern bereit, Ihnen für eine derartige Eventualität Unterricht zu erteilen."

Nun erst ward's dem Mädchen klar, die Alte mit ihrer wunderlich hochtrabenden Sprach- und Ausdrucksweise sei offenbar etwas im Kopf verrückt. Und gleichzeitig überlief's die Hörerin ein wenig bei der

Vorstellung der „Mußestunden", von der die Harfentrina gesprochen, oder vielmehr der Beschäftigung, von welcher jene die Ausnahmen bildeten. Durch eine unwillkürliche Verbindung kam ihr das Bild des vom Baumast erschlagenen Vagabunden zurück, wie er — der erste Tote, den sie in ihrem Leben gesehen — weißgesichtig-reglos auf der Holzpritsche in dem Landstreicherverwahrsam dagelegen, und durch eine weitere Übertragung auf ihre Empfindungsnerven glaubte sie wieder das unbehagliche Gefühl in ihrer Hand zu spüren, das diese bei der leicht streifenden Berührung der kalten Totenfinger angefaßt hatte. So trachtete Gertrud nicht mehr danach, ihren Besuch bei der hirnverdrehten Alten zu verlängern, sondern zu beendigen, doch sie war etwas unbeholfen heute, wollte sich davonmachen und wußte doch nicht recht ein Wort zu ihrem Abgang zu finden. Zum Notbehelf knüpfte sie daher an das ihr gerad in die Gedanken Geratene an: „Ich muß gehn — habt Ihr nichts erfahren, wer der fremde Mensch gewesen ist, bei dem ich Euch zuletzt sah?"

Die Harfentrina nickte halb gravitätisch mit dem Kopf. „Das habe ich allerdings zufällig in Erfahrung gebracht. Freilich der Name eines solchen Menschen geht eine Baroneß nichts an, aber wenn Sie ihn zu hören wünschen, so hieß er Schnurrbusch, ward aber gewöhnlich nur der »flotte Seilhahn« genannt. Das hat er mir damals auf seinem Sterbebett noch zu wissen gethan."

Der Sprecherin schien beim letzten ein plötzlicher Einfall zu kommen, sie drehte sich nach dem Innern ihrer Hütte, nahm dort einen kleinen Gegenstand von einem Bort und fügte, sich wieder umkehrend, nach: „Sie wollten die Gewogenheit haben, Baroneß, mir mit einer Unterstützung behilflich zu sein. Ich bin nicht in der Lage, einer solchen zu bedürfen, aber ich bitte Sie, mir zu erlauben, Ihnen ein kleines Angedenken an Ihren gnädigen Besuch überreichen zu dürfen. Vielleicht gelangt dasselbe so in die richtigen Hände und kann Ihnen einmal dienlich sein. Ich habe die Ehre, mich Ihnen bestens zu empfehlen, Baroneß."

Damit drückte die Alte dem verblüfften Mädchen den aus ihrer Behausung hervorgeholten kleinen Gegenstand in die Hand, machte abermals einen tiefrespektvollen Knix und zog sich hinter ihren Thürverschlag zurück. Dort saß sie wieder auf dem Holzklotz und redete vor sich hin: „Baroneß — dat is ok wat. So wat schull een glöwen, weer noch gorni do west. Un benn sun Kuckuck dato, as hör se noch gornimal in't Nest rin. Na dat Ding kann se sick an'n Finger steken; be kummt ok noch mal in sun korten, bunten Rock, un benn bruft se sick nich erst vun den Heuhupper, mit den se weglöppt, een kopen to laten."

Von dieser kraus-verwunderlichen und unverständlichen Selbstgesprächs-Rederei der Harfentrina kam Gertrud nichts mehr zu Ohren, denn sie ging bereits in

einiger Entfernung davon. Aber sie brauchte es zur
Bestätigung der ihr aufgetauchten Erkenntnis auch nicht
zu hören, ihr Niederblick auf das, was die Alte ihr in
die Hand gesteckt hatte, reichte vollständig dafür aus.
Es war ein alter verbeulter silberner Ring mit einer
kleinen Platte, auf der ein von einem Pfeil durchbohrtes
Herz eingeschnitten stand; dies Angebinde zusamt den
Worten, die es begleitet hatten, ließen keinen Zweifel,
die Harfentrina war nach der landesüblichen Bezeichnung „spöksch" oder „dwatsch" im Kopf, noch ein gut
Stück dwatscher, als Jakob Pflaumenbaum. Nach ihrer
ersten Regung wollte die wider Willen Beschenkte den
geschmacklosen Ring wegwerfen, aber dann hatte sie ihn
in mechanischem Thun einmal auf ihren Zeigefinger
probiert, und nun ging das dumme Ding nicht wieder
herunter. Der Ring mußte für einen merkwürdig
schmächtigen Finger, vermutlich einen vierten, bestimmt
gewesen sein, denn die ihrigen trugen schon die denkbar
zierlichsten und schmalsten Gelenke zur Schau und doch
ließ er sich nicht wieder abbringen; sie mußte ihn
bongré malgré mit nach Haus tragen, um ihn dort
in warmem Wasser los zu werden. Ein Unglück war's
indes am Ende nicht, und geradeswegs nach Helmstede
zurück brauchte sie deshalb auch nicht, sondern sie brehte
an einem Knickwall entlang weglos gegen den See zu ab.
Besonders viel Erfreuliches eingetragen hatte ihr der
Morgenspaziergang bisher nicht, erst die absonderlichen

Redensarten Klaus Bredenkamps, dann die Narrheit der alten Harfentrina und das Stück Klammer um
den Finger obendrein; sie fühlte ein lebhaftes Verlangen nach etwas ihr mehr Zusagendem. Besonders
einmal nach einem Menschen, der sie nicht immer und
ewig in jedem Satz „Baroneß" anreden würde, das
war ihr nachgerade über, wie wenn die Köchin über
jedes Gericht Muskatnuß reiben wollte; aber Hoffnung
darauf war allerdings wenig vorhanden, denn es ließ
sich einzig von einem wildfremd in die Gegend Herein-
verirrten erwarten. Auch von dem bisherigen Schlen-
dern hatte sie genug, und das abzuthun, etwas besseres
Leben in ihre Glieder zu bringen, stand zum Glück bei
ihr. Um keine Zeit dafür zu versäumen, schnellte sie
sich am Wall in die Höh, brach raschelnd durch die
Zaunhecke, sprang auf der anderen Seite über den
Graben, wobei eine Brombeerranke sich ihr am Kleid
festhäkelte und sich nur durch die Abtretung eines Stück-
chens Stoff zum Loslassen bewegen ließ. Aber darin
war Fräulein Gertrud nicht eigenwillig, vielmehr durchaus freigebig, flog schon — in ihrem mattgelblichen
Kleid wie ein großes Citronenfalterweibchen — über
den nächsten Knick weg und, als gelte es in der Steeple-
chase auf schnurgeradestem Weg um einen allerhöchst
ausgesetzten Ehrenpreis, mit Nichtachtung jeglichen Hin-
dernisses weiter. Dann hörten leider die Wallhecken
auf, denn gegen den Seerand begann das unfruchtbare

und unbebaute Land, doch bot es dennoch gegenwärtig
geradevor ein unerwartetes Vergnügen und guten Anlaß zu einer Geschicklichkeitserprobung. Man hatte dort
zu irgend einem nützlichen Behuf eine vereinzelt aus
früherer Zeit zurückgebliebene große Rottanne umgefällt,
sauber abgezweigt und abgerindet, und der lange, helle
Stamm lag, sich nach der Spitze mehr und mehr ver-
jüngend, mit dieser über einen Sandabhang überragend,
hingestreckt. So bildete er ein köstliches Balancierbrett,
und es war selbstverständlich, daß Fräulein Gertrud
von Birkwald ihn auch sofort als solches ansah und
sich die Nießnutzung desselben nicht entgehen ließ. Hurtig
lief sie auf dem dicken Ende entlang, doch dann ebenso
behend, wie eine Moorschnepfe, auf der verjüngten Fortsetzung weiter, und es bekümmerte sie nicht im geringsten,
daß sie dabei, ohne ein wirklicher Brachvogel mit Flü-
geln zu sein, schließlich nicht viel anders, als auf einem
Schwefelhölzchen in der freien Luft stand. Auch wie
das unter ihr zu wippen und zu kippen anfing, blieb
sie bei ihrem Vormarsch bis zur äußersten Spitze, auf
der sie sich so gemütsruhig schaukelte, als ob es gar
keine physikalischen Fallgesetze in der Welt gäbe. Die
mochten ja auch für sie keine Bedeutung haben, aber
die Elasticitätsgrenze der Holzfasern konnte sie trotzdem
mit ihrer Balancierkunst nicht erweitern, denn das dünne
ehemalige Wipfelende der Fichte machte auf einmal
„knacks!" Doch auch solche Späße kannte die junge

Wipperin offenbar aus mannigfaltiger Erfahrung, war
darauf vorgesehen, und wie ein Reh, dem das Auf-
knacken eines Flintenhahns ans Ohr schlägt, schnellte
sie sich, unmittelbar zugleich mit dem Warnungston,
scheinbar in recht halsbrecherischem Sprung geradevor
hinunter. Die Tiefe unter ihr kam wohl fast der
üblichen Höhe eines Bauernhäuschens gleich und, obwohl es beinah merkwürdig erschien, fliegen konnte
Fräulein Gertrud von Birkwald wirklich nicht. Aber
mit den Augen vorher in Berechnung zu ziehen, was
möglich und deshalb ergötzlich sei, war sie äußerst bewandert; unter dem Absturz lag ein allmählich von
ihm zusammengerieselter Sandhaufen und in diesen grub
sie sich tief hinein, daß die feinen Körnchen zu vielen
Tausenden wie eine Wolke um sie aufstoben, ober wie
bei einem Sprung ins Wasser, sprühenden Tropfen
gleich, um sie aufklatschten. Damit gelangte sie aus
der Ober- in eine Unterwelt, und zwar in eine
völlig veränderte, die sich, zu einer Art kleinen Thäl-
chens abgeschlossen, ginsterbewachsen gegen den Schilf-
rand des Sees hinzog. Hier war's ganz still, nur
die Sonne glimmerte auf einem dünnen Wasserfaden,
und ein paar Eidechsen schlängelten hurtig in ihre
Schlupflöcher hinein.

Und doch mußte unweit von ihnen sich noch ein
zweites Menschengeschöpf aufhalten, denn ehe die mit
heilen Gliedmaßen Heruntergekommene noch recht aus

der Sandwolke wieder zum Vorschein geriet, hörte sie eine verwunderte Stimme fragen: „Was für ein Vogeltier klatscht denn da aus der Luft?" Und wie sie sich danach umblickte, nahm sie ungefähr auf ein Dutzend Schritte vor sich ein Gesicht gewahr, das sich gleichfalls umgedreht hielt und über den Anlaß des plötzlichen Staubgewirbels ins reine zu kommen suchte.

Es war ein junger, blondköpfiger, auf einem kleinen dreibeinigen Feldstuhl sitzender Mann, der ein großes Skizzenbuch auf den Knieen hielt, darin eine vereinzelte, eigentümlich verästelte Eiche abzeichnete, und bei seinem ersten Anblick durchschoß es Gertrud halb freudig, das sei leibhaftig der wildfremde Mensch, dem sie vorhin zu begegnen sich gewünscht habe. Aber wie er nun aufstand und dabei sehr groß und schlank in die Höh' wuchs, enttäuschte er jene Hoffnung, denn er sprach: „Ja so — Baroneß von Birkwald, wenn ich nicht irre." Und er begleitete die Anrede mit dem Lüften seines Filzhutes und einer respektvoll-höflichen, doch ebenso förmlich-gleichgültigen Verbeugung.

Zugleich indes kam's ihr auch von den Lippen: „Hellwig — wahrhaftig, das bist ja —"

Da ging's ihr jedoch, wie vorhin bei der Harfentrina, nur noch etwas auskunftsloser. Natürlich hatte sie Hellwig Bredenkamp früher nie anders als „Du" genannt, aber das war ja vor einer halben Ewigkeit zuletzt gewesen und paßte dem jungen Herrn gegenüber jetzt wohl nicht ganz mehr. „Sie“ zu sagen dagegen dünkte sie zu albern, denn wenn er auch groß und erwachsen dastand, war sein Gesicht und alles sonst an ihm doch noch ganz das nämliche, wie bei dem halbwüchsigen Knaben; dazu übertraf er sie womöglich noch in der Lachlust und hätte diese beim „Sie“ jedenfalls nicht verhalten. „Er“ in der dritten Person oder „Ihr“, wie bei der Alten, waren aber völlig ausgeschlossen, und so wußte Gertrud sich im Augenblick nicht anders zu helfen, als daß sie nach einem kurzen Stocken fortfuhr:

„Ich sah Herrn Bredenkamp vorhin, doch er hat mir nichts davon gesagt, daß sein Sohn hier ist.“

Eigentlich war dies Auskunftsmittel wohl noch mehr geeignet, eine Lachneigung herauszufordern, allein der junge Mann bewährte die Voraussetzung keineswegs. Seine ernsthafte Miene nahm sich im Gegenteil aus, als ob das Lachen ihr etwas vollständig Unbekanntes sei, und ohne einen Zug zu verändern, antwortete er:

„Mein Vater wird vermutlich nicht gedacht haben, Baroneß, daß etwas Mitteilenswertes darin liege.“

Die Zuhörerin empfand ihrerseits jetzt einen großen Antrieb zum Lachen, doch sie konnte ihm nicht nachgeben, weil das Wort „Baroneß“ sie wieder und diesmal ganz extraordinär ärgerte. Das klang ja aus seinem Mund geradezu albern; sie war doch auch noch die nämliche und er hätte doch wenigstens, wie sonst, „Gertrud“ sagen können. Und wie stocksteif er bei dem

Unsinn bastand, den er von dem mutmaßlichen Denken seines Vaters geredet hatte.

Im Grunde war's gar nicht möglich, daß er sich so verändert haben sollte, sondern es mußte in ihren Augen und Ohren liegen, daß sie sich an ihm versahen und verhörten. Sie warf jetzt einen Blick nach seinem aufgeschlagenen Skizzenbuch und sagte, da die Pronomen= schwierigkeit sich mittlerweile nicht verbessert hatte:

„Wenn jemand zeichnet, darf man wohl zusehen, wie es wird?“

Doch Hellwig Bredenkamp entgegnete, ohne sich zu rühren: „Ich glaube nicht, daß die Leistungen eines Anfängers Baroneß interessieren können.“

Daran ließ sich nichts mehr verhören und deuteln, und es war unausstehlich und zu dumm. Fast ohne Wissen flog ihr heraus: „Du, Hellwig —“ und sie wollte ihm beides sehr unumwunden mit den zutreffenden Worten ausdrücken. Doch ehe sie so weit kam, ver= setzte er mit einem respektvoll-höflichen Ton, als ob sie „Herr Bredenkamp“ gesagt habe: „Wie befehlen Baroneß?“

Das stieß dem Faß ihrer Geduld den Boden aus, doch gab es ihr mit einem mißmutig in ihr aufwallenden Grimm zugleich auch das einzige richtig angebrachte Pronomen auf die Zunge. Es besaß jetzt nichts Albernes mehr für sie, sondern nur Selbstverständliches, und sie begriff nicht, es nicht schon von Anfang her angewendet zu haben. So äußerte sie: „Ich habe nicht länger Zeit übrig, es war mir angenehm, Sie einmal wieder zu sehen, Herr Bredenkamp." Sie nickte kurz dazu, wie einem grüßenden Dörflers-Sohn, da sie noch sah, daß er seinen Hut wieder abzog, sich wieder verbeugte, auf seinen Feldstuhl zurücksetzte und das Zeichenbuch auf die Kniee nahm. Nun begab sie sich fort, doch dabei zum erstenmal in ihrem Leben von einem sonderbaren, unangenehmen Gefühl belästigt. Gewiß hatte niemand auf der Welt einen leichteren und zierlicheren Gang als sie, aber ihr war's, als ob sie sich augenblicklich vollständig linkisch halte und ausschreite, und die Empfindung, daß sein Blick sie mutmaßlich im Rücken begleite, trug nicht dazu bei, ihr Auftreten sicherer zu machen. Sie mußte sich zuletzt einmal umdrehen, wie wenn sie einer an ihr vorübergeflogenen Krähe nachschaue; dabei gelang ihr, aufzufassen, daß sie sich ohne Grund beunruhigt habe. Es fiel ihm gar nicht ein, hinter ihr drein zu sehen, sondern er saß abgekehrt ruhig auf seinem Stuhl und zeichnete weiter.

Also das war das „Ordentliche", was aus ihm geworden, ein Künstler, Maler, Zeichner oder dergleichen. Nun, das bedeutete nicht gerade viel, mit dem Bleistift auf dem Papier herumfahren konnte Jakob Pflaumenbaum auch, oder vielmehr, wie er sagte, mit dem Graphit, denn er nahm die gewöhnliche Bezeichnung dafür nicht in den Mund, weil sie mit „Blei", seiner idiosynkratischen

Abneigung, zusammenhing. Aber jedenfalls zeichnete er trotz seiner Verrücktheit bedeutend besser, als Hellwig Bredenkamp, der nicht einmal sehen lassen konnte, was er hingekritzelt hatte.

Der Apfel war allerdings nicht weit vom Stamm gefallen — merkwürdig, daß ihr das gerad heut morgen zufällig in den Sinn gekommen und daß sie so bald danach die Bestätigung erhalten — denn offenbar trug er noch mehr von demokratischer Gesinnung und verhohlener oder eigentlich unverhohlener Abneigung gegen die Aristokratie in sich, als sein Vater. Aber in einem mußte sie sich bekennen, in einer thörichten Anwandlung ihm einen völlig unbegründeten Vorwurf gemacht zu haben; er hatte mit seiner Anrede ganz recht gehabt und nur gethan, was sich für ihn gehörte. Sie war auch eine Baroneß, fühlte es gegenwärtig deutlich, und er ein Pächtersohn. Das hatte sie ihm ja schon einmal gesagt.

Sie ging nach Helmstede zu, draußen ließ sich heut nichts Vernünftiges holen, die dritte Erfahrung nach der Seite übertraf womöglich noch die beiden ersten, und so zog sie vor, sich in ihr Zimmer zu begeben. Außerdem war's, obwohl noch der Mai im Kalender stand, doch schon unangenehm heiß, das Gesicht glühte ihr von der Sonne, vielleicht auch etwas mit von dem mannigfachen Verdruß, den sie gehabt, hauptsächlich aber dem über sich selbst; sie war vermutlich mit dem linken

Fuß aus dem Bett gekommen, denn so unbeholfen, wie heut, hatte ihre Zunge sich noch nie angestellt. Sie fühlte einen prickelnden Drang in sich, zur Befreiung von diesem Ärger etwas anderes anzustellen, irgend einen recht unsinnigen Streich. Sollte sie da an der Straße auf den überhängenden Baumast klettern und, wenn ein Wagen drunter durch kam, dem Fuhrmann eine Handvoll kleiner Steine auf den Hut werfen, daß er glauben mußte, es hagle Kiesel vom blauen Himmel herunter? Die Vorstellung war hübsch, doch augenblicklich reichte sie ihr zur Befriedigung nicht aus.

Ihre Richtung führte sie nicht weit wieder vom Ende Hollebels vorbei, und nun sah sie drüben über dem Grün eines schon ziemlich hochstehenden Roggenfeldes etwas Langes, Schwarzes auftauchen. Das konnte nichts anderes als Jakob Pflaumenbaum sein, der zur Unterrichtsstunde aufs Gut herausgewandert kam und jetzt das that, was er beim Vorüberkommen nie zu thun unterließ, nämlich eine Minute lang vor dem letzten Dorfhäuschen der nunmehr seligen Martha Plumbum anhielt und einen stummen Blick über das blumenbunte Vorgärtchen auf das Gebäude warf. Wer dann auf der Lauer stand — wie Gertrud es schon ab und zu gethan — konnte aus einem Blätterversteck hervor trotz der Schweigsamkeit seiner Augen in ihnen einen sehnsüchtig-begehrlichen Glimmer spielen sehen, welcher kund gab, daß der „Magister" bei dem Anblick des artigen

Besitztums nicht ausschließlich von einem Gefühl platonischer Bewunderung erfüllt sei. So stand er auch jetzt dort, und es hätte gleichfalls eine hübsche Vorstellung gebildet, auf ihn zu warten und harmlos zu fragen, ob es wahr sei, wie es heiße, daß er um Martha Plumbums Herz und Hand angehalten habe und die Hochzeit am nächsten Sonntag stattfinden werde. Nur hatte leider die Alte sich neuerdings von der Harfentrina zur Fahrt durch den tiefen Sandweg abholen lassen, war nicht mehr zu haben und demgemäß auch für den Spaß nicht mehr zu verwerten. Doch abgesehen davon, ein Grimmigmachen Jakob Pflaumenbaums reichte gleichfalls für das gegenwärtige außergewöhnliche Anstellungsbedürfnis Gertruds nicht aus; sie ließ achtlos das sonst schätzbare Material des „Magisters" hinter sich zurück, ohne seine stillen Betrachtungen über die Annehmlichkeit einer solchen ländlich-hübschen Behausung mit einem Nachguß kalten Wassers von der Art eines in der Nase kribbelnden Säuerlings zu bedrohen, und begab sich hurtig dem Herrenhause zu.

Als sie an diesem eintraf, hielt ein Besuch verkündendes Fuhrwerk vor der Thür, und zwar der elegante Jagdwagen des Onkels von Birkwald aus Warleberg. An einem offenen Fenster droben stand Frau Ottilie; es machte den Eindruck, als habe sie nach der Rückkunft ihrer Tochter ausgesehen, und dies bestätigte sich auch, denn sie verschwand jetzt sogleich und kam derselben auf der Flurtreppe entgegen. Ihre Miene enthielt Ungewißliches, sie nahm den Arm des Mädchens und zog es mit sich in ein leeres Zimmer. Hier stand sie einen Moment wie unschlüssig, aber dann sagte sie schnell:

„Gut, daß Du kommst; Dein Onkel Ulrich ist hier in einer Angelegenheit, die Dich betrifft, und Du mußt ihm eine Antwort geben."

„Ich? Was soll ich ihm antworten?" fragte Gertrud verwundert.

„Er hält für seinen Sohn um Deine Hand an, und es handelt sich darum, ob Du Ja sagen und Dich mit Deinem Vetter Albert verloben willst?"

Fräulein Gertrud machte eine Sekunde lang ein Gesicht, als ob sich ihr eine Fliege kitzelnd auf die Nase gesetzt habe. Danach sah sie ihre Mutter mit großen Augen an und dann entgegnete sie:

„Ja. Warum nicht? Dir, glaube ich, ist es ja angenehm, nicht wahr?"

Frau Ottilie versetzte: „Ich hätte nichts dagegen — ja, mir wäre es — aber ich will Dich mit nichts beeinflussen, um meinetwillen sollst Du nicht —"

„Durchaus nicht, mir ist's ganz recht, Mama."

Die Züge der letzteren konnten eine Überraschung nicht verbergen, sie hatte sich sichtlich anderes vorgestellt, auf Schwierigkeit und Widerstand zu treffen. Da unerwartet aber das volle Gegenteil stattfand, that sie

unwillkürlich auch das Gegenteil von dem, was sie gewollt,
und statt zuzureden, riet sie eigentlich geradezu jetzt ab:

„Nein, ich will nicht, daß Du mir später einen Vorwurf machen sollst, ich hätte —"

Doch das Mädchen fiel ein: „Gewiß nicht, warum
soll ich das? Es paßt mir sehr gut, mich zu verloben.
Ich muß mich ja doch einmal ebenbürtig verheiraten,
und Albert ist ein rechter Aristokrat, wie ich's liebe,
ganz wie ich selbst. Noblesse oblige, ich finde es sehr
unwürdig, wenn jemand diese Pflicht außer acht läßt.
Du hättest es auch nie gethan, und ich habe es von
Dir als Mitgift bekommen."

„Nein — ja — Du hast recht — nein, das hätte
ich nicht —"

Frau Ottilie schien noch immer so erstaunt und sah
ihre Tochter mit gewissermaßen verdutztem Blick an, daß
ihre Lippen offenbar nicht recht wußten, was sie erwiderten. Gertrud aber rief jetzt: „Ich will's dem Onkel
gleich sagen!" und flog voran durch die Thür und die
Treppe hinauf, als verschaffe dies ihr die außergewöhnliche Emotion, nach der sie sich auf dem Heimweg vergeblich den Kopf zerbrochen.

*　　*
*

In der kleinen Wohnstube der Mamsell Jette Blei
sah es gegen alle Herkömmlichkeit nicht nur ein wenig,
sondern recht hochgradig kunterbunt aus, doch ohne

daß dies ein schiefes Licht auf die Inhaberin werfen konnte. Im Gegenteil forderte der Anblick unter Berücksichtigung der obwaltenden Umstände weit eher zu einem Lob als zum Tadel heraus, denn wenn einmal in einem Zimmer alle Ordnung auf den Kopf gestellt werden mußte, so ließ es sich schwerlich mit weniger Unordnung ausführen. Die Notwendigkeit eines solchen Geschehens aber lag auf der Hand, da Tante Jettchen ihre Habseligkeiten zu einem Auszug oder Umzug rüstete und demgemäß zwischen den von ihr zu verlassenden vier Wänden ausstäubte, abputzte, sonderte, zusammenlegte, kurz sich allen den Einzelthätigkeiten hingab, aus denen sich schließlich die Gesamthandlung des Einpackens herausbildete. Sie nahm sich sehr vergnügt dabei aus und war's offenbar auch, da sie sonst wohl nicht dann und wann, ohne einen wahrnehmbaren Anlaß, vor sich hin gelacht hätte; ihr Reichtum an irdischen Siebensachen bezifferte sich nicht so hoch, ihr eine Beihilfe erforderlich zu machen, sondern sie bemeisterte alles mit ihren eigenen beiden Händen. Das entsprach im übrigen nur ihrer allgemeinen Gepflogenheit; was sie ins Werk setzen wollte, that sie immer allein, ohne sich nach einer Assistenz dafür umzusehen. Ja, es lag sogar gegen die übliche weibliche Natur nicht in ihrer Art, irgend einem vorher etwas über ihr Vorhaben mitzuteilen, vielmehr alle Welt damit zu überraschen, daß sie es in der Stille plötzlich fertig gebracht habe. Das war freilich cum grano salis aufzufassen, denn „alle Welt" verwendete nicht gerade besondere Achtsamkeit auf ihr Thun und Treiben, sondern höchstgerechnet nur ein außerordentlich winziges Bruchteilchen derselben. Aber sie besaß eine genügsame, gerechte und billige Denkungsart, und da sie sich auch keineswegs um alle Welt bekümmerte, machte sie dieser aus dem gleichen Verhalten gegen sie nicht den leisesten Vorwurf. Ja, sie schien eher durchaus damit einverstanden zu sein.

Nun befaßte Jette Blei sich mit dem Wäscheinhalt einer Kommode, der dadurch eine besondere Stellung einnahm, daß er noch nie gebraucht war. Ersichtlich hatte sich ihr die Notwendigkeit einer Neuanschaffung aufgedrängt, die bei ihrer kärglichen Einnahme vorher genug mit reiflicher Überschlagung und Entsagung nach anderen Richtungen verknüpft gewesen sein mochte, und so ließ es sich bei der Mitgift ihres Geschlechts ihr nicht zu sehr verargen, daß sie die Errungenschaften ihrer Ersparnisse mit einer gewissen liebevollen Sorgsamkeit behandelte, die einzelnen kleinen, von roten Bändern umschnürten Päckchen vorher prüfend in der Hand wog und im Gesicht dabei nicht einen angemessenen Ausdruck von Wohlgefallen und Befriedigung verhehlte. Das weiße, feine Linnen machte sich auch wirklich höchst frisch, sauber und hübsch; Tisch- und Betttücher, Servietten, Handtücher — jedes Päckchen enthielt wohl immer ein halbes Dutzend — Leibwäsche, Kragen und

Manschetten — auch Hemden mit gestickten Einsätzen
dabei — kurz, wessen ein Mädchen in „vorgeschrittenen
Jahren" bedurfte, um mit der eigenen Person, wie der
häuslichen Umgebung, einen nett ansprechenden Eindruck
hervorzurufen. Alles, den Verhältnissen Tante Jettchens
gemäß, einfach, bescheiden, nichts renommistisch über
ihren Stand hinaus, aber doch so erfreulich, es fast
bedauern zu lassen, daß außer ihren eigenen beiden
Augen keine anderen mit an der Betrachtung und Begutachtung teilnahmen. Nur noch die von dummen
Fliegen, die nicht das geringste Interesse für die Güte
der Leinwand bezeigten, durch das offene Fenster aus-
und einsurrten und durch ihre Anzahl kalenderhaft nach-
wiesen, der Sommer müsse zur Zeit mindestens bis zur
Junimitte vorgeschritten sein.

Auf die Dauer indes machte trotz aller daraus ent-
fließenden Vergnüglichkeit das Packen, Blicken, Besehen
und Hantieren doch ein bißchen müde, wenigstens für
ein paar Augenblicke des Ausruhens bedürftig, und Jette
Blei setzte sich zu dem Behuf einmal auf eine schon
mit allerlei Hausgerät angefüllte Kiste. Doch ganz unthätig konnte sie auch so nicht verbleiben, ihre Augen
gingen einer vorbeischwirrenden Fliege nach, und die
brachte sie darauf, die körperliche Erholungspause für
eine Erweiterung ihrer Bildung zu nutzen. Sie streckte
die Hand nach einem neben ihr auf dem Tisch liegenden
Buch, welches das von ihr im März eingehandelte

sonderbare Erbauungsbuch in Gestalt eines lateinisch-
deutschen Wörterbuches zu sein schien. Aber es stellte
sich noch merkwürdiger als ein seitdem von ihr noch
hinzuerworbenes deutsch-lateinisches Lexikon heraus,
und ihre geschickte Handhabung desselben bekundete,
daß sie inzwischen ihre Übungen in der Sprache
der altrömischen Klassiker fortgesetzt und erweitert haben
müsse. Im Moment war ihr Wissensdrang durch den
Anblick der Fliege genährt worden, — daß diese musca
hieß, brauchte sie freilich nicht erst nachzuschlagen —
doch einige Komposita mit diesem Stammwort hatten
sich ihr in die Vorstellung gedrängt, und sie begab sich
mit Erfolg auf die Suche nach ihnen. Da stand's:
Fliegenklappe, muscarium — Fliegennetz, canopeum
— das erinnerte komisch beinah an Kanapee; interessant
war auch — denn man fand in solchem Wörterbuch
beim Herumblättern immer Lehrreiches und nicht selten
auch Lustiges — daß musca in übertragener Bedeutung
gleichfalls jemand bezeichnete, der lästig und widerwärtig
wie eine Fliege sei, und betraf dies eine kleine Persönlichkeit, so wandte man das Diminutiv muscula dafür
an. Das ergötzte Tante Jettchen besonders, sie lachte
wieder einmal fröhlich auf und prägte es sich durch
mehrfaches Aussprechen: „muscula — muscula" besser
ins Gedächtnis ein.

Doch da schlug's von der Turmuhr zwölfmal, das
nötigte ihr etwas anderes in die Erinnerung. Wegen

ihrer Auszugsarbeit hatte sie heut nicht nach gewohnter
Weise in ihrer jungferlichen Wirtschaft für sich zu Mittag
gekocht, und ganz konnte sie diesen doch nicht ausfallen
lassen, denn erfahrungsgemäß und bei ihr sich bewäh-
rend, machte nicht nur ein stundenlanges körperliches
Schaffen Hunger, sondern eine vergnügliche Stimmung
trug dazu bei, ihn noch zu verstärken. So stand sie auf,
warf einen kurzen Blick in den noch an der Wand fest-
hängenden kleinen Spiegel, ob ihr Packeifer sie auch
nicht in einen für eine Lehrmeisterin zu unreputierlichen
Zustand versetzt habe — das war nur beim Haar ein
bißchen der Fall, sonst hatte im Gegenteil die leibliche
Anstrengung ihr zu einer sehr vorteilhaften Gesichts-
färbung und einem hübsch-lebendigen Glanz der Augen
verholfen — und sorglich ihre Stube mit den darin enthaltenen neuen Linnenschätzen abschließend, begab sie sich
ins Freie, die Straße entlang zum Godemelkschen Laden.
Hier befand sich alles in seiner hergebracht-regelmäßigen
Thätigkeit, Jörgen Godemelk, Frau Antoinette und
Hinnerk Schötensack standen an ihrem angestammten
Platz, und wenn das Geschäft gegenwärtig auch nicht
die gleiche Hast hinter dem Ladentisch wie in den Abend-
stunden erforderte, so ließ doch die Zungengeschäftigkeit
eines Dutzend wartender Einkäuferinnen von derselben
auch zu dieser Tageszeit nicht viel vermissen. Es wurde
mancherlei noch zu Mittag gebraucht, und mancherlei
appetitfördernde Würze fiel dabei als kostenlose Zugabe

mit ab, die eine zu große Heimkehreile an den häuslichen Herd unverzeihlich gemacht hätte. Wie Jette Blei eintrat, klang's zunächst vor ihr aus der wartgeduldigen Gruppe:

„So wat het man jo doch in'n Lewen noch nich hört."

„Ja, aber das verhält sich doch allens, wie's eben erzählt worden, das hab ich schon gestern abend gewußt. Ein Mädchen aus Wippendorp soll das sein, noch gar nich mal achtzehn Jahr und von Aussehn 'ne ganz nette Person. Auf'm Hof, wo sie im Dienst gewesen, hat sie dazumal gesagt, sie wollte zum Baden gehn, und ihre Kleider hat einer auch richtig an 'nem Platz am See gefunden und ja alle denn gemeint, sie wär vertrunken. Aber da hat sie sich in Mannskleider gesteckt — wie sie dazu gekommen ist, kann ja kein Mensch wissen — und den ganzen Winter und Frühling lang bei dem Pächter auf Gotenborn als Jungknecht im Dienst gestanden, ohne daß ja einer auf so was kommen konnte. Sie hat bei Nacht auch mit den anderen Knechten zusammen in dersülbigen Kammer geschlafen, aber, Gott Lob und Dank, doch in 'nem eigenen Bett. Und bloß weil in der letzten Woche einer aus ihrer Gegend da war und dem ihr Gesicht so bekannt vorkam, ist es denn herausgekommen. Denn die Gutsobrigkeit sagte, wenn sie's nicht zugestehn wollte, dann müßte man sie ausziehn, und sie soll ja sonst 'ne ganz honette Person sein, das hat sie doch nicht gethan."

„Se is wul en beten wat bwatsch in'n Kopp."

„Das nennen Sie eine honette Person, meine Liebe? Das muß ja eine so unanständige Dirn sein, daß man's nicht für möglich halten und gar nicht mit anhören kann. Haben denn die Knechte gar nichts vorher gemerkt?"

„Ja, en Stück ut be Dullkist is bat jo."

„Haben Sie all gehört, daß die Baroneß sich mit ihrem Cousin auf Warleberg versprochen hat?"

„Is ja wul nich möglich?"

„Knacks!" machte ein irbener Hafen, aus bem seitwärts Hinnerk Schötensack gerabe Rollmops hervorholte, weil das Gefäß, ihm zwischen den Fingern wegpolternb, in zu plötzliche Berührung mit der Tischplatte geriet; aber das Ohr Jörgen Godemelks war zum Glück zu sehr nach der letzten Sprecherin hinübergespannt, um ben unliebsamen Ton aufzufassen und ihn auch seinem Gehilfen nachträglich vermittelst der Ohrläppchen deutlicher zum Bewußtwerden zu bringen.

„Ja, das ist ganz gewiß, sie haben vorgestern die Verlobung schon gefeiert."

„Dat is jo ok en Stück ut be Dullkist."

„Na, benn kriegen die Warleberger Helmstebe so für künftig ja boch. Mich wundert bloß, baß die Frau Baronin das zugegeben hat, benn ihren Verwandten was zu Gefallen zu thun, hat sie nie viel Grunb gehabt."

„In Hollebek sagen sie, daß sie en bischen mancholisch ist und gern mit ihnen in Frieden leben und sterben will.“

„Na, dazu ist es doch noch lange hin mit ihr, die könnt sich ja gut noch mal verheiraten.“

„Auf'm Schloß bleibt sie natürlich, und das Gut gehört halb ihr bis zu ihrem Tod zu, das hat sie sich ausbedungen. Aber mit dem Unband so allein drinsitzen, mocht sie wohl nicht länger.“

„Paß man op, dat is blot sun Witz vun de Baroneß.“

„Dat glöv ick ok meist.“

„Sollt' sie nicht vielleicht das Mädchen gewesen sein, das die Kleider am See liegen lassen hat? Das könnt man sich ganz gut von ihr vorstellen.“

„Da harrst Du wul tokieken mücht?“

Die letzten beiden Außerungen stammten von zwei jungen Handlungsgehilfen, die sich im Godemelkschen Laden eine Zukost zu ihrem mageren Mittagstisch einkauften. Ihre unbedachtsamen Konjekturen trugen ihnen jedoch eine boppelte Erwiberung ein, eine stumme in einem Blick zugleich hochlobernber und abgrundtiefer Verachtung aus den wasserblauen Augengründen Hinnerk Schötensacks und eine laute Entgegnung aus einem entrüsteten Urgroßtantenmund:

„Pfui, hebbt de jungen Bengels gar keen Scham in'n Liv, so wat hier vör uns Fruenslüb vun en feine Dam to reden!“

„Ja, das muß ich mir in meinem Hause verbitten," pflichtete Frau Antoinette Gobemel! mit Entschiedenheit bei. „Es beleidigt mich, wenn in meiner Gegenwart über hochadelige Herrschaften so gesprochen wird. — Was steht zu Diensten, Mamsell?"

Jette Blei hatte unter gewöhnlichen Umständen nur geringe Mittagsbedürfnisse und am heutigen Tag verminderte sie ihre Ansprüche noch; sie bezweckte lediglich, dem Hunger nicht zu gestatten, daß er ihr die Kräfte zur Fortführung der Packthätigkeit beeinträchtige. So war ihr Einkauf von einigen Mettwurstschnitten, für die sie Brot und Butter noch im Hause besaß, rasch erledigt; während des Einwickelns derselben erkundigte sich Frau Antoinette: „Ist Ihnen vielleicht bekannt, Mamsell, wie es mit dem Befinden des Herrn Magisters Pflaumenbaum stehen mag? Er hat in den letzten Tagen unseren Laden nicht nach seiner gewohnten Weise besucht, und ich hoffe, daß er nicht durch ein Unwohlsein in seiner Wohnung zurückgehalten wird. Die Honoratioren unserer Stadt haben doch die Verpflichtung, sich in solchem Fall um das Wohl und Wehe von einem, der zu ihnen gehört, zu bekümmern und besonders, wenn er sich bedauerlicherweise nicht in den Stand der Ehe begeben hat, sondern allein ohne fürsorgliche Familienangehörige seine Tage verbringt."

Das war nach der Gewohnheit der Sprecherin, wie

nach der ihr durch ihren Namen auferlegten Verpflichtung in sehr gewählter Art ausgedrückt und verursachte
um den Mund Tante Jettchens einen kleinen Lachreiz,
den bekämpfend sie erwiderte:

„Ja, das kann ich doch nicht ändern und trage
nicht Schuld daran. Und wenn der Herr Magister
nicht mehr hier gewesen ist, bin ich gewiß die Letzte,
die davon erfährt, weshalb nicht.“

„Es ist mir allerdings nicht unbekannt, Mamsell,“
versetzte Antoinette Godemell, „daß zwischen Ihnen und
Ihrem Herrn Kollegen von seiner Seite aus kein solches
Verhältnis besteht, wie es im Interesse der Unterrichts-
anstalt, an der Sie beide zu wirken berufen sind,
wohl wünschenswert sein würde; gelehrte Herren haben
ja zuweilen etwas Absonderliches, wie wir es schon von
alten Zeiten her aus Büchern erfahren. Ich sage das,
um damit auszudrücken, daß ich nicht Ihnen, sondern
nur seiner Eigenheit die Schuld an dem Mißstand bei-
messe; aber ich meine, es wäre doch wohl eine kollegialische Pflicht vorhanden, Erkundigung darüber ein-
zuziehen, ob das Befinden des Herrn Magisters auch
nicht zu Besorgnissen Anlaß giebt.“

„Nette, lat mal den Snak un mak den Daler lütt!“
klang die Stimme Jörgen Godemells herüber, während
zugleich das wechselbedürftige Silberstück so geschickt
durch die Luft flog, daß es sich in der faltig unter
dem Busen Frau Antoinettes gegürteten weißen Schürze

verfing und dort sanft ausrastete. Jemand anderes, oder vielmehr eine jemandin, aber sagte:

„Mein Gott, wat be Tid löppt, in veer Weken hebbt wi all unsen Johrmarkt."

„Na, benn gifft bat Regen."

„Ich hab man gehört, wir kriegen für biesmal ein' Kunstreitergesellschaft her."

„Nee, Seiltänzers ober somas."

„Dat fehlt noch, bat sun Deern mit ehr korten bunten Röck unse jungen Lüd in be Stadt ben Kopp verdreiht. Ick heff dat mal tosehn, bat is jo rein gräsi."

Auch Hinnerk Schötensack verdrehte bei ber letzten Äußerung seinen Kopf auf ben Halswirbeln, jedoch nur, um mit einem Blick gewissermaßen bas Gegenteil bavon kundzuthun, benn in seinen Augen stand deutlich lesbar, kein kurzer bunter Rock auf ber Welt sei im stande, ihm ben Kopf zu verdrehen. Jette Blei bagegen vernahm nichts mehr von ben in vier Wochen bevorstehenben Jahrmarktsherrlichkeiten; sie war „lange nicht mehr kein Kind", das die Hauptlebensabschnitte nach Zucker- unb Honigkuchenbuden zählte, sondern ihr gereifter Geschmack fand weit mehr Gefallen an hübschen unb praktisch-nützlichen Linnensachen, unb sie hatte, um zu biesen zurückzukehren, ben Laden verlassen. Indes ein Vorwurf, ben ber Aufenthalt in ihm ihr eingetragen, hielt sich boch ein bißchen in ihrem Kopf festgehäkelt unb nutzte ben Anlaß, ihr seine Anwesenheit bemerklich zu machen, wie sie jetzt an bem Hause vorüberkam, bessen Thür zur Rechten burch die Porzellanschild-Inschrift: „Sanitätsrat Dr. med. Kaspar Präconius sen." unb zur Linken burch bie anbere: „Dr. med. Erich Prä-conius jun." verziert wurbe. Kurz hielt Tante Jett-chen, auf bie erste Ankünbigung hinblickenb, ben Fuß, rebete halblaut mit sich selbst: „Ja, wenn sie meint, baß es eine kollegialische Pflicht ist," unb trat in bas Haus ein. Dann kam Jette Blei etwa fünf Minuten später wieder zum Vorschein, sah banach aus, etwas zur Beruhigung ihres menschlichen Gewissens gethan zu haben, unb begab sich so vergnüglich weiter ihrer Behausung zu, als ob sie bort statt ber Mettwurst-schnitten ein fürstliches Diner mit unzähligen Delika-tessen erwarte.

Balb nach ihr tauchte die Gestalt des Sanitätsrates Dr. Präconius unter ber Thür neben seinem Namens-schild auf, unb mit ber von ihm konservierten jugenb-lichen Elasticität schritt er gleichfalls burch die Straße bahin. Es war zu sehen, baß er auf einem Praxis-gange befinblich sei, boch auf keinem, ber ihn zu be-sonberer Eilfertigkeit antreibe; inbes verfolgte er seinen Weg mit sicherem Zielbewußtsein, benn es fanb sich wohl keine Wohnung im Städtchen, die sich im Verlauf von einem Menschenalter nicht schon einmal seines Be-suches mehr ober weniger erfreut hatte. Diesmal führte seine Hilfsbereitschaft ihn in ein wohl am mindesten fashionables, jedenfalls engstes Winkelgäßchen des Ortes und zu einem für die Reputation des letzteren passend hierher zurückgezogenen Gebäude drei Treppen von verwegener Bauart aufwärts hinan. Für den Gesichtssinn waren diese ebenso reichhaltig mit Dunkelheit angefüllt, wie für das Geruchsorgan mit dem Luftbeleg, daß ein Raum drunten im Erdgeschoß nützliche Verwertung als Kuhstall finden müsse; die letzte der Treppen ließ eher vermuten, daß sie als Stiege zu einem Hühnerverschlag emporführe. Doch gelangte man schließlich durch ihre Vermittlung auf einen ungewöhnlich verwahrlosten und als Sehenswürdigkeit über und über mit Spinnweben austapezierten Bodenraum, der an einer Seite eine mit unbehobelten Brettern abgekleidete Stube oder Kammer, wohl am richtigsten ausgedrückt „Räumlichkeit" darbot, die auch eine Thür besaß und an dieser ein vergilbtes, in Visitenkartenform zugeschnittenes Stück Papier mit der kunstvollen Frakturinschrift „Jakob Pflaumenbaum" aufwies. Darunter klopfte der Arzt an das Holz, hinter dem eine Stimme „Herein" rief.

So that sich die „Räumlichkeit" auf, und es ließ sich nicht sagen, daß sie in etwas nicht den von dem Zugang zu ihr geweckten Erwartungen entspreche; eher ging sie im Umfang vielleicht noch ein bißchen über die Vermutung hinaus, wie auch darin, daß die Wände und die bis zum äußersten niedrige Decke sich mit einer

weißen Kalktünche überzogen zeigten. Doch wurde dieser
Luxus ziemlich durch vielfache Absplitterungen derselben
abgedämpft und gleicherweise durch eine wohl tausend-
fältige Marmorierung mit kleineren oder größeren
schwarzen, stellenweis auch rötlichen Fleckchen, welche
Decke und Wände mit einem gewissen unparteiischen
Gleichmaß übersprenkelten. Sonst bestand die Ausstat-
tung zwischen den letzteren noch aus einem Bett, einem
runden Tisch vor einem merkwürdigen wurmstichigen
Gestell, das man im vorigen Jahrhundert als ein
„Kanapee" betrachtet hatte, einigen alten Küchenstühlen
und einem Bort, auf dem sich zwischen einem Dutzend
von anderen abgegriffenen Büchern ein paar Schweins-
lederquartanten breit machten. Die Bodenluft war,
der Junizeit und ihrem Sonnenstand gemäß, äußerst
dumpf-bebrückend, so daß sie das gegenwärtige Aufstehen
oder vielmehr notbürftigst nach außen in den Angeln
Hängen des Fensters für die Atmungsbedürftigkeit allerdings als unerläßlich bedünken ließ.

„Guten Tag, Herr Magister," sagte der eintretende
Arzt mit einem ihm leicht um die Mundwinkel spielenden
Zucken; „ich wünsche besten Appetit."

Jakob Pflaumenbaum befand sich, der in der „Räumlichkeit" vorhandenen Temperatur angemessen, in möglichst vereinfachtem Bekleidungszustand, nur mit Hose
und Hemd angethan. Das diente seiner Erscheinung
im übrigen nicht zum Nachteil, jedenfalls weniger, als

sein zu enger und nahtglänzender schwarzer Anzug, denn von dem weißen Leinenstoff hob sich so der dunkelhaarige Kopf mit den absonderlichen Zügen nicht ohne eine gewisse Originalität ab; ein Maler hätte die letzteren möglicherweise sogar für „interessant" erklären können. Zugleich zeigte sein Gesicht die Kombinationsbesorgnis Frau Antoinette Godemelts insofern unbegründet, als es offenbar kein Merkmal einer akuten Krankheit an sich trug. Doch hatte es an Magerkeit und wohl auch an Farblosigkeit gegen früher noch um einiges zugenommen und weckte durchaus den Eindruck, daß sein Besitzer sich in einem fortschreitenden chronischen Mißstand befinde. Er heftete jetzt sein schwarzes Augengefunkel dem Doktor entgegen, stand auf und erwiderte:

„Entschuldigen Sie meine Weißheit, Herr Sanitätsrat, ich hatte nicht auf so ehrenvollen Besuch gerechnet." Und dabei ging es auch um seine bartlosen Mundwinkel mit einem leichten Zug, der sich nicht ganz im Einklang zu der höflichen Respektäußerung der Lippen verhielt.

„Bitte, bitte," stimmte Präconius bei, „daran ist unsereins gewöhnt und bekommt das Allermerkwürdigste zu Gesicht. Lassen Sie sich in Ihrer Weißheit nicht stören, sie steht ganz in Proportion zu der angenehmen Temperatur bei Ihnen."

Der Gruß des Sprechers beim Eintritt hatte sich darauf bezogen, daß sein Blick flüchtig über eine auf dem Tisch stehende Schüssel weggegangen war; nun drehte er dieser abermals den Kopf zu und fügte nach:

„Aber ich sehe, ich störe Sie bei Ihrem Mittagsessen."

„Wenn ich mir erlauben darf, Sie dazu einzuladen, Herr Sanitätsrat," versetzte Jakob Pflaumenbaum höflichst, jedoch mit einem etwas verdächtig grinsenden Mundverziehen.

„Ich danke verbindlichst, es ist noch nicht meine Gewohnheit, an solche Genüsse zu denken. Ist das Ihre übliche Mahlzeit?"

Auf der am Rand rundum wie von Mäusen angeknabberten irdenen Schüssel lag ein Stück Schwarzbrot, das ein dünner dunkler Kranz von Backpflaumen umrahmte. Der Arzt kräuselte die Nase ein wenig bei dem nochmaligen Hinblick und fuhr fort:

„Wohl aus Namenswahlverwandtschaft oder zur Illustrierung, daß unter einem Pflaumenbaum Pflaumen zu suchen sind. Aber erlauben Sie mir die sanitätliche Bemerkung, Herr Magister, daß ein Mann von normaler Konstitution, besonders ein Gelehrter, bei solcher ausschließlichen Zwetschgenliebhaberei nicht bei gesunden Kräften bleiben kann, wie Ihre Gesichtsmuskulatur und Hautfarbe es als zutreffendes Paradigma bestätigt."

„Natürlich ist das Ihre schätzbare sanitätliche Überzeugung, Herr Sanitätsrat, denn der Staat würde Sie sonst ja nicht mit dem Titel Sanitätsrat ausgezeichnet haben,“ antwortete Jakob Pflaumenbaum, noch ein wenig ausdrucksvoller als vorher grinsend. „Aber ich erlaube mir, auch meine sanitätlichen Anschauungen zu haben, die den Vorzug genießen, daß sie aus einem wissenschaftlichen Werk geschöpft sind, das sich schon einigen Jahrtausend längeren Ansehens in der Welt erfreut, als die gegenwärtige Medizin. Wenn ich damit zur Bereicherung Ihrer Kenntnisse beitragen darf, Herr Sanitätsrat —“

Er machte einen Sprung nach dem Büchergestell, kam mit einer in höchst fragwürdiger äußerer Verfassung befindlichen Bibel zurück, blätterte hurtig das erste Kapitel des Propheten Daniel auf und las mit lauter pathetischer Stimme:

„Vers 11:

Da sprach Daniel zu Melzar, welchem der oberste Kämmerer Daniel, Hananja, Misael und Asarja befohlen hatte:

Versuche es doch mit deinen Knechten zehn Tage, und laß uns geben Zugemüse zu essen und Wasser zu trinken.

Und laß dann vor dir unsere Gestalt und der Knaben, so von des Königs Speise essen, besehen; und danach du sehen wirst, danach schaffe mit deinen Knechten.

Und er gehorchte ihnen darinnen und versuchte es mit ihnen zehn Tage.

Und nach den zehn Tagen waren sie schöner und

beſſer bei Leibe, denn alle Knaben, ſo von des Königs
Speiſe aßen.

Da that Melzar ihre verordnete Speiſe und Trank
weg und gab ihnen Zugemüſe.

Aber der Gott dieſer Vier gab ihnen Kunſt und
Verſtand in allerlei Schrift und Weisheit; Daniel aber
gab er Verſtand in allen Geſichten und Träumen."

Hier klappte der Vorleſer die Bibel zu, hob einen
triumphierenden Blick auf und begleitete ihn mit der
Anmerkung: „So ſpricht die Schrift κατ' ἐξοχήν —
το λιβρον — librum — das Buch der Bücher."

„Schön," nickte Präconius senior. „Ich hatte bisher nicht gewußt, daß auch ein zukünftiges Kirchenlicht
in Ihrem Kopf brennt, Herr Magiſter; wenn der Kanzel-
poſten bei uns einmal wieder erledigt iſt, können Sie
ſich entſchieden darum bewerben und Ihrer Antritts-
predigt als Text das von Ihnen entdeckte Evangelium
des Vegetarianismus zu Grunde legen; meine Stimme iſt
Ihnen bei der Wahl gewiß. Nur demonſtrieren Sie mir
kein Beiſpiel ad oculos, das gerade »ſchöner und beſſer
bei Leibe« zu benennen iſt; Sie ſind offenbar Daniel, dem
das Zugemüſe ſtatt deſſen es innerlich gegeben, »Verſtand
in allen Geſichten und Träumen«. Wonach ſehen Sie?
Haben Sie's doch auf einen Braten ſtehen?"

Das nahm ſich allerdings im Moment faſt ſo aus,
denn der ziemlich zweifellos unfreiwillige Vegetarianer
war jählings aufgeſchnellt, ſtieß ein kurioſes: „Srrr —

ſitt!" von den Lippen, griff nach einem länglich-breiten, wie mit Tintenkleyxchen beſäeten Pappbeckelſtreifen und warf aus plötzlich aufglitzernden Pupillen haſtig umlaufende, ſpähende Blicke durch ſeine „Räumlichkeit". Dann ſchlich er im nächſten Augenblick, behutſam wie eine ſich anlauernde Katze, ein paar Schritte vor, und „klatſch!" hatte er mit dem Pappſtück an der Decke eine Fliege breitgequetſcht, die eben durch das offene Fenſter hereingeſurrt war. Dem Arzt ging dadurch erſt ein Licht über die abſonderliche, bald ſchwarze, bald ins rötliche fallende Marmorierung dieſer Decke wie der Wände auf; unverkennbar rührten die bunklen Milchſtraßen an ihnen von zahlloſen auf die nämliche Weiſe aus dem Leben beförderten Fliegengeſchlechtern her, die ſich mutmaßlich vom Kuhſtall drunten herauf hier beſonders eifrig zum Beſuch einſtellten.

Präconius kam ein Lachen an. „Vielſeitigkeit iſt ein Zeichen des Genies. Sie hätten nicht bloß Dompfaff, ſondern auch Fliegenſchnepper werden können, Herr Magiſter."

Wie die vorherigen Beluſtigungsſpäße des Doktors beſaß auch dieſer ein bißchen ſtark Anzügliches, aber der Geſichtsausdruck Jakob Pflaumenbaums beſagte augenblicklich, daß er die Äußerung keineswegs nach dieſer Richtung auffaſſe. Mit unzweifelhaftem Ernſt ſtieß er in immer raſcher ſich ſteigerndem Tempo, zuletzt ſich überſprudelnd, als Antwort heraus:

„Da haben Sie recht, Herr Sanitätsrat, das war
ein vernünftiges Wort! Hätte die Natur einen Fliegen-
schnepper — muscicapa — aus mir gemacht, würde ich
an eine vernunftgerechte Weltordnung glauben. Aber
ich ward ein Mensch, und mit mir, neben mir, um mich,
unter mir und über mir schuf sie die Stubenfliege.
Das ist der Weltunfug, der Skandal, das Scheusal aus
der Apokalypse! Musca domestica communis — die
gemeine Stubenfliege! Ich verehre alle Erfindungen der
Schöpfung, den Löwen, den Tiger, die Boa constrictor,
den Haifisch, das Krokodil. Sie haben Hunger und
wollen mich fressen, das ist ihr gutes Recht. Die Biene,
die Wespe, die Hornisse, sie stechen mich, weil sie sich
wehren; auch gut. Was wollen die Mücke, die Bremse,
die Wanze, der Floh von mir? Mein Blut! Ich geb's
ihnen gern, sie müßten sonst verhungern. Da ist Sinn,
Satzung, Notwendigkeit, Verstand! Aber was will die
gemeine Stubenfliege von mir! Mein Blut? Nein!
Hat sie Hunger? Nein! Weshalb kommt sie in meine
Stube, tausend wie eine und eine wie tausend? Ich
will trinken — »srrr — sitt!« liegt sie in der Tasse
und zappelt mir im Mund! Ich will den Bissen hinein-
stecken — »srrr — sitt!« sie sitzt drauf. Ich will schlafen
— »srrr — sitt!« auf der Hand, im Haar, auf der
Nase, Backe, Stirn, Lippe, Augenbraue, trippelnd,
kribbelnd, kitzelnd, krabbelnd, zappelnd! Ich schlage um
mich, ich werfe mit Kissen nach ihr, ich habe mich in

Schweiß, ich springe auf, ich bringe sie um, zehn, zwanzig, hundert, und falle auf mein Bett zurück — »srrr — sitt!« da ist sie wieder, und ich liege schlaflos vom Abend bis zum Morgen! Ich will lesen, schreiben, denken — »srrr — sitt!« da ist sie, zwei sind's, und sie halten in meiner Ohrmuschel Zwiesprach! Was will sie von mir? Nichts! Nur eins, meinen Verstand will sie umbringen!"

„Oh, oh, Herr Magister," schaltete der Sanitätsrat ein, „sollte wirklich etwas so Kleines sich an so Großes wagen?"

Doch Jakob Pflaumenbaum nahm von der eigentümlichen Frage keine Notiz, sondern fuhr mit noch wachsender Emphase fort:

„Sie ist das nichtswürdige Ding an sich, das Absolute des Ungezieferbegriffs, die Quadratwurzel aus der Idee des Unsinns, der Fluch der bösen Schöpfungsthat, die fortzeugend immer Böses muß gebären. Ich bin überzeugt, daß auf dem Apfel, als Adam hineingebissen, eine Fliege gesessen hat; Eva selbst ist nur der erste Name für die Fliege gewesen, denn sie ist nicht aus der Mannsrippe, sondern aus einer Fliege gemacht worden. Davon sind die Frauenzimmer noch heut die nächsten Verwandten von der Stubenfliege, schnurren und surren, summen und brummen, kribbeln und krabbeln mit der Zunge ebenso, und geradeso ist auch eine so schlimm wie tausend. Wenn ich Landesherr wäre, müßte jeder Unterthan jeden Tag zehntausend Fliegen abliefern oder würde aufgehängt! Auf einem Grabstein sollte nichts von der üblichen Unsitte stehen, sondern wie viele Fliegen der Defunkte in seinem Leben umgebracht und wie großen Dank er sich von der Menschheit erworben hat! Ich bin in der zweiten Million und hoffe, daß meine Tage noch ausreichen werden, um die dritte voll zu machen. Wenn Alexander das sich zur Lebensaufgabe gemacht, hätte er den Namen „der Große" wirklich verdient. Was ist ein Krieg gegen Barbaren? Ich kenne nur ein Barbarentum, eine Bestie, eine Ausgeburt der Hölle, das ist die gemeine Stubenfliege! Gegen die führe ich Krieg, das heißt seine Menschenpflicht thun! Und in dem Todkampf mit ihr kenne ich nicht Erschöpfung und Verrenkung, nicht Freund, Landsmann und Vaterland, nicht Haus und Hof, Weib und Kind —"

„Die es sehr bedauern würden, nicht vorhanden zu sein," bemerkte Doktor Präconius wieder als kleine Einschaltung, „aber zum Glück dieser Betrübnis dadurch enthoben sind."

Doch Jakob Pflaumenbaum befand sich auch gegenwärtig nicht in der Muße, über einen möglichen Doppelsinn dieses gottlob nicht zu beklagenden Leidwesens Betrachtungen anzustellen, denn seine hohe Lebensaufgabe stellte ihrerseits wieder ihre Anforderung an ihn. Mit dem geschärften Gehörsinn eines beflügelten Fliegenschneppers hatte er abermals ein „Srrr — sitt!" vom Fenster her aufgefaßt, schoß mit den Pupillen herum, flog auf einen der Küchenstühle und „klatsch!" saß die Urheberin des Gesurres vom Pappdeckel zur letzten Ruhe gebracht. Diesmal indes nicht unmittelbar an der Wand, sondern auf dem einzigen überflüssigen Zierat der „Räumlichkeit", einem alten, hinter Glas und Rahmen verwahrten Kupferstich. Und da der moderne Alexander im Schlachtgetobe offenbar außer den von ihm mit Namen angeführten Dingen auch Bilder und Scheiben nicht kannte, ergab sich als physikalische Folge seines Schwerthiebs, daß klirrend das Glas entzwei knackte und in Stücken auf den Boden regnete. Darauf starrte der Kämpfer einen Augenblick von seinem Stuhlthron hinunter und sagte dann:

„Da ist der Teufel!"

„Wo?" fragte der Sanitätsrat.

„Überall."

Nun stand Jakob Pflaumenbaum wieder unten und fügte, sichtlich den Blick glimmernd auf etwas nur für ihn Wahrnehmbares niederrichtend hinterdrein:

„Sind Sie ihm noch nicht begegnet? Überall ist er, wie die Fliege, lauert und lungert wie die Fliege, boshaft, tückisch, niederträchtig, wie die Fliege. Sie ziehen sich aus — »bit=bit=bit=bit=bit« springt ein Hembs=knopf herunter. Weg ist er, nirgendwo am Boden — der Teufel hat ihn. Nun mit dem Lineal unter die Kommode — »knack«, da knallt er Ihr Schädeldach gegen die spitze Kante, daß es bis in den großen Zeh herunter brummt! Sie fahren mit dem Kopf zurück — er rennt ihn gegen die Lampe — Kuppel und Glas in Scherben — aus ist sie. Wo sind die Zündhölzer? Sie stehen immer auf ihrem Platz, aber der Teufel hat sie zur Seite geschoben. Wo sie sein sollen, ist dafür das Tintenfaß — plumps! liegt's auf der Erde. Sie fahren sich vor Wut über ihn in die Haare — vom ersten Zündholz springt der Kopf ab und brennt Ihnen ein erbsengroßes Loch in die Hand. Endlich Licht — im Spiegel sehen Sie ein Schornsteinfegergesicht. Der Teufel hat Ihre Hand in die Tinte getaucht und ist damit über das Ebenbild Gottes gefahren. Alles von dem Satan im Knopf her! Wo ist er? »Quatsch!« treten Sie drauf, gleiten aus und zerschlagen sich das Nasenbein. Der Teufel hat sich ins Lineal verkrochen, Ihnen das Ohr taub gemacht, ohne daß Sie's gehört, den Hembsknopf unter der Kommode herausgekehrt. Dann in den Stiefel hinein und den draufgequetscht! Da hat er das Glas kaput gemacht, diesmal war er in der Fliege."

„Da haben Sie ihn denn glücklich totgeschlagen," sagte Präconius.

„Den? Der läßt sich nicht totschlagen. Er ist auch eine Fliege, gemeine Stubenfliege, diabolus domesticus communis. Bei denen ändert's auch nichts, ob man hunderttausend umbringt. Aber die können wenig=stens nicht durch die Haut, nur darauf. Er ist noch bösartiger, denn er verkriecht sich in einen selbst, hier, da, in Rock, Weste, Strumpf, Hand, Bein, Magen —"

„Das scheint so," pflichtete der Arzt bei, „am häufigsten wohl im Kopf."

„Sie scheinen ihn auch aus eigener Erfahrung zu kennen."

„Nein, das nicht, ich habe das Vergnügen bei Ihnen zum erstenmal. Bisher wußte ich von einem Verhältnis Ihrer beiden Hausgenossen zu einander nichts weiter, als daß nach dem Sprichwort der Teufel in der Not Fliegen frißt. Daher stammt vermutlich die Redensart vom armen Teufel. Vegetarianer vom allerreinsten Wasser ist er damit ja nicht, aber er fühlt doch vielleicht die Berechtigung, sich als Konkneipant mit an den Tisch zu setzen und kommt deshalb so häufig zu Gast."

Beim letzten streifte Doktor Präconius mit dem Blick noch einmal über den Backpflaumenteller, doch zugleich richtete sich Jakob Pflaumenbaum mit einer Miene auf, die zu erkennen gab, sein Gehörssinn habe auf die Äußerungen des Arztes jetzt mehr Achtsamkeit verwendet. Und dazu fragte er, nicht ohne Nachhilfe einer gewissen, die Worte verständlicher machenden Betonung:

„Wem verdanke ich eigentlich die ganz ungewöhnliche Ehre Ihres Besuches, Herr Sanitätsrat?"

„Einer merkwürdigen Anwandlung christlicher Nächstenliebe, Herr Magister."

„Das ist allerdings aus einer Doktorstube wohl eine Rarität zu benennen."

„Nein, daher stammt sie nicht, die kommt nicht auf solche überflüssige Einfälle. Es war eine kollegialische Philanthropie, die mich aufgefordert, einmal nachzusehen, ob bei Ihnen alles richtig sei; Sie hatten durch Ihr Wegbleiben aus dem Gobemelkschen Laden den Verdacht des Gegenteils erweckt. Nun, es ist ja alles so ziemlich in Richtigkeit, wenigstens befindet sich nach der Rüstigkeit Ihrer Bewegungen kein edleres Organ in anormalem Zustand."

„Jemand hat Sie aufgefordert, zu mir zu gehen? Wer? Der muß nicht richtig im Kopf gewesen sein."

„Das habe ich nicht bestritten, halte es im Gegenteil nach meinem Besuch bei Ihnen für höchst wahrscheinlich."

„Mir den zuzuwenden, darauf konnte nur der Teufel verfallen."

„Dann muß er diesmal Gesicht und Stimme Ihrer Kollegin, Fräulein Jette Blei, angenommen haben."

Jakob Pflaumenbaum machte einen plötzlichen Sprung hinter den Tisch zurück, als ob eine Legion von Fliegen ihm gerad gegen die Nase angesurrt sei. Und als ob er sie sprudelnd von seinem Munde wegfauche, stieß er aus:

„Jette Blei hat Sie zu mir geschickt? Da ist er ja, der Teufel, der Obersatan, der Fliegen=Beelzebub!

Haben Sie jemals einen richtigeren Namen für ihn gehört, als — Blei?“

„Was haben Sie an dem unschuldigen Namen auszusetzen?“

„Er gefällt mir nicht,“ grinste der Befragte. „Er mißfällt mir, er ekelt mich an, er macht mich übel. Er erinnert an eine Bleikugel im Leib, an einen giftigen Bleikamm, an den Dunst einer Bleigrube, an die Bleikammern in Venedig; er liegt bleiern auf mir, macht mir Bleikolik, verursacht mir eine Bleivergiftung. Wenn ich auf den Namen treffe, schlage ich drei Kreuze, verhalte den Atem, desinfiziere mich; wo er ist, ist die Pestilenz. Wer ihn am Leibe trägt, der stammt vom Teufel, ist’s eine Weibsperson, so ist sie seine Großmutter. Ich kenne die Sippe — alles schofel, Mißgeburten, Höllengewürm, Fliegengezücht — Blei — pfui Teufel!“

Mit der Gemütsgelassenheit des Psychologen, respektive des Psychiatrikers, hatte Präconius bis hierher manches ohne großes Staunen in der „Räumlichkeit“ angehört, aber der letzten Blei-Expektoration gegenüber geriet auch sein Vermögen des „nil admirari“ in die Brüche. Aus der gesteigerten Verwunderung ging sein Blick allmählich zu einem ziemlich unzweideutigen Ausdruck über und dann äußerte er sichtlich mit einem angeregten wissenschaftlichen Interesse:

„Finden Sie vielleicht Ihren Namen »Pflaumenbaum« so viel anziehender?“

„Meinen?" fuhr dem Inhaber desselben heraus — „davon habe ich Ihnen ja eben gesprochen."

„So?" versetzte der Arzt geduldig, „dann habe ich mich wohl verhört; ich glaubte, Sie hätten nicht von einem Pflaumenbaum, sondern von Blei geredet."

„Die stammen von der nämlichen Sorte, sind ein und dasselbe."

„Ach so — entschuldigen Sie meine Beschränktheit, die das nicht gleich begriffen hatte. Da scheint's also, daß »Pflaumenbaum« auch vom Teufel herrührt und der »Fliegen-Beelzebub« ebenso in ihm steckt."

„Das haben Sie ganz richtig herausgefunden, das thut er wohl, Herr Sanitätsrat Präconius. Übrigens auch ein recht zutreffender Name."

„O ja, ich bin ganz mit ihm zufrieden. Inwiefern jedoch finden Sie ihn zutreffend?"

„Wegen seiner Bedeutung."

„Ja so. Meine etymologische Gelehrsamkeit ist allerdings nicht von so profunder Natur, aber für die Erklärung eines Namens reicht sie ebenfalls noch aus. Sie meinen, praeco ist der »Herold« und sind der Ansicht, Präconius bedeute demnach etwa einen Verkündiger der Wiederkehr der Gesundheit. Das träfe dann freilich, wenngleich nicht in allen Fällen, zu."

„Es kann noch anders übersetzt werden, wo es dann in den meisten Fällen stimmt."

„Und das wäre?"

„Praeco heißt auch der »Leichenbitter«," entgegnete Jakob Pflaumenbaum mit freundlichem Mundgrinsen.

„Sie sind wirklich ein recht angenehmer Mensch, Herr Magister."

„Ich danke Ihnen für die Anerkennung, Herr Sanitätsrat. Dieser Eigenschaft darf ich wohl Ihren angenehmen Besuch zuschreiben."

„Den ich jetzt beendigen will," nickte Doktor Präconius, „da die gewöhnlichen therapeutischen Hilfsmittel es mir nicht ermöglichen, Ihnen etwas zu verordnen."

„O, ich bitte, Herr Sanitätsrat, ich nehme vollständig mit dem guten Willen vorlieb und würde es mir zum Vorwurf machen, Sie länger hier aufzuhalten, da ich vermute, daß Sie noch auf Helmstede Berufspflichten nachzukommen haben. Ich knüpfe den Wunsch an, daß Sie zu Ihrer Befriedigung dort mit ausreichenden Mitteln versehen sein mögen."

Der Sprecher hielt bei der letzten Erwartung eines seiner Augen ein wenig blinzelnd halb zugekniffen, als ob eine Fliege im Begriff gestanden, ihm hinein zu schnurren. Präconius senior dagegen machte den Eindruck, wie wenn zwischen den vortrefflichen weißen Zahnreihen vor ihm ein nicht ganz so harmloses kleines Insekt herausgeschlüpft sei, sich ihm auf die Nase gesetzt und ihr vermittelst eines kleinen Giftstachels eine verdrießliche Empfindung beigebracht habe. Er wollte

etwas erwidern, war im Moment jedoch seiner Rede-
geläufigkeit nicht recht Herr und verschluckte den ange-
fangenen Ton mit einem Räuspern. „Doch hoffentlich
kein Katarrh bei Ihnen im Anzug, Herr Sanitätsrat?"
sagte der „Magister" teilnahmsvoll; „das wäre für eine
Fahrt nach Helmstede hinaus durchaus keine günstige
Verfassung und in Ihren Jahren nicht zu leicht zu
nehmen. Die Frau Baronin würde sicher untröstlich
sein, wenn sie die Veranlassung gegeben hätte, eine
Schädigung Ihrer für unser Gemeinwesen so unerläßlichen gesunden Konstitution zu verursachen." Unmittelbar darauf aber schoß aus Jakob Pflaumenbaums Mund
ein „Srrr — sitt!" er machte einen Satz nach dem Pappdeckel und flog auf Leben und Tod einer seiner ge-
flügelten Erbfeindinnen nach, die just zu ihrem Ver-
derben in seine Mörderhöhle behaglich eingeschwirrt war.
Diese Erneuerung der Schlacht benutzte der Sanitätsrat, ohne etwas erwidert zu haben, die Räumlichkeit
zu verlassen und ließ erst draußen als nicht gerade
schmeichelhafte Verabschiedung von den Lippen fallen:
„Ein unverschämter Kerl!" Er mußte zuletzt in eine
recht ärgerliche Stimmung versetzt worden sein, die ein
Bedürfnis fühlte, sich Luft zu machen, denn ganz wider
seine vernünftige Gewohnheit monologisierte er auf der
Hühnersteige noch halblaut weiter:

„Kopfverdreht ist er, aber gar nicht so dumm in
seiner Narrheit. Wenn solche alte Junggesellen sich

mit der Hungerleiderei verheiraten, dann kommt 'ne Tollhauswirtschaft heraus. Man sollte ihm auf dem Rathaus mal coram publico fünfundzwanzig aufzählen, das brächt' ihn vielleicht etwas zur Raison. Noch besser, wenn's ein Büttel im Unterrock besorgte und ihn wie einen bissigen Hund an die Kette legte, bis er aus der Hand fressen lernte. Aber so menschenfreundlich oder richtiger unklug wird freilich keine sein, daß sie's darauf stehen hätte, den Teufel, der ihm im Leib rumort, auszutreiben. Hamlet sagt, es ist Methode in dem Wahnsinn, nur seine Faselei von Blei und Pflaumenbaum, die ein und dasselbe sind, ist ein richtiges Stück aus der Tollkiste. Ja, alte Junggesellen brüten Schrulleneier im Gehirn aus, und nachher surren sie ihnen als Fliegen in den Kopf. Es ist nicht gut, daß der Mensch allein sei, sagt der Kollege vom Vegetarianer Daniel, und wie die Umstände sich neuerdings gemacht haben — "

Damit gelangte der Sanitätsrat Dr. Kaspar Präconius senior bis drunten vor die Hausthür, wo eine Fortsetzung des lauten Selbstgespräches seiner städtischen Reputation nicht weiter anstand. So wanderte er nunmehr auf der Straße in schicklicher Schweigsamkeit fort und hielt nur einmal kurz vor einem etwas größeren Ladenfenster an, welches mit seiner, dem Vorteil der hinter ihm befindlichen Auslagen dienenden Durchsichtigkeit verband, daß es ein bißchen Spiegeleigenschaft

besaß. Dadurch ließ es zugleich die dargebotenen Kauf=
gegenstände und vor ihnen die elegante, jugendlich kon=
servierte Erscheinung des Stehengebliebenen, wenn auch
nur in matter Reprodultion, gewahren, und nach einem
flüchtigen, doch augenscheinlich befriedigten Blicke auf die
Warenausstellung setzte der Betrachter seinen Weg fort.
Indes ward er noch einmal zu einem Anhalt genötigt
und zwar vor der Behausung Jette Bleis, die zufällig
gerade am offenen Fenster ein Staubtuch ausgeklopft,
dies fallen gelassen hatte und jetzt zur gerechten Strafe
ihrer Ungeschicklichkeit die Treppe hinunter springen
mußte, um es wieder zu holen. So geriet sie genau
in dem Moment vor die Hausthür, wie der Doktor an
dieser vorüberging, begrüßte ihn natürlich in artiger
Weise und knüpfte die auf der Hand liegende Frage
daran, ob er etwa gerade die Liebenswürdigkeit gehabt,
ihren, wie es scheine, erkrankten Kollegen an der Mäd=
chenvolksschule zu besuchen. Das bejahte Präconius
mit der Beifügung: „Und er hat mich dementsprechend
liebenswürdig aufgenommen und unterhalten.“

„Das kann ich mir denken,“ versetzte sie, „das ist
so seine Art. Und wo fehlt's ihm?“

„Zwischen den Zähnen zum Beißen und haupt=
sächlich wohl infolge davon an Menschenvernunft im
Kopf.“

„Weiter nichts?“ lachte Tante Jettchen, als ob sie
die beiden genannten Mängel als etwas außerordentlich

Geringfügiges taxiere, und sie setzte, dieser Anschauung auch in gewisser Art Worte verleihend, hinzu: „Dann ist ja kein Grund zur Besorgnis."

„Wenigstens für niemand, der ihm nicht zu nahe kommt, wovon ich Ihnen nach meiner heutigen Erfahrung besonders abraten würde, wenn Ihre vorteilhaft bekannte Verständigkeit solche Mahnung nicht überflüssig machte. Er schnappt manchmal über, aber er schnappt wie eine Bulldogge zum Glück nicht weiter, als sein Mundwerk reicht, und schließlich hat er, bis der Winter kommt, genug Fliegen zu schnappen, um es sich damit zu stopfen und seine schätzbare Existenz weiter zu fristen. Im übrigen ist er leibhaftig so gesund, wie über seiner Nase fürs Narrenhaus reif, denn er behauptet, Blei und Pflaumenbaum sei ein und dasselbe und beide seien vom Teufel."

„Darin kann ich gerade noch kein Zeichen von Verrücktheit sehen," meinte Jette Blei mit völlig verwunderungsloser Miene, „wenn sie mir auch noch nicht als ein und dasselbe vorkommen."

„Sind Sie vielleicht auch ein bißchen —?" Der Doktor vergaß die Anerkennung, die er eben vorher der vorteilhaft bekannten Verständigkeit der „Mamsell" gezollt hatte, und schloß seine unvollendete Frage mit einer leichten Fingerbewegung gegen die Stirn. Doch antwortete Tante Jettchen darauf, durchaus nicht gekränkt, sondern höchst vergnüglich: „Das, glaube ich, ist menschlich und sind wir wohl alle zusammen ein bißchen, Herr Sanitätsrat, jeder so nach seinen Kräften, und ich meine eigentlich, ohne das bringt man nichts Vernünftiges zuwege. Aber entschuldigen Sie, ich muß wieder hinauf an mein Geschäft, mein Arbeitszeug war mir nur zufällig aus dem Fenster herausgefallen."

Sie schwenkte dem Arzte ihr Staubtuch unweit vor der Nase und kam ihm mehr und mehr gleichfalls ein bißchen übergeschnappt vor. „Was arbeiten Sie denn mit dem Werkzeug?" fragte er.

„Ich gehe damit um, mich mit meiner Wohnung zu verändern, und das ist eine wichtige Angelegenheit. Da giebt's vorher erst viel alten Staub auszuklopfen, Motten umzubringen, sauber zu machen, blank zu putzen, wie man sagt, den alten Adam auszuziehen, daß man einen neuen ins neue Haus mitbringt. Daran habe ich alle Hände und den Kopf voll zu thun!"

„Da paßt in diesem Falle Adam wohl etwas weniger als Eva, von der Ihr Kollege Pflaumenbaum mir eben berichtet hat, daß sie die erste Fliege gewesen oder aus ihr gemacht worden. Welches Haus in unserer Stadt wollen Sie denn zum neuen Paradies umwandeln?"

Aber Tante Jettchen war schon halb durch die Thür verschwunden, drehte sich nur noch einmal und lachte zurück: „Sie meinen, aus einer musca domestica communis? Die Schöpfungsgeschichte hat etwas für sich und ist auch gar nicht so unklug. Sie werden mir immer willkommen im Paradies sein, wenn Sie daran vorbeigeraten, und ich will stets einen extra schönen Apfel für Sie parat halten. Adieu, und besten Dank für Ihre Bulldoggenfreundlichkeit, Herr Sanitätsrat!"

Nun flog sie drinnen die Treppe zu ihrer Stube hinauf; es lag heut etwas ungewohnt Übermütiges in ihren Zügen, Augen und Worten, das sie um ein Jahrzehnt jünger als sonst, fast wie ein junges Ding erscheinen ließ und ihr sehr hübsch stand. Doktor Kaspar Präconius besaß einen dafür geschärften Kennerblick und sah ihr mit Verwunderung, beinahe mit einer gewissen Bewunderung nach. Es war gar nicht so ganz unzutreffend, die Wohnung, in die sie umzog, mit der alten biblischen Heimstätte des ersten Menschenpaares in Vergleich zu bringen; freilich welches Haus sie dazu ausputzen wollte, hatte sie nicht mitgeteilt. Er unterhielt sich immer gern einmal mit Jette Blei, deshalb war er auch ihrem Ansinnen nachgekommen; sie trug den Kopf und den Mund auf dem rechten Fleck, hätte früher vielleicht auch das Herz an demselben Platze getragen, wenn sich jemand die Mühe gegeben, Erkundigungen darüber anzustellen. Eigentlich war's schade, daß niemand rechtzeitig diesen vernünftigen Einfall gehabt, denn jetzt kam wohl keiner mehr darauf.

Übrigens mußte etwas Überschnappungskontagium in der Luft liegen, auch in ihrem Kopf war es heute merklich nicht ganz normal beschaffen. Sie nannte die Stubenfliege auf Lateinisch, meinte, Vernünftiges bringe man nur durch etwas Unklugheit zuwege, wollte Paradiesäpfel parat halten, und die Patientenvisite, die sie bei Jakob Pflaumenbaum veranlaßt hatte, war ein offenbares Anzeichen von Verdrehtheit.

Andererseits lag entschieden auch ein Verjüngungsstoff in der Luft, der seine Wirksamkeit nicht allein bei den dreißig Jahren Jette Bleis, sondern ebenfalls bei der ungefähr doppelten Anzahl des Sanitätsrates bekundete. Zunächst durch einen vortrefflichen Appetit, über dessen Mangel er sich zwar gerechterweise noch kaum jemals beschweren gekonnt, aber heute bewährte diese gute Eigenschaft eines gesunden Magens sich bei ihm in besonders löblichem, auch fast jugendlich zu nennendem Maße, und sein Trachten, wie er, nach Hause zurückgekehrt, sich zu Tisch setzte, richtete sich keineswegs darauf, weder dem Propheten Daniel, noch dessen heutigem Jünger vegetarische Konkurrenz zu machen. Vater und Sohn aßen, altherkömmlichem Brauche gemäß, miteinander zu Mittag, tauschten wechselseitig ihre Tageserlebnisse und Ergebnisse aus, und als sie ihre Flasche gleichfalls lobenswerten Rheinweins geleert hatten, hielt der erstere den gegenwärtigen Tag zur Nachfügung noch einer zweiten für geeignet.

Von dieser koftete er, während Präconius junior zu einer Flasche Burgunder überging, mit Wohlgefallen am ersten Glas, ward dadurch zur Erinnerung an sein unter der Hausthür Jakob Pflaumenbaums abge-brochenes Selbstgespräch zurückgeführt und nahm dies an der damals unvollendeten Stelle wieder auf, indem er sagte:

„Wie die Umstände sich neuerdings gestaltet haben, lieber Sohn —"

„Welche Umstände, lieber Vater?" fragte der Zu-hörer.

„Eine bevorstehende Veränderung, von der ich heute morgen erfahren und die mir Anlaß giebt, Dich um Deine Meinung zu fragen, ob Du unsere häuslichen Räumlichkeiten noch zur Aufnahme eines weiteren Mit-gliedes darin für ausreichend hältst?"

„Da begegnen wir uns merkwürdigerweise, denn ich beabsichtige schon seit einiger Zeit die nämliche Frage an Dich zu richten."

„Du? Das klingt mir höchst unerwartet; ich hoffe nicht, daß Du eine Thorheit zu begehen gedenkst. Wie kommst Du zu der Frage?"

„Vermutlich durch kindliche Pietät, welche die Deinige vorausgeahnt, sie wie in allem zum Vorbild nahm und sich sagte, was mein Vater zu thun beabsichtigt, kann keine Thorheit sein."

„Aber in Deiner Jugend, lieber Sohn —"

„Da die Reife Deiner Jahre mich dazu ermutigt, lieber Vater —"

„Hm." Kaspar Präconius leerte sein Glas und fügte nach: „Ich habe es nämlich in Deinem Interesse als wünschbar, gewissermaßen als eine Pflicht erkannt, Dir für den frühzeitigen Verlust Deiner Mutter einen Ersatz zu verschaffen."

„Ich bin sehr gerührt, lieber Vater," entgegnete Erich Präconius, „denn ich weiß, welche Überwindung der Entschluß Dich gekostet haben muß. Mir ging es ebenso, aber ich fühlte, wie sehr Du eine Tochter im Hause entbehrtest und erkannte meine Sohnesschuldigkeit."

„Hm," wiederholte der Sanitätsrat, doch mit einem leicht vergnüglichen Spiel um die Mundwinkel. „Und Du meinst, lieber Sohn —?"

„Da Du meinst, lieber Vater."

„Bei mir ist die Sache eine andere, da ich für die Begründung meiner Meinung sichere Anzeichen zu besitzen glaube."

„Ich freue mich, Dir mitteilen zu können, daß ich mich im gleichen Falle befinde und keinen Glauben, sondern eine Überzeugung hege."

„So." Präconius senior füllte sein Glas wieder, schlürfte mit sichtlicher Befriedigung davon und fuhr fort:

„Apropos, um von etwas anderem zu sprechen,

haſt Du auch ſchon gehört, daß die Baroneß auf Helmſtede ſich mit ihrem Vetter auf Warleberg ver- lobt hat?“

„Was?!“ ſtieß Präconius junior, vom Stuhl aufſpringend aus, während ſein Vater nicht ohne eine leicht ironiſche Bewegungsbeigabe der Lippen hinzu- ſetzte:

„Es beruhigt mich, daß Du Deines Opfers für mich enthoben biſt, lieber Sohn, und nur ich in der Lage geblieben bin, Dir das meinige zu bringen.“

Doch der Doktor Erich Präconius ſetzte ſich wieder zurück und ſagte jetzt in merkwürdiger Übereinſtimmung mit einer im Gobemelſchen Laden lautgewordenen Mut- maßung und einem an ſouveränes Sicherheitsgefühl er- innernden lächelnden Gleichmut:

„Das iſt nur ein Witz von ihr, denn ich bin in der glücklichen Lage, Dir erwidern zu können, daß ſie an einen anderen denkt, und zugleich mich darüber zu beruhigen, daß ich den Vorwurf, den Deine Selbſt- überwindung mir machen würde, nicht zu tragen ge- nötigt ſein werde.“

„In Deiner Jugend täuſcht man ſich leicht, lieber Sohn.“

„In ſpäteren Jahren, lieber Vater, glaube ich, kommt man wohl noch leichter einmal zu einer irr- tümlichen Auffaſſung.“

„Nun, überlaſſen wir das der Entſcheidung durch

die vollendete Thatsache. Recipe vinum rhenanum! Ich erlaube mir, dies Glas auf das Wohl Deiner zukünftigen Schwiegermutter zu leeren, lieber Sohn."

„Du weißt, mit welchem Respekt ich jedes Deiner Worte aufnehme und demgemäß auch nicht bezweifle, daß die Thatsache die richtige Entscheidung bringen wird; verstatte mir nur, die Verordnung: Recipe vinum burgundicum! als magendienlicher vorzuziehen. Ich erlaube mir, dies Glas auf das Wohl Deiner baldigen Schwiegertochter zu trinken, lieber Vater."

Sie stießen mit dem weißen und roten Weine an; die Leute hatten wohl nicht ganz unrecht mit ihrer Auffassung, der eine von den „Dokters" sei im Kopf ein bißchen eigen und der andere etwas absonders, auch könne je nachdem der andere der eine sein. Ein dritter Anwesender hätte möglicherweise sich die vorherige Frage des Sanitätsrates Dr. Kaspar Präconius angeeignet und den Finger gegen die Stirn vorbewegend, artig geäußert: „Sind Sie vielleicht beide auch ein bißchen —?" Aber es befand sich niemand sonst zugegen; außerdem lag es wohl so in der Luft des Städtchens, alle besaßen mehr oder minder ihren zugemessenen Teil davon, Jakob Pflaumenbaum, wie Hinnerk Schötensack, Antoinette Godemelk, wie Jette Blei, draußen auf dem Lande der Pastor Gerhard Hollermann, die Harfentrina, die Demokraten Klaus Brebenkamp und sein Sohn, die Aristokratin Baroneß Gertrud, und vielleicht sogar Frau

Ottilie von Birkwald nicht zu vergessen. Tante Jettchen hatte gemeint, „ohne das bringe man nichts Vernünftiges zuwege,“ und in dieser Zukunftserwartung leerten Vater und Sohn, darin kollegialisch-einträchtig, ihre Rheinwein- und Burgunderflaschen weiter zu Ende.

* * *

Auf Warleberg herrschte große Zufriedenheit, und die lange etwas verkümmert zurückgebliebene verwandtschaftliche Zuneigung für Schwägerin und Tante, Nichte und Cousine war wie nach einem warmen Sommerregen plötzlich in Blüte geschossen. Die Meinungen aller hatten sich gegen früher höchst erfreulich zum Vorteil Gertruds verändert; ihr Onkel nannte sie eine sehr verständige junge Dame, seine Töchter fanden sie charmant, und der Sohn gab das ästhetische Urteil ab, ihre Erscheinung und ihr Wesen seien sympathisch und vornehm. Das durfte nach allen drei Seiten hoch in Anschlag gebracht werden, denn sie waren sämtlich bisher im Warleberger Familienschoß darüber einig gewesen, die Nichte und Cousine sei ein bis zur Narrheit unkluges, sich höchst unadlig und unschicklich betragendes und völlig wie aus der Birkwaldschen Art geschlagenes Geschöpf, dessen Entstehung sich kaum begreifen lasse, da ihrer Mutter wenigstens aristokratische Formen nicht abgesprochen werden könnten. Aber man war eigentlich, und zwar zu angenehm, von der sofortigen Einwilligung

Gertruds überrascht worden, als daß man nicht zur Erkenntnis einer vorgefaßten irrigen Meinung hindurchbringen gemußt; bei der ersten Zusammenkunft der beiden in Abwesenheit Verlobten hatte der Baron Albert deshalb beabsichtigt, seiner vollständig umgewandelten Anschauung dadurch gewissermaßen ein dokumentarisches Siegel aufzudrücken, daß er im Begriff gestanden, seine Braut mit einem Kuß zu begrüßen und zu beglücken, denn als das letztere konnte eine derartige Handlung von seiner Seite aufs entschiedenste nur angesehen werden. Doch erwies Gertrud sich dabei zum Erstaunen der übrigen Anwesenden noch aristokratischer, als er, bog hurtig ihr Gesicht zurück und äußerte — nachdem ihr allerdings im ersten Moment ein kurz-einfaches: „Das ist ja überflüssig!“ vom Munde gekommen war — hinterdrein ganz als Baroneß: „Einen solchen bürgerlichen Ton wollen wir doch nicht zwischen uns entstehen lassen; ich habe es wenigstens immer äußerst unfein gefunden, wenn ich sah, daß ein verlobtes Paar sich küßte, und ich bin überzeugt, daß Du diese Geschmacksrichtung mit mir teilst, sonst hätten wir ja nicht so gut zu einander gepaßt.“ Das enthielt für ihn, zwar unerwartet, einen leicht belehrenden Vorhalt, ihre beiderseitige vornehme Lebensstellung vergessen und einen Augenblick das derselben Schuldige außer acht gelassen zu haben; er mußte ihr durchaus recht geben, den abligen Takt ihrer Empfindung und Abneigung, sich und ihn mit einem ordinären Brautpaar gleichzustellen, bewundern und ersetzte das unbedacht von ihm beabsichtigte formelle Verlobungszeichen angemessen durch einen eleganten Handkuß. Nach seinem Mienenausdruck ward er im übrigen dadurch zu keiner Einbuße verurteilt, vielmehr insofern einer Bereicherung teilhaft, als seine künftige Gemahlin ihm fast unverhoffte Anwartschaft auf tadellose häusliche Repräsentation seiner Standeswürde eröffnete. Seine Schwestern standen an angeborenem richtigem aristokratisch-weiblichem Gefühl nicht hinter ihrer neuen Schwägerin zurück, sondern pflichteten derselben bei, daß sie die nämliche Beobachtung seinen Betragens von seiten des Bräutigams zur Voraussetzung ihres Verlöbnisses machen würden, und der Baron Ulrich von Birkwald ward durch den kleinen Vorgang in der verbesserten Schätzung seiner zukünftigen Schwiegertochter noch mehr bestärkt. Doch hielt er nicht viel von einem langen Brautstand, der die unteren Stände und ihre materiellen Verhältnisse kennzeichne, sondern erachtete es als Pflicht des Namens Birkwald, die Verlobungszeit möglichst abzukürzen und noch im Sommer einen Termin für die Hochzeit festzusetzen. Dem begegnete allerdings Frau Ottilie mit einem Hinweis auf die Unmöglichkeit, alles vorher dazu Nötigfallende zu überstürzen; Gertrud selbst äußerte sich, wie es einer jungen Dame selbstverständlich von der Schicklichkeit geboten wurde, über diese Frage nicht, bewies vielmehr wieder ihren vornehmen

Takt, indem sie, wenn in ihrer Gegenwart die Rede
darauf kam, gar nichts davon zu hören schien. Allzu-
häufig geriet sie auch nicht in solche Lage; es lag in
der Natur der Sache, daß sie sich nicht zu ihrem Verlobten nach Warleberg begab, sondern seinen Besuch
auf Helmstede erwartete. Zu dem fand er sich auch
täglich mit einem vom Gärtner schön in Spitzenpapier
geordneten Blumenbouquet ein, obgleich sie ihm die tägliche Mühe der Fahrt um ihretwillen nicht zumuten,
sondern sich mit seinem Kommen in größeren Zwischen-
räumen begnügen wollte. Aber er kannte die ihm von
seinem Verhältnis zu ihr vorgeschriebenen Obliegenheiten
und versäumte an keinem Nachmittage ihre Vorschrift.
Freilich konnte er diese zumeist nur damit erfüllen, daß
er seiner künftigen Schwiegermutter seine Aufwartung
machte und ihr das Bouquet für Gertrud übergab, da
die letztere gewöhnt war, sich um diese Zeit auf einem
Ausritt oder Spaziergange außer dem Hause zu befinden.
Er hatte ihr einmal seine Bereitwilligkeit ausgedrückt,
sie dabei zu begleiten, doch sich wieder eine leichte Mahnung durch ihre Antwort zugezogen, daß ein solches
Alleinzusammengehen von Verlobten nicht bräuchlich sei.
Durch welche Erfahrung von außen her Gertrud zu
dieser Anstandsregel gekommen, ließ sich schwer sagen,
so daß, da sie dieselbe kannte, am meisten anzunehmen
stand, ihre eigene außerordentliche Feinfühligkeit habe
ihr dieselbe eingegeben.

Aus dem Verhalten Frau Ottilies von Birkwald war nicht recht klug zu werden und der Grund dafür wohl hauptsächlich darin zu suchen, daß sie — ihrer sonstigen klugverständigen Art entgegen — über ihr eigenes Wünschen und Wollen mit sich nicht recht ins reine zu kommen wußte. Sie hatte eingesehen, daß sie die Hoffnung auf Herstellung eines vertrauensvollen und liebreich zärtlichen Verhältnisses zwischen sich und ihrer Tochter aufgeben müsse, und es verhielt sich wohl so, wie die Leute redeten, daß dies nicht Mit-, sondern nur Untereinanderleben im Schlosse sie eine Beendigung desselben herbeiwünschen ließ. So war ihr die lang vorhergesehene und befürchtete Werbung durch ihren Schwager zuletzt willkommen gewesen und von ihr bei dem Mädchen befürwortet worden; unverkennbar fand sie damals etwas für sie Befriedigendes und in gewisser Weise Beruhigendes darin. Aber die sofortige Einwilligung Gertruds hatte sie schon gleich danach wieder unschlüssig und verwirrt gemacht, so daß sie im Widerspruch mit ihrer Absicht jener eigentlich nicht zu-, sondern abgeraten. Und dieser Trieb oder dies Gefühl, wider mütterliche Bedachtsamkeit und Pflicht gehandelt zu haben, war nach der offiziellen Verlobung noch mehr in ihr angewachsen; sie konnte sich deshalb nicht entschließen, so rasch für die Hochzeit thätig zu sein. Ihrerseits hatte sie doch, wenn auch erst etwas spät und darum wohl zu spät, ihr Herz an Gertrud gehängt und hegte Sorge für das

Lebensglück derselben, die durch die täglichen Visiten ihres Neffen bei ihr nicht gerade beschwichtigt wurde. Zwar hatte sie ihren Mann ehemals auch nicht aus Liebe geheiratet, nur von ihren völlig verarmten, doch höchst adelsstolzen Eltern mit Drohungen und fast mit Gewalt dazu genötigt, aber er war doch von sehr anderer Art gewesen als die Warleberger Verwandten, hatte ihr die untrüglichsten Beweise gegeben, daß sie ihm das Liebste auf der Welt sei, und in allem nur für sie gelebt, gedacht und gesorgt, so daß sie von seinem Tode mit aufrichtiger Trauer erfüllt worden war. Doch sie begriff nicht, wie ihre Tochter dazu gekommen, ohne jeden Zwang die Werbung ihres Vetters Albert anzunehmen; wirklich lieben konnte sie ihn bei der Grundverschiedenheit ihrer Naturen unmöglich, und ihre Mutter befürchtete, es werde auch später niemals zu einem ruhig befriedigenden Verhältnis zwischen ihnen kommen. Allerdings war Gertrud — wie sie leider nur zu oft, nicht selten geradezu als ein „enfant terrible", zeigte — noch ein großes Kind, das von Liebe überhaupt nichts wußte und sich mutmaßlich unter einer Verlobung und der Folge davon, einer Verheiratung, gar nichts vorstellte. Aber da sie früher oft genug über ihren Vetter gelacht und gespottet hatte, mußte ihre erklärte Bereitwilligkeit, seine Frau zu werden, doch einen Grund besitzen, und den konnte die darüber Nachdenkende in nichts anderem ausfindig machen, als daß ihre Tochter

blindlings nur einem Verlangen gefolgt sei, aus dem
Hause fortzugelangen.

Das war auch — wenngleich nicht der einzige — so
doch ein Beweggrund mit gewesen, welcher Frau Ottilie
veranlaßt gehabt, den Antrag von Warleberg her zu
unterstützen, und scheinbar sich widersprechend, aber in
Wirklichkeit wohl der allgemein menschlichen Natur und
jedenfalls besonders ihrer eigenen gemäß, berührte es
sie schmerzlich, daß ihr Kind den nämlichen Antrieb zu
einer Trennung in sich besaß, der bei ihr das frühere
Widerstreben gegen die Verlobung allgemach abgedämpft
hatte. Ihre Tochter war's, ein ihrer mütterlichen Obhut
anvertrautes junges Leben, bei dem jede andere Rücksicht schweigen mußte, wenn es sich um Glück oder
Unglück der ganzen Zukunft handelte, und die innere
Beunruhigung Ottilies von Birkwald, an dem Zustande-
kommen der bevorstehenden Heirat mitgewirkt zu haben,
mehrte sich von Tag zu Tag so, daß sie schließlich die
Verantwortung für sich allein nicht mehr tragen konnte,
sondern das bringende Bedürfnis empfand, sich noch bei
jemand anders Rat und Beschwichtigung zu erholen.
Zu dem Behufe aber gab es für sie nur eine einzige
Persönlichkeit, nämlich den Pastor Gerhard Hollermann,
zu dessen richtigem Gefühl, besonnenem Urteil und freund-
schaftlicher Gesinnung für sie und Gertrud sie das vollste
Vertrauen hegte; sie kannte ihn seit fast zwanzig Jahren,
denn sie hatte ihn schon als Seelsorger in Hollebek

vorgefunden, wie sie nach ihrer Hochzeit auf Helmstede eingezogen, und so entschloß sie sich heute kurz, da die Vormittagsprebigt beendigt sein mußte — es war ein Sonntagmorgen —, sich zu ihm auf den Weg zu machen.

In der That war der Pastor auch bereits von der Kanzel heimgekehrt, von der herab er seine achtsamen Zuhörer eindringlich ermahnt hatte, nicht durch Saumseligkeit, Zeitverlust, Unordnung und Ungeschick oder sonstiges thörichtes Verhalten dem Willen des lieben Gottes zuwiderzuhandeln, der durchaus auch auf ihr leibliches Wohl Gewicht lege und Roggen, Weizen, Gerste, Hafer und Buchweizen zu dem Zwecke abwechselnd mit Sonnenschein und Regen versehe, damit sie ihrerseits das weitere für diese nützlichen Getreidearten besorgen sollten, um später für sich und ihre Kinder daraus nahrhafte und auch wohlschmeckende Speisen bereiten zu können. Darüber und über noch eine Anzahl ähnlicher und weil dem Menschen dienlicher auch gottgefälliger Verpflichtungen hatte Gerhard Hollermann seine gläubige Gemeinde eingehend unterrichtet und saß nun, kleine Dampfwolken aus einer alten, tiefangebräunten Meerschaumpfeife ziehend, in seiner Stube, als Frau von Birkwald bei ihm eintrat. Um ihrer Begrüßung noch etwas beizufügen, sagte sie, leicht lächelnd, obwohl ihr eigentlich nicht danach zu Sinn war: „Ich komme nicht von Ihrer Predigt, aber Sie werden mich bei ihr auch wohl nicht vermißt haben."

„Das wäre eine Neuerung, Frau Baronin, zu der ich keinen Anlaß gehabt, wie ich begreife, daß Sie keinen besitzen, meiner Predigt beizuwohnen.“

Der Antwortende stellte seine Pfeife beiseite, Frau Ottilie jedoch forderte ihn mit einer Handbewegung auf: „Sie werden sich doch um meinetwillen nicht von Ihrer alten Freundin trennen, das thaten Sie sonst nicht, wenn ich Sie besuchte.“

„Dann muß ich zu meinem Bedauern versäumt haben, zu thun, was einem Dorfpfarrer in Gegenwart seiner Patronatsherrin geziemt.“

Frau von Birkwald sah ihn verwundert an und wiederholte: „Patronatsherrin? Seit wann bin ich eine so feierliche Persönlichkeit für Sie geworden? Ich war doch auch immer Ihre alte Freundin — freilich nach= gerade eine recht alte. Ist Ihnen Unangenehmes heut begegnet oder sind Sie mir wegen etwas bös, lieber Pastor? Sie haben mich nicht in der Kirche vermißt, doch ich dafür Sie — schon lange, wohl seit dem März fast, deucht mich — bei mir im Hause. Sonst pflegten Sie keinen Monat vorübergehen zu lassen, ohne einmal freundschaftlich einzukehren, und der Weg bis Helmstede ist doch nicht weiter geworden.“

Es hatte in der That eine, für das langjährige menschlich=freundliche Verhältnis zwischen beiden etwas ungewohnte Steifheit in dem Benehmen und den Worten Hollermanns gelegen, und mit ihr entgegnete er auch

jetzt noch: „Es muß sich mir kein Anlaß geboten haben,
Frau Baronin, das Schloß unaufgefordert zu betreten,
und da Sie meiner nicht bedurften, glaubte ich mit der
Unterlassung das richtige zu thun." Doch dann streckte
er die Hand nach der Pfeife: „Wenn Sie es mir verstatten, wie Sie's allerdings schon früher zu thun die
Güte hatten," und er zog einigemal an der noch nicht
ausgegangenen Pfeife, so daß sie wieder Rauch von sich
zu geben anfing. Während dieser Beschäftigung fiel die
steife Zurückhaltung von seinem Gesicht als diesem etwas
Fremdes mehr und mehr ab, er blies, offenbar in Gedanken, ohne es wahrzunehmen, seiner vornehmen Besucherin ein paar Dampfwolken fast gerad entgegen und
fügte darauf mit verändertem, das hieß seinem natürlichen und von jeher an ihm gewohnten Ton nach: „Ich
danke Ihnen, daß Sie mich des Namens eines alten
Freundes würdigen; ich glaube auch, daß ich ihn nicht
als völlig unverdient annehmen darf, und ich werde
mich, soweit es in meinen Kräften steht, seiner
auch ferner nicht unverdient machen. Es war mir
nur etwas, Sie sagten es, Störendes in die Gedanken
geraten, als Sie hereintraten; man muß dergleichen,
wenn es sich in Widerspruch zu einer vernünftigen
Erwägung stellt, von sich abthun und ihm keinen
Einfluß auf das Gemüt verstatten; doch bleibt das
menschlich. Da Sie mir die Freude bereiten, Sie
bei mir zu sehen, darf ich wohl annehmen, daß ich

Ihnen irgend einen Beweis der alten Freundschaft zu geben vermag?"

Die letzte Annahme besaß eigentlich ein bißchen Sonderbares, doch da sie dem Beweggrund entsprach, der die Gutsherrin hergeführt, klang dieser nichts Auffälliges darin und, sich setzend, entgegnete sie: „Ich komme, Sie in betreff Gertruds um Ihre Meinung zu bitten."

„Ja, das dachte ich mir," antwortete der Pastor.

„Sie dachten es sich?"

Der Ton, mit dem Frau Ottilie es wiederholte, drückte diesmal etwas Überraschung aus, doch sie fuhr gleich fort:

„Ja so, Sie haben erfahren — da sagen Sie mir, ob ich nach Ihrem Gefühl recht damit gethan."

Gerhard Hollermann zog ein paar große Wolken aus seinem Meerschaumkopf, als ob er sich aus diesem eine Antwort zu erholen suche. Dann versetzte er:

„Das ist eine schwierige Frage, die sich von sehr verschiedenem Standpunkt aus auffassen läßt und je nachdem verneint oder bejaht werden wird. Ich habe sie mir nach beiden Richtungen überlegt und dadurch beantwortet, daß ich, wie ich schon vorhin geäußert, keinen Anlaß gefunden, Sie aufzusuchen."

„Um Ihre Gratulation auszusprechen oder vielmehr es nicht zu thun. So sind Sie also mit der Verlobung meiner Tochter nicht einverstanden?"

„Doch — doch; das sprach eben mein Nichtkommen aus. Ich bin zu der Überzeugung gelangt, daß die Verbindung Ihrer — Fräulein Gertruds mit dem Baron Albert für beide Teile das beste und richtige ist.“

Das stand der vorhergegangenen Äußerung des Pastors entgegen oder erschien wenigstens der Hörerin so, nach dem, wie sie dieselbe aufgefaßt hatte. Ihre Miene gab jetzt unverhohlen Verwunderung über den Widerspruch der Antworten ihres sonst immer sich aufs klarste ausdrückenden alten Freundes und Beraters zu erkennen; doch sie war zu sehr mit ihren Gedanken beschäftigt, um bei anderem verweilen zu können und sie erwiderte:

„Auch ich habe das geglaubt und deshalb die Verlobung befürwortet. Aber ich bin irre daran geworden, ob ich damit gethan, was eine Mutter gedurft und gesollt —“

Sie begründete es, fuhr mit einer Darstellung der geradezu gegensätzlichen Verschiedenheit der beiden Verlobten fort, sprach ihre Befürchtung für die Zukunft Gertruds aus. „Denn bei all ihrer geistigen Begabung ist sie doch noch ein Kind.“

„Allerdings, ein ungewöhnliches Kind,“ pflichtete Hollermann bei.

„Sie meinen wegen ihrer Neigung zu allerhand Narrheit. Doch ich liebe sie trotzdem.“

„Es giebt wohl wenige, die es nicht thun. Ich

liebe das Kind gleichfalls und bin in meinen Wünschen für sein Bestes bedacht."

„Und Sie glauben doch, daß ihre Verlobung dafür das richtige war?"

Der Pastor antwortete zunächst nicht, sondern dampfte aus seiner Pfeife. Dann entgegnete er:

„Ihr erstes Gefühl hat es dafür gehalten und dem hat meines zugestimmt. Wenn Sie mir alles, was in Betracht kommt, gesagt haben —"

Sie fiel kurz ein: „Mehr kann ich nicht sagen." Ihre Augen waren ihm entgegengerichtet, gingen jedoch, während ihrer Erwiderung, an den seinigen nach dem Fenster vorbei. Es entstand eine Pause, in der niemand sprach. Gerhard Hollermann trat ans Fenster und schaute einige Augenblicke hinaus, dann kehrte er sich zurück und sagte:

„Ich sah drüben im Feld nach dem Holzschuppen der Harfentrina, mir kam's vor, als rauche es vom Dach. Es war aber nur der Glimmer von der heißen Luft. Wissen Sie, wer die Alte ist? Der Gutsherrin steht's wohl zu, und ich wollt es Ihnen schon öfter sagen, aber der Mensch hält leicht mit etwas zurück, was ihn selbst nicht zum besten ins Licht stellt."

Merkbar kam's Frau Ottilie erwünscht, über einen anderen Gegenstand, als bisher, weiter zu sprechen; sie versetzte rasch: „Die Harfentrina? Ist etwas Besonderes mit der? Nein, ich weiß nichts von ihr."

„Es war einmal etwas Anderes mit ihr, wenn Sie wollen Besonderes; den Namen zu nennen, den sie damals trug, als junges Mädchen, so alt etwa wie Fräulein Gertrud jetzt, habe ich jetzt kein Recht, aber man redete sie auch Baroneß an, richtigerweise, denn sie war eine Tochter hochabliger Eltern. Da verliebte sie sich in einen jungen Mann, einen Bürgerlichen, von dem ihr Vater nichts hören wollte, doch sie ging bei Nacht und Nebel aus dem Haus und mit ihm davon; ich weiß nicht, ob er sie verlassen hat oder bald gestorben ist, nur daß sie von ihren Eltern nicht wieder aufgenommen wurde. Weil sie nichts zu essen hatte, versuchte sie's, Schauspielerin zu werden; das ging nicht, wenigstens nicht lange, aber sie hatte eine gute Stimme und kam durch die zu ihrem Brot, indes zugleich wieder um eine Stufe weiter herunter, denn sie geriet zu einer herumziehenden Gesellschaft, die des Abends und Nachts in größeren Wirtssälen aufspielte, und sang Lieder zur Harfe. So lernte ich sie einmal in einer Universitäts-stadt kennen, weit von hier, als junger Kandidat der Theologie; sie war wohl um ein halbes Dutzend Jahre älter als ich, aber noch so schön und berückend, wie ich nichts gesehen. Ein Theologe ist auch ein Mensch, sollte es wenigstens sein, und ich verliebte mich in sie, so daß ich öfters in die Wirtschaft wieder kam. Und — wir sind ja unter uns, Frau Baronin — eines Abends, als sie auf ihre Stube hinaufging, schlich ich

ihr nach und bat sie um einen Kuß. Den weigerte
sie mir nicht, sie hatte es wohl schon manchem nicht
gethan, und es blieb nicht bei dem einen, aber dann
schob sie mich einmal plötzlich fort und sagte: „So, jetzt
gehen Sie — Sie wollen einen schwarzen Pastorenrock
tragen — dem thut's nicht gut, wenn Sie länger bleiben,
ihm nicht und Dir nicht." Sie schloß die Thür hinter
mir ab und ich habe sie nicht wieder gesehen, weiß nur,
daß sie danach noch so ein Menschenalter lang herumge-
zogen ist, immer etwas tiefer herunter, auf Jahrmärkten,
mit Kunstreitern, Seiltänzern, Possenreißern, zuletzt mit
tanzenden Bären und Affen, bis die Überreste ihrer
Schönheit und Stimme nicht mehr ausreichten, das aller-
niedrigste Publikum anzulocken. Wie sie sich dann weiter
durchgeschlagen hat, ist mir nicht zu Ohren gekommen,
aber eines Tags kam sie drüben in unsere Stadt, ich
sah sie zufällig auf der Straße, und trotz ihrem grauen
Haar und den Falten im Gesicht erkannte ich sie wieder.
Auch der Zufall hatte sie dahin gebracht, von meinem
Hiersein wußte sie nichts, kannte mich nicht mehr. Man
sah ihr an, daß sie nah vorm Verhungern stand; wer
von ihrer Lebensgeschichte gewußt, hätte vermutlich
gesagt, ihr geschähe nicht unrecht damit, sie wäre von
Anfang an ein leichtfertiges, nichtsnutziges Geschöpf
gewesen. Ich aber war ihr dankbar wie keinem zweiten
Menschen auf der Welt, denn sie hatte mich in einer
Stunde vor etwas bewahrt, was mein ganzes Leben

lang in mir gesessen und daran gefressen haben würde.
Vor der Gemeinde paßt's nicht, denn sonst wär's ein
Text, wie die Bibel nicht viele hat, darüber zu predigen,
was als ein göttlicher Funken aus einem irrgelaufenen
Gemüt herausspringen und einem, der in die Irre gehen
will, an Wohlthat anthun kann. Es wird viel von der
himmlischen Liebe geredet und geschrieben; begegnet, daß
ich sie im Herzen erkannt, ist sie mir auf der Erde nur
das eine Mal, und ich habe noch zu keinem sonst jemals
davon gesprochen. Danach ist die Baroneß, da sich's
gerade machen ließ, bei uns Leichenfrau geworden; was
sie für ihren Leib zum Leben noch gebraucht, hat sie
davon, mehr wollte sie nicht und ist damit zufrieden,
wie mit ihrem Unterschlupf am Feldrand. Will sie sich
eine gute Stunde machen, sitzt sie drin und spielt auf
ihrer alten Harfe; wenn der Wind mir's einmal von
weitem zuträgt, bleib ich stehen und höre eine Zeit lang
darauf. Die Weltgeschichte ist ein buntes Buch, aber
allerhand vom Sonderlichsten, was unter Sonne und
Mond vorkommt, schreibt sie nicht darin auf, obgleich
einer vielleicht mehr daraus lernen könnte, als aus den
großen Begebenheiten, die man in der Schule ein=
getrichtert kriegt. Ich glaube, mancher Pastor ständ
anders auf der Kanzel, wenn er einmal einer Harfen=
trina in seinem Leben begegnet wäre; Sie haben nicht
geahnt, Frau Baronin, was für eine edelgeborene Nach=
barin Sie an ihr besitzen. Der Mensch wird zu dem,

was das Leben aus ihm macht; man kann sich auch vorstellen, daß es umgekehrt ebenso geschähe und durch günstige Fügung etwas Niedriges zu Hohem aufwüchse. Was geschieht, sagt die Schrift, ist nach Gottes Willen, und einem Prediger steht's nicht an, es anders zu heißen."

Gerhard Hollermann schwieg; die Miene der Zu= hörerin hatte gezeigt, daß sie allerdings von dieser Lebensgeschichte der Harfentrina keine Ahnung besessen und durch die Mitteilung sehr überrascht worden sei. Doch am Schluß derselben kennzeichnete sich eine Ver= wunderung anderer Art in ihrem Gesicht, sie saß noch ein paar Augenblicke stumm, aber dann fragte sie, den Kopf hebend:

„Wie kommen Sie dazu, mir das heute zu erzählen, da Sie sagen, daß Sie noch niemals davon gesprochen haben?"

„Warum? Es kam mir so, wie ich aus dem Fenster nach dem Schuppen der Alten hinübersah, und ich sagte Ihnen schon, mir schien's gehörig, daß die Gutsherrin von dem, was auf ihrem Grund und Boden lebt, erfahre." Der Sprecher hielt an, besann sich kurz und fügte dann nach: „Doch der eigentliche Grund war's nicht, Frau Baronin; der lag darin, daß es mich lang bedrückte, das, was in der Geschichte von mir vor= kommt. Ich wollte nicht länger verschwiegen damit vor Ihnen stehen, nicht anders scheinen, als ich in einer

Stunde der Versuchung gewesen. Wenn man etwas auf dem Gewissen oder auf der Seele hat, so macht's leichter, nimmt den Druck weg, es nicht zu hehlen, einem anderen offen davon zu reden. Auch wenn sich's um eine Verschuldung handelt, die sich wohl menschlich begreifen und vergeben läßt — ich sehe es ja gleichfalls dafür an; nicht vor dem Hörer, vor sich selbst spricht man sich durch ihre Kundgabe frei, das ist der Sinn und Wert einer Beichte."

Frau Ottilie von Birkwald stand plötzlich auf und fiel ein: „Ich vergesse —"

Sie sah den Pastor an: „Gewiß — Sie haben recht, wie immer — und wenn ich in solcher Lage wäre, würde ich zu Ihnen kommen, nicht zum geistlichen, zum menschlichen Seelsorger, um mir Absolution zu verschaffen. Aber ich vergesse ganz, daß die Warleberger Verwandten heut zum Mittag bei uns sind, da muß ich mich beeilen. Sie sehen also die Verlobung Gertruds für gut an, besorgen nichts daraus für ihre Zukunft?"

„Ich habe Ihnen bereits meine Meinung darüber ausgesprochen, Frau Baronin, und da Sie zu gehen beabsichtigen, nichts weiter mehr zu äußern."

In die Stimme und die Haltung Gerhard Hollermanns war die seinem Wesen fremdstehende Steifheit zurückgekehrt, mit der er die „Patronatsherrin" empfangen; andererseits hatte er auch gegen seine Gewohnheit während der letzten Minuten versäumt, die Pfeife im Brand zu erhalten, und bemerkte dies nicht einmal, wie er, der draußen Davongehenden durchs Fenster nachblickend, jetzt an der Spitze zog, als ob er große Rauchwolken aus ihr aufwirbele. Dazwischen sprach er vor sich hin: „Als sie kam, glaubte ich — aber mit dem Glauben ist's nicht viel, der Mensch thut besser, sich nicht damit zu befassen. Wenn einer die Zähne zusammendrückt und die Medizin nicht einnehmen will, muß man's lassen, ihm den Mund mit Gewalt auf= machen zu wollen. Anders macht's ja auch nichts; ich wenigstens will's nicht und hab nichts auf dem Gewissen dabei." Nun nahm er den ungehörigen Zustand seiner Pfeife gewahr, zündete sie wieder an und murmelte: „Einbildung ist's ja alles nur; wer's nicht weiß, raucht ohne Feuer und den simpelsten Tabak für den feinsten Knaster. Volenti non fit injuria — nur merkwürdig, daß sie's selbst will. Als steckte un= bewußt in der injuria ein Trieb, sich zum jus zu ver= bessern. Der Jurist würde freilich sagen, nefas bleibt's, aber ich habe ja nicht auf den Richter studiert."

Die Gutsherrin mußte nachträglich, vielleicht an der Kirchenuhr, erkannt haben, daß sie doch noch nicht so sehr von Eile gedrängt sei, denn sie begab sich nicht auf der geraden Straße nach Hause zurück, sondern schlug einen Umweg durch ein Gehölz ein. Es war sonntäglich einsam und bis auf Vogelrufe umher still darin; hier, zwischen dem grünen Gezweig, mäßigte sie sogar ihren Schritt zu langsamstem Gang. Sonderbar und auch durch die nachgefolgte Erklärung nicht ganz verständlich gemacht war's, daß der Pastor ihr die Geschichte der alten Leichenfrau erzählt hatte; ja, gerade die Erklärung selbst besaß eigentlich das befremdlichste daran. Wenn jemand auch den Drang des Aussprechens in sich trug, wählte er für ein derartiges Geständnis doch nicht passend eine Dame aus, eine immerhin, ob sie selbst sich auch seine alte Freundin benannt, doch noch nicht wirklich alte Frau. Und wenn das auch, warum erst heute, da das Geschehene wohl ungefähr bald um ein halbes Jahrhundert zurücklag, in dessen Verlauf sich der Antrieb zu einer solchen Selbstbloßstellung doch eher abschwächen als verstärken mußte. Jedenfalls, wenn etwa erst durch sein Wiederzusammentreffen mit der Harfenspielerin die Erinnerung so lebhaft in ihm geweckt worden, hätte er doch bereits seit mindestens zehn Jahren oft Gelegenheit finden können, sich, wie er gesagt, den Druck von der Seele wegzunehmen.

Aus dieser, sein Bekenntnis umgebenden Undeutlichkeit kam etwas herauf, das einen Ausdruck von Unruhe über das Gesicht der Nachdenkenden verbreitete; sie stand einmal still und heftete die Augen vor sich hinaus, als ob sie dieselben zu einem scharfen Blick auf einen Gegenstand anstrenge. Doch dann schüttelte sie den Kopf; das, was beunruhigend vor ihr aufgetaucht, war nur ein Phantomgebild, keine mögliche Wirklichkeit, und sie schritt auf dem schmalen Fußweg, jetzt zwischen dichtem Untergebüsch zur Rechten und Linken, weiter. Ihre Gedanken blieben noch bei dem im Pfarrhaus Gehörten, aber nach anderer Richtung ablenkend, auf den seltsamen Lebensgang der Harfentrina. Es konnte kaum anders sein, als daß sie eigentümlich davon berührt werden mußte; die Alte, die da drüben in dem Schuppen am Feldrand und am Lebensrand saß, war auch einmal jung, schön, ein adeliges Fräulein gewesen, doch durch einen jugendlich unbedachten, vorschnellen Schritt von der Höhe der Leiter heruntergelockt worden, der schlimmen Lebensleiter, die sie dann haltlos immer weiter abwärts gezogen, Sprosse um Sprosse. Edles hatte ursprünglich in ihr gelebt, sich spät noch in der Stunde offenbart, als sie den jungen Theologen vor lebenslanger Reue behütet, obwohl herauszufühlen gewesen, daß sie sich selbst dazu in einem starken Kampf überwinden gemußt; aber weil ihr das Herz für ihn geschlagen, hatte sie ihn aus der Thür fortgedrängt. Wunderlich, wie die beiden nun wieder nah zusammengekommen, er als alter Pastor und Witwer, hinter dem ein langes, friedlich und vorwurfslos mit seiner verstorbenen Frau verbrachtes Leben lag, sie als eine, die auch in gewisser Weise ein Kirchenamt neben ihm versah, als Leichenfrau seiner Gemeinde. Der Zufall, das Leben konnte Menschen, die einmal, wenn auch kurz nur, in engem Bezug zu einander gestanden, so nachbarlich zusammen zurückführen. Was mochte jedesmal in den beiden vorgehen, wenn sie sich antrafen, unvermeiblich ihnen jene Stunde wieder im Gedächtnis, vor den Augen wachrufen, ohne daß die Umstehenden ahnten, was einmal zwischen ihrem Pastor und der Harfentrina vorgegangen.

Und was diese zu dem ersten Schritt in die Tiefe verleitet, war auch nichts Unedles, sondern gleichfalls Liebe gewesen. Frau Ottilie mußte sich vorstellen, wie anders alles geworden wäre, wenn die Eltern der Bitte ihrer Tochter nachgegeben, sie nicht hätten zwingen wollen, von ihrem bürgerlichen Geliebten zu lassen. Welch anderes Schicksal vermutlich, Lebensruhe und Lebensglück. Aber freilich, da es nicht sein konnte, hätte sie sich fügen müssen; durch ihren Eigenwillen, ihren Trotz hatte sie thöricht selbst ihr Elend verschuldet.

Oder war's das nicht, sondern ein Mut, eine Kraft, die eigentlich der wahren Liebe zukamen und bewiesen, daß sie eine solche sei? Wäre das wirklich Liebe gewesen, die sich hätte biegen lassen wie ein Rohr? Was würde der Mann, in dessen Hand sie ihre gelegt, von ihr gedacht, ihr geantwortet haben, wenn sie ihm gesagt — oder wohl geschrieben, denn sie hätte ihm nicht mehr vor die Augen treten können —, daß sie sich von ihm trennen müsse, weil sie nicht die Kraft, den Mut habe, dem Gebot ihrer Eltern Widerstand zu leisten?

Ob das Leben der jungen Baroneß im Innersten glücklicher geworden wäre als das der Harfentrina — das Gefühl seiner stummen Verachtung mit sich zu tragen, bis ans Ende auf sich lasten zu haben?

Die Gutsherrin von Helmstede hob plötzlich aus den von der Erzählung des Pastors Hollermann in ihr angeregten und von ihr fortgesponnenen Gedanken den Kopf in die Höh. Sie befand sich doch nicht allein auf dem stillen Waldweg, ein Fußtritt klang ihr entgegen, ließ noch nicht erkennen, von wem er herrühre, aber nach dem Ton des Schrittes mußte der Urheber desselben sogleich um eine nahe, fast rechtwinklige Ecke biegen. Das geschah auch, und im nächsten Augenblick stutzten die beiden sich Begegnenden unwillkürlich gleicherweise zurück. Der Herangekommene war der Erbpächter auf Ottenhof, Klaus Bredenkamp, sichtlich von dem Zusammentreffen ebenso überrascht, wie die Frau Baronin aus dem Schloß, und ein, wenn auch nur augenblicklich kurzes Anhalten des Fußes auf beiden Seiten gab bei ihr, wie bei ihm einen gleichen ersten Gedanken zu erkennen, die Begegnung zu vermeiden. Eine solche, wenigstens eine so unmittelbare, fand zwischen ihnen zum erstenmal statt, obwohl sie seit fast zwanzig Jahren nah benachbart lebten; von vornherein war allerdings bei einer so langen Zeit kaum begreiflich, daß der Zufall es nicht schon früher einmal derartig gefügt habe. Aber beide hatten demselben stets durch ein rechtzeitiges

Ausweichen vorzubeugen gewußt; sie kannten den un-
ausgesprochenen inneren Gegensatz, in dem sie zu einander standen, fühlten übereinstimmend, es könne daraus
nichts Erfreuliches bei einer Begegnung entspringen,
und so bildete die gegenwärtige in der That die erste,
doch zugleich eine nicht mehr vermeidbare. Denn ein
Abbiegen zur Seite ließ das Buschwerk nicht zu; eine
Umkehr wäre geradezu beleidigend gewesen, obendrein
vielleicht noch in anderem Licht, als feig erschienen.
In der Natur der Umstände lag's, daß für die Dame
sich dies Zusammengeraten peinlicher gestaltete, als
für den Mann, so daß sie um einen verhaltenen Atemzug länger zauderte, sich vorwärts zu bewegen, als
er. Sie setzte sich vielleicht einer Insolenz aus; er
konnte vorübergehen, ohne den Hut zu lüften, möglicherweise auch die Mitte des schmalen Steigs behaupten und sie nötigen, sich seitwärts ins Gebüsch
hinein vorüber zu biegen. Dabei konnte er sie mit
seinen großen blauen Augen — sie mußte, daß er
solche besaß —, der Demütigung, die er ihr auf-
zwang, bewußt, oder gar kalt-spöttisch ansehen; alle
diese Vorstellungen durchkreuzten ihr hastig gedrängt
den Kopf. Ihnen nachzuhängen aber verbot die Zeit,
vor allem ihr Wille, ihn nicht wahrnehmen zu lassen,
daß sie Scheu hege, den Weg fortzusetzen. So
schritt sie vorwärts, eine ruhig-gleichmütige Miene
erzwingend, doch mit niedergesenkten Lidern; ja, als sie

dicht gegen ihn hinankam, schloß sie dieselben unwillkürlich einen Moment lang sogar zu. Aber das war doch thöricht, sie mußte ja sehen, ob er ausweiche oder nicht und schlug die Augen wieder auf.

Ihre Befürchtungen erwiesen sich als unbegründet; seine innere demokratische Feindseligkeit gegen die Aristokratie ging nicht so weit, ihn der Dame und Gutsherrin gegenüber den äußeren Anstand verletzen zu lassen. Er trat möglichst ins Unterholz hinein zur Seite und lüftete respektvoll den Strohhut. Nur die eine ihrer Besorgnisse bestätigte sich, er blickte sie dabei an. Doch nicht herausfordernd, noch spöttisch, lediglich mit einem ruhigen Ausdruck seiner großen Augen, und im Grunde war das bei einem Gruß natürlich, eher hätte das geflissentliche Unterlassen Beleidigendes gehabt.

Auf solches hatte Frau Ottilie sich gefaßt gemacht, und das Gegenteil desselben verwirrte sie. Sie erwiderte mit einer Kopfneigung und wollte vorübergehen; doch dann, wie es wohl in der Verwirrung geschieht, that auch sie das Gegenteil von dem, was sie beabsichtigte. Oder vielmehr, ihr kam's, es war besser so, eine Pflicht der Höflichkeit als Entgegnung und Anerkennung der seinigen; sie hielt den Fuß und redete den Pächter an — nur ihn dabei auch anzublicken, konnte sie sich nicht überwinden:

„Ich erkannte Sie nicht gleich, man erwartet nicht, hier jemand zu begegnen."

Es drückte eine Art von Entschuldigung oder Erklärung dafür aus, daß sie bei seinem ersten Anblick unschlüssig gestutzt habe. Klaus Bredenkamp hatte schon im Begriff gestanden, weiter zu gehen, drehte sich, merklich von der Ansprache unvermutet überrascht, herum und gab Antwort:

„Nein, der Weg wird wenig begangen. Ich erkannte Sie indes sogleich, Frau Baronin; es liegt kein Verdienst meiner Augen darin, denn Ihre Erscheinung verändert sich kaum.“

Aus der Entfernung mußte er sie also doch wohl dann und wann wahrgenommen haben, um zu dieser Äußerung berechtigt zu sein; sie klang, als erstrecke sie sich über einen weiten Zeitraum, besage fast, die Gutsherrin habe ihr Aussehen kaum verändert, seitdem sie als solche nach Helmstede gekommen. Die letztere bereute jetzt doch, nicht stumm, wie sie's gewollt, vorübergegangen zu sein; das einmal begonnene Gespräch ließ sich ohne eine Kränkung von ihrer Seite aus — und der wollte sie sich nicht schuldig machen — nicht so kurz wieder abbrechen. Aber bei dem Verhältnis oder dem Mangel eines solchen zwischen ihr und dem Ottenhofer Erbpächter wußte sie nichts weiter nachzufügen als eine gewöhnlichste Frage:

„Da wir so nah beisammen wohnen — ich hoffe, es geht Ihnen gut?“

„Ich danke, Frau Baronin, ich bin zufrieden. Als

Nachbar darf ich wohl die Gelegenheit benutzen, meinen Glückwunsch zur Verlobung der Baroneß Gertrud mit dem Herrn Baron von Birkwald auszusprechen."

„Es wird meine Tochter freuen, daß Sie ihrer gedenken. Wie ich gehört, befindet Ihr Sohn sich gegenwärtig hier; wird er sich ebenfalls der Landwirtschaft widmen?"

„Vorderhand glaube ich nicht, daß er sich dazu veranlaßt sehen wird, Frau Baronin. Er hält sich nur diesen Sommer hier auf, um Studien zu machen, da er sich zum Maler ausbilden will, und ich hoffe, daß er sich bei der Verfolgung des Berufs, den er gewählt, ausdauernder bewähren wird, als sein Vater es gethan."

„So — haben Sie gleichfalls —?"

Die Antwortende führte die begonnene Frage nicht zu Ende, sondern brach kurz ab und fügte statt dessen schnell hinterdrein:

„Man erwartet mich zu Haus, ich muß deshalb — leben Sie wohl — Herr Bredenkamp!"

Sie sprach den Namen zum erstenmal, und es machte den Eindruck, als ob das über die Zunge Bringen desselben sie etwas Überwindung gekostet habe. Der Pächter entgegnete, wieder seinen Hut lüftend: „Ich wünsche Ihnen das gleiche, Frau Baronin," und die Verabschiedung brachte mit sich, daß auch die letztere jetzt ebenso wie er den Kopf aufhob und ihm zum erstenmal mit dem Blick begegnete. Sehr kurz nur, dann verfolgte jeder seine Wegrichtung durch den Wald weiter.

Wer bei der kurzen Unterhaltung fremd zugegen gewesen wäre, hätte in Klaus Bredenkamp keinen Landmann, wenigstens nicht den Inhaber eines Pachthofes vermutet. Seine Manier war ebenso gewandt gewesen, wie seine Sprache und Ausdrucksweise die eines fein Gebildeten; nur lag ein gewisser philosophischer Gleichmut über dem, was er sagte und that, ausgebreitet. Doch auch in seinen Augen hatte sich nichts Feindseliges oder Mißächtliches offenbart; so flüchtig die Gutsherrin mit den ihrigen an ihnen vorübergestreift, nahm sie diese Erkenntnis mit sich fort. Das einzige, was vielleicht den Demokraten kundgegeben, war die steife Formalität, mit der er sie bei jeder Entgegnung „Frau Baronin" angeredet, einmal in einem Satz „Frau Baronin, Baroneß und der Herr Baron" aneinandergereiht hatte. Darin sprach sich wohl ein verschwiegener Hohn, den er in sich trug, aus, und sie hatte es ihm am Schluß zurückgegeben, indem sie ihn bei der Trennung mit seinem einfachen bürgerlichen Namen „Herr Bredenkamp" genannt.

Die Begegnung mochte in allem kaum länger als zwei bis drei Minuten gedauert haben, nun ging Frau Ottilie wieder allein. Ihr Nachdenken über den ihr unverständlichen Grund des Bekenntnisses, das der

Pastor ihr abgelegt, hatte sie vorher in eine unruhige Verfassung gebracht und dadurch wohl einen Zustand bei ihr erzeugt, der geeignet gewesen, sich durch ein unerwartetes Vorkommnis zu einer physischen und psychischen Erregung steigern zu lassen. Denn Zeichen einer solchen ließen sich an ihr wahrnehmen; sie fröstelte einmal in der mittagsheißen Luft zusammen, stand still und horchte auf den sich entfernenden Fußtritt Klaus Bredenkamps, als ob sie eine Furcht hege, er könne umkehren, zurückkommen und ihr eine Fortsetzung der Unterhaltung aufnötigen. Das war eine thörichte Einbildung, denn gewiß kam ihm nichts weniger in den Sinn, aber dennoch reichte das Gehör ihr nicht zur Vergewisserung aus, sie mußte sich umdrehen und zurückblicken. Da zeigte der schmale Weg sich dann hinter ihr, wie es sich vernünftigerweise nicht anders hatte denken lassen, beruhigend einsam und leer, und sie setzte ihre Richtung fort.

Am besten war's, sich den Vorgang der letzten Minuten aus dem Gedächtnis zu schlagen, an das wieder anzuknüpfen, was sie vorher beschäftigt gehabt. Woran hatte sie gedacht, als der ihr Entgegenkommende plötzlich aufgetaucht war? Sie fand's wieder auf: — an den Lebensgang der alten Harfentrina; ob die Jugendliebe derselben recht daran gethan — vielmehr, wenn sie wahre Liebe gewesen, die Pflicht besessen —, troß der Drohungen der Eltern nicht von dem bürgerlichen Geliebten abzulassen, sondern mit ihm zu gehen, wär's auch in Not und Elend. Und sie hatte sich gerade vorgestellt, daß die junge Baroneß, falls sie anders gehandelt haben würde, ihm nicht mehr hätte vor die Augen treten können.

Doch bei dieser Erinnerung überfröstelte es die Gutsherrin abermals, und zugleich kam ihr etwas bisher nicht Empfundenes zum Bewußtsein. Warum hatte der Pastor ihr gerade heut' die Geschichte der Harfentrina mitgeteilt? Allerdings wohl um sein Geständnis daranzuknüpfen; aber noch wunderlicher, als dies, war eigentlich die Erzählung der Geschichte selbst.

Unverkennbar hatte sich ihrer eine nervöse Aufregung bemächtigt, die vor jedem ihr kommenden Gedanken zurückwich, ihn schnell wieder abzubringen suchte. Hastigen Schritts, fast laufend, eilte sie jetzt weiter; die Engnis des Gehölzweges schien sich ihr atembedrückend auf die Brust zu legen, und sie trachtete danach, baldmöglichst ins Freie hinauszugelangen. Es sprach aus alledem nicht gerade vernunftgemäße Besonnenheit, und vielleicht hätte augenblicklich auch ihr gegenüber jemand mit der Fingerbewegung gegen die Stirn zu der Frage: „Sind Sie auch ein bißchen —?" etwas Berechtigung gehabt. Aber Jette Blei hatte gemeint, das sei menschlich, nach seinen Kräften wohl jeder ein bißchen und man bringe ohne das nichts Vernünftiges zuwege. Und so mochte denn nach dieser zwar absonderlichen philosophischen Anschauung der Mädchenschullehrerin in

gesetzten Jahren über den absoluten Wert der Ver-
standesthätigkeit auch Frau Ottilie von Birkwald ihr
zugemessen Teil von dem nun einmal in der Luft der
Gegend Liegenden besitzen.

*   *   *

Drüben im Städtchen war zur Zeit der gewohn-
heitsmäßig frühe Mittagstisch zumeist schon beendet, und
die mehr oder minder von ihm Befriedigten rüsteten sich
zur wünschbarsten Ausnutzung des erfreulich vor ihnen
liegenden, vom Wochentagsbetrieb erlösenden Sonntag-
nachmittags. Auch Jette Blei that's, sie trug Großes
im Sinn, doch machte sie sich vorher zunächst noch ein
kleines besonderes Extravergnügen. In ihrer Stube
befand sich jetzt alles zum Auszug fertig gerichtet, nur
einige Lebensmittel, eine höchst stattliche Mettwurst und
ein einladendes großes Rauchfleischstück, lagen noch in
einer offenen Schachtel auf dem Tisch, sowie daneben auf
einem Teller ein paar kleine Überreste aus dem Gode-
mellschen Laden, von woher die Packeifrige sich heute
wiederum ihre Interimsmittagskost geholt. Nach Einnahme derselben aber hatte sie aus dem Fenster auf
die Straße hinuntergesehen und plötzlich den Einfall
bekommen, einem Jungen drunten zuzurufen: „Du, bring
mir 'mal den Karo herauf!" Das war geschehen,
obwohl der Beauftragte sich zuerst in dem Anruf verhört und von der Gleichheit der Vokale beirrt gefragt

hatte: „Wat vör'n Jakob?" Doch dann verstand er's, fing den benamten Hund am Halsband ein, zog ihn die Treppen herauf, und nun amüsierte Tante Jettchen sich mit ihrer ersten Sonntagnachmittagsunterhaltung. Karo war ein schwarzer Pudel, um den Kopf ein bißchen wildverzottelt aussehend, doch mit lebendig glimmernden Augen und bei näherer Betrachtung keineswegs häßlich, sondern nur ein etwas ungebärdig komischer Kerl, indes mit einer Abneigung gegen Jette Blei behaftet, die er auf ihrem Weg zur Schule beständig anknurrte und anbellte. Das that er, wie er, über die Schwelle gebracht, ihrer ansichtig geworden, auch jetzt, zog den Schwanz ein, drückte sich in die Zimmerecke und fletschte die Zähne. Darüber lachte Tante Jettchen, auf einer Kiste sitzend, höchst vergnügt und redete ihn an: „Ich glaube, Karo hat Hunger, ist's nicht so, Karo?" Sie nahm eins der übriggebliebenen Wurstschnittchen vom Teller und hielt es ihm verlockend entgegen; doch er rührte sich nicht, und erst, als sie es dicht vor seine Füße hinwarf, reckte er die Schnauze, schnupperte mit aufgewecktem Interesse, setzte dann die Beine vor und schluckte hastig den Bissen hinunter. Das begleitete seine Wohlthäterin mit der Anmerkung: „Nicht wahr, Karo, das schmeckt gut, wenn man hungrig ist? Schmeckt es Karo nach mehr, so muß Karo näher zu mir kommen," und sie versah ihre nette Hand mit einem neuen Schnittchen. Sichtlich glitzerte ihm eine

Luft danach in den Augen, und er machte auch einen Schritt vorwärts, blieb dann aber stehen und kam nicht dichter heran. Indes wie das Wurststückchen halbwegs zwischen ihm und der Spenderin wieder auf den Boden flog, konnte er doch seinem Begehren nicht Widerstand leisten, sondern bewegte sich weiter drauf zu und ließ es mit raschem Zugriff zwischen den weißen Zähnen verschwinden. So wiederholte der gleiche Vorgang sich noch ein paarmal, und mit jedem Male rückte er um ein bißchen näher, so daß er zuletzt im stande gewesen wäre, seine Schnauze bis an die Finger vorzurecken. Aber das wollte er nicht, sah sehr mißtrauisch aus und zog die Lippe an den Winkeln zu verdächtiger Bewegung herauf. Doch Jette Blei hatte gleichfalls ihren Willen und bewies sich jetzt in ihrer Qualifikation zur Lehrerin, indem sie zugleich begütigend sagte: „Nein, nun muß Karo es selbst nehmen, sonst bekommt Karo nichts mehr. Nicht knurren, Karo! nicht schnappen! Karo ist ganz gelehrig und gar nicht so bös, wie er thut. Nur nicht unklug sein, Karo — brav sein, ganz brav." Und merklich war's nicht die verführerische Kost allein, sondern auch die Stimme übte auf ihn die beabsichtigte, sänftigende und heranziehende Wirkung, denn ein bißchen später kam lobend von Tante Jettchens Mund: „So — aus der Hand fressen lernen, Karo — so! Das hab ich immer gewußt, Karo und ich würden noch die besten Freunde.

Nun auch noch schön machen, Karo!" Und in der
That, die Lehrmeisterin verstand sich auf den richtigen
Ton mit dem nur scheinbar so bärbeißigen, närrischen
Kerl, denn er richtete sich gehorsam auf den Hinterfüßen
auf und bewegte die beiden vorderen bittend auf und
ab. Dafür bekam er den Rest vom Teller mit der
pädagogischen Anmerkung: „Man muß Karo nur einmal sagen, daß er gut ist, dann hilft's auch wirklich.
Und natürlich, Karo will auch einmal gestreichelt sein."
Das letztere ward ihm durch ein Krauen mit der Hand
über den zottigen Kopf zu teil und obendrein die Anerkennung: „Was Karo nicht alles kann! Die Leute
auf der Straße sehen's ihm gar nicht an; nun muß er
aber auch immer so hübsch artig bleiben!" Mit dieser
letzten Ermahnung schloß die Erzieherin ihren Lehr-
kursus, um in ein überaus fröhliches Lachen auszuplatzen,
und der Junge, der den Hund heraufgebracht, stimmte
mit ein und sagte: „Dat harr ick nich vun em glöwt,
ick dach, he würr Se biten."

Doch sie schüttelte ruhig den Kopf: „Nein, wenn
sie bellen, beißen sie nicht, da braucht man nicht Angst
zu haben." Gleichzeitig indes mit dieser Kundgabe ihrer
psychologischen Pudelkenntnis stand sie auf und sah
wieder aus dem Fenster. Drunten klang ein Rollen,
ein Mietsfuhrwerk — oder man konnte fast sagen, der
Lohnkutscherwagen der Stadt — hielt vor dem Haus
und zeigte jetzt, was Jette Blei sich zum eigentlichen

Sonntagnachmittagsvergnügen vorgenommen. In Anbetracht ihrer vierteljährlichen Besoldung für die Verbienste, die sie sich um die Fingerfertigkeit der Stadttöchter im Laufe der Woche erwarb, war das allerdings höchst unökonomisch, ja im Grunde geradezu eine Ungeheuerlichkeit an Vergeudung, aber als ob sie heut' morgen im Schlaf das große Los gewonnen und den Traum noch immer für Wirklichkeit halte, hatte sie beschlossen, ohne Ansehung der Kosten, zum erstenmal in ihrem Leben eine Ausfahrt zu machen. Schnell that sie nun den Deckel auf die Spanschachtel mit der sauber in Papier eingeschlagenen Mettwurst und dem Rauchfleisch; es war vermutlich Proviantvorrat, den sie unterwegs in ihrer neuen Wohnung vorzubringen gedachte, denn sie nahm das kleine Gepäckstück mit sich an den Wagen hinunter. Der schwarze Pudel lief hinter ihr brein, sprang ein paarmal an ihr auf und schien sich jetzt ungern von ihr trennen zu wollen, was ihm noch einmal eine streichelnde Belobung einbrachte; brunten setzte Tante Jettchen ihrer bedachtlosen Verschwendungslust noch die Krone auf, denn sie holte ein Fünfzigpfennigstück aus der Tasche, gab's dem Jungen und sagte: „Da, für den Pudel; kauf Dir was dafür oder spar Dir's zum Jahrmarkt auf. Du kannst ein Stück mit mir fahren und mir noch etwas besorgen." So kam der hurtigst Folge leistende Bengel auch noch zu einem ganz unverhofften, wenngleich nur kurzen

Fahrvergnügen, und nach ein paar Minuten rasselte der Wagen über das merkwürdige Pflaster an dem Laden Jörgen Godemelks vorbei.

Darin befand sich heute der Inhaber der Firma allein hinter dem Verkaufstisch, einem gewissenhaften Soldaten gleich, der auf seinem Posten verbleibt, wenn es auch nichts mehr für ihn zu bewachen giebt, etwa die hohe militärische Persönlichkeit, welcher er als Ehrenzeichen vors Haus gestellt worden, aus diesem wieder abgezogen ist. Ebenso leer wenigstens stand zur Stunde das sonst einem Bienenkorb oder Taubenschlag ähnelnde Ladeninnere und bot alter Erfahrung gemäß keine Aussicht, vor Einbruch des Abends ein herannahendes Summen und Surren mit seinem Honig- und Futtervorrat befriedigen zu müssen, so daß die Kräfte Jörgen Godemelks allein völlig ausreichten, irgend einem zufällig hereinschwirrenden Drang des noch unmündigen Stadtbevölkerungsteils nach Kolonialsüßigkeiten zum sofortigen Mundverbrauch zu genügen. Aber abgesehen von dieser voraussichtlichen Geschäftsstille hätte Frau Antoinette gegenwärtig doch ihren Posten nicht behauptet; nicht so sehr um des christlichen Gebots willen, am siebenten Tag zu ruhen, als weil sie die menschliche Gewissenspflicht in sich fühlte, einer Anzahl ihrer städtischen, den Honoratioren zugehörigen Mitbürgerinnen ihre Anwesenheit am harrenden Sonntagnachmittagskaffeetisch nicht zu entziehen, wo im Gegenteil ihre Zunge wenig Aussicht besaß, zu einer Erholung von ihrer Wochentagsanstrengung zu gelangen. Doch vermutlich hatte sich auch die Königin Marie Antoinette durch ihre Stellung manchmal zu ähnlicher Aufopferung für andere benötigt gefunden, und so gab die heutige Namensträgerin derselben sich in ihrem Schlafzimmer der Thätigkeit hin, den für ihre gesellschaftliche Verpflichtung unerläßlichen Bekleidungswechsel zu vollziehen.

Da der Wechsel nicht ohne eine, wenigstens teilweise Entkleidung zu ermöglichen war, und da Antoinette Godemelk in diesem Übergangszustand eine, wenn auch vielleicht ein bißchen zu stattliche, doch immerhin keineswegs abstoßende Erscheinung darbot, so hätte dieser Vorgang unter anderen Umständen etwas den Seelenfrieden und eventuell das Seelenheil eines jugendlichen Gemütes Gefährdendes mit sich bringen können. Denn wenn auch von den Nachbargebäuden kein Blick zu ihr dringen konnte, so vollzog sie doch ihre kleidsame Zurüstung ohne Rücksichtnahme auf eine demselben Hause angehörige, durch einen Winkelbau schräg gegenüber hoch hernieberschauende Dachkammer, und aus dieser vermochte man nicht nur in ihr Fenster herunter zu sehen, sondern die Augen Hinnerk Schötensacks thaten es gegenwärtig in Wirklichkeit. Auch vor ihm dehnte sich ein freier Sonntagnachmittag aus, eine nicht absehbare Unendlichkeit schrankenloser Selbstherrlichkeit, und er war ebenfalls eifrig mit der Herstellung seines Äußeren für dies nur allvierzehntägig ihm zugewilligte Wochenextraordinarium beschäftigt. Dabei warf er dann und wann aus seinem geöffneten „Ochsenauge" einen Blick wasserblauer Sehnsucht in die Weite, und so geriet dieser auch einmal abwärts und nahm die Umcouvertierung seiner stattlichen Prinzipalin gewahr. Doch obgleich dies — Jakob Pflaumenbaum hätte gesagt „wie der Teufel es immer anzustellen weiß" — gerade in dem am wenigsten wünschenswerten Moment geschah, so hätte Frau Antoinette doch schwerlich, wenn das Unglück es einmal derartig mit sich bringen sollte, unter einer Million einen neugierloseren Zuschauer auszusuchen vermocht. Hinnerk Schötensack erfreute sich zwar bester jugendlicher Sehkraft und konnte diese nicht abändern, sich auch jetzt zu bewähren, aber was sich ihr ahnungslos aufnötigte, setzte sich ihm zu keiner realen Auffassung, noch einem leisesten Beharrungstrieb um. Im Gegenteil, er trat sofort wieder ins Innere seiner Mansarde zurück — in den Augen stand ihm wie lesbar geschrieben, auf sie einen Eindruck zu üben, besitze kein Teufel, keine Venus oder Eva Macht — und er bekundete, daß ihm die ungewöhnliche Schaustellung zum Bewußtsein gelangt sei, lediglich durch ein vor-sich-hin-Sprechen der Worte:

„Die Meisterin macht Toilette
Wie Marie Antoinette."

Das zu vernehmen, hätte die Benannte jedenfalls nicht unsympathisch berührt, wenn es auch vielleicht nicht ganz in dem richtig entsprechenden Ton von den Lippen des Dachkammerinhabers geriet; dagegen wäre ein Zuhörer mutmaßlich durch die von ihm dem Ausspruch verliehene Form und Fassung in Verwunderung gesetzt worden. Zwar mußten ein oder zwei ihm näherstehende Kollegen — ihm im Positiv wirklich nahezustehen, vermochte keiner sich zu rühmen — daß sich in seinem Besitz ein vereinzelt in die Fremde geratener, ungewöhnlich ramponierter Band mit dem Titelaufdruck: „Schillers sämtliche Werke" befand, und daß darin die „Verschwörung des Fiesko zu Genua" enthalten sein müsse, ließ sich gelegentlich aus dem ersten Ursprung nach der letzteren angehörigen Redewendungen im Munde des Eigentümers entnehmen. Doch davon, daß Hinnerk Schötensack nicht allein zu den rezeptiven Kennern, sondern auch zu den produktiven Förderern der deutschen Dichtung zu zählen sei, war außer ihm selbst in der Stadt und deshalb vermutlich gleichfalls auf dem noch um sie herumliegenden übrigen Teile Deutschlands niemand unterrichtet; auch der Tag und die Sonne brachten nichts darüber in Erfahrung, nur die Nacht und ein Talglicht waren in dies Geheimnis eingeweiht und außer ihnen einzig noch ein alter irgendwo einmal von einem Buchbinder ausrangierter Pappkasten hinten unter der Bettlade des verschwiegenen Dichters.

Gegenwärtig aber bethätigte dieser sich nach dem Impromptu auf seine Vorgesetzte nicht weiter als solcher, sondern fuhr eifrig an der sonntäglichen Veredlung seines äußeren Menschen fort. Bis auf eins gelang ihm das auch zur Zufriedenheit, nur im Gesicht und auf den Händen kehrten trotz seiner hingebendsten Bemühung einige Erscheinungen, die er fortzubringen trachtete, beständig wieder zurück. Aber billigerweise konnte man ihre Wegtilgung auch von der vorzüglichsten Seife und dem ausdauerndsten Reiben nicht fordern, denn sie waren waschecht, insofern sie, da der Kalender den Juni anzeigte, aus einem Fixstern- und Milchstraßengewimmel von Sommersprossen bestanden; da und dort that sich ein großer, besonders mit gelblichem Glanz flammender Planet zwischen ihnen hervor. So ließ der Bürstende schließlich mit einem Seufzerlaut von der fruchtlosen Anstrengung, die Natur seinem Wunsch unterzuordnen, ab und ergab sich vermittelst einer anderen Bürste dem Erreichbaren in der Bändigung seines über dem Scheitel jetzt besonders wild durchstürmten, blonden Urwaldes hin. Dann wandelte ein gewissermaßen jungfräuliches, noch nie berührtes, nagelneues Kunstwerk des Schneiders die Wochentagslabentischraupe zum Sonntagsstraßenfalter um; ein Stück sinnvoll mit einem Bindfaden an der Wand aufgehängten Spiegelglases zeigte untadliges Sitzen des Schlipses, der, grün mit roten Tüpfeln, aus einiger Entfernung den Eindruck eines von zahl-

reichen Kochenilleläuschen überkrochenen Rasenstreifens
erregte, und Hinnerk Schötensack entsprach jetzt vollständig den feiertägigen Anforderungen, die er selbst an
sich und die eine billige Denkweise anderer an ihn zu
stellen berechtigt war. Eine Beeinträchtigung allerdings,
indes eine bald wieder beseitigte, erlitt seine wie
kaum je zuvor gelungene Haarordnung dadurch, daß
er sich noch genötigt sah, vor der Bettlade niederzu-
knieen. Doch er breitete vorher sorgfältig zur Schützung
und Schonung der dabei zunächst gefährdeten Hosenteile
ein Stück Packpapier auf den Boden, holte so, von dem
ungewöhnlichen Längenmaß seiner Arme begünstigt,
ohne erhebliche Schwierigkeit aus der hintersten Ecke
den alten Pappkasten hervor und entnahm diesem ein
zusammengefaltetes Briefbogenblatt, das am Kopfende
eine Stempeleinpressung aufwies und sich dadurch auch
von rückwärts als ein nicht zu den ordinären Papier-
sorten gehöriges, sondern wahrscheinlich mit sinnreichem
Emblem geschmücktes legitimierte. Behutsam einer Zer-
knitterung desselben vorbeugend, barg er es in der
linksseitigen, dem Herzen benachbarten Brusttasche seines
Rockes, ergriff seinen gleichfalls neu angeschafften, durch
einen leicht ins Rötliche fallenden Farbenton harmo-
nisch zu seinem Haupthaar gestimmten hochgesteiften
Filzhut, und nichts hielt ihn mehr zurück, seine Füße
dem Ziel seines sonntagnachmittäglichen Dranges, nach
welchem unverkennbar ein blaues Seligkeitsgeleucht seinen

Augen schon lange voraufgeeilt war, entgegen zu richten. Drunten offenbarte sich, daß dies Ziel nicht in der Stadt selbst, sondern draußen vor ihr liegen müsse, denn, seine Naturbegabung nutzend, schritt er weitausgreifend die Straße bis zum Ende hinunter und am letzten Hause vorüber auf dem Weg nach dem Dorf Hollebek weiter. Unweit vor diesem stockte er indes einmal plötzlich; auch Jette Blei hatte hierher ihre kostspielige Sonntagnachmittagsausfahrt gerichtet, ihren Wagen neben einem Gehölzsaum anhalten lassen und beschäftigte sich damit, einen Wiesenrand zur Herstellung eines mächtigen Blumenstraußes auszuplündern. Von dem Besitzer des Grundstückes dazu berechtigt mochte sie schwerlich sein, allein sie fröhnte so unbefangen ihrem Vergnügungsgelüst, als ob sie nach Belieben mit ihrem Eigentum schalte; Tante Jettchen besaß ja einmal nach einigen Richtungen von denen anderer Leute abweichende Anschauungen. Ein gekränktes Rechtlichkeitsgefühl freilich war's wohl kaum, was Hinnerk Schötensack bei dem Anblick zum Stehenbleiben veranlaßte; doch jedenfalls empfand er augenblicklich keine Neigung, an Jette Blei vorüberzugehen, ja nicht einmal von ihr wahrgenommen zu werden, denn nach kurzem Besinnen und Umblicken bog er ohne Rücksichtnahme auf den Sonntagsglanz seiner Stiefel ganz in der Weise, wie die Baroneß Gertrud von Birkwald es mit Vorliebe that, von dem Fahrwege pfadlos querfeldein ab.

Die letztere saß zur gleichen Zeit mit ihrem Bräutigam und den übrigen Warleberger Verwandten bei der Beendigung der Mittagsmahlzeit, zu der ihre Mutter dieselben eingeladen hatte. Frau Ottilie war heut' nach ihrem Vormittagsgang sehr zerstreut, „überhörig", wie man's wohl nannte, so daß sie oft kaum etwas von den an sie gerichteten Bemerkungen ihres Schwagers vernahm, obgleich diese sich hauptsächlich mit den Interessen des Gutes Helmstede befaßten. Auch sein Lieblingsthema, den Hof Ottenhof, berührte er und meinte, wenn es an einem Rechtsmittel mangele, den Pächter davon fortzubringen, so werde es sich bei dem vorzüglichen Boden und hohen Erträgnis der Felder vielleicht empfehlen, die Kosten nicht zu scheuen, ihm sein lästiges Erbrecht abzukaufen. Der Hof stecke Helmstede gewissermaßen wie ein Pfahl im Fleisch, und er wolle sich doch nächstens bei einem Advokaten Auskunft erholen, ob es, falls der Pächter sich dagegen aus Bosheit weigere, wie's von einem so verstockten Demokraten vielleicht zu erwarten sei, wirklich kein Zwangsmittel gäbe, ihn zu vertreiben. Dem stimmten die Warleberger Baronessen bei, schon der Name Bredenkamp klinge so ordinär, daß es widerwärtig sei, einen solchen Nachbar zu haben; der Baron Ulrich hatte seine letzten Äußerungen an seinen Sohn gewendet, und ein gutes Ohr konnte aus ihnen nicht ganz undeutlich heraushören, daß er mit seinen Ratschlägen zu dem zukünftigen Eigentümer von

Helmstede gesprochen. Das entsprach jedoch noch nicht der Ansicht, die Frau Ottilie über die Sache hegte, sie hatte diesmal unwillkürlich acht gegeben und wandte mit ziemlicher Bestimmtheit ein, daß sie ihren Schwager bitte, sich mit solchen Versuchen nicht zu bemühen, da diese zu nichts führen könnten, als das Mißverhältnis zwischen ihr und dem Ottenhofer Nachbar noch unangenehmer zu gestalten. Sie wolle nicht, daß in dieser Richtung irgend etwas geschehe, und es war hörbar der Wille der Maßgebenden, die sich als unbeschränkte Herrin des Gutes und einzig berufene Vertreterin seiner Angelegenheiten betrachtete. Der Baron Ulrich fühlte, sich ein bißchen voreilig-unvorsichtig ausgedrückt zu haben, verbarg seinen Mißmut über die empfangene Belehrung, indem er antwortlos sein Glas leerte, und der Baron Albert that das gleiche, wie er's schon häufig gethan. Nach zutreffender bildlicher Bezeichnung hatte die Unterhaltung ein wenig „Verschnupftes“ bekommen und hätte vielleicht den Übergang in einen Stockschnupfen befürchten lassen, wenn Gertrud nicht wieder ihren feinen Takt bewährt und dem allgemeinen Verstummen vorgebeugt haben würde. Aber sie ließ ein solches nicht aufkommen, sondern bestätigte die vornehme Empfindung ihrer Cousinen: „Ja, ich muß Euch ganz recht geben, Bredenkamp ist wirklich ein sehr ordinär klingender Name, und es wäre angenehm, ihn nicht mehr hören zu müssen.“ Dadurch, sowie vermittelst noch einiger weiterer Offenbarungen ihrer Gedanken steuerte sie dem bedrohlichen Versiegen des Tischgesprächs, das wenigstens zum Notbehelf wieder in Fluß geriet; was sie sagte, war vielleicht nicht gerade alles auf der Goldwage abgewogen, aber wie sie es sagte, klang es sehr hübsch, und ebenso nahm sich Gertrud heut' auch für die Augen in einem lichtgrünen Kleide ganz besonders hübsch aus. Überhaupt, obwohl dies durchaus nicht nötig fiel, verschönerte sie sich in der letzten Zeit noch zusehends und unverkennbar; der Brautstand wirkte bei ihr merklich günstiger als nach seiner herkömmlichen Gepflogenheit, ließ nicht im geringsten eines seiner sonst häufigen Symptome, wie Abmagerung, Appetitlosigkeit, Gesichtsblässe oder anderweitige Anzeichen verliebter Gemütsergriffenheit an ihr wahrnehmen. Auch der Baron Albert konnte sich heut' der Erkenntnis solcher äußeren Vorzüge seiner Verlobten nicht entziehen und legte dies nicht allein mit Worten, sondern auch mit Thaten an den Tag, oder versuchte die letzteren wenigstens. Denn als er nach Aufhebung der Tafel, wie es schien sogar nicht ganz zufällig, sie allein in einem Nebenzimmer antraf, sprach er ihr die Anerkennung aus: „Du bist wirklich eine ungewöhnlich niedliche kleine Person". Und da sie sich ohne Zeugen befanden — auch der reichliche Wein, den er über Tisch getrunken, that wohl etwas das seinige dazu — so erhöhte sich im Moment sein neugewecktes Verständnis derartig, daß er sogar nicht

unterlaſſen konnte, den Arm um ihre Taille zu ſchlingen,
und augenſcheinlich den Vorſatz hegte, ihr ſeine Lobes=
äußerung durch einen Kuß noch weiter zu bekräftigen.
Doch trotz der Zuſchauerloſigkeit des Vorgangs ſträubte
ſich das adlige Feingefühl Gertruds ſelbſt unter vier
Augen gegen eine derartige Gepflogenheit bürgerlicher
Brautpaare; mit ſehr entſchiedener Handfeſtigkeit machte
ſie ſich hurtig, beinah blitzſchnell von ſeinem Arm los,
bog ſich behend zur Seite und war ohne ein Wort durch
die Thür verſchwunden, ehe ſein Geſicht noch aus dem
erſten Zuſtande der Verdutztheit in den nachfolgenden
der Verdroſſenheit überzugehen vermochte.

Sie hatte, als er von rückwärts zu ihr hingetreten,
an einem Fenſter geſtanden und aufmerkſam den ſich
vor dieſem lang forterſtreckenden Baumgang hinunter=
geſchaut, wie ſie's, bei einmal angenommener Gewohn=
heit verbleibend, in den letzten Wochen täglich um dieſe
Zeit that. Und um ein paar Minuten ſpäter leiſtete
ſie auch darin dem einmal bei ihr Brauch gewordenen
Folge, daß ſie zu einem Spaziergang durch die lange
Allee fortwanderte. Es war wohl nicht gerade höflich,
ihre Couſinen und zumal ihren Bräutigam, deſſen Be=
ſuch doch hauptſächlich ihr galt, für eine geraume Zeit
ſich ſelbſt zu überlaſſen, doch darin durfte man keine
ängſtliche Beobachtung der Förmlichkeit von ihr er=
warten, und daß ſie es wirklich ſei, die drüben, von
einem Seitenwege des Parkes hergekommen, ſchon in

ziemlicher Entfernung zwischen den Baumreihen fort=
ging, ließ sich nicht in Zweifel ziehen. Der Baron
Albert war in seinem Verdruß am Fenster stehen ge=
blieben und erkannte die lichtgrüne Farbe ihres Kleides;
sein Kopf war ziemlich rot und auch etwas erhitzt, er
blickte ihr ein paar Sekunden nach, dann schien ihm
der Gedanke aufzutauchen, die Frische draußen werde
auch für ihn Wohlthuendes haben, denn er begab sich
ebenfalls und sogar mit einer bei ihm ungewohnten
Hastigkeit in den Park hinunter und den Baumgang
entlang.

Der letztere verschmälerte sich in Abstufungen gegen
den See zu und bot so eine gewisse Ähnlichkeit mit
einem langausgezogenen Fernrohre. Besonders traf
dieser Vergleich darin zu, daß sich durch dies grüne
Teleskop größten Formats sehr weit auf= und abwärts
sehen ließ; mit dem unteren Ende steckte es in einem,
seinem Umfang entsprechenden Futteral von Eichen,
Buchen, Tannen, Erlen, der Versammlung von Bäumen,
welche die Forstwissenschaft mit der Bezeichnung eines
„gemischten Waldbestandes“ belegte. Recht schöne Exem=
plare von allen, auch wohl zu kleinen malerischen
Gruppen vereinigt, fanden sich darunter; Gertrud hatte
früher nicht sonderlich darauf geachtet, doch neuerdings,
wohl durch Jakob Pflaumenbaums künstlerisches Ver=
dienst ein geschärftes Auge dafür bekommen und richtete
deshalb ihren Gang jetzt öfter hierher. Von den

Gutsangehörigen hatte nur selten einer etwas in dieser Gegend zu thun, heut' am Sonntag, da die Arbeit ruhte, überhaupt niemand, und so lag alles still in sommerlicher Nachmittags-Beschaulichkeit umher. Nur in der linksseitigen Gehölzeinfassung des Weges, auf dem die Spaziergängerin langsam fortschlenderte, raschelte und knackte es ab und zu im Unterbusch, als ob ihr Herankommen irgend einen vierfüßigen Bewohner desselben beunruhige und vor sich aufscheuche. Doch dann hatte der Flüchtling vermutlich den wünschbaren Vorsprung vor ihr gewonnen oder hielt sich in einem sicheren Versteck lautlos zusammengekauert, denn es war nichts mehr von dem Geknatter und Gekraspel vernehmbar.

Das Fernrohr machte nun wieder einen Absatz und erweiterte sich dadurch abermals, außerdem schaltete sich noch eine kleine offene Kreisausrundung ein. Gertrud war halbgesenkten Kopfes weitergegangen und hob jetzt nur einmal flüchtig den Blick, der beim Wiederabwärtsgehen jedoch verwundert auf etwas weißlich vor ihr Schimmerndem haften blieb. Es war offenbar ein nicht ganz mitten im Wege am Boden liegendes ziemlich großes Papierstück, das an sich nichts Überraschendes besaß; nur bedünkte sie, es könne erst seit kürzestem dorthin geraten sein, da sie den hellen Fleck sonst schon vorher aus der Entfernung hätte wahrnehmen müssen. Kein Hauch ging in der Luft, der Wind konnte es mithin nicht hergetragen haben und ein menschliches Wesen war nicht sichtbar. So hatte das Papier etwas Rätselhaftes und Wunderliches an sich; die Augen, mit denen Gertrud darauf hinblickte, drückte diese Empfindungen in ihr aus. Nun stand sie nah davor; es war ein zusammengefaltetes Blatt, offenbar ein Briefbogen; wahrscheinlich hatte jemand ihn aus der Tasche verloren. Sollte sie ihn da am Boden liegen lassen? Er ging sie natürlich nichts an und besaß demnach auch gar kein Interesse für sie. Aber warum sollte sie ihn andererseits nicht aufnehmen? dazu war doch ebenfalls kein Grund vorhanden. Möglicherweise, vermutlich sogar stand irgend etwas darauf geschrieben; sie konnte daraus vielleicht abnehmen, wer das Blatt verloren habe und es ihm zukommen lassen. Wie der weiße Fund selbst, hatte es allerdings gleichfalls Merkwürdiges, daß Gertrud von Birkwald so viel Umstände machte, ein Stück Papier vom Wege aufzuheben und erst mit sich darüber zu Rate ging, ob sie es solle und wolle oder nicht. Aber was für Einfälle sie jeweilig haben werde, ließ sich nie im voraus berechnen, und es zählte nicht zum Unmöglichen, daß ihr Taktgefühl es augenblicklich für indiskret erkläre, sich darüber zu unterrichten, was das Blatt enthalte.

Doch, wie's damit sein mochte, gegenwärtig überwog bei ihr der Antrieb nach einer Lösung der rätselhaften Wegerscheinung. Ihr Blick ging kurz einmal umher;

die Ausrundung vermochte sie freilich noch nicht ganz
zu übersehen, doch nur Baumstämme und Buschwerk
befanden sich um sie herum, ihren Wissensdrang vielleicht als gewöhnliche Neugier auszulegen, und von
ihnen ließ sich solche irrige Auffassung ertragen. Mit
gleichgültigem Gesichtsausdruck bückte sie sich; übrigens
konnte sie ja das Blatt eventuell auch wieder ebenso
auf den Boden hinlegen.

Es war in der That ein Briefbogen und zwar
keiner von gewöhnlichem Schlage, sondern das sicherlich schon von manchen jugendlichen Blicken mit Sehnsucht und Neid bestaunte Prunkstück eines Buchbinder-
ladens. Auseinandergeschlagen zeigte es am Kopfende einen farbig eingestempelten, umfangreichen Strauß
von ziegelroten Rosen und ultramarinblauer Männer-
treu, durch eine laubgrüne Bandschleife mit der Auf-
schrift „Ewig!" zusammengehalten. Darunter standen
in tadellosester Schönschrift geschriebene Verse, in drei
sechszeiligen Strophen abgesetzt, von denen jede mit
einem großen, kunstvoll verschnörkelten Frakturbuch-
staben anhob. Großstaunenden Blicks las die glück-
liche Finderin:

> „Du, welche, wie vom Strand der Apfelsinen
> Gebürtig, tropisch meinem Blick erschienen,
> Wie eine Dattel aus dem Wüstensand,
> Dem Höchsten nur bist Du vergleichbar; fade,
> Denk' ich an Dich, bedünkt mich selbst Succade,
> Und Essig gegen Dich ist Zuckerland.

Gewöhnlich ist Vergleich mit einer Rose!
Nein, eine eingemachte Aprikose —
Nicht rohe — bist Du, und das greift nicht fehl,
Denn was schmeckt köstlicher als sie! In Kürze,
Dein Anblick ist das schönste der Gewürze,
Was auf dem Sonntagsmilchreis der Kancel!

Du bist zu hoch für mich, ach Gott! Nimm an dies
Von einem, dessen Tage Du wie Kandis
Versüßt, ob man dafür am Ohr ihn reißt!
Doch auch, wie Schiller spricht, „im ew'gen Wandel"
Bist für mein Leben Du 'ne bittre Mandel,
Die oft wie Zwiebeln in den Augen beißt!

Gewidmet

von dem Dichter."

Die Leserin schien etwas ganz anderes auf dem
Briefbogen erwartet oder richtiger vermutet zu haben,
denn erwarten hatte sie allerdings von einem hier verloren gegangenen Papierblatte nichts können. Am min-
besten natürlich, daß es sie angehe, etwa von jemand
herrühre, der wisse, sie gehe hier täglich, oder der
wenigstens sie heut' des Wegs kommen sehen und es
hergelegt habe, damit sie es finden solle. Aber, was die
Auffinderin denn anderes vermutet haben mochte, das
Gesundene übte jedenfalls eine so unbezwingliche Wirkung auf sie aus, daß der Ausdruck einer Enttäuschung
sich nur flüchtig in ihrer Miene behaupten konnte und
jetzt einem hochvergnügten Ausplatzen ihrer Lippen Platz
machen mußte; die Harfentrina hätte dazu wahrscheinlich wieder gemurmelt: „Do het de Kuckuck lacht." Sie

war indes nicht zugegen, wie scheinbar überhaupt kein lebendiges Wesen; doch lag darin nach mehrfacher Richtung eine Täuschung, denn hinter Gertrud klang jetzt plötzlich eine Stimme und zwar die ihres Bräutigams: „Hier finden wir uns ja nett wieder und besser als im Haus." Daß darin indes nicht gerade wörtlich eine Fügung des Zufalls zu sehen sei, ließ das Gesicht des Sprechers erkennen und gleicherweise die eher noch vermehrte als verminderte Nachwirkung seines guten Tischtrunkes, denn zugleich wiederholte sein Arm, und bei der Überraschung seiner Verlobten anfänglich mit besserem Erfolg, den vorhin im Zimmer verunglückten Versuch, ihr seine Anerkennung ihrer heutigen besonders „niedlichen" Erscheinung kundzugeben. Entschieden sah er sich zu dem Behuf diesmal etwas reiflicher vor, ließ merken, daß er darin nicht ganz ohne Vorübung sein müsse, und legte dafür außerdem auch noch durch die Art seiner Begleitworte Zeugnis ab, da er beifügte: „Du wirst Dich hier doch nicht zieren, kleine Hexe, wenn ich heut' Lust habe, Dich einmal zu küssen!"

Aber Gertrud war sichtlich in dem, was sie sich nun einmal für ihren Brautstand zum Grundsatz gemacht, nicht so leicht zum Wanken zu bringen. Nicht allein, daß sie sich zweifellos auch hier fortzierte, sondern sie setzte obendrein ihre ganze Kraft ein, sich loszuringen, und da ihr dies augenblicklich nicht so rasch

wie zuvor gelang, stieß sie aus: „Laß mich! Was willst
Du? Ich rufe sonst jemand!"

„Das wäre sehr spaßhaft," erwiderte er mit einem
Lachanflug, „und in solcher Lage wohl noch nicht vor-
gekommen."

Doch sie fand sich in der That durch die strikte Ein-
haltung ihres Grundsatzes dazu veranlaßt, ihm diesen
merkwürdigen Spaß zu bereiten, denn sie rief jetzt wirklich mit lauter Stimme: „Helft! Steht mir bei!" Und
fast gleichzeitig begab sich etwas in höchstem Maße Unerwartetes, denn an der linken Wegseite rasselte, knatterte, krachte es plötzlich im Waldbusch, als ob ein
gereizter Wildeber durch ihn herausbreche; so schwang
es sich auch, nur in ungewöhnlicher Weise nicht schwarz-
borstig, sondern blondgemähnt, in einem ungeheuren
Satzsprung herzu, und in der nächsten Sekunde lag der
Baron Albert von Birkwald, ganz unvermutet und ohne
jede Rücksichtnahme auf seine soziale Stellung wie von
zwei mächtigen Bärentatzen vor die Brust getroffen,
rücklings am rechtsseitigen Rand des Baumganges. Vor
Gertrud aber stand hutlos, halb abgerissen hängenden
Schlipses, doch mit himmelblau hochaufleuchtenden, Un-
ermeßlichkeiten von Zorn, Verachtung und Seligkeit aus-
strahlenden Augen Hinnerk Schötensack und stammelte:

„Gerettet — o welches Glück — hat der Räuber
— o Gott — hat er Ihnen weh gethan, Baroneß?"

Der zwar recht unsanft, indes durchaus gefahrlos

Hingestürzte raffte sich ziemlich rasch wieder auf, allein er stand von dem Ereignis wie aus dem blauen Himmel herunter so völlig verdutzt, daß er einige Atemzüge brauchte, um Sprache zu finden und hervorzubringen:

„Wie kann der Mensch sich — ist Er aus dem Narrenhaus weggelaufen?"

Doch in seinen nicht ganz ungerechtfertigten Grimm hinein brach Gertrud in das köstlichste Gelächter ihres Lebens aus, das sie nur mühsam zu Worte kommen ließ:

„Das ist zum Radschlagen lustig! Sie meinten, ein Räuber — der Herr ist mein Bräutigam."

Aus der Brusttiefe Hinnerk Schötensacks rang sich ein: „Oooh —" als ob es in Wirklichkeit aus der eines verwundeten Ebers aufstöhne. Seine Gestalt knickte um eine Schuhlänge zusammen und er wiederholte geistabwesenden Tons: „Ihr Bräutigam — oooh —." Danach indes raffte er sich zu einer stotternden Nachfolgung auf: „Aber Sie riefen doch um Beistand, Baroneß —"

„Das war nur ein Spaß, den ich ihm machte, er hatte mich darum gebeten und ich dachte nicht, daß jemand es hören könnte. Wie kamen Sie denn dahin ins Holz?"

„Ich — ich — das Wetter war so schön — ich meinte — und hatte mich verirrt — und wollte Schutz vor dem Regen —"

„Ja so" — Gertrud kam auf einmal eine Vorstellung und Erläuterung, sie mußte die Lippen erst einmal fest aufeinander drücken, aber dann fuhr sie ernsthaft fort: „Gewiß, Ihre Meinung war die beste und ich bin überzeugt, mein Verlobter hat sie Ihnen deshalb nicht übelgenommen; wenn ein Mädchen um Beistand ruft, wird jeder ritterliche Mann ihr zu Hilfe kommen. Wie ist denn Ihr Name?"

Das griff sichtlich dem Befragten ins Innerste seines Lebensgrams. Er konnte nicht die Antwort schuldig bleiben und doch unmöglich auch den ihm vom niedrigen Geschick aufgezwungenen Namen in dieser Minute vom Munde bringen, wenigstens nicht in seiner Ohr- und Seelenschmerz erregenden plattdeutschen Klangfassung. Aber eine halbe Errettungsmöglichkeit durchblitzte ihm das qualvoll angestrengte Gehirn, und hastig danach greifend, wie ein schon Untersinkender nach dem Sprichwortshalm, erwiderte er:

„Schüttdensack, Baroneß."

„Und da hielten Sie meinen Bräutigam für einen Sack, den Sie schütteln müßten." Das war doch wieder zu unwiderstehlich, um das Verhalten eines Lachausbruches zu erlauben, obgleich es auf die Würde ihres Verlobten vielleicht nicht ganz die gebührende Rücksicht beobachtete. Dann indes setzte sie, sich bezwingend, hinzu: „Mich deucht, ich habe Sie schon gesehen; Sie sind doch aus der Stadt?"

„Ja, im Geschäft des Herrn Godemelk, Baroneß."

„Da wird's gewesen sein — natürlich — Apfelsinen, Datteln, Kaneel, Kandis —"

Hinnerk Schötensack schlug eine hohe Lohe, wie von einem berauschenden Trunk, bei der letzten Kolonial-waren-Aufzählung in die Schläfen, während in Gertrubs Augen eine ungeheure Heiterkeit aufstieg, zu deren Verbergung sie sich unwillkürlich einmal halb auf den Absätzen herumdrehte. Dabei aber traf ihr Blick plötz-lich auf etwas ganz Unvermutetes; während ihres „Spaßes" und seiner Folgen war sie um einige Schritte weiter an den Eingang der kleinen Kreisausrundung ge-raten, konnte diese jetzt ringshin übersehen und gelangte dadurch zu der Erkenntnis, daß sie sich vorher nicht allein zweifach, sondern sogar dreifach mit der Annahme getäuscht hatte, sie befinde sich in der Allee völlig allein. Denn nur um ein halbes Dutzend Schritte entfernt, doch bisher von einem Buschzweig verdeckt, saß auch noch der junge Maler Hellwig Bredenkamp auf seinem Feldstuhl und mit dem Skizzenbuch auf den Knieen. Darin zeichnete er und war so in unmittelbarer Nähe des ganzen Vorfalls gewesen, hatte den Ruf Gertrubs nach Beistand, zu dem sich nach ihrer Äußerung jeder ritterliche Mann verpflichtet fühlen mußte, gleichfalls mit angehört, indes sich nicht vom Fleck gerührt, nicht einmal aufgesehen, sondern gleichmäßig seinen Bleistift über das Papier weitergehen lassen und that dies auch jetzt noch ebenso. Das bildete aber einen Anblick, der fraglos nicht umhin konnte, die Lachlust derjenigen, der er so plötzlich zu teil wurde, zu einem heftigen

Verdruß umzumodeln. Zwar vollständig unbegreiflich vermochte ihr die Anwesenheit des demokratischen Pächtersohnes hier in der Umgegend nicht zu fallen, denn sie hatte zufällig schon einigemal wahrgenommen, daß er sich in der letzten Woche um diese Tageszeit zum Skizzieren interessanter Baumgruppen mit Vorliebe nach dieser Richtung zu begeben pflegte. Aber daß er da auf dem Platze hinter der Strauchwand nur auf zehn oder zwölf Armlängen von ihr gesessen und saß, überraschte sie doch im höchsten Grade, und wenn sie davon eine Ahnung gehabt, hätte sie gewiß nicht den „Spaß" mit ihrem Bräutigam gemacht, sondern diesem nur ruhig bedeutet, daß sie nicht unter sich allein, vielmehr in Gegenwart eines Zuschauers oder richtiger Zuhörers seien, denn mit den Augen hatte er ja von dem neben ihm Vorgegangenen nicht die geringste Notiz genommen. Und obendrein mußte es für die junge Erbin von Helmstede etwas höchst Anmaßendes, geradezu Unverschämtes besitzen, daß er seine Kritzeleien hier im Gutspark betrieb, als habe er seinen eigenen Grund und Boden unter den Füßen, und die Anwesenheit der wirklichen oder wenigstens künftigen Grundherrin mit keinem Blick und Entschuldigungs- oder Respektwort beachtete. Sie empfand einen starken Antrieb, ihn in ziemlich unverblümter Weise aus dem Park wegzuweisen, nur fand sie in der Eile nicht die geeignetsten Worte dafür zusammen; zudem erregte es ihr eine widerwärtige

Vorstellung, ihn mit einer steifen Verbeugung aufstehen, mutmaßlich mit der Entgegnung: „Wie Sie befehlen, Baroneß", und dann schweigend davongehen zu sehen. Das zu vermeiden, überhaupt eine Rückäußerung von seiner Seite abzuschneiden, kam ihr ein viel glücklicherer Gedanke, wie sie ihm ihre Anschauung über ihn zum Ausdruck bringen konnte; sie zog das von ihr gefundene und in die Kleidtasche gesteckte Blatt mit den Ziegelrosen und Waschblau-Männertreu hervor, trat hurtig die paar Schritte gegen den Feldstuhl vor und sagte: „Das haben Sie wohl auf dem Wege verloren, Herr Bredenkamp, und es wäre schade, wenn es nicht an seine Adresse käme." Merklich kostete es sie einige Überwindung, den ordinären Namen in den Mund zu nehmen, sie ließ den prunkvollen Briefbogen auf das Skizzenbuch gleiten, und ehe der jetzt zum erstenmal den Kopf hebende Empfänger etwas zu erwidern im stande war, hatte sie sich zurückgedreht, um, wie es schien, den Arm ihres ebenbürtigen Bräutigams zu erfassen. Doch besann sie sich im letzten Moment noch, kehrte sich von ihm ab und sprach schnell: „Ich bitte Sie, Ihren beabsichtigten Ritterdienst zu krönen, junger Held, indem Sie mich nach Hause führen." Dabei legte sie ihre Hand auf den Arm Hinnerk Schötensacks, der, wie zu einem Salzbildnis mit purpurnem Antlitz erstarrend, atemlos angewurzelt stand und erst durch eine von ihrer Seite ausgeübte Zugkraft, wenn auch nicht aus der

geistigen, doch notdürftigst aus seiner leiblichen Lähmung
aufgerüttelt, stolpernd neben ihr die Füße durch die
Allee vorsetzte.

Das war eine Narretei, wie sie leider bei der
Baroneß Gertrud von Birkwald niemand allzusehr in
Verwunderung geraten lassen konnte, auch ihren Bräutigam nicht. Der Baron Albert hatte dem Gespräch
zwischen ihr und dem ungeschlacht-täppischen Patron,
der ihn für einen Räuber angesehen, mit sehr geringer
Befriedigung in der Miene zugehört und sah gegenwärtig äußerst mißmutig hinterdrein, wie sie, beinah
innig an dem Arme ihres quasi Führers festhaftend,
mit dem „Ladenschwengel" davonging. Der Gesichtsausdruck ihres Vetters und Verlobten beließ nicht
Zweifel darüber, er fühle sich demgegenüber, obendrein
in der Ohren- und Augengegenwart des Ottenhofer
Pächtersohnes, in einer lächerlich-albernen Situation,
die es ihn stark gelüste, durch eine rückhaltslose Aussprache und ein thätliches Eingreifen zu seinen Gunsten
umzugestalten. Aber es war nicht abzusehen, auf was
für weitere Einfälle die Erbin von Helmstede möglicherweise dadurch gebracht werden könne, und in besonnener
Anbetrachtung, daß ein Verlobungsring nur das erste
Glied einer festen Kette, noch nicht diese selbst aus-
mache, begnügte sich der inzwischen ziemlich ernüchterte
Baron Albert von Birkwald damit — nachdem er sich
wenigstens die Genugthuung nicht versagt, Hellwig

Bredenkamp einen kurzen, tiefgeringschätzigen Blick hinüberzuwerfen — stummgelassen seiner merkwürdig zwischen feinstem Taktgefühl und unpassendstem Betragen auf= und abbalancierenden Braut durch den Baumgang nachzufolgen.

* * *

Allmählich war nun die Zeit herangekommen, in der die Roggenmuhme anfing, durch die Felder herumzugehen. Zwar behaupteten einige freigeistige und sich für besonders scharfblickend haltende Landwirte — der Verwalter von Helmstede gehörte z. B. zu ihnen — sie sei in Wirklichkeit gar nicht vorhanden, sondern nur eine aus der Ferne durch verschiedene natürliche Vorkommnisse bewirkte Augentäuschung. Sei's durch eine eigentümliche Spiegelung, ein aufdampfendes Nebelwölkchen oder ein Staubgekräusel, das auch an sonst windstillem Tage zuweilen von einem kleinen örtlichen Luftwirbel in die Höh' gedreht werde; zumeist entstehe die Erscheinung wohl aus einem rasch vorüberhuschenden Wolkenschatten, der eben, wie die Roggenmuhme, plötzlich da und wieder verschwunden sei. Aber Gertrud von Birkwald besaß doch ebenfalls zwei sehr klar unterscheidende Augen im Kopfe und hatte mit diesen schon manch' liebes Mal ganz deutlich gesehen, wie in der heißen Julimittagssonne, ab und zu indes auch gegen Abend, die alte Frau mit langem, aschgrauem Haar und

in ebenso gefärbtem sackartigem Überwurfe langsam
durch die hellbeglänzten Roggenfelder daherkam. Hin
und wieder stand sie still, um mit den spinnwebähnlichen
Fingern prüfend eine Ähre anzufühlen; wenn die Sonne
ihr gerade ins Gesicht fiel, ließ sich sogar wohl einmal erkennen, daß sie große, kornblumenblaue Augen
besaß. Meistens ging sie auf schmalen Fußsteigen oder
an Knickrändern der Koppeln, dann und wann jedoch
auch, nur mit dem Oberkörper sichtbar, mitten durch
die Halme, die sich dann an den Seiten leiswogend
von ihr wegbogen. Es lief Gertrud jedesmal, nicht
schreckhaft, doch mit einem wunderlichen Schauer über
den Rücken, wenn sie von weitem die Alte so auf
ihren Wanderungen durch die Felderstille und Einsam-
keit gewahrte; aus dieser Wirkung ergab sich wohl ge-
nugsam die Wirklichkeit eines wundersamen, geisterhaft
anrührenden Wesens. Wenn es dafür indes noch eines
direkten Beweises bedurfte, so war auch ein solcher
vollständig vorhanden. Zwei Augen konnten sich vielleicht selbst ein Spiel der Einbildung vormachen, doch
wenn vier zusammen ihre Sehkraft anstrengten und
ganz das nämliche wahrnahmen, fiel eine Täuschung
nicht mehr möglich. Und das hatten in früheren
Jahren Gertrud und Hellwig Bredenkamp oftmals gethan, beim miteinander Herumstreifen und Tollen im
einsamen Felde bald dieser, bald jene einmal geflüstert:
„Siehst Du die Roggenmuhme? da kommt sie!" Und

dann hatte allemal jeder sie genau in der gleichen Weise gesehen, wie der andere sie beschrieb, und sich nebeneinander zu Boden duckend, waren sie zusammen mit den Augen der geheimnisvollen Alten nachgegangen, bis diese nach ihrem Brauche jählings in die Erde hineingesunken oder spurlos in der Luft verschwunden.

Jener Hellwig Bredenkamp von damals aber existierte in der heutigen Welt nicht mehr, denn die Persönlichkeit, die gegenwärtig seinen Namen noch forttrug, hatte nichts mehr mit ihm gemein, oder höchstens noch die Kleinigkeit, daß ihre Gesichtszüge und Augen sich sehr ähnlich geblieben, sonst jedoch war er ein vollständig anderer Mensch. Daß er einmal derartig in Feld und Wald „herumgetollt" haben sollte, konnte man sich ebensowenig vorstellen, wie ein Lachen aus seinem Munde; gleich der Haltung und dem Gang redeten sein Blick, Wort und alles, was er betrieb, von einer ruhigen Bedächtigkeit. Das sagte eigentlich noch zu wenig, einer minder wohlwollenden Auffassung ließ sich kaum verargen, wenn sie sein Wesen als gleichgültig, nüchtern, vielleicht sogar etwas stumpfsinnig bezeichnete. Jedenfalls interessierte er sich für nichts, als den von ihm gewählten Beruf, hatte, wo er mit seinem Skizzenbuch saß, für das, was um ihn her vorgehen mochte, weder Augen noch Ohren; in seinem Alter — denn er konnte noch nicht mehr als zwanzig Jahre haben — gab es wohl nicht leicht wieder einen jungen

Mann mit so unabänderlich — und da dies in einem
totalen Gegensatz zu dem Begriff der Jugend stand —
eigentlich unerträglich ernsthafter Miene. Das bildete
allerdings wohl eine Mitgift seiner Abkunft, er war
ganz, im Äußeren und mutmaßlich auch im Inneren,
der Sohn seines Vaters; der mußte gleichfalls in seiner
Jugend so gewesen sein, nach Art des bei Leuten solchen
Standes zu Tage tretenden Behabens scheinbar höflich
und respektvoll, doch in Wirklichkeit von Mißgunst und
Widerwillen gegen vornehme Geburt, mit einem bürgerlichen Stolz oder vielmehr lächerlichen Hochmut erfüllt.
Von dieser Klasse ließ sich erwarten, wie der Warleberger Onkel es mit richtigem Gefühl erkannte, daß sie
stets zur Wahrnehmung einer Gelegenheit bereit sei,
um aristokratischen Persönlichkeiten Ärger und Schaden
zuzufügen; zum Glück befand sie sich in diesem Falle
nicht in der Lage, anders als durch ihre unangenehme
Nachbarschaft ihrem Gelüst nachhängen zu können.
Übrigens hatte Hellwig Bredenkamp doch keine so
starke Dickfelligkeit besessen, um nach dem letzten Zusammentreffen mit der Erbin von Helmstede nicht zu
empfinden, daß sein Aufenthalt im Park ein unbefugter
sei und sie ihn mit einer unverdienten Schonung behandelt habe, ihm dies nicht geradeaus zum Verständnis
zu bringen. Freilich in seinem jetzigen Fortbleiben
mochte sich zugleich auch wieder der demokratische Hochmut bekunden, doch ließ sich dies Vergnügen ihm

verstatten, da das wesentliche erreicht worden und Gertrud ihn seitdem täglich mit seinem Skizzenbuch auf dem weiten Weg nach dem anderen einsamen Rande des Sees herumgehen sah. Nur that er ihr dennoch auch dadurch etwas Unangenehmes an, denn sie ruderte gern in ihrem Boot gerabeswegs dort hinüber, wo aus Kindertagen her ihr jeder Fleck und Versteck natürlich ebenso bekannt waren wie ihm, und zumal jetzt in der anfangenden Hochsommerzeit stand ihr mit Vorliebe der Sinn nach der eigenartigen stillen Welt drüben. Es war verdrießlich, daß sie sich durch ihn von dort vertreiben lassen sollte, aber warum sollte sie das denn eigentlich? Wenn er dies mit seinem täglichen Zeichnen drüben zu erzielen beabsichtigte, so bediente er sich dazu eines durchaus ungenügenden oder direkt widersinnigen Mittels, denn durch einen Zwang aufnötigen ließ sie sich von niemand etwas. Im Gegenteil, sein ihr zur Erkenntnis gekommener Zweck, sie in der Freiheit ihres Wollens und Wünschens zu beeinträchtigen, verstärkte den Antrieb in ihr, gleichfalls hinüber zu fahren. Zwar vermochte sie ihm dort den Aufenthalt nicht zu untersagen, doch wenn es sich durch Zufall fügen sollte, daß sie einmal an seinem Sitz vorbeikäme, gab es ein vortreffliches Mittel, ohne Worte gerade am verständlichsten zu sprechen. Sie bemerkte dann seine Anwesenheit gar nicht, wie es in solchem Fall ihre Warleberger Cousinen thun würden und wie es auch das allein angemessene

für eine Baroneß einem Pächtersohn gegenüber war.
Früher hatte sie wohl auf ihre Stellung und Ab-
stammung zu wenig Rücksicht genommen, aber seit
diesem Sommer fühlte sie lebhaft, daß sie eine Baroneß
sei, welche die Vorrechte und Verpflichtungen ihres
Standes habe; aus der Empfindung hatte sie sich ja
auch mit ihrem Vetter verlobt und dies natürlich dazu
beigetragen, Hellwig Brebenkamps Ärger noch zu ver-
mehren. Ursprünglich zwar sagte ihr das nur ein
instinktives Gefühl, doch beim Nachdenken ergab es sich
auch als begründet zutreffend. Natürlich mußte die
Absicht einer Heirat zwischen zwei Aristokraten dem
Pächtersohn deutlich machen, wie tief er unter ihnen
stehe, ihm die Erkenntnis vor Augen stellen, wenn er
einmal eine Frau zu haben wünsche, könne er nur,
wie sein Vater, um eine Pächterstochter oder dergleichen anhalten. Es verursachte Gertrud von Birkwald etwas Mißempfinden, daß sie sich im Park von
ihrem Verdruß momentan hatte verleiten lassen, einer
so tief unter ihr stehenden Persönlichkeit den närrischen
Briefbogen hinzuwerfen. Das war eigentlich nicht
ihrer Würde und derjenigen der Braut des Barons
Albert von Birkwald auf Warleberg gemäß gewesen,
hauptsächlich nicht die von ihr beigefügte Äußerung, das
Kolonialwaren-Gedicht rühre wohl von ihm her. Daß sie
dies selbst annehme, hatte er sicher nicht geglaubt und
ihre Bemerkung so eigentlich keinen Sinn gehabt, ihm

mutmaßlich nach ihrem schnellen Weggang nur zu einem unangenehmen Lachen Anlaß gegeben. Oder das nicht, denn er lachte ja nicht mehr wie früher, doch jedenfalls hatte sie nicht zweckentsprechend gehandelt, überhaupt seine Gegenwart zu bemerken und ihm dies zu bethätigen.

Übrigens ging zu dieser Jahreszeit nicht nur die Roggenmuhme um, es trat dann und wann auch noch eine andere Erscheinung auf, welche die klugen Leute ebenfalls in ihrer hausbackenen Weise deuteten, als von besonderer Strahlenbewegung, Luftspiegelung oder dem Aufschnellen eines Fisches herrührend erklärten. Denn das in Rede Stehende zeigte sich nicht auf dem Lande, sondern im See, gleich der alten Kornfrau entweder in heißer Mittagsruhe oder gegen Sonnenuntergang, wenn die Wasserfläche in rötlichem Licht wieder zu leuchten anfing. Dann tauchte es wohl einmal, bald hier, bald dort, als ein kleiner Glanz, Glimmer oder Schimmer, zumeist perlmutterfarbig aus dem See auf; deutlich unterscheiden hatte noch nie ein Blick es können, da es sich immer weit vom Ufer oder an solchen Stellen hielt, wo hohes Schilf kein Näherkommen und klares Sehen verstattete. Dort schwebte es fern in silberner Beweglichkeit hierhin und dorthin, und wenn es erschien, verkündete es herrliches Erntewetter. Denn das „Wasserweibchen" oder „Seemädchen" war's, das beim Bevorstehen eines solchen aus der Tiefe heraufkam und sich droben, an der sonnendurchwärmten Oberfläche,

wiegte. Kleine Wellen rieselten beständig blinkernd um
sie her, so daß es unmöglich fiel, sich ein Bild davon
zu machen, ob sie Menschengestalt und =Art habe. Doch
stand dies als das Wahrscheinliche anzunehmen, denn
wer den Mut besaß, nachzusuchen, und an einem
Sommer=Sonnenwendtag zur Welt gekommen war, der
konnte das weiße Linnenzeug des Wasserweibchens an
irgend einem versteckten Uferplatz auffinden, wo es dasselbe mittlerweile über einen Busch ausgebreitet trocknen
ließ; es lag nur an dem Umstand, weil so wenig
Menschen gerade an jenem besonderen Tag ihre Ge-
burtsstunde hatten, daß so selten jemand das weiße
Leinengewand zu Gesicht kam. Anfänglich, als die
Kleider des Mädchens aus Wippendorp, von dem im
Gobemelschen Laden die Rede gewesen, am See gefunden worden, hielt man vielfach dafür, sie hätten der
Seejungfer angehört, und es gab manche, die daran
auch jetzt noch glaubten, obgleich sich ja inzwischen herausgestellt, die Betreffende habe die Meinung erwecken
wollen, sie sei beim Baden ertrunken, um sich in Männer-
kleidern unkenntlich machen und als Knecht bei dem
Pächter auf Gotenborn verdingen zu können. Die
Geschichte hatte als etwas noch nicht Dagewesenes
viel Gerede in der Gegend zuwege gebracht; die An-
sichten, ob eine Liebschaft dahinter gesteckt habe oder die
Hufnerstochter von vermögenden Eltern „wat bwatsch
in'n Kopp“ sei, waren geteilt; aber im stillen oder unter

vier Augen blieb trotz der nachträglichen Aufhellung
doch da und dort mehr als einer dabei, das Wasserweibchen sei bei der Sache im Spiel und habe wahrscheinlich Gestalt und Gesicht des Wippendorfer Mädchens angenommen, um sich mit den Leuten, die alle
Klugheit mit Löffeln gefressen zu haben glaubten, einmal einen rechten Spaß zu machen.

Um die Sommerzeit, in der die Seejungfer sich zu
zeigen pflegte, war's also jetzt, doch hatte sie in diesem
Jahr noch niemand gesehen, auch Hellwig Bredenkamp
nicht, obwohl er täglich bis zum Dunkelwerden drüben
unweit vom Wasserrand zeichnete. Über die ruhige
Spiegelfläche zogen immer nur als winzige schwarze
Punkte Bläßhühner, oder es kam vom Helmsteder Park
her ein Boot gerudert, lange auch so klein, daß sich
nicht unterscheiden ließ, was darin sitze und es fort-
bewege. Dann jedoch wurde eine menschliche Figur
erkennbar und schließlich ward diese zur Baroneß Gertrud von Birkwald, die das leichte Fahrzeug irgendwo
auf den sandigen Strand trieb und nach ihrem Gefallen in der stillen Landschaft, für die sie eine Vorliebe hegte, nach allerhand Gewächsen suchend, eine
Stunde oder drüber herumschlenderte. Da sie dies
allnachmittäglich that, fügte der Zufall, wie sie's nicht
anders voraussetzen gedurft, in der That ein paarmal,
daß sie bei ihrem botanisierenden kreuz und quer
Wandern dicht an dem Platz des jungen angehenden

Künstlers vorbeigeriet. Doch darauf war sie eben als auf etwas wahrscheinlich schwer Vermeidbares vorbereitet und nahm nach ihrem Vorsatz für solchen Fall nichts von seiner Anwesenheit gewahr. Dies ward ihr indes durch ihn auch in keinerlei Weise erschwert, denn er saß stets gleichmäßig, mit keinem Blick von seiner Zeichnung aufsehend, und wurde offenbar nicht von der geringsten Ahnung, daß jemand an ihm vorüberkomme, berührt. Sogar nicht, wie dies einmal zufällig so geschah, daß die schräge Abendsonne den Schatten Gertruds flüchtig bis auf sein Skizzenbuch hinüberwarf. Und selbst nicht, als sie ein andermal höchstens ein halbes Hundert Schritte von ihm entfernt sich an einem kleinen, doch tiefen Wasserarm bückte, um eine besonders schöne Teichlilie zu pflücken. Nach Art dieser Blume war sie vom Rand aus nicht leicht erreichbar, der schlüpfrige Stengel glitt der Vorgereckten durch die Finger, sie verlor den Halt, stieß unwillkürlich einen schreckhaften Laut aus und behütete sich nur dadurch vor dem Abgleiten in das schwarze Gewässer, daß sie im letzten Augenblick noch sich mit der Hand geschickt an einem kleinen Weidenstrunk festklammern konnte. Aber, wie die Augen des zeichnenden Pächterssohnes nichts sahen, hatten auch seine Ohren nichts von dem ihr sehr wider Willen vom Mund geflogenen Ausruf vernommen, oder er glaubte vielleicht, irgend ein Dorfmädchen von Hollebek albere an dem Wasser herum, und hielt es nicht der Mühe wert, darum den Kopf von seiner Arbeit aufzuheben. Möglicherweise achtete er's auch nicht für schade und unersetzlich, wenn dasselbe durch thörichten Umtrieb hineinpurzele und nicht wieder heraufkomme. Was er denken mochte, wenn er überhaupt etwas dachte, gab sein immer gleich unangenehm ernsthaftes Gesicht mit nichts zu erkennen, und Gertrud begab sich, äußerst über sich verdrossen, daß ihr der dumme Ton entschlüpft sei, den ein Hörer als einen Angstruf hätte auslegen können, nach ihrem Boot zurück, um wieder nach Helmstede hinüber zu rudern.

Für den nächsten Tag war ihr dadurch, weil Ärger über sich selbst noch nachhaltiger als der über andere bei Menschen zu wirken pflegt, die gewohnte Fahrt oder wenigstens das Anlanden am jenseitigen Ufer verleidet. Allerdings löste sich später als sonst, schon ziemlich gegen Abend, wie Hellwig Bredenkamp, just einmal von seiner Beschäftigung aufsehend, wahrnahm, das Boot vom Parkrand ab und schwamm der Seemitte zu. Aber dann verschwand es hinter einem den Fernblick verdunkelnden Weidengebüsch, an das sich noch ein breiter und hoher, brauner Schilfgürtel anschloß, und es ließ sich nichts wieder von dem kleinen Fahrzeug erblicken. Die Sonne trat allmählich an den Horizont hinunter, so daß die stille Wasserfläche in einem rötlichen Glanz zu liegen anfing, nirgendwo regte sich etwas auf ihr. Der junge Maler saß an

seiner Arbeit, doch die Beleuchtung war heute von besonderer, eigenartiger Schönheit, so daß er dazu kam,
seinen Stift nicht mit der gewohnten Emsigkeit zu benutzen, sondern unthätig sich der Betrachtung des
Farbenspiels auf dem schimmernd· entlanggedehnten
Wasserspiegel hingab. Und da ging ihm unwillkürlich
einmal ein Zucken durch die Wimpern — was war
das da drüben? Weithinüber entstand plötzlich im See
ein kleines Geglitzer, offenbar regten sich dort rieselnde,
aufplätschernde Wellchen, zwischen denen es ab und zu
wie ein opal= oder perlmutterfarbiger Glimmer hin und
her zu weben schien. Doch die Entfernung war zu
groß, um erkennen zu lassen, ob es etwas anderes als
Schaumgekräusel und Einbildung der Augen sei; zudem
spann das abendliche Licht sein rotes Flimmernetz noch
wie einen Duftschleier drumher. Freilich, einen Grund
mußte die Bewegung des sonst überall reglosen Wassers
besitzen, vermutlich schnellte ein großer, silberschuppiger
Fisch sich dort einigemal in die Höh'. Nur gehörten
Hellwig Bredenkamps Augen zu denen, welche von
Kindheit auf zuweilen deutlich die Roggenmuhme durchs
Kornfeld gehen sahen, sie waren, wie's bei einem Künstler ja vielleicht auch wünschenswert sein mochte, mehr
nach dieser Seite der Auffassung hin veranlagt, und
der Ausdruck ihres Blickes beließ kaum Zweifel an
ihrer Überzeugung, es müsse die Seejungfer sein, die
drüben das unruhige Gezitter der Fläche verursache.

Nur kurze Zeitspanne indes bot sich, Vermutungen darüber anzustellen, denn nach höchstens zwei Minuten losch es fort, verschwand hinter der hohen Schilfwand, und allein ein verbleibender schmaler Silberstreif glättete sich, ebenfalls rasch zergehend, an der Stelle aus.

Der Maler glitt wieder mit dem Bleistift über das Blatt, doch nach der Unterbrechung wollte ihm seine Skizze nicht recht mehr weiter gelingen, das Licht ward auch bereits unsicher, es fing an zu dämmern. So machte er sich, langsam gehend, auf den Heimweg, der ihn um den Seerand gegen Hollebek herumführte. Vor sich hörte er schon von weitem die lauten Stimmen von spielenden Dorfkindern; wie er ihnen näher kam, ward indes ein anderartiges Geschrei daraus und ein Rufen nach einigen in der Nähe noch an einer Feldarbeit beschäftigten Bauern. Zaunwälle traten hier, mit Weidenbuschwerk untermischt, bis an den Seerand hinunter, so daß der Hinzuschreitende sich noch nicht mit den Augen darüber unterrichten konnte, um was es sich handeln möge, er vernahm nur das unverkennbar erschreckte Durcheinander der Stimmen. Erst als er dicht vor ihnen um einen Knick bog, sah er, was den Aufruhr und die Bestürzung verursachte. Am Ufer neben dem Schilf lagen einige weibliche Kleidungsstücke, und einer der herzulaufenden Bauern rief: „Herr Gott, bat is jo dat Kleed vun de Baroneß! Se het in'n See baden wullt un is verdrunken!"

Die Kinder hatten nicht hier ihr Spiel treiben wollen, sondern waren an die einsame Unglücksstelle nur dadurch geraten, daß ein junger Bauernbursche ihnen von weitem mit schreckhaften Gebärden gewinkt und zugerufen, sie sollten ans Wasser kommen; danach indes war er selbst verschwunden, nirgends mehr zu sehen. Nun hörte Hellwig Bredenkamp den Ausruf des Dorfknechtes und nahm auch selbst die am Boden liegenden Kleider gewahr. Doch seine gewöhnliche Miene wurde dadurch nicht im geringsten verändert, er erwiderte gleichmütigsten Tons: „So? Das wird wohl ein Irrtum sein." Und sich flüchtig umschauend, fügte er nach: „Vermutlich sind's Kleider von der Seejungfer oder vielleicht auch wieder von dem Mädchen aus Wippendorp."

„Nee, Herr, dat is richtig dat Tüg vun de Baroneß — mein Gott, wat schall dat geben! Wi möt na ehr söken —"

Die Dämmerung war jetzt schon recht tief eingefallen, doch dem geübten Malerumblick trotzdem nicht entgangen, daß sich in der Landschaft noch eine kleine, wenn auch nur zu geringstem Teil sichtbare weitere und etwas weiter entfernte Staffage befand. Diese selbst mochte sich für nicht wahrnehmbar halten, hegte jedenfalls offenbar die Absicht, es nicht zu sein, denn sie barg sich, vom Gezweig verdeckt, hinter einem der Weidenbüsche. Doch, wie gesagt, für Künstleraugen ließ dennoch eine kleine Lücke im Laubwerk einen um ein bißchen anderen Farbenton hindurchschimmern, und der Pächtersohn schien von diesem zu der Annahme veranlaßt zu werden, es sei dort vielleicht irgend ein Anhaltspunkt für ein Verstänbnis des am See Vorgefallenen zu finden. In einer gewissen Weise bewährte sich die Mutmaßung auch, denn wie er, rasch vorschreitend, um den Busch hintrat, stand er dem jungen Bauernburschen gegenüber, dessen Wink und Ruf die Kinder zum Auffinden der Kleider herbeigeführt hatte. Ein kleiner, ungewöhnlich grazil gebauter Mensch war's in einem bei der Feldarbeit üblichen langen, sandfarbigen Leinenkittel und mit einem breitkrempigen, äußerst tief ins Gesicht gebrückten Hut auf dem Kopf; da er sein Versteck, von dem aus er alles, was vorging, deutlich sehen und hören gekonnt, nicht zu verlassen im stande war, ohne allgemein sichtbar zu werden, so drehte er sich bei dem unerwarteten Hinzukommen des Malers ab und beschäftigte seine Hände gleichgültig mit einem über ihm herabhängenden Zweig der Weide. Doch Hellwig Brebenkamp lüftete merkwürdigerweise mit höflicher Formalität vor dem Bauernjungen den Hut, sprach kurz: „Beruhigen Sie die Leute doch, Baroneß, daß Sie nicht ertrunken sind," wiederholte barauf seinen Respektsgruß und setzte, sich wieder umkehrend, seinen Rückweg nach Ottenhof fort.

*　　*
*

Frau Ottilie von Birkwald war ernstlich erzürnt
über den tollen Streich ihrer Tochter, den Leuten vom
Dorf einen Schreck einzujagen, als ob sie im See ver-
unglückt sei, und obendrein in einem Bauernburschen-
anzug hinterm Gesträuch aufzupassen, was die Finder
der Kleider bei der Entdeckung sagen und thun würden.
Unähnlich sah ihr eine solche Narretei allerdings nicht,
und es stand kaum zu bezweifeln, die Geschichte von
dem Wippendorfer Mädchen sei ihr zu Ohren gelangt
und habe ihren Nachahmungstrieb gereizt, einmal etwas
Ähnliches anzustellen. Bei der Strafrede, zu der ihre
Mutter sich verpflichtet fühlte, erkundigte diese sich, wie
sie denn zu den Manneskleidern gekommen, doch die
Befragte war nicht danach gestimmt, viel oder überflüssig zu reden, und antwortete nur: „Die hab ich mir
verschafft.“ Im übrigen kam bei diesem Anlaß zu Tage,
daß sie nicht zum erstenmal, sondern schon häufig beim
Dämmerlicht im See gebadet, auf eigene Hand zu
schwimmen versucht hatte und sich furchtlos im Wasser
bewegte, wie ein Fisch. Das trug dazu bei, Frau
Ottilie zu kränken — sie geriet überhaupt in letzter Zeit
leichter als sonst in Erregung — da sie ihrer Tochter
im vorigen Sommer die Erlaubnis zum Schwimmen-
lernen versagt und ihr dafür den Pony geschenkt hatte.
Nicht so sehr der Ungehorsam, als der darin ausge-
drückte Mangel an kindlicher Liebe that ihr weh; davon
indes, was einmal so war und keine Änderung mehr

erhoffen ließ, wollte sie nicht nutzlos anfangen, sondern
hielt der Unfugtreiberin nur mit Nachdruck vor, daß
es für ein Mädchen in ihrem Alter höchst unschicklich
sei, wenn sie zu baden wünsche, dies im Freien zu thun,
statt das dazu bestimmte Häuschen am Parkufer zu benutzen. An keiner Stelle des Seerandes könne man
mit vollständiger Sicherheit darauf rechnen, daß nicht
durch einen Zufall jemand dorthin komme, und dann
lasse sich die unvorsichtige Thorheit nicht mehr ungeschehen machen. Aber dafür, warum das so fürchterlich
sein solle, besaß Gertrud merklich nicht das rechte Verständnis; wenn zufällig ein Bauer an den Platz geriete,
wo sie sich im Wasser aufhielte, würde sie ihm zurufen,
wegzugehen, sie wolle sich wieder anziehen. Ihre Mutter
fühlte, daß sie hier gleichfalls auf einen Mangel treffe,
den sie kaum zu verbessern erwarten dürfe, dessen Ab-
änderung sie indes auch nicht einmal als erstrebens-
und wünschenswert betrachten konnte, und sie beleuchtete
das Geschehene von einer anderen Seite, daß ganz besonders eine Braut in ihrem Thun und Treiben sich
der Vorsicht und Beobachtung der allgemein für eine
junge Dame geltenden Anstandsregeln befleißigen müsse.
Denn sie könne sonst aus Unbedacht Dinge begehen,
die an sich vielleicht nichts Schlechtes und moralisch
Verwerfliches seien, aber von der feststehenden An-
schauungsweise der sogenannten guten Gesellschaft derartig be- und verurteilt würden, daß unter Umständen

ein Bräutigam in vornehmer Lebensstellung dadurch geradezu genötigt werde, seine Verlobung rückgängig zu machen. Wenn ihr Vetter Albert sich dazu allerdings auch wohl sehr schwer entschlösse, bliebe ihm doch keine Wahl, falls zum Beispiel die unkluge Badegeschichte und die fast noch unsinnigere Verkleidung danach durch unglückliche Fügung Herren und Damen von den benachbarten Gütern zu Ohren und Augen gekommen wären. Jetzt lasse es sich hoffentlich noch so machen, daß die Dorfleute nicht weiter darüber redeten und auf Warleberg niemand etwas davon erfahre; aber mit Leichtigkeit habe aus der kindischen Alberei ein für ihre Zukunft höchst gefährlicher öffentlicher Skandal entstehen können.

Das hörte Gertrud gesenkten Kopfes an und sah es wohl auch ein, denn sie erwiderte auf das letzte nichts. Bedrückend mochte ihr dabei die Erinnerung sein, daß in der That einer, der sich doch nicht völlig mit den Bauern gleichstellen ließ, der Pächtersohn von Ottenhof, von der Sache unterrichtet worden war, und ihr' kam zugleich ein Gedanke, der nachträglich das Blut ihr plötzlich etwas rot und heiß ins Gesicht trieb. Allerdings hatte sie mit ihren guten Augen vom Boot aus erkannt, daß der Maler als ein kleiner schwarzer Punkt an seinem gewöhnlichen Platz gesessen, aber wenn der unglückliche Zufall, von dem ihre Mutter gesprochen, es gerade so gefügt hätte, ihn durch das Schilf dorthin

zu führen, wo sie vorher im See ihre Schwimmkunst
geübt, dann wäre — ja, dann wäre — was, konnte
und mochte sie sich nicht zu Ende denken, nur ein Gefühl war in ihr, sie hätte sich dann so lange untersinken
lassen, daß sie möglicherweise nicht wieder in die Höh'
gekommen wäre. Daraus ging doch noch weiter hervor,
daß der ernstliche Vorhalt, der ihr gemacht worden,
nicht so unberechtigt sei, und zum Schluß gab sie sogar
ziemlich kleinlaut bei. Denn auf die Frage, was sie
denn eigentlich zu dem thörichten Streich gebracht habe,
antwortete sie: Gar nichts, als weil sie von dem Mädchen gehört, daraus wär's ihr so gekommen. Aber
sie hätt's schon gleich selbst eingesehen, es sei ein dummer
Einfall ohne Sinn und Zweck gewesen, und ihre Mutter
könne sich darauf verlassen, daß sie ihn sicher nicht
wiederholen werde.

Mit diesem reumütigen Zugeständnis schloß die Ver-
handlung der Sache für Frau Ottilie immerhin noch
unverhofft erfreulich und beschwichtigend, aber wie die
Dinge lagen, hielt die letztere es doch selbst jetzt am
besten, die Hochzeit nicht mehr unnötig hinauszuschieben,
sondern für die baldige Ermöglichung derselben thätig
zu sein; der Pastor Hollermann hatte sich ja auch dahin
ausgesprochen, daß er in dieser Heirat das richtige und
wünschbare sehe. Die Warleberger drängten ebenfalls
auf solche Beschleunigung hin oder zeigten sich doch
sehr mit ihr einverstanden; ob ihnen etwas von der

unschicklichen Anstellung Gertruds zu Ohren gekommen
sei, ließ sich aus ihrem Verhalten nicht abnehmen, jeden=
falls legten sie der nicht weiter ruchbar gewordenen Ge=
schichte kein solches Gewicht bei, daß sie von ihnen zur
Sprache gebracht wurde. Der Baron Albert stellte
sich nach wie vor täglich mit seinem Blumenbouquet
auf Helmstede ein und trug die gleiche liebenswürdig-
verbindliche Miene zur Schau, ob er seine Braut zu
Hause antraf oder nicht; er versprach sich offenbar von
dem Trauungstag die gesicherte Erfüllung aller seiner
Wünsche, achtete kleine unvernünftige Vorkommnisse, wie
die Narretei mit dem „Ladenschwengel" und dergleichen
nicht der Berücksichtigung, am wenigsten einer Aufregung
und Aussprache darüber wert. So ward jetzt zur Hoch=
zeit gerüstet, sowie ein ziemlich naher Termin für sie
bestimmt; beim Zusammensein der Verwandten war von
nichts anderem mehr die Rede, die Cousinen interessierten
sich außerordentlich für das Brautkleid, und alles wies
darauf hin, daß nunmehr auch von seiten Frau Ottilies
Ernst mit dem Abschluß der Ehe gemacht werde.

Gertrud war nur selten einmal bei den Berat=
schlagungen mitanwesend, meistens hielt sie sich allein
in ihrem Zimmer oder draußen auf, und sie befand
sich eigentlich beständig in verstimmter Laune. Seit
der Strafrede ihrer Mutter war ihr aufgegangen, daß
sie in der That höchst unbedachtsam sei und sich manch=
mal zu dummen, sogar sehr dummen Streichen verleiten

lasse, die nachher schwer wieder zu redressieren waren
oder wenigstens allerhand vergeblich bleibendes Kopf-
zerbrechen verursachten. Aber es steckte ihr einmal im
Blut, wenn ihr ein Gedanke durchschoß, ihn auch sofort
auszuführen; das war ebenso mit dem Einfall gewesen,
den Glauben zu erregen, daß sie im See ertrunken sei.
Gegen diesen hegte sie seitdem eine Abneigung, geradezu
einen Widerwillen; sie mochte nicht nach ihm hinsehen,
geschweige denn ihre nachmittäglichen Bootfahrten auf
ihm fortbetreiben. Bewegung jedoch war ihr Bedürfnis,
fast wie ein Lebenselement, und so ritt sie statt jener
wieder auf ihrem in den letzten Wochen sehr vernachlässigten Pony aus. Sie mußte dies indes jetzt gewissermaßen mit einer gebundenen Marschroute thun,
da sie nicht am See entlang wollte und ihr gleichfalls
zuwider fiel, in der Nähe von Ottenhof vorüber zu
kommen; mit diesem hatte es die Bewandtnis, daß sie
über etwas nicht mit sich ins reine zu gelangen mußte.
Der Pachthof gehörte ja allerdings zu Helmstede, dessen
zukünftige und in gewisser Weise auch schon gegenwärtige Gutsherrin sie war; aber sie befand sich im
Zweifel, ob sie sich dort auf ihrem Grund und Boden
bewege oder sich dem aussetze, daß Klaus Bredenkamp
es etwa als sein Recht beanspruchen könne, sie von
demselben als dem seinigen fortzuweisen. Wahrscheinlich mochte ein derartiges Thun von ihm wohl nicht
sein, doch eine Aristokratin mußte sich bei einem Demo-

traten auf jede mögliche Ungezogenheit gefaßt machen, und sie wollte mit der verstockten Pächtergesinnung keine Probe anstellen, bei der sie den kürzeren ziehen könne. So aber blieb ihr für den Ausritt eigentlich nur die Landstraße nach Hollebek und weiter bis zur Stadt; erst hinter dieser stand ihr die Welt offen, und die Einwohner des Städtchens kamen dadurch zu dem seit längerer Zeit entbehrten Vergnügen, die Baroneß täglich zweimal, auf ihrem Hin- und Rückweg rasch durch die Straße traben zu sehen. Und gern that dies im Grunde jeder, wenn mancher oder vielmehr manche auch manchmal hinter dem Rücken der Reiterin die Zunge nicht ganz festhalten konnte, ein paar Bemerkungen über Windigkeit, Bedachtlosigkeit, Kindsköpfigkeit und andere ähnliche, mit so vornehmer Geburt nicht recht vereinbare „-keiten" abfallen zu lassen. Unter den Männern und den heranwachsenden Jünglingen dagegen rief Gertruds Erscheinen ausschließlich laute Bewunderung oder stumme Blickbegeisterung im geheimen hurtiger klopfender Herzen zum Ausdruck, die letztere am abgrundartigsten in den Augen Hinnerk Schötensacks, dessen Ohr schon aus weitester Ferne den Hufschlag des Ponys so unfehlbar erkannte, wie nach der Aussage in „Schillers Werken" die Blinden von Genua den Fußtritt des Fiesko. Nur verbot ihm, nicht die Gefährdung seiner Ohren, sondern die Helligkeit des Nachmittaglichtes, ohne eine vorherige sonntägliche Idealisierungsmöglichkeit seines

Außeren hinter dem Ladentische hervor zu einer Begrüßung der Vorüberreitenden an die Thür zu stürzen; doch von seinem Innern wußten die Nacht, das Talglicht und vor allem der Pappkasten, dessen Papierinhalt in seiner obersten Schicht jetzt zahlreiche, dicht von Versen bedeckte Blätter mit den Überschriften barg: „Als sie mein Gedicht vom Weg aufhob" — „Wie ich sie aus Räuberhänden zu befreien glaubte" — „Als sie mir ihren Arm reichte, um sich von mir durch die Allee führen zu lassen". Alle diese Vorgänge indes behüteten nur die jedem profanen Blick unter dem Bett entrückten Blätter und die Brust Hinnerk Schötensacks als tiefstverschwiegenes Geheimnis; wenigstens hätte der letzteren es keine Gewalt der Erde, nicht Folterqual noch Todesandrohung durch Rad oder Vierteilung zu entreißen vermocht.

Die gleiche Nötigung des leiblichen Unsichtbarbleibens wurde zum Glück dem Doktor Erich Präconius dank seiner stets ärztlich-sorglichen Toilettierung nicht auferlegt. Auch er kannte den ziemlich um die gleiche Stunde nachmittags herantönenden und an seiner Behausung vorbeitrappenden Hufschlag und verfehlte nicht, beim Lautwerden desselben unter der Thür oder am geöffneten Fenster zu stehen und sich der Reiterin durch einen Gruß bemerklich zu machen, achtungsvoll, doch zugleich mit einer gewissen Vertraulichkeit, und ein leicht ihm um die Lippen gehendes Lächeln besagte, daß ihr tägliches

Vorüberkommen an seiner Wohnung nicht gerade etwas Unverständliches für ihn enthalte.

Übrigens stand den Stadtbewohnern jetzt unmittelbar noch ein weiteres Vergnügen bevor, als sich an dem häufigen Anblick der „Baroneß" zu erfreuen, denn auf dem umfänglichen Marktplatze wurden schon seit Tagen Buden zum Jahrmarkt aufgeschlagen, eingerichtet und Vorkehrungen zu allerhand Schaugenüssen getroffen. Neben den Karussells gehörte dazu offenbar auch eine Vorstellung von Seiltänzern; Taue wurden, höher und niedriger, ausgespannt, und Gertrud nahm jetzt einmal beim Vorbeireiten schon durch den Spalt eines Leinwandzeltes einen goldbeflitterten bunten Mädchenrock gewahr. Sie hielt ein paar Augenblicke, um sich das Treiben und die Zurüstungen auf dem sonst so stillen Platz anzusehen, dann setzte sie ihren Heimweg fort. Erich Präconius hörte sie zurückkommen und stand wieder am Fenster, doch sie erwiderte diesmal seine Begrüßung nicht, sondern ritt, ohne dieselbe zu bemerken, vorbei. Das setzte ihn in Verwunderung, aber seine Miene ließ erkennen, daß er rasch die Erläuterung dafür auffand. Sie hatte heut' schon einmal auf seinen Gruß entgegnet, und ihn nochmals, ihre Rückkunft erwartend, stehen zu sehen, flößte ihr eine wohl begreifliche mädchenhafte Befangenheit ein.

Auf die freie Landstraße hinausgelangt, mäßigte Gertrud heute gegen ihre Gewohnheit den Trab des

Ponys zum Schritt, merkbar wider seine Neigung, da er rascher nach Haus zu kommen wünschte. Doch seine Herrin war augenscheinlich nicht dieser Meinung, es beschäftigte sie, wie es schien, etwas im Kopfe, wofür ihr die langsame Bewegung besser entsprach. Als sie so gegen Hollebek hinkam, näherte das Tagesende sich, wenigstens warf die Abendsonne den Schatten einer weiblichen Gestalt, die sich seitwärts von der Straße auf einem Feldwege hin und her bewegte, schon sehr lang nach Osten. Doch war es nicht die Roggenmuhme, sondern sehr gute Augen konnten noch auf die Entfernung hin an der Haltung, Größe, Tracht und dem „Sich-Gehaben" Jette Blei unterscheiden, die wohl seit ihrer Ausfahrt hierher von einer Vorliebe für diese Gegend angefaßt worden war und sich heut' in ihr einen mächtigen, der weiter vorgeschrittenen Jahreszeit entsprechenden Strauß von Cyanen, Klatschrosen, Ackerraden und Saatwicke zusammenpflückte. Sie gewahrte offenbar im Herannahen der Dämmerung noch keine Mahnung, an den Heimweg zu denken, denn sie begab sich in entgegengesetzter Richtung noch weiter zum Dorfe hin, ohne daß indes das nach ihr hinübergewendete Gesicht der jungen Reiterin sich dadurch verwundert zeigte, doch ihrer Miene nach von dem Anblick erfreut; sie war von Kindheit auf mit der „Mamsell" immer in bestem Einvernehmen gewesen, und „Tante Jettchen" hatte ihr oft bei und zu allem möglichen, wonach ihr

gerade der Sinn gestanden, findig und willfährig verholfen. Das mochte Gertrud augenblicklich ins Gedächtnis kommen, sie als unfreundlich und undankbar
bedünken lassen, so ohne eine leicht zu bewerkstelligende
Begrüßung unweit an Jette Blei vorüberzureiten, denn
nach einem flüchtigen Überlegen nötigte sie ihren wieder
nicht angenehm überraschten Pony dazu, noch von der
heimführenden Landstraße ab- und in den Feldweg ein-
zubiegen.

*　　*　　*

Jakob Pflaumenbaums Äußeres hatte sich neuerdings entschieden zu seinem Vorteil verändert, die Farbe
seines Gesichtes war kräftiger geworden und die Formen
zeigten, ohne dadurch an ihrer charakteristischen Aus-
prägung eingebüßt zu haben, unbedingt nicht mehr die
frühere Hohlbäckigkeit. Er machte den Eindruck eines
Mannes, der nach langem, durch irgend welche Umstände veranlaßtem Fasten sich öfter sattgegessen habe,
oder eines Vegetarianers, der zur Einsicht gekommen,
besser wieder zur Fleischnahrung überzugehen. Und
wie bei den Menschen das Leibliche und Physische in
einer derartigen Wechselbedingung zu stehen pflegen, daß
schon ein klassisches Wort dem Bittsteller rät, mit seinem
Anliegen jemand, nachdem er eine gute Mahlzeit zu sich
genommen, anzugehen, so deutete in Miene und Wesen
des „Magisters" etwas auf die Bewährung dieser alten

Erfahrung auch bei ihm hin. Er erschien danach als
„Menschlichem nicht fremd", insofern dies sich durch
eine Einwirkung verannehmlichten körperlichen Gefühls
auf die Gemütsbeschaffenheit kundgab; wenn man sich
nicht scheute, einen niedrigen Vergleich auf ihn anzuwenden, konnte er an einen durch Hunger stark ver-
wilderten, beständig zum Knurren, Zähnefletschen, Belfern, Kläffen und Schnappen ingrimmig gemachten Hund
erinnern, in dem auskömmliche und besänftigende Kost
langsam diese bissigen Neigungen zur Abdämpfung
brachte. So regte Jakob Pflaumenbaum die Empfindung, in jüngster Zeit sich in Bezug auf seine Neben-
menschen einer Milderung seiner Sinnesrichtung hinzu-
geben; der Haß gegen seine beiden Lebenstodfeinde, die
gemeine Stubenfliege und den allgegenwärtigen Teufel,
konnte dadurch allerdings nicht gemäßigt werden, und
selbstverständlich fiel ebensowenig der tertia compara-
tionis, Jette Blei, eine Hoffnungsberechtigung zu, für
sich aus der Beschwichtigung seines Innern gegen die
übrige Welt Vorteil zu ziehen. Aber daß er heut
nachmittag im schwarzen Anzug seine „Räumlichkeit"
verlassen hatte — statt dort in mörderischem Ver-
nichtungskampfe nicht Freund, Landsmann, Vaterland,
Haus und Hof, Weib und Kind zu kennen, seinen
Gesichts- und Gehörssinn friedlich von den städtischen
Jahrmarktsgenüssen mit kosten ließ — das berechtigte
zweifellos zu der Diagnosenstellung, die Paranoia

misanthropica im Gehirn Jakob Pflaumenbaums habe
einen Vorschritt zur Rückbildung angetreten.

Der Kalender wandte wieder rote Schrift zur Bezeichnung eines Sonntags auf, und infolgedessen machte
so ziemlich alles in der Stadt, was sich benutzbarer
Menschenbeine erfreute, von ihnen den gleichen Gebrauch wie der „Magister". Die früheste Jugend
sowie ihre sämtlichen späteren Abstufungen, die volle
Reife der Männlichkeit und der Weiblichkeit, mittlere
und älteste Jahrgänge hatten sich einträchtigen Zwecks
auf dem Marktplatz zusammengefunden; die unverein-
barsten Lebensgegensätze, Schüler und Lehrer, Tage-
löhner und Honoratioren, Angehörige verschiedener
Kaffeekränzchen, mannbare Jungfrauen und eingefleischte
Junggesellen; wie sie dereinstige Bestimmung dazu in
einem besseren Jenseits in sich trugen, so glichen sie
sich heut' schon auf einem diesseitigen Paradiesgefilde
für einige Stunden aus. Wundervolles überwältigte
rundum Augen und Ohren; die Karussells drehten sich,
Musik wimmerte, flötete, kratzte auf Darmsaiten, paukte
auf Eselsfellen, wie nur je vor der geistigen Elite der
Menschheit im weltberühmten Großstadts-Konzertsaal;
ein Dutzend von unablässiger Pflichterfüllung schon
ziemlich belegter Kehlen lud zur Besichtigung der un-
glaublichsten Land- und Meerwunder für noch unglaub-
hafter geringen Eintrittspreis, und in Schießbuden be-
endigten allminutlich einige Schock von Glaskugeln,

Thonpüppchen, Kalkpfeifenköpfen klackernd ihr ephemeres
Dasein. Doch bildeten all' diese Leckerbissen des großen,
nur einmal im Jahr servierten Festmahls lediglich appetit-
reizende Vorgerichte für die „pièce de résistance", die
jetzt an der einen, durch umhergezogene Stricke ab-
getrennten Halbseite des Platzes aufgetischt ward. Hier
setzte sich die Geschicklichkeit, das nur äußerlich Bestaunens-
würdige zum Höchsten, innerlich Erhebenden, zur Kunst
um, deshalb drängten sich an der leichten Schranke auch
inmitten der dulcedines consumere natorum weiblichen
und männlichen Geschlechts die von höherem Standpunkt urteilsfähigen Kenner aneinander. Aus dem schon
seit einigen Tagen geheimnisvoll anblickenden Leinwand-
gezelt entwickelte sich gegenwärtig die Verheißung zur
Erfüllung, die bisher unscheinbare Chrysalide zum fast
augenblendend leuchtenden Falter. Denn heraus flog's
aus dem leis klaffenden Eingangsspalt, flatterte im Nu
auf eins der zunächst schräg ansteigenden, dann wage-
recht ausgespannten starken Taue und wiegte sich über
diesem schmetterlingshaft in der Sonne. Das städtische
Intelligenzblatt hatte seit Tagen die fettgedruckte Ankündigung gebracht, die weltberühmteste Seiltänzergesell-
schaft, zufällig auf der Durchreise zur nächsten Groß-
stadt gerade um diese Zeit das Städtchen berührend,
werde sich herablassen, den heurigen Jahrmarkt durch
ein paar Vorstellungen zu verherrlichen, wie sie's schon
einmal, durch den gleichen Umstand veranlaßt, vor

achtzehn Jahren gethan und unvergeßliche Erinnerung daran bei allen Kunstverständigen hinterlassen habe. Da leider das Gedächtnis der Menschheit im allgemeinen unter Kürze litt, entsannen sich freilich nur wenige des unvergleichlichen Genusses mehr, aber alle Mienen drückten aus, wenn er damals auf der Höhe des heutigen gestanden, müsse er hinreißend gewesen sein. Gleich Kolibris, wenn ihr Federkleid auch gerade etwas in der Mauser begriffen schien, hingen und schaukelten sich ein paar kleinste Adepten ihres hohen Berufs furchtlos an dem Seil, schnellten sich auf und machten verschwindend einer an ihre Stelle tretenden größeren Ankömmlingin Platz, die sich nach der Kleidung mit einem reiferbejahrten, ein wenig verstäubten Kakaduweibchen in Vergleich bringen ließ. Eine unermeßliche Ernte von Bewunderung, Entzücken und halb wundgeklatschten Händen trug sie dankend, doch mit sichtlichem Bewußtsein, kein unverdientes Übermaß zu empfangen, ins Zelt zurück, aus dem statt ihrer ein männlicher Buntspecht hervorschoß, die Seilhöhe vermittelst eines Salto mortale einnahm, sich lächelnd vor den Zuschauern verneigte, als vermöge er sich ihr atemverhaltenes Aufstarren zu ihm nicht zu erklären, und danach drei Hühnereier aus seiner Tasche hervorziehend, mit diesen wie auf festem Boden Fangball zu spielen begann, so daß alle drei beständig um ihn in der Luft kreisten, als würden sie magisch nur von seinem Zauberwillen gelenkt.

Zuvörderst an der Tauschranke, seine gesamte Umgebung wie eine Edeltanne Fichtengestrüpp überragend,
stand in seinem Sonntagsanzug auch Hinnerk Schötensack. Begeisterung flammte aus seinen Augen, doch nur
jene übersinnliche, die von einem Erglühen des Kunst-
verständnisses in ihm entfacht wurde; als das Kakaduweibchen mit den lang unter der ziemlich luftigen Hülle
hervorragenden gelb-rötlichen Beinen seinem Standpunkt einmal zu nahe gekommen war, so daß es fast
über seinem Kopfe balancierte, hatte er, von einem
Gebot seines Innern getrieben, für mehrere Augenblicke
die Lider fest zugeschlossen. Doch dann folgte er wieder
mit geistiger Hingebung der Equilibristik des Bunt-
spechts, bis dieser plötzlich einmal nach zauberischer
Einfangung seiner Eier wohl aus der Höhe von zwölf
Fuß ebenso gleichmütigen als eleganten Sprunges sich
auf den Boden herabschnellte und nach einer tiefen
Verbeugung vor dem Publikum diesem den ihm nunmehr zunächst bevorstehenden Genuß ankündigte. Der
verhieß, alles bisher Geleistete noch in den Schatten
zu stellen; es war dem Herrn Direktor der Gesellschaft
durch glücklichste Fügung gelungen, für hohes Salär
die Signorina Abalgisa Rosalba, eine hinterlassene
Tochter des ehemalig größten, unvergleichlichen und un-
vergeßlichen Seilkünstlers Pietro Schnurrbusch, der zur
Trauer von Millionen seiner einstigen Bewunderer der
Kunst und der Welt zu früh entrissen worden, zu einem

kurzen Auftreten zu bewegen. Fräulein Rosalba werde
sich in ihrem noch immer fortdauernden Schmerz über
den Tod des Hingeschiedenen jeder Bravourleistung enthalten, vielmehr nur gleichsam zu seinem ehrenden Angedenken einmal auf dem Tau hin und zurückschreiten.
Der Kummer verbiete ihr gleichfalls, ihr mit wunder-
barer Schönheit begabtes Antlitz vor dem hochverehrten
Publikum erblicken zu lassen, aber dieses werde sicherlich
darum nicht weniger bereitwillig sich allgemein an der
geringfügigen Gratifikation beteiligen, welche die junge
Dame darunter in Anbetracht des hervorragenden künst-
lerischen Extraereignisses sich einzusammeln erlaube.

Die Ankündigung des Sprechers fand bei allen
Hörern ungeteilten Beifall, der zwar in Zweifel ließ,
ob er sich ebenfalls allseitig auf die gewünschte Nach-
zahlung mit erstrecke, doch ward bemerkbar, daß auf
den obersten Staffeln des Kunsturteils der aristokratische
Wahlspruch „noblesse oblige" gleichfalls seine Geltung
besitze, denn die berufensten Kenner gingen mit dem
Beispiel voran, in die Tasche zu greifen und einem der
Kolibris, der mit dem Sammelteller herannahte, prä-
numerando den Tribut für das Verheißene zu entrichten.
Auch Hinnerk Schötensack beabsichtigte dies zu thun,
bewegte seine Rechte nach der Westentasche und suchte
sich durch ein Befühlen mit zweien seiner Fingerspitzen
darüber zu vergewissern, ob er ein Kupfer- oder ein
Nickelstück zwischen ihnen gefaßt halte; doch er gelangte

nicht zum Wiederherausziehen der Hand, denn jetzt erschien die Signorina Abalgisa Rosalba durch die aufklaffende Zeltthür, und ihn überwältigte ein dichterisch berauschendes Gefühl, zum erstenmal in seinem Leben ein vom fernen Strande der Apfelsinen herstammendes Wesen vor sich zu gewahren, so machtvoll, daß er, regungslos gebannt, nur seine Augen und Lippen zur Aufnahme des großartigen Momentes weit geöffnet hielt. Die Künstlerin stach im übrigen auf den ersten Blick durch die äußere Erscheinung von ihren bisher aufgetretenen Kollegen erheblich ab; sie trug einen offenbar völlig neuen, hübschen und höchst kleidsam gefertigten Phantasieanzug, wie er sich als ein Maskeradenkostüm in vornehmen Kreisen passend und ansprechend präsentiert hätte. Der beflitterte Rock aus leichtem Stoff war hinreichend kurz, die freie Bewegung nicht zu hindern, doch auch lang genug, vollkommen allen Anforderungen der Decenz zu genügen; die äußerst zierlichen Füße steckten in schmiegsamen Atlasschuhen und den Kopf bedeckte ein graziöses befedertes Barett. Wie die voraufgegangene Mitteilung angedeutet, ward das Gesicht ganz von einer schwarzseidenen Maske verhüllt, deren Augenöffnungen jedoch der Seiltänzerin sichtlich hinreichend ermöglichten, alles für sie Erforderliche wahrzunehmen. Eine Sekunde lang schien sie nach ihrem Hervortritt etwas ungewiß anzuhalten, dann indes lief sie hurtig und behend, ihre Balancierstange benutzend, die Seilschrägung hinan, schwankte ein wenig, klammerte ihre biegsamen Sohlen jedoch geschickt zur Wiedergewinnung des Halts um das Tau und wanderte auf diesem ohne eine weitere Kunststückausübung entlang, der Stelle zu, wo der Wochentagsmitarbeiter Jörgen Gobemells immer noch, von seiner ethnologischen Hochempfindung durchpulst, unbeweglich dastand. Es ging zwar seinem Verständnis nicht vollständig auf, warum gerade eine Seilpromenade den Gram Adalgisa Rosalbas um ihren großen Vater zum Ausdruck bringe, aber ihr kindliches und künstlerisches Gefühl trieb sie zweifellos zu dieser Ehrung seines Angedenkens, und nun hatte sie das Ende ihrer Luftbahn nah über dem Kopf Hinnerk Schötensacks erreicht und drehte sich zur Umkehr. Keine Mangelhaftigkeit an ihr nötigte diesmal den Emporschauenden zu einer ihm vom Herzen vorgeschriebenen Niederflucht seiner Augen; dagegen regte es den Eindruck, als ob ihr das Umwenden etwas Schwierigkeit verursache. Sie versuchte es, kam nicht damit zu stande, balancierte und erneuerte die Halbschwenkung gerade in dem Moment, der aus den Zuschauern einen Ruf auftönen ließ: „Mein Gott — das Kleid — was ist das?"

Die Stimme Jette Bleis war es, die eben erst sich dem Publikum hinzugesellt hatte, doch ihr Ausruf wurde unmittelbar von mehrfach um sie her ausgestoßenen Schreilauten untergeschlungen, denn es begab sich ein doppeltes wuchtig-körperhaftes Ereignis. Die Seiltänzerin hatte das Gleichgewicht verloren, glitt vornüber und fiel; zugleich aber riß Hinnerk Schötensack in besinnungslosem Ansturm die Strickbarriere um, strauchelte, schoß vorwärts und kam gerade noch rechtzeitig, um die fallende Landsmännin der Apfelsinen in seinen Armen wenigstens halb aufzufangen. So dämpfte er ihren Sturz jedenfalls nicht unerheblich ab, doch ihr Kopf schlug ziemlich heftig gegen den seinigen, und sie riß ihn mit zu Boden. Ein dumpfes Brummen zwar ging ihm durchs Gehirn; trotzdem indes richtete er sich sofort wieder auf die Füße. Dann aber stand Hinnerk Schötensack sprach- und blutlos, wie in Schillers Werken „zur Statue entgeistert". Die seidene Maske war der Niedergestürzten vom Gesicht abgerissen worden, und gleich einer Erscheinung aus dem Geisterreich lag statt der Signorina Adalgisa Rosalba aus Italien die Baroneß Gertrud von Birkwald von Helmstede vor ihm.

Sie war ohne Bewußtsein, denn ihr Kopf stand, für den gegenwärtigen Fall unvorteilhaft, an Widerstandsfähigkeit hinter dem, mit dem er eben zusammengetroffen, beträchtlich zurück, und so lag sie mit geschlossenen Augen und ziemlich blaß entfärbtem Gesicht.

„Sie ist tot!" fand nun Hinnerk Schötensack erste Laute. Etwas feierlich Großes umgab diese und trat in Einklang mit den Augen des Sprechers, die gleichzeitig einen Blick in der unverkennbaren Erwartung über sich warfen, daß im nächsten Moment gleichfalls ein Nachsturz des Firmaments erfolgen werde. Doch schickte dies sich noch nicht dazu an, und statt dessen sagte die eilig herangekommene Tante Jettchen:

„Schwatzen Sie doch nicht so dummes Zeug! Na, es war immer gut, daß Sie sie ein bißchen aufgefangen haben. Sie wird sich bald wieder besinnen; die Hauptsache ist, daß wir sie in ein Haus bringen."

Von all' den vielen, die mit weitaufgerissenen Augen herumstanden, begriff kein einziger, wie die „Baroneß" dazu gekommen sei, hier am Boden zu liegen, und eigentlich ging es Jette Blei genau ebenso. Aber sie unterschied sich von den übrigen dadurch, daß sie praktisch veranlagt war und bei jedem Vorkommnis das zunächst Zweckmäßige in Angriff zu nehmen verstand. Das bewährte sie auch jetzt, indem sie nach einem flüchtigen Überblick wieder jemand ansprach:

„Ach, wie gut, Herr Kollege, daß Sie anwesend sind, besseres konnte man nicht wünschen, der Himmel denkt immer darauf, für ein Unglück auch die beste Hilfe zur Stelle zu schaffen. Sie haben eine sanfte Hand und menschliches Gefühl; sicher werden Sie Beistand leisten, die Baroneß mit aufzuheben und von hier fortzubringen."

Jette Blei hatte sich an den unweit stehenden Jakob Pflaumenbaum gewandt, der jedoch im ersten Augenblick merkbar nicht zu der Auffassung gelangen konnte, daß ihre Worte ihm gälten. Aus einem anderen Munde hätte er diese wohl begriffen und auch als richtig erkannt, aber daß Jette Blei sie sprach, widerstritt den neuerdings über ihn geratenen und von ihr bereits als Thatsache angenommenen menschenfreundlicheren Anwandlungen. Er machte ein verdutztes Gesicht, das in Verbindung mit seinem Haar und Anzug momentan an einen großen, schwarzen, wenngleich nur zweibeinigen Pudel erinnern konnte, der sich mißtrauisch gegen etwas zur Wehr setzt und im Begriff steht, die Mundwinkel zu einem Knurren über die Zähne heraufzuziehen. Doch Tante Jettchen nahm in ihrer praktischen Fürsorge nichts von dieser Bedrohlichkeit gewahr, sondern zog nur aus dem von ihr Gesagten die Folgerung weiter: „Also, da wir Sie gottlob hier haben und Sie so hilfbereit sind, lieber Herr Magister, bitte ich Sie, recht schnell mit dem jungen Manne zusammen sich der Verunglückten anzunehmen. Ich würde Ihnen gewiß die Mühe ersparen, aber ich bin ja leider durch mein Geschlecht nur zu einem schwächlichen Geschöpf geworden, dem die starke Manneskraft fehlt, etwas auf der Welt zu nützen. Bei solcher Gelegenheit erkennt man recht, wie sehr die Herren der Schöpfung zu beneiden und wir ihnen unterworfen sind. Wenn Sie die Güte haben wollen, die Baroneß an den Füßen zu heben, Herr Kollege — ja, so — ganz recht!"

Mit der letzten Anerkennung begleitete Jette Blei eine mit Widerstreben sich vorstreckende Bewegung der

beiden Hände Jakob Pflaumenbaums und belohnte
gewissermaßen seine Willfährigkeit und Anstelligkeit durch
die nochmalige Wiederholung: „So — so — zuerst
fällt's ein bißchen schwer, aber es geht bald immer
leichter." Auf ihre Anordnung hob Hinnerk Schötensack, unverkennbar nur mit seiner Manneskraft, doch
nicht mit dem Geist anwesend, die Bewußtlose an den
Schultern empor; so ward diese von den beiden Trägern
aus der Volksmenge fortgeschafft, während Tante Jettchen nebenher ging und mit jüngferlicher Umsicht für
die schickliche Ordnung an den Kleidern der Getragenen
obsorgte. Jetzt kam erst in Frage, wohin man die
Baroneß zunächst verbringen sollte, und der Brust
Hinnerk Schötensacks entrang sich ein aus stöhnender
Verzweiflung und jauchzender Begeisterung untrennbar
vermischtes: „Zu mir — zu uns — das ist das nächste!"
Damit verhielt es sich räumlich und deshalb auch logisch
nicht in Unrichtigkeit, und der Zug lenkte sich dem
Godemelkschen Hause zu. Auch Frau Antoinette hatte
sich mit herbeigefunden, jetzt die Führung übernehmen
zu können; sie wußte, was sie der Einkehr einer vornehmen Persönlichkeit in ihrer Wohnung schuldete, wenn
dieselbe darin auch keinen vorsätzlichen Besuch abstattete.
Aber daß es so geschehen mußte, stand nicht außer
einer innerlichen Beziehung zu ihrem Namen, den sie
heut' würdig zu repräsentieren berufen war, und bald
lag Gertrud von Birkwald in der Prunkstube Antoinette

Godemelks auf einem zwar ziemlich unbequemen, doch mit rotem Plüsch überzogenen und gehäkelten Schonern verzierten Galasofa so gut oder schlecht es möglich fiel, ausgestreckt.

Jörgen Godemelk hatte heut', den Umständen gemäß, nur auf ganz besonders geringfügige Sonntag-Nachmittag-Einnahme gerechnet, sah sich darin auch keineswegs erfreulich enttäuscht, dagegen höchst unerwartet seinen Laden plötzlich von mindestens einem halben Hundert sich ohne irgend welche löbliche Einkaufsabsicht dicht hereinpfropfender Köpfe angefüllt. Und eh' er noch zu ergründen vermochte, welchem Umstand er diese mehr ehrenvolle, als nützlich-verwertbare Kundschaft zu banken habe, umklang, umschwirrte, umwogte und umbrandete es dutzendfach seine Ohren:

„Dat is jo rein en Stück ut be Dullkist!"

„Nee, so wat lewt nich!"

„Das hab ich aus der Mamsell ihrem eigenen Mund gehört, die hat der Baroneß das Kleid dazu gemacht, weil sie ihr gesagt hat, sie wollt eins zu ihrem Polterabend brauchen und damit 'ne Überraschung aufführen. Na, das is ja 'ne schöne Überraschung geworden, wovon die Mamsell sich nichts hat träumen lassen, aber der Anzug kam ihr so bekannt vor."

„Was soll das man bloß bebeuten?"

„Se is boch wul rein wat bwatsch in'n Kopp!"

„Die Seiltänzers verzählen, sie hat ihnen zehn

blanke Dalers gegeben, daß sie sie einmal auf'm Tau längslaufen lassen sollten."

„Mein Gott, und wie sie das bloß so gekonnt hat, denn hin kam sie ja ganz gut. Bloß sie verkehrbte sich, wie die Mamsell das rief, sonst wär sie auch wol wieder retour gekommen."

„Na, wat se dato up Warleberg seggn warb!"

„Wenn ich an dem Baron Albert seiner Stelle wäre, würd' ich mich für solche Frau bedanken."

„Jo, awer denn gifft dat Helmstede nich vör em.".

„Dann wird er wohl denken, es wär besser gewesen, sie hätt' den Hals dabei gebrochen, da hätt' er das Gut auch gehabt."

„Jo, wenn Schötensack se nich upfungen harr, dat gev awer en orrentlichen Knacks an sin Kopp."

„Davun warb he vellicht wat heller."

„Blot wat dat nu wedder bedüden schall, da kann man sick jo rein dumm an denken."

„Na, holen Se Ehrn Verstand man lewer tosam!"

„Ich will Ihnen sagen, das bedeut gar nichts weiter, als daß sie mal probieren wollt, ob sie das nicht auch könnt. Denn solche Kunststücke hat sie ja von Kindesbein auf immer gemacht."

„Was sollt das denn mit dem Namen, den wir vorher zu hören kriegten?"

„Den haben die Seiltänzers ihr angehängt, damit es nach was Besondres aussehen sollt und sie noch dazu wieder extra sammeln könnten. Der Schnurrbusch, glaub ich, sagte er, der ihr Vater sein sollt, is wohl früher bei der Gesellschaft gewesen, und weil er auch so'n Luftspringer war, paßte das ihnen in den Kram, sie sollt seine Tochter sein."

„Da kamt de Dokters, dat süht doch wul nich godt mit ehr ut."

Es war jemand nach der ärztlichen Doppelbehausung hinuntergelaufen, und Vater und Sohn trafen gegenwärtig kollegialisch ein. Sie begaben sich in das Prunkgemach Frau Antoinettes, hatten schon vernommen, was geschehen sei, und wußten sich ebensowenig einen Reim darauf zu machen wie alle übrige Welt. Doch bildete dies auch nicht das nächste Erfordernis, sondern eine Untersuchung, ob die noch in Ohnmacht Liegende sich eine schwere Verletzung zugezogen habe, und der Sanitätsrat Dr. Kaspar Präconius senior traf Anstalt, sich dieser Aufgabe zu unterziehen. Allein der Dr. Erich Präconius junior hielt ihn mit einer achtungsvollen Handbewegung zurück und äußerte, sich in lateinischer Sprache ausdrückend: „Ich bin gewiß stets bereit, lieber Vater, dem älteren Kollegen das Vorrecht der ersten Untersuchung einzuräumen, aber ich glaube, bei Dir ein Verständnis dafür anzutreffen, wenn ich diesen Fall als einen in erster Linie mich angehenden betrachte und Dich bitte, abzuwarten, ob ich es für nötig ansehe, Dich zu einer Konsultation heranzuziehen."

„Facis sermonem de futura privigna mea,“ erwiberte Präconius senior mit leichtem Achselzucken.

„De futura tua nura locutus sum,“ versetzte
Präconius junior mit artigem Lächeln, „quapropter
mihi indulgeo.“

Er streckte die Hand aus, um seine Nachforschung
zunächst am Kopf der Patientin zu beginnen, doch wie
er diesen berührte, schlug sie plötzlich die Augen auf,
sah ihn verwundert an, richtete sich gleich danach so
kräftig zum Sitzen auf, daß sie Zeugnis von gesundester
Herrschaft über all ihre Gliedmaßen ablegte, und blickte
offenbar nur ohne Begriffsvermögen, wo sie sich befinde, auf die Gesichter umher. Für Hinnerk Schötensack
aber kam daraus so überwältigendes, daß er, diesmal,
als ob er seinen Namen zu begründen trachte, wie ein
Sack auf die Kniee plumpste und in Ermangelung der
Sichtbarkeit des Himmelsgewölbes einen unbeschreib-
lichen, stummfeuchten Dankesblick zur weißgetünchten
Stubendecke aufwarf. Dann fand Gertrub für ihre Überraschung auch einen Wortausbruck und fragte erstaunt:

„Was soll ich denn hier? Weshalb machen Sie
solche Gesichter?“

Das war einerseits leicht und andererseits auch
schwierig zu beantworten; Jette Blei wenigstens zog
es vor, es vorberhand den beiden gelehrten Doktoren
zu überlassen. Weder leiblich noch geistig besaß sie
die allergeringste Ähnlichkeit mit Hinnerk Schötensack,

bilbete vielmehr in jeder dieser Beziehungen das denk-
barste Gegenteil von ihm, wenn man es durch ein
litterarisches Bild veranschaulichen wollte, etwa einen
Gegensatz wie zwischen einem leichten Schwank und einer
fünfaktigen Trimetertragödie. Aber darin trafen sich
die Schwingungen der Empfindungssaiten beider doch
zum Accord, daß durch die resolute Lebensbethätigung
Gertruds auch Tante Jettchen ein recht tüchtiger Stein
der sprichwörtlichen Art vom Herzen abgefallen war.
Bei solcher plötzlichen Gewichtsentlastung pflegt indes
ein elastischer Gegenstand — als einen derartigen mußte
man auch die Gemütsneigung Jette Bleis zur Heiterkeit bezeichnen — kräftigst nach oben aufzuschnellen,
und infolge davon drehte sie sich gegen ihren in schweig-
samer Betrachtung der Prunkstube Frau Antoinettes
seitwärts stehenden Kollegen Jakob Pflaumenbaum herum
und sagte:

„Eine angenehme häusliche Einrichtung besitzt doch
etwas sehr Wohlthuendes für die Augen und muß wohl
zweifellos auch auf das Gemüt von Menschen eine
wohlthätige Wirkung ausüben."

Doktor Erich Präconius hatte auf die Frage Gertruds, wo sie sich befinde und weshalb sie hierher
gekommen sei, eine in Kürze erläuternde Antwort gegeben und stand nun vor der Schwierigkeit, sich seinerseits eine Aufhellung darüber zu verschaffen, was die
Erbin von Helmstede in immerhin nicht gerade allgemein

bräuchlicher Weise veranlaßt habe, sich schließlich in diese Lage zu versetzen. Vorsichtig bewegte er sich ein bißchen um den heiklen Mittelpunkt der bezweckten Fragstellung herum, bis Gertrud ihm einmal ins Wort fiel:

„Ich glaube, Sie möchten von mir hören, warum ich auf das Seil gegangen bin? Ja, warum? Oder warum nicht? Haben Sie's noch nie versucht?"

Sie sah, anhaltend, kurz, wie über etwas nachdenkend, vor sich hinaus, ihre Augen trafen dabei auf Hinnerk Schötensacks noch immer knieend-ragende Gestalt, und mit einem plötzlichen Lachen flog ihr vom Mund:

„Nein, verrückt bin ich nicht, ich hatte guten Grund dazu — denn ich schuldete diesem ritterlichen jungen Mann noch meinen Dank —"

„O Gott — es ist zu viel —" rang es sich, doch unhörbar für die Ohren der im Zimmer Befindlichen nach innen herab von den Lippen des Knieenden. Aber Gertrud hatte sich gleichzeitig besonnen und fügte nach:

„Oder nein, das war's nicht, sondern ich stellte es mir hübsch vor, einmal so hergebracht und von Ihnen behandelt zu werden, Herr Doktor."

Erich Präconius junior hob den Kopf zu einem flüchtigen Aufblick gegen den Sanitätsrat und äußerte nicht ohne ein leicht ironisches Lächeln um den Mund:

„Es scheint, lieber Vater, daß der jüngere Kollege die zutreffendere Prognose gestellt hat."

„Das Sprichwort sagt dem Schein nach, lieber Sohn, daß er manchmal zu einer irrigen Diagnose verleitet," erwiderte Präconius senior.

„Nurus locuta est."

„Solam audivi privignam."

An der anderen Seite der Stube sagte inzwischen Tante Jettchen in Fortsetzung ihrer psychologischen Beobachtung oder Mutmaßung über förderliche Einwirkungen auf das Menschengemüt:

„Man soll sich an alles erst gewöhnen, dann geht einem allmählich das Verständnis für das richtige auf. Ach Gott, Menschen machen sich vieles ganz unnötig selbst so schwer; die Armen können freilich meistens nichts dafür, denn der Teufel thut's, der in ihnen rumort — diabolus."

Jakob Pflaumenbaum prallte jählings um eine Schuhlänge zurück und stieß sprudelnd heraus:

„Was wissen Sie vom Teufel, Mamsell! Woher kennen Sie den?"

Der Atemzug der Befragten verband sich mit einem leichten Seufzerton. „Ach, ein bißchen steckt er ja in jedem, so daß man ihn in sich selbst kennen lernt; besonders, wenn man von der Natur einen so unglücklichen Namen bekommen hat, wie ich. Da kann man nur bitten: Erlöse uns von dem Übel! aber wie das geschehen sollte, läßt sich freilich nicht absehen. Ist es richtig, Herr Kollege, was ich gehört habe, daß Sie nächstens ein so hübsches Landhäuschen zu beziehen gedenken? Da darf ich mir wohl erlauben, zu gratulieren."

Jakob Pflaumenbaum geriet in atavistische Anwandlung zurück, denn er schnitt eine höchst säuerliche Grimasse und wiederholte:

„Ein hübsches Landhäuschen? Ich? Welcher Teufel hat das —?"

Aber Tante Jettchen fiel halb bedauernden, halb beschwichtigenden Tones ein: „O, ist es ein Irrtum? Das thäte mir leid! Ich dachte, weil Sie das Leben in der schönen Natur so lieben, Herr Magister; es hätte Ihrer Gemütsneigung so ähnlich gesehen. Nun, ich hoffe doch noch, daß es sich bestätigen wird und daß Ihre Feinde nicht mit Ihnen umziehen, Ihnen ruchlos das Leben zu verbittern. Die müssen allerdings die sanftmütigste Natur zu Galle verwandeln. Übrigens hat jemand mir das beste Mittel gegen sie mitgeteilt; man fängt sie sicherer mit einem Theelöffel Honig, als mit einem Faß Essig. Den muß man ihnen recht ein bißchen verlockend hinhalten — ganz harmlos, als hätte man's gar nicht auf sie abgesehen — so — so — da hat man sie!"

Die Sprecherin machte es vor, indem sie ihre kleine nette Hand mit einem fingierten Löffelchen drin und als ob dieser eine Lockspeise enthalte, gegen den „Magister" ausstreckte, der darauf sichtlich wider seinen

Willen wie mit hypnotisierten Augen niederstarrte und vom Mund brachte:

„Wen hat man?"

„Die musca domestica communis," antwortete Jette Blei, wie sie zuvor einmal „diabolus" gesagt, als ob es das Bräuchliche bei ihr sei, nicht nur sich in lateinischer Zunge auszudrücken, sondern auch in dieser zu denken, denn sie setzte mit eben solcher Leichtigkeit noch hinzu: „Da sie gern in die Tassen kommt, könnte man sie auch eine soror coffeae germanica heißen, oder der richtigste Name für sie wäre wohl diaboli effigies sub specie avunculae, denn sie ist garstig und zudringlich wie eine alte Jungfer. Darum muß man für sie ein muscarium zur Hand haben, oder am besten ist's, sich eine aranea anzuschaffen, die eine textura strickt, um ihr Herumsummen und Brummen darin aufhören zu lassen."

Das ging im Augenblick über das Auffassungsvermögen Jakob Pflaumenbaums, er starrte nicht mehr die Hand Jette Bleis, sondern den redenden hübschen Mund derselben wie versteinert an, doch die mit ihrem Debüt etwas mißglückte neueste junge Seilkünstlerin war gegenwärtig zu der Einsicht gelangt, daß ihr unbeabsichtigter Sonntagnachmittagsbesuch im Gobemelkschen Hause doch einmal ein Ende nehmen müsse und ihr Polterabendkostüm zum Aufbrechen daraus nicht gerade das geeignetste sei. Um den langen

Staubmantel, den sie bei ihrem Herweg in die Stadt über dem bunten Kleid getragen, sowie ihr Schuhzeug statt der Tänzerinschuhe wiederzubekommen, fiel ihr aber eine Beihilfe nötig, und diese schien sie am besten von Jette Blei zu erwarten. So stand sie von dem Prachtdiwan auf und sagte jetzt ganz mit der Gewandtheit, Sicherheit und Verbindlichkeit einer hocharistokratischen jungen Dame:

„Ich bin den Herren sehr dankbar, daß Sie sich aus Fürsorge für mich hierher bemüht haben, doch ich fühle mich nach keiner Richtung eines ärztlichen Beistandes bedürftig und will niemand länger hier aufhalten. Außer Fräulein Blei, die ich bitte, noch zu bleiben, um mir für etwas behilflich zu sein.“

Das war äußerst liebenswürdig gesprochen, doch schloß auch ein Mißverstehen so vollkommen aus, sogar Hinnerk Schötensack aus seiner ekstatischen Geistentrücktheit zur Erdenwirklichkeit zurückzubringen, so daß er als Letzter hinter den beiden Doktoren und dem kaum minder, als er, in einer über sich selbst unklaren Gemütserregung befindlichen Magister Jakob Pflaumenbaum taumelnden Fußes die Stube verließ. Dergestalt blieb Tante Jettchen allein zurück, machte die offengebliebene Thür zu, drehte unwillkürlich den Schlüssel im Schloß herum, trat einen Schritt vor, sah Gertrud von Birkwald ein paar Augenblicke sprachlos an und sagte dann, hörbar aus vergeblich nach einem Begreifen

umhersuchender Anstrengung ihres sonst nicht allzube-
schränkten Kopfes heraus:

„Aber um Gottes willen, Baroneß, Kind, was treiben
Sie denn für einen tollen Unfug!"

* * *

Diese Bezeichnung von seiten Jette Bleis mußte
noch als eine recht euphemistische aufgefaßt werden,
denn in Wirklichkeit konnte nicht viel Meinungsverschiedenheit darüber bestehen, es sei ein unerhörter
Skandal, daß die Baroneß Gertrud von Birkwald, die
Braut ihres Vetters Baron Albert von Birkwald, auf
öffentlichem Jahrmarkt vor dem Publikum in einem
bunten Rock Seiltänzerei aufgeführt habe. Wohin diese
Nachricht noch am Abend oder am nächsten Morgen
kam, verursachte sie ein gleichmäßiges Mund- und Nase-
Aufsperren; man hatte sich wohl lange daran gewöhnt,
die unsinnigsten Streiche bei der „Baroneß" nicht für
undenkbar zu halten, aber dies Stück aus der Tollkiste
ging doch nach einmütigem Urteil über die aschgraue
Möglichkeit. Auch der Pastor Gerhard Hollermann
war im ersten Augenblick völlig perplex davon. Er
erfuhr es durch die Harfentrina, die sich gleichfalls auf
dem Marktplatz befunden hatte und beim Rückweg nicht
unterlassen konnte, im Pfarrhaus vorzukehren, um von
dem Vorgefallenen zu berichten. Durch die vom Wind
aus der Stadt herübergetragenen Musiktöne waren alte

Erinnerungen in ihr wachgerufen worden, so daß es sie übermächtig, wider ihr Wollen gezogen, sich das Jahrmarktsgetriebe mit anzusehen, und bei ihrer Erzählung kam auch etwas bisher dem Pastor von ihr Verschwiegenes zu Tage. An einem alten silbernen Ring hatte sie den im letzten März von einem Baumast erschlagenen, versoffenen Landstreicher, den sie drüben auf den Kirchhof gebracht, erkannt, sich auch auf seinen Namen „Schnurrbusch", „der flotte Seilhahn" genannt, besonnen, denn sie war vor zwanzig Jahren oder so noch als Harfenistin dabei gewesen, wie er den Reif einmal in einer Marktbude gekauft und ihn einem blutjungen Ding, das auch bei einer herumziehenden Bande auf den Seilen Kunststücke machte, an den Finger gesteckt. Ein Trauring war sicher nicht daraus geworden, aber wie's so bei Meßkünstlern ging, den beiden Kolibris, die sich heut zuerst produziert gehabt, hatte er doch dazu verholfen, auf die Welt zu geraten; sie erhielten den Namen Schnurrbusch fort, als Sprößlinge des damaligen blutjungen Dinges, ihrer Mutter, die längst irgendwo verdorben und gestorben war, von ihr wußte niemand mehr etwas. Das hatte die Harfentrina nachher im Zelt ausgekundet und als alte Jahrmarktskollegin auch von der „Direktorin" erfahren; und als angebliche Tochter des „flotten Seilhahns", jenes Schnurrbusch, der zuletzt offenbar völlig verlumpt und verlottert als Strolch und Trunkenbold herumgestrichen, war die

Baroneß von Birkwald nach der dem Publikum gemachten Ankündigung hinter zwei jüngeren Geschwistern von ihr, das hieß wirklichen Kindern des früheren Seiltänzers, vor der johlenden Volksmenge aufs Tau gelaufen und schließlich davon herunter, einem Ladenschwengel und Tütendreher auf den Kopf gefallen. Vielleicht sprach sich weit und breit niemand so innerlich erregt und mißächtlich darüber aus, wie die Harfentrina. „Und das will eine Baroneß mit abligem Blut in sich sein! Solange die Welt steht, ist so etwas nicht dagewesen, das weiß ich! Denn ich bin auch eine Baroneß und kann beurteilen, was eine junge Dame von solcher Herkunft zu thun im stande ist und was nicht!“ Und in ihrer Standesentrüstung stieß der Sprecherin das Menschliche zu, im Augenblick völlig zu vergessen, wohin und zu was im Leben eine Baroneß sonst noch gelangen und werden konnte.

„Ja — ja, liebe Katharina,“ erwiderte der Pastor, sich hastig mit der Hand über die Stirn fahrend, auf die Berichterstattung der Alten. „Das ist ja noch kaum zu fassen — erschütternd — ich meine entsetzlich, diese Unbedachtsamkeit der Baroneß Gertrud — das Vergessen ihrer Stellung, ihrer Mutter, ihres Bräutigams. Mit den anderen — den Kindern des Schnurrbusch, sagten Sie? Und Sie erkannten den wieder an dem Ring? Ich kann mich nicht erinnern, hat er ihn mit ins Grab bekommen?“

Gerhard Hollermann war augenscheinlich von der unglaublichen üblen Jahrmarktsbotschaft im Innersten angegriffen und sah der Harfentrina mit einem unruhvollen Blick ins Gesicht, wie sie auf seine Frage antwortete:

„Nein, Herr Pastor, ich hatte ihm zur Erinnerung für mich den Ring vom Finger abgezogen, aber ich besitze ihn nicht mehr. Die Baroneß erwies mir im Sommer einmal die hohe Ehre, mich in meiner Wohnung zu besuchen, und da mir damals, wie sich jetzt gezeigt mit richtiger Voraussicht, der Gedanke kam, sie würde vielleicht auch noch einmal in einem Seiltänzerrock herumspringen, habe ich ihr den Ring zum Angebinde verehrt, sich ihn an den Finger zu stecken, damit sie sich nicht erst von einem, mit dem sie weglaufen will, einen kaufen zu lassen braucht.“

Die Harfentrina sprach's im gewähltesten Hochdeutsch, und etwas Triumphierendes klang darin, wie sie gegenwärtig ihre Voraussagung als wenigstens zum Teil schon eingetroffen bestätigen konnte. Offenbar hatte sie's nicht gut auf Gertrud von Birkwald stehen, oder vielleicht auch stürmte etwas Unbewußtes in ihr auf und frohlockte darüber, daß es noch eine andere Baroneß in der Welt gab, die gleichfalls den ersten Schritt von der Leiter zur Entwürdigung und Schande herunter gemacht. Der Hollebeker Pastor aber sah die Alte fast noch absonderlicher, als vorher, an und versetzte:

„Den Ring — den Ring von dem toten Mann haben Sie der Baroneß Gertrud —? so — so — das war ein wunderlicher Einfall von Ihnen. Wozu sagten Sie? Wenn sie mit einem weg — man soll den Teufel nicht an die Wand malen, und aus Ihrem Munde sollte am wenigsten ein solcher ungerechtfertigter Verdacht — doch, ich bin Ihnen Dank schuldig — gute Nacht, Katharina. Ja, eine unglaubliche Thorheit von dem jungen Geschöpf, eine Sinnverrückung — Sie wollen nach Hause, Katharina — gute Nacht — ich will Sie nicht länger aufhalten."

Die Harfentrina verließ die Stube; draußen ihrem Schuppen zuwandernd, fiel sie aus der eben hervorgesuchten vornehmen Sprechweise ihrer Jugend in ihre jetzt langjährige plattdeutsche Gewöhnung zurück und murmelte: „So'n Kukuksbaroneß! De schall mi wedder in't Hus kam, de Dör sla ick ehr vör de Näs to, de Schnurrbuschdeern, de Strickhopserin. Wenn he weten will, wat dat is, dat is nich verrückt, dat is Gemeenheit; so wat harr ick nich vör en Million dahn. Uppe Harf spelen, dat geiht an, bobi blifft een, wat se is; awerst mit de Been up't Tau in de Luft springen, dat is keen Baroneß mehr."

Gerhard Hollermann war ans Fenster getreten und blickte in die einfallende Abenddämmerung hinaus. Ihm ließ sich noch immer eine starke Erregung ansehen, und er murmelte ebenfalls vor sich hin:

„Es rächt sich alles auf Erden, sagt der Dichter, jede Schuld; hier giebt's Lohn und Strafe genug, es braucht nichts weiteres davon nachzukommen. Was meinte sie? Wenn sie mit einem weglaufen wollte — die Katharina weiß, das kommt vor — es ist menschlich — und ich weiß auch, auf Menschliches in schwacher Stunde muß man bei jedem gefaßt sein. Sie durfte nicht mit dem Stein nach dem Kind werfen — wär' ich ihr nicht den Dank schuldig — ja, das Kind — das Kind — was kann's dafür! Aber daß sie ihnen nicht größere Steine noch in die Hand giebt, auf sie zu werfen —"

Nachdenklich blickte der Pastor ins beginnende Dunkel, durch das die heut viel und leider wenig zu ihren Gunsten Beredete jetzt nach Helmstede heimkam. Sie gab einem Mädchen Auftrag, ihrer Mutter zu sagen, daß es ihr nicht ganz gut sei und daß sie zu Bett gehe, ohne zum Abendessen zu kommen. Frau Ottilie war, wie zumeist in letzter Zeit, sehr mit eigenen Gedanken beschäftigt, achtete deshalb nicht sonderlich auf die Mitteilung und erfuhr an dem Abend nichts mehr von dem in der Stadt Vorgefallenen. Erst am anderen Vormittag ließ sich der Verwalter bei ihr melden, trat mit sehr bedenklicher Miene ein und brauchte einige Zeit, eh' er die Worte zusammenfand, der Frau Baronin kundzugeben, was sie offenbar noch nicht wisse, wovon aber seit gestern jeder Mund weit und breit umher übervoll sei. Die Hörerin saß anfänglich starr, konnte nicht daran glauben, mußte es indes schließlich doch und eilte völlig außer sich nach dem Zimmer ihrer Tochter. Die Thür war abgeschlossen und trotz dem Rütteln am Drücker machte drinnen nichts Anstalt zu öffnen; nur auf einen Zuruf, ob die Bewohnerin der Stube nicht da sei, klang die kurze Antwort „Ja" zurück. Daraufhin jedoch befahl Frau Ottilie mit einer Energie, die sie noch nie gegen ihre Tochter gezeigt, aufzumachen, und danach geschah dies.

Nach ihrem Aussehen mochte es Gertrud in der That immer noch „nicht ganz gut" sein, sie hatte in der Nacht kaum geschlafen, aber von einer Scheu vor dem wohl mit Sicherheit zu erwarten gewesenen Besuch ihrer Mutter trug sie nichts im Gesichtsausdruck. Gleichmütig sagte sie: „Guten Morgen, Mama," und diese stand erst ein paar Augenblicke sprachlos vor der unglaublichen Gemütsgelassenheit der jungen Sünderin, eh' ihr die hochangestaute Flut mütterlicher Empörung über die Lippen losbrach. Solche scharfe, zornige Worte hatte das Mädchen noch niemals von ihr zu hören bekommen; den Gesamtsinn bildete, die Übelthäterin sei ein völlig unzurechnungsfähiges, nichtsnutziges Geschöpf, das man nicht frei umhergehen lassen könne, sondern wie ein unvernünftiges Tier eingesperrt halten müsse. Und der Schluß war, nun habe sie's dahin gebracht, daß ihr Bräutigam von dem öffentlichen Standal gezwungen werde, seine Verlobung aufzuheben, gar nicht im stande sei, anders zu handeln.

Dem hörte Gertrud mit größter, wenigstens äußerlicher Seelenruhe zu und versetzte nun mit dieser, als ihre Mutter anhielt, nur in kürzester Weise:

„Das habe ich ja auch gewollt.“

„Was hast Du gewollt?“

„Was Du sagtest, daß er die Verlobung aufgeben müßte.“

„Deshalb hast Du —?“

„Ja, es war ein dummer Streich von mir gewesen, mir fiel ein, daß ich so am besten wieder davon loskommen könnte; wenn ich nicht gefallen wäre, hätte ich mir am Schluß die Maske vom Gesicht abgenommen. Übrigens reizte es mich auch, einmal zu probieren, ob ich auf solchem Seil gehen könnte, so paßte es gut zu einander.“

Frau Ottilie sah die gleichmütige Sprecherin mit einem Blick an, als ob sie an der Richtigkeit ihres Gehörs zweifle. Und zunächst wußte sie nichts zur Erwiderung hervorzubringen als:

„Warum hast Du Dich dann mit ihm verlobt?“

„Ich?“ Auf die Frage hatte Gertrud offenbar im ersten Augenblick keine Antwort parat. Doch sie kam gleich dazu: „Ich hab’ es nicht gethan, Du wolltest es ja so.“

„Ich?“ Diesmal wiederholte Frau Ottilie das kleine Wörtchen, weil sie im Moment nichts anderes an die Stelle zu setzen hatte, und ihr Blick wich ein bißchen an dem des Mädchens vorbei. Dann aber fügte sie schnell nach:

„Warum hätte ich —?“

„Du wolltest mich gern aus dem Hause los sein.“

Das bekundete allerdings eine nicht ganz unrichtige Empfindung von seiten der Entgegnenden, doch es war grausam und unkindlich von einer Tochter, ihrer Mutter es so unverhohlen auszusprechen. Die letztere raffte sich aus der kurzen Verwirrung, in die sie geraten, auf und versetzte mit einem bitteren Ton:

„Wäre es so gewesen, hätte ich nicht Schuld daran getragen. Aber Du weißt, es war nicht so — ich stellte Dir vor und riet Dir eigentlich ab — doch Du wolltest es selbst —“

„Ja, nachher besannst Du Dich wohl anders. Das hab’ ich ebenso gethan, und jetzt will ich’s nicht mehr.“

Nun indes war die Geduld und die aufgezwungene Mäßigung Frau Ottilies erschöpft, sie stieß heftig aus:

„Du willst nicht, und deshalb stellst Du mich vor meinen Verwandten bloß, machst mich lächerlich vor der Welt, mein Haus zum Gespött, zum Schimpf?

Hab' ich das von Dir verdient? Dann will ich's Dir einmal sagen: Du bist, solange Du lebst, immer ein herzloses Geschöpf gewesen, das meine Liebe, alle Sorge und Not, die ich um Dich gehabt, nur mit Undank und kalter Gleichgültigkeit vergolten hat, als wär's meine Pflicht, was ich für Dich gethan. Aber von Deinen Launen trotzen lasse ich mir nicht — wenn Du meinem Willen nicht gehorchst, ist es aus zwischen uns, bin ich nicht Deine Mutter, will nicht mehr Deine Mutter sein! Das merke Dir und sei wenigstens für Dich selbst bedacht, sonst —"

Die zornig Aufgebrachte hatte es ungestüm aus tief verwundetem Innern hervorgestoßen, heftige Worte wollten ihr unverkennbar noch von der Zunge nach-folgen, doch sie schien sich plötzlich zu besinnen, gewalt-sam zu beherrschen, brach jäh ab, ergriff den Thür-drücker und verließ rasch das Zimmer. Die allein Zurückgebliebene stand und sah ihr eine Zeitlang, schnell mit den Wimpern auf- und zuschlagend, nach. Angenehm war ihr der Vorgang wohl nicht gerade gewesen, aber sie hatte auf etwas der Art gefaßt sein müssen, und nun war's denn glücklich überstanden. Eine Notwendigkeit hatte darin gelegen; ihre gestrige Seil-tänzerei mußte mit der einen Frucht auch die andere ein-tragen und diese eben mitverspeist werden. Ihre Mutter und die Leute mochten von ihrem Standpunkt ja vielleicht recht haben, einen dummen Streich darin zu sehen, aber worauf es angekommen, war gewesen, den ersten dummen Streich der Verlobung damit gutzumachen; bei den Hochzeitszurüstungen hatte die Sache etwas Eile gehabt. Ohne den Ruf von Tante Jettchen wäre sie übrigens ebensogut auf dem Seil zurück, wie hin gekommen; sie konnte ganz zufrieden so weit mit ihrer Geschicklichkeitsprobe sein. Gertrud warf mit einem kurzen Ruck jetzt den Kopf in den Nacken und gab sich vorderhand der allerdings äußerlich nicht wahrnehmbaren Beschäftigung hin, das zweifellose Eintreffen eines Absagebriefes ihres Bräutigams zu erwarten. Aus allem ging mit ziemlicher Klarheit hervor, die Meinung des Doktor Erich Präconius junior, sowie mancher anderer Beurteiler, daß die „Baroneß" sich mit ihrer Verlobung nur einen Witz gemacht, habe sich wohl nicht ganz auf unrichtiger Fährte befunden. Aber es ließ sich auch Frau Ottilie nicht unrecht geben, wenn sie in einem derartigen Verhalten einer Tochter gegen ihre Mutter eine kalte Gleichgültigkeit und deutlichste Anzeichen eines mangelnden kindlich-herzlichen Gefühls erkennen zu müssen glaubte.

Wie's indes dann und wann vorkommt, daß sich die von den Menschen den irdischen Kausalbedingungen untergeschobene logische Unfehlbarkeit auch einmal den Witz macht, das als mathematisch sicher Berechnete nun gerade nicht eintreffen zu lassen, so geschah's heute mit der Wirkung, welche die gestrige Seilkünstlerin

von ihrem öffentlichen Debüt erwartete, und der Voraussetzung, welche Frau Ottilie als zweifellos damit verbunden. Denn wie Gertrud in ihrer eigentümlichen
Beschäftigung unthätig zum Fenster hinausblickend stand,
tönte draußen das Rollen eines Wagens, und gleich
darauf bog dieser mit ihrem Vetter um die Ecke, der
das gewohnte tägliche, große Spitzenblumenbouquet in
der elegant behandschuhten Hand hielt. Dafür gab's
nur eine Erklärung, daß wider Erwarten die Kunde
von der jüngsten Leistung seiner Braut doch noch nicht
nach Warleberg gedrungen sei, und er stellte sich ahnungslos ein, wie sonst seiner pflichtgemäßen Bräutigams-
aufmerksamkeit nachzukommen.

Das griff störend in die Annahme Gertruds ein,
es sei alles jetzt glücklich überstanden und zu Ende gebracht, und zugleich kam ihr eine unliebsame Erinnerung
an die letzten Äußerungen ihrer Mutter, die eine ab-
gebrochene Drohung enthalten, falls sie sich weigere,
dem Willen derselben zu gehorchen und nicht wenigstens
für sich selbst bedacht sei. Sie hatte bisher den heftigen
Worten keine weitere Bedeutung beigemessen, doch augenblicklich drängte sich ihr eine Deutung daraus auf, ihre
Mutter gehe mit der Absicht um, die Heirat, wenn
nur irgend möglich, trotzdem zu stande zu bringen.
Dann war vielleicht der dumme Verlobungsstreich doch
noch nicht wieder ungeschehen gemacht, denn bei der
großen Zuneigung der Warleberger für das Gut

Helmstede ließ sich schließlich nicht sicher vorausberechnen, was ungeachtet des Skandals dem Zuspruch ihrer Mutter dennoch gelingen könne. Es mußte also noch etwas angewendet werden, die Sache endgültig zu bereinigen; Gertrud besann sich kurz, dann begab sie sich rasch fort, hieß ein Mädchen dem Herrn Baron mitteilen, sie befinde sich im Park am Seerand und erwarte ihn dort. Und auf einer Seitentreppe verließ sie hurtig das Schloß, um sich in der That der bezeichneten Gegend zuzuwenden.

Frau Ottilie befand sich heut nicht in der Gemütsstimmung, den höchst unvermuteten Besuch bei sich eintreten zu lassen und statt ihrer Tochter nach gewohnter Weise den Strauß in Empfang zu nehmen; sie ließ sagen, daß sie an Kopfschmerz leide, worin außerdem auch keine Umgehung der Wahrheit lag. Übrigens schien dem Ankömmling heut auch mehr als sonst daran gelegen, seiner Braut das Bouquet persönlich zu übergeben; er zeigte sich, nachdem er höflich sein Bedauern über das Unwohlbefinden der Tante ausgesprochen, sichtlich von der zweiten Mitteilung des Mädchens erfreut und begab sich eilfertig davon, Gertrud im Park aufzusuchen.

Diese ging gegen das Ende desselben hin wartend am Uferrand auf und ab. Was sie wollte, war ihr ganz klar geworden, doch auch, daß ihr die Pflicht zufalle, mit einer gewissen Rücksicht dabei zu verfahren.

Denn, wenn die Bewerbung ihres Vetters auch unzweifelhaft nicht ihr, sondern Helmstede gegolten, so hatte sie sich doch ihrerseits ihm gegenüber in ein Unrecht versetzt, seinen Antrag erst zu bejahen und sich nachher absichtlich derartig zu behaben, daß sie ihn zu der Nötigung brachte, das Verlöbnis rückgängig zu machen. So weit, dies nicht einzusehen und zu empfinden, reichte ihre Gefühllosigkeit doch nicht, und wie er nun mit dem prächtigen Bouquet kam, begrüßte sie ihn halb ein bißchen befangen, halb freundlicher als sonst, nahm dankend die Blumen und drückte zunächst schweigsam ihr zierliches Näschen in sie hinein. Ganz offenbar besaß er noch nicht die geringste Ahnung von dem gestern Vorgefallenen, richtete einige artige Komplimente über ihr Aussehen an sie und rechnete nach, daß es noch siebzehn Tage bis zur Hochzeit seien. Darauf entgegnete sie: „Ja — nein, meine ich — es ist gut, daß Du heut so früh gekommen bist, Vetter Albert, ich wollte etwas mit Dir sprechen, was niemand außer uns zu hören braucht."

Sie sah sich dabei um, und er that das gleiche, ja, es machte fast den Eindruck, als habe er auch den gleichen Wunsch gehegt und es sei ihm sehr angenehm, gerade in dieser still abgelegenen Gegend des großen Parkes mit ihr zusammengetroffen zu sein. Graswuchs auf dem Weg zeigte ihn nur selten besucht, am Ufer zog sich ein hoher Schilfgürtel hin, der nur an einer

Stelle von schmaler Lücke durchbrochen war, aus welcher ein langer Holzsteg nach einer kleinen buschig-verwilderten Insel hinüberführte. Teichhühner ruderten hier in größerer Anzahl herum, und ihre Scheulosigkeit legte Zeugnis dafür ab, daß sie nicht gewöhnt seien, durch den Besuch von Menschen bei ihrer Erwerbsthätigkeit oder ihrer beschaulichen Muße gestört zu werden; wenn sie Vergnügen am Anblick weißer und gelber Nymphäen fanden, konnten sie es um das Anfangsstück des Brückenstegs reichlich genießen. Weiterhin an diesem schien der Seegrund rasch abzufallen und für luft- und lichtbedürftigen Pflanzenwuchs zu tief zu werden, denn dort gab das dunkle Wasser nur nach Art eines Schwarzspiegels sehr schön und deutlich die Wipfelkronen der nächsten Parkbäume zurück.

Der Baron Albert hatte die an ihn gerichtete Äußerung seiner Braut angehört, schwieg ein paar Augenblicke und erwiberte dann:

„Du möchtest etwas mit mir sprechen — da bin ich neugierig, was es ist. Aber es trifft sich gut, ich wünsche dasselbe mit Dir zu thun, liebe Gertrub. Was niemand sonst zu hören braucht, sagst Du — da ist —“ er blickte sich wieder um — „vielleicht brüben auf der Insel der sicherste Platz dafür, wenn Du Dich nicht vor dem Steg fürchtest —“

Sie sah ihn an. „Warum soll' ich denn das? Glaubst Du, ich bin so furchtsam, Vetter?“

Das war sie durchaus nicht, in keiner Hinsicht, auch nicht in der etwa, drüben mit ihm allein zu sein. Er hatte heut keinen Wein getrunken, nahm sich vielmehr höchst nüchtern aus, nicht gerötet, sondern im Gegenteil ziemlich fahlgesichtig, und ließ absolut keine Anwandlung wie an dem Nachmittag in der Allee besorgen. Doch selbst wenn auch, so besaß Gertrud ein unfehlbares Mittel zur Hand, seine Bewunderung ihrer „Nieblichkeit" nicht nur zu mäßigen, vielmehr auf den Gefrierpunkt zu versetzen, und er hatte ganz recht, die Insel war ein sehr geeigneter Platz, ihm ohne sonst mögliche Ohrenzeugen das mitzuteilen, was die Umstände — zu denen besonders ihre Mutter gehörte — noch notwendig machten. So fügte sie ihrer Antwort rasch nach: „Ja, laß uns auf die Insel hinübergehen, Vetter!" und sie schlug die Richtung nach dem Steg ein.

Doch eh' sie diesen erreichte, begab sich etwas in höchstem Maß Unerwartetes und hielt ihr notgedrungen den Fuß an. Dicht neben dem Zugang zu der schmalen Brücke hatte, nicht wahrnehmbar, hinter einer Schilfwand der junge Maler Hellwig Bredenkamp, vermutlich mit seinem Skizzenbuch, gesessen, stand in diesem Moment auf und ward augenscheinlich gerade auch von der Lust angewandelt, sich nach seinem langen Sitzen ein bißchen, gegen die Insel hinüber zu, Bewegung zu machen, denn er trat auf den Steg und wanderte ein paar Schritte auf diesem entlang. Von der Absicht der beiden anderen, das Gleiche zu thun, überhaupt von ihrer Anwesenheit, schien er nichts zu bemerken. Zweifellos aber gab er sich nur den Anschein, um nicht zu einem Respektsgruß genötigt zu sein, drehte ihnen jetzt den Rücken zu und sah von der Brücke auf die weißen Wasserrosen drunten hinunter.

Der Zufall setzte zwar zuweilen Merkwürdiges ins Werk, doch in diesem Fall gehörte ihm nicht ganz das Verdienst an, die augenblickliche, störende Begegnung herbeigeführt zu haben, sondern die Veranlassung dazu war, wenn auch völlig unwissentlich, von dem Baron Albert von Birkwald ausgegangen. Der hatte nämlich, mutmaßlich von einem Verlangen getrieben, sich in der Nähe seiner Braut zu befinden, gestern abend spät noch die halb mondhelle Nacht zu einer Fußwanderung nach Helmstede benutzt, und darin hatte — vielleicht — der Zufall seine Hand im Spiele gehabt, daß der Ottenhofer Pächterssohn sich gleichfalls noch draußen im Mondlicht aufgehalten und dadurch des späten Wanderers ansichtig geworden. Jedenfalls war's so geschehen und eine Folge davon gewesen, daß er sich für die nächtliche Schlafentsagung desselben interessiert gehabt und weiterhin unbemerkbar Augenzeuge davon geblieben, wie der Bräutigam der Baroneß Gertrud sich in das Parkboot begeben, um in der schönen Nachtluft eine kleine Ruderfahrt auf dem See zu unternehmen. Dabei war er hierher an die Brücke geraten,

wo ihm die stille Landschaft im silbernen Lichtschimmer
besonders zugesagt haben mußte, so daß er länger als
eine Stunde unter der Mitte des Stegs mit seinem
Fahrzeug Rast gemacht, eh' er dies an seinen Lager-
platz zurückgebracht, um sich nach Warleberg heimzubegeben. Daraus aber war des weiteren dem jungen
Kunsteleven ein Antrieb entsprungen, schon in erster
Morgenfrühe die Stelle hier mit seinem Feldstuhl und
Skizzenbuch wieder aufzusuchen, denn er hatte sich gesagt, etwas, woran aristokratische Augen im Mondschein
derartiges Gefallen gefunden, müsse für einen Künstler
im Tageslicht ausnehmende Beachtung verdienen. Von
diesem Gefühl hergeleitet, hatte er denn in der That
bereits manche Stunde lang hinter der Schilfwand gesessen, so daß er gegenwärtig wohl das Bedürfnis
empfinden konnte, sich ein wenig zu „vertreten". Der
wolkenlose Himmel ließ einen sehr heißen Julitag erwarten, und Hellwig Bredenkamp war dementsprechend
mit vorsichtiger Auswahl seiner Bekleidung verfahren.
Er trug einen Anzug aus allerleichtestem Leinwandstoff,
wie es fast schien, sogar nicht einmal eine Weste unter
dem Rock, und stand nun als ein hell, beinah' weiß
in der Sonne leuchtender Fleck an dem nur aus einer
dünnen, grauen Holzlatte bestehenden Brückengeländer da.

Das ließ begreiflicherweise Gertrud stutzen, denn
er füllte den schmalen Steg fast aus, versperrte ihr
den Weg und machte ganz den Eindruck, dies mit

Absicht zu thun. Eine namenlose Unverschämtheit des Demokraten sprach sich darin aus; er hatte offenbar angehört, daß sie zur Insel hinübergehen wollten, und bezweckte mit seiner leiblichen Persönlichkeit den Aristokraten den Zugang dahin unmöglich zu machen oder wenigstens zu verleiben. Gertrud fühlte ein Zittern von plötzlicher Nervenerregung durch ihre Glieder laufen. Sollte sie ihm den Triumph gönnen, daß sie sich dadurch abhalten ließ, ihre Absicht auszuführen, und umkehrte? Das wäre das letzte gewesen! Sie wollte doch sehen, wie weit seine Dreistigkeit ging, denn daß er sich wieder hier im Park aufhielt, war an sich schon anmaßend und frech. Ob er Platz machen werde, sie vorbeizulassen, oder, ihr den Rücken kehrend, auch dann sich anstellen, als bemerke er sie nicht. Für den Fall —

Sie wußte noch nicht genau, was sie für den Fall zu sagen und zu thun im Sinn habe, doch sie hatte ihren Fuß höchstens für die Dauer von ein paar raschen Herzschlägen angehalten und ging jetzt weiter, ihrem Ziel entgegen. Diese Entschlossenheit von ihrer Seite mochte ihm doch unerwartet kommen und ihn etwas in der Unverfrorenheit beeinträchtigen, ihr als Weghindernis stehen zu bleiben, denn wie sie auf das erste Brett trat, drehte er sich, setzte sich auch wieder in Bewegung und schritt langsam über den Steg weiter. Dadurch bekam die Sache etwas anderes, sogar etwas

Hübsches; offenbar getraute er sich doch nicht, seine demokratische Störrigkeit auf die Spitze zu treiben; es besaß Lustiges, ihn vorauf bis an die Insel zu scheuchen, wo er sich mutmaßlich, als habe ihm nichts im Sinn gelegen, im Buschwerk verlieren werde. So folgte Gertrud hinterdrein; jetzt war das Triumphieren entschieden auf ihrer Seite.

Da trug sich vor ihr etwas zu, wovon sie im ersten Augenblick nicht begriff, was; nur daß zwischen einem Knattern, Knacken und Krachen plötzlich die sonnbeglänzte, weißgekleidete Gestalt vor ihr verschwand. Dann kam sie zur Erkenntnis des Geschehenen; in der Mitte des langen Stegs war unter dem Pächtersohn ein Stück weggebrochen und er mit diesem ins Wasser heruntergestürzt. Oder, sie hatte es dunkel im Gefühl, daß er nicht eigentlich bei dem Zusammenbruch mitgerissen worden sei, sondern sich, als er denselben empfunden, mit einem behenden Sprung noch selbst niedergeschwungen habe. Nun schwamm er, von seiner leichten Tracht begünstigt, wie ein gewaltig groß geratenes Nymphäenexemplar, dem Ufer zu.

Ein oder ein paar Pfosten, auf denen der Steg ruhte, mußten von Alter vermorscht gewesen sein, und ein Glücksumstand war's jedenfalls, daß der Maler sich hier befunden, auf den Einfall gekommen, über die Brücke zu gehen, und Gertrud dadurch verhindert worden, dies als Erste zu thun. Zwar verstand sie sich auch aufs Schwimmen, aber doch nur in erheblich leichterem, regungsfähigerem Zustande, und hätte der Niederbruch des Stegs sie in ihren, schon auf dem Lande die freie Bewegung thöricht behindernden weiblichen Kleidern hinuntergestürzt, so lag die Wahrscheinlichkeit außerordentlich nahe, daß die Erbin von Helmstede um ein oder zwei Minuten früher ertrunken sein würde, eh' ihr Bräutigam im stande gewesen wäre, ihr vom Ufer aus zu Hilfe zu kommen.

Da dies ihr nun zum Bewußtsein gelangte, kehrte sie sich unwillkürlich nach ihm um, doch er befand sich nicht, wie sie geglaubt, hinter ihr auf dem Steg, sondern mußte aus irgend einem Grunde noch so weit am Ufer zurückgeblieben sein, daß der Schilfgürtel ihn überhaupt nicht gewahren ließ. Es lief Gertrud jetzt trotz der heißen Sonne einmal wunderlich kalt über den Rücken herunter; das Wasser drunten trieb noch schwache, glimmernde Wellenkreise, glättete sich indes rasch aus und lag in einer unheimlich dunklen Färbung da. Darauf schwamm das bräutliche Blumenbouquet, denn das war seiner Besitzerin aus der Hand gefallen, als die weiße Gestalt jählings vor ihr wie ausgelöscht gewesen. Für diese, den Maler, war im übrigen keine Besorgnis nötig; sichtlich war er ein vorzüglicher Schwimmer, und seine gegen die Tageshitze getroffene Maßregel, sich so leicht wie möglich zu kleiden, kam ihm gegenwärtig nach anderer Richtung aufs beste zu statten. Das kühle

Bad schien ihm sogar zu behagen, denn er machte einen längeren Weg, um ans Land zu kommen. Oder er mußte dies wohl, Gertrud erkannte den Grund dafür, weil er sich sonst in dem Nymphäengerank verstrickt hätte; es war sehr schwierig für einen Abstürzenden, hier wieder auf festen Boden zu gelangen. Doch drüben hatte er diesen jetzt unter den Füßen, schüttelte sich wie ein ins Wasser gefallener weißer Pudel, daß es in der Sonne wie ein Regenbogen um ihn herumglitzerte, und verschwand dann hinter dem Parkgebüsch.

* * *

Nun war's Mittagszeit geworden. Der Tag hatte anfänglich gehalten, was er am Morgen verheißen, glanzvoll und heiß über Land und See gelegen, doch jetzt nahm der Himmel ein anderes Gesicht an, wölkte sich allmählich ein. Es sah nach einem Gewitter aus; nirgendwo in der Natur traf der Blick auf eine leiseste Regung. So unbeweglich wie die dicksten Baumstämme stand auch der dünnste Grashalm, jede Ähre im Kornfeld hing reglos, jedes Blatt am Zweig. Alles wartete gleichsam verhaltenen Atems auf den Ausbruch des Unwetters.

Gertrud war nicht ins Haus zurückgekehrt; Hunger verspürte sie heut nicht, keinerlei Verlangen, zu Mittag zu essen, und sie scheute sich, mit ihrer Mutter zusammenzutreffen. Nach ihrem Empfinden hatte die letztere in der Verlobungssache allerdings sehr unrichtig gehandelt, hätte alles daransetzen müssen, ihre Tochter von einem so unsinnigen Streich abzuhalten. Aber mit dem, was sie sonst, besonders am Schluß ihrer empörten Strafrede gesagt, ließ sich nicht ebenso abkommen. Ihr heftiges Aufgebrachtsein war ihr nicht ganz zu verdenken, und eine Mutter besaß überhaupt wohl ein Recht, anderes von ihrem Kinde zu erwarten. Das fühlte Gertrud, wie schon manchmal, nur heute deutlicher als je. Sie hätte es gern geändert, denn ihr that's sogar etwas weh. Doch es war einmal so, sie konnte auch mit dem besten Willen nichts daran anders machen, hatte eben das Gefühl nicht und vermochte sich's nicht aufzuzwingen, wie sie empfand, daß eigentlich eine Tochter es für ihre Mutter haben sollte. Von früher her erinnerte sie sich, Hellwig Bredenkamp stand zu seinem Vater in einem ganz anderen Verhältnis, zwischen ihnen war herzlichste Liebe und Vertrauen, so wie's jedenfalls von vornherein in der Natur solcher allernächsten Verbindung von Menschen lag und sein mußte, um im Innersten zufrieden, ruhig, freudig und glücklich zu machen. Aber wenn die Natur einmal eine Ausnahme machte und einem die Fähigkeit dazu nicht ins Herz legte, konnte man sie sich mit Willen und Gewalt nicht verschaffen.

Nein, ins Haus zurück mochte sie nicht, indes Gertrud wußte auch nicht, wohin sonst sie sollte oder wollte. Erklären ließ sich's nicht, doch auf dem Steg war überhaupt eine Scheu über sie gekommen, mit jemand zusammenzutreffen, sei es ihr Vetter, von dem sie nichts mehr gesehen, oder Hellwig Bredenkamp, oder wer immer. Auch mit der nicht lebendigen Umgebung ging es ihr ebenso; sie mochte nicht im Park bleiben, und noch mehr widerstand ihr, sich am See aufzuhalten; aus dem Anblick des Wassers kam's ihr wieder wunderlich kalt über den Rücken. So ging sie ins Feld und in die Heide hinaus, hierhin und dorthin, ziellos, mehrere Stunden lang. Aber auch daraus rührte es sie zuweilen mit einem ihr sonst fremden Gefühl beinah schreckhaft an. Sie drückte ab und zu plötzlich einmal die Augenlider herunter, weil sie die Roggenmuhme zu sehen glaubte, und davor fürchtete sie sich heute. Seitdem die Sonne nicht mehr schien, stand alles in seiner Reglosigkeit so ernsthaft und sonderbar, selbst die Schmetterlinge auf den Blumen und Distelköpfen rührten sich nicht, sahen anders aus als sonst. Es hatte alles ein Gesicht, als ob es, auf den Sturmausbruch wartend, zugleich auch mit verhaltenem Atem die Vorüberkommende stumm-erwartungsvoll anblickte.

Das bekam auf die Dauer überall Unheimliches, wie vorhin die dunkle Wasserfläche zwischen dem Parkrand und der Insel, fast etwas Gespenstisches am hellen Tag. Ihrem Vetter hatte Gertrud noch mit vollster Selbstgewißheit zur Antwort gegeben, sie sei nicht furchtsam, aber seitdem war sie's geworden, zum erstenmal in ihrem Leben. Sie schrak bei der Vorstellung zusammen, daß sie seine Braut gewesen sei, ihn heiraten gewollt. Nein, das freilich hatte sie nie gewollt und hätte sie auch nie gethan. Doch leicht hätte ihre Unbesonnenheit, ihr kindisch thörichtes Behaben, mit dem sie seine Bewerbung angenommen, heute dazu führen können, ein Menschenleben verloren gehen zu lassen. Wenn Hellwig Bredenkamp nicht ein so guter Schwimmer war —

Sein Niedersturz vom Steg hing ja zwar nicht mit ihrer Verlobung zusammen, hätte sich ohne diese ebenso zutragen können. Aber — sie war sich nicht klar, warum — als eine Folge derselben kam's ihr doch vor und wäre sonst wohl nicht geschehen.

Ein merkwürdiger Zufall war's gewesen, daß er just an der Stelle gezeichnet und gerade in dem Augenblick seinen Platz verlassen hatte, um vor ihr auf die Brücke zu gehen. So merkwürdig, daß, wenn man's erzählte, der Hörer kaum glauben würde, der Zufall könne etwas so genau einrichten.

Wenn es anders geschehen, sie voraufgegangen und niedergebrochen wäre, ob er dann einen Versuch gemacht hätte, sie vorm Ertrinken zu retten? Freilich in dem Fall wäre er ja nicht zugegen gewesen, denn sonst hätte er sie eben nicht voraufgehen lassen.

Das war eigentlich widersinnig, doch die Gedanken

flatterten ihr so durcheinander, daß sie keine logische Zusammenknüpfung mit ihnen bewerkstelligen konnte. Eins flog über das andere; auch das: wie absonderlich die Dinge sich machen konnten. Weil er damals nicht auf ihren Ausruf gehört, als sie beim Bücken nach der Wasserrose fast in den Graben gerutscht wäre, hatte sie ihm den Glauben beibringen wollen, sie sei beim Baden im See ertrunken, und jetzt hätte dies auf ein Haar wirklich geschehen können. Denn ihr Vetter würde sie schwerlich gerettet haben — hätte es nicht gekonnt, da er sich gar nicht mehr hinter ihr befunden.

Wo mochte er geblieben und überhaupt weshalb so plötzlich verschwunden sein? Es ließ sich nur annehmen, das unerwartete Erscheinen des Pächterssohns auf dem Steg habe ihm einen so starken aristokratischen Widerwillen erregt, daß es ihn aus der Nähe desselben weggetrieben.

Da lief's Gertrud wieder so wunderlich über den Rücken, und die reglosen Ähren, die Heide, die zu blühen anfing, und die Schmetterlinge sahen sie so sonderbar an. Sie hielt's mit ihren, wie Glühwürmchen ihr durch den Kopf schwirrenden, plötzlich auslöschenden und ebenso wieder aufglimmenden Gedanken zwischen den gespenstischen toten Dingen nicht länger aus, mußte doch zu einem lebendigen Menschen. Doch zu wem? Sich umschauend, dachte sie nach. Zu Tante Jettchen, kam ihr in den Sinn. Aber die war ärgerlich, daß sie angeführt worden, durch ihre Anfertigung des „Polterabendkostüms" mit zu der tollen Seiltänzerei geholfen zu haben. Denn toll war die in der That wirklich gewesen; sicher dachten nicht nur die vornehmen Leute so darüber, sondern jeder vernünftige Mensch ebenso. Möglicherweise hatte deshalb sogar Hellwig Bredenkamp heut gethan, als ob er sie nicht gesehen, und ihr selbst den sonstigen Respektsgruß nicht mehr zu teil werden lassen.

Käme doch Jakob Pflaumenbaum gerad des Wegs, daß sie sich an ihn halten könnte. Vor dem hätte sie keine Scheu. Aber nein, zum Lachen und Possentreiben war's ihr heut durchaus nicht.

Am nächsten befand sie sich bei dem Schuppen der Harfentrina, die auch offenbar in ihm saß, denn das Gesumme ihrer Harfensaiten klang herüber. Doch vor der fühlte sie wieder, wenn auch in anderer Weise eine Scheu; die Alte war halbverrückt und ihr unheimlich, seitdem sie ihr den alten silbernen Ring geschenkt, den Gertrud sich thöricht an den Zeigefinger gesteckt und zu Hause nur nach langer Mühe mit warmem Wasser wieder losbekommen; er hatte so fest gesessen, als wollte er sich überhaupt nicht mehr von der Hand abbringen lassen. So drehte die Unschlüssige den Blick weiter, nun nach dem Kirchturm von Hollebek; dann ging sie rasch auf diesen zu. Beinah' laufend; das war's, sie wollte zu dem Pastor, bei dem eine halbe

Stunde sitzen, um durch eine Unterhaltung mit ihm das unsinnige und unheimliche Gedankengeschwirre aus dem Kopf los zu werden. Und nach zehn Minuten klopfte sie an seine Studierstubenthür.

Es war schon ziemlich weit über Mittag, und Gerhard Hollermann stand offenbar fertig zu einem Ausgang gerüstet in seinem Zimmer, mit dem Hut auf dem Kopfe. Doch hatte er noch einmal nach seiner alten Freundin, der Meerschaumpfeife gegriffen und schien sich in einer Beratschlagung mit ihr noch über etwas endgültig schlüssig zu machen. Nun drehte er sich, sah die Eintretende, fast zurückstutzenden Blicks, an, nahm mechanisch den Hut ab und richtete die Augen wieder stumm auf das Mädchen. Aber dann brachte er vom Munde:

„Sie kommen zu mir, Baroneß — ich stand eben im Begriff, zu Ihnen — nach Helmstede, meine ich — zu gehen. Das ist wohl — wohl eine Fügung und Bestätigung —“

Er zog an seiner Pfeifenspitze; die Angeredete erwiderte: „Zu mir wollten Sie? Warum nennen Sie mich auch Baroneß und nicht wie früher mit meinem Namen?“

Ihr kam jetzt ein Verständnis, das sie rasch noch hinzusetzen ließ: „Sie wollten wohl auch mit mir wegen gestern zanken? Bitte, thun Sie's nicht — ich hab's schon selbst genug mit mir gethan und bin mehr als bestraft dafür.“

Der Pastor machte den Eindruck, noch etwas ungewiß im Gedanken und im Mund hin und her zu wägen. Nun versetzte er.

„Ich rede Sie so an, wie's Ihnen zukommt, als das, was Sie sind. Aber wenn Sie es lieber wollen, Fräulein Gertrud — setzen Sie sich, liebes Kind — nein, zanken will ich Sie nicht, das kommt mir nicht zu. Es war sehr sonderbar, was Sie gethan haben, muß wenigstens so scheinen, aber — aber ich hoffe, es läßt sich noch wieder gut machen, daß Ihr Bräutigam und sein Vater sich darüber wegsetzen —"

Gertrud fiel ihm ins Wort, das wünsche sie durchaus nicht, und sie fügte kurz nach, wie am Morgen bei ihrer Mutter, was sie hauptsächlich dazu veranlaßt habe. Als sie dies ausgedrückt hatte, trat eine kurze Stille ein, ehe Gerhard Hollermann mit der Frage entgegnete: „Das heißt also — heißt — Sie möchten Ihren Herrn Vetter nicht heiraten?"

„Ja, das heißt es" — und die Antwortende glaubte hinzusetzen zu müssen: „Ich hatte — oder ich habe Grund dazu."

Doch nach diesem erkundigte der Pastor sich nicht, sondern wiederholte nur mechanisch: „Sie hatten einen Grund, Baroneß — ich meine, liebe Gertrud —"

Er hielt inne, zog eine sehr dichte Rauchmasse ein, blies sie als Wolke von sich, sah das Mädchen an und fuhr fort:

„Aber von welcher Art der Grund sein mag, so ist Ihre Pflicht doch größer —"

„Welche Pflicht?"

„Ihren Herrn Vetter zu heiraten."

„Meine Pflicht?" sagte Gertrud verwundert noch einmal. „Warum sollte das meine Pflicht sein?"

„Damit der Herr Baron mit Anteil an dem erhält, was ihm nach dem gesetzlichen Recht allein zugehört hätte."

Das war der Hörerin vollkommen unverständlich und sie fragte:

„Was meinen Sie damit?"

„Das Gut Helmstede."

„Das gehörte meinem Vetter?"

Gertrud sah begrifflos erstaunt auf, der Pastor erwiderte:

„Das heißt, es käme ihm oder seinem Vater zu, wenn Ihr Vater aus der Welt gegangen wäre, ohne Kinder zu hinterlassen. Ihre Mutter hätte dann kein Erbrecht an Helmstede besessen, sondern dies würde dem Bruder als nächstem Verwandten zugefallen sein."

„Ja, das weiß ich. Deshalb war's für meine Mutter gut, daß ich da bin, und darin wenigstens ist mein Vorhandensein auch wirklich gut für sie."

„Gewiß, sehr notwendig, und Sie sollen es auch bleiben. Es giebt ein Recht — für mich wenigstens —, das über dem geschriebenen steht; ich bin mit mir —

im letzten März war's — darüber zu Rate gegangen und habe mich so dafür entschieden. Aber auch gestern bin ich mit mir zu Rate gegangen und habe mich gleichfalls entschieden, daß auch für Sie etwas gut und notwendig ist, liebes Kind — deshalb stand ich im Begriff, zu Ihnen zu gehen, wie die Fügung es wollte, daß Sie zu mir kamen —"

Der Sprecher machte nochmals eine lange Atempause, während der Gertrud die Augen mit einem Ausdruck auf ihn gerichtet hielt, der deutlichst besagte, daß sie von seinen Worten keine Silbe begreife. Nun räusperte er sich, griff sich einmal mit der Hand in den Nacken und fuhr fort:

„Ja, es ist durchaus notwendig geworden, aus mancherlei Gründen. Was ich Ihnen sagen muß, liebe Gertrud, macht gar keine Veränderung, alles bleibt ebenso, wie es ist. Es erfährt und weiß es niemand auf der Welt, als wir beide, Sie und ich — und Ihre Mutter, die es seit langem weiß, schon seit Ihrer Geburt. Haben Sie den Ring noch, liebes Kind, den die alte Katharina drüben im Felde Ihnen in diesem Sommer geschenkt hat?"

Es ging Gertrud noch geradso, wie vorher, und was die letzte Frage solle, konnte sie sich absolut nicht erklären. Mechanisch antwortete sie: „Die Harfentrina? Ja, die gab mir einen alten silbernen Ring — was soll der?"

„Sie hatte ihn dem Manne vom Finger gezogen, der im März beim Sturm von einem Baum erschlagen wurde; Sie erinnern sich wohl, daß Sie gerade im Dorfe dazukamen, als er eben gestorben war. An der Brust trugen Sie ein paar erste Frühlingsblumen, und ich sagte Ihnen, Sie möchten sie doch dem Toten mit auf seinen letzten Weg in die Hand geben.“

„Ja, daran erinnere ich mich,“ nickte das Mädchen; „ich that's, weil Sie es gern wollten.“

„Ja, ich wollte es gern, liebe Gertrud, liebes Kind, gerade daß Sie es thäten, denn ich war eben einge- troffen, wie der Mann für ein paar Minuten so weit zur Besinnung gekommen, daß er mir vor seinem Tode noch sagen konnte und wollte, was ihn zu uns in die Gegend gebracht habe. Das war von sehr besonderer Art, er kam weither von Süddeutschland und hachte, hier jemand aufzusuchen und eine Summe Geld dafür zu erhalten, daß er über etwas weiter schweige, wie er's bis dahin gethan. Denn er war ungefähr siebzehn Jahre früher schon einmal bei uns, das heißt in der Stadt als Seiltänzer gewesen, gerade wie seine — seine Frau damals ein Kind, ein kleines Mädchen zur Welt gebracht. Auch eine andere junge Frau, auf einem Gute hier in der Nähe, den Namen wußte er nicht, hatte um dieselbe Zeit das Gleiche gethan, aber ihr Kind war tot auf die Welt gekommen, und ihr lag aus besonderen Gründen sehr viel, mehr noch als

immer einer Mutter daran, ein lebendes Kind zu besitzen. Wohl ihrem Manne auch ebenso, sonst hätte
das, was vorkam, kaum ausgeführt werden können.
Doch er brachte irgendwie in Erfahrung, daß bei den
Seiltänzern das kleine Mädchen geboren sei, und ließ
es ihnen für eine bedeutende Summe abkaufen, obgleich
sie es wahrscheinlich auch unentgeltlich gern hergegeben
hätten. Das muß sehr sorglich, wie es ja nötig that,
angestellt worden sein, denn es ist durch niemand je
etwas davon herausgekommen, und die Eltern des
Kindes waren in ihrem Innern redliche Leute, die das
von ihnen geleistete eidliche Versprechen, mit keinem
Menschen darüber zu reden, auch hielten. Erst als
die Mutter wohl lange gestorben und der Vater ganz —
ganz in Not gekommen war, geriet er darauf, daß
er vielleicht, sehr wahrscheinlich von den neuen Eltern
seiner Tochter nochmals eine Geldsumme erhalten könne,
wenn er ihnen drohe, sonst nicht länger zu schweigen.
Deshalb machte er sich auf, das Gut zu suchen, dessen
Namen er nicht wußte, nur wo es lag, ward aber —
und das war für alle gut — von dem Ast zu Boden
geschlagen, ehe er —"

„Nach Helmstede kam —"

Nicht mit einem eigentlichen Schrei, doch mit einem
krampfhaften Stoß fuhr es Gertrud laut über die
Lippen. Das Blut hatte sich ihr in der letzten Minute nach dem Kopf gedrängt, war dann aus ihrem

weiß werdenden Gesicht zurückgefallen und schoß ihr
jetzt wieder rot in Stirn und Schläfen. Sie war zugleich von ihrem Sitz aufgefahren, der Pastor Hollermann aber griff nun rasch und liebevollen Ausdruckes,
um sie zu halten, nach ihren beiden Händen und sagte:

„Meine liebe Baroneß —"

Kurz war's ihr doch mit einem leichten Betäubungs-
schwindel an den Augen vorbeigegangen, indes ihre
kräftige Natur rang ihn schnell ab, und statt alles
anderen versetzte sie einfach:

„Warum nennen Sie mich so? ich bin's ja nicht."

„Doch, Sie sind's, liebe Gertrud, und bleiben es,
wie Sie's immer gewesen. Niemand erfährt je davon,
als Sie — nur Ihnen mußt ich es sagen, weil —
weil Sie erkennen mußten, daß Sie durch Ihre Heirat
etwas wieder gut machen, was Ihre Mutter an dem
Rechte, wie's einmal besteht, bisher gefehlt hat. Sie
— Ihre Mutter — war vor einiger Zeit bei mir,
und ich glaubte, sie wollte mir das Geheimnis anver-
trauen, das ich durch jenen Zufall erfahren. Aber ich
täuschte mich, obwohl ich es ihr sehr nahe legte. Denn
es befreit, offen die Wahrheit zu sagen — und auch,
sie zu erfahren —"

Es knackte von einem Druck gegen die Fenster-
scheiben, draußen brach der Wettersturm los. Auch
auf die junge Erbin von Helmstede war ein jäher
Sturmstoß hereingefahren, mußte ihr Innerstes durch-

rütteln, wenn auch ihre Miene kaum mehr etwas davon erkennen ließ. Gerhard Hollermann faßte ein Zweifel, eine Besorgnis an, ob er wirklich das Richtige gethan habe; ihm wollt's jetzt kommen, als sei's eine Übereilung, doch vielleicht nicht nötig gewesen — auch die Heirat nicht — und ein wenig stotternd fügte er rasch nach:

„Vergessen Sie, liebe Baroneß, was ich Ihnen erzählt habe — als hätten Sie's nur geträumt, liebes Kind, es könnte so gewesen sein. Und thun Sie das, was Sie für recht und geboten halten, nicht wie's anderen — vielleicht irrtümlich — vorkommt.“

Doch Gertrud schüttelte kurz mit dem Kopf und antwortete: „Nun, da Sie's mir gesagt haben, weiß ich, daß es kein Traum ist, und ich brauche keine Beweise dafür. Die habe ich in mir und verstehe auf einmal klar alles — mich selbst — und alles andere. Ich danke Ihnen, Herr Pastor, recht von Herzen; es war gut und notwendig, daß ich zu Ihnen gekommen bin. Aber ich muß jetzt nach Hause, denn es giebt ein Gewitter.“

Das sprach sie mit kaum glaubhafter Ruhe, als ob sie einen gewöhnlichsten Besuch gemacht und sich danach verabschiede. Der Pastor, dessen Pfeife ausgegangen war, griff unwillkürlich wieder nach seinem Hut, um sie zu begleiten. Doch sie hielt ihn zurück: „Nein, ich bitte, bleiben Sie; ich muß rasch gehen, sonst komme ich in den Regensturz.“

Nicht aus dem Munde einer Seiltänzertochter klang's, sondern aus dem einer Baroneß, für seine gute Absicht artig und freundlich dankend, aber mit einer sicheren Bestimmtheit ablehnend; sie war, wie sich eben herausgestellt, ein Wildling, der in absonderlicher Verkehrung auf einen Edelstamm gepfropft worden, doch sie hatte von diesem zu ihrer angeborenen Natur gar manches in sich aufgenommen, so daß sie plötzlich einmal selbst ganz wie ein Edelreis erscheinen konnte. Halb verblüfft sah Gerhard Hollermann ihr nach, wie sie jetzt rasch das Haus verließ; er murmelte: „Nein, sie soll den Kerl nicht heiraten — um keinen Preis — summum jus summa injuria. Das Menschenrecht geht übers corpus juris — kann man von Gott gesetzt nennen. Aber warum hat sie ihm erst Ja gesagt?"

Gertrud warf im Vorbeikommen einen kurzen, scheuen Blick über die Kirchhofsmauer, dann ging sie schnell weiter. Der Himmel hatte sich düster verändert, eine breite, schwarze Wolkenbank schob sich schon hoch von Westen herauf, das Nachmittagslicht erschien wie einfallende Abenddämmerung. Einzelne schwere Tropfen begannen herunter zu schlagen.

Nein, so ruhig, wie's im Pfarrhaus den Eindruck gemacht, sah's doch nicht in ihr aus. Auch in ihr war Sturm, aber nicht der, wie's der Pastor gedacht und erwartet, ein ganz anderer. Der drängte sie ungestüm vorwärts, jagte sie mit nur einem einzigen, sie ausfüllenden Gedanken. Sie hatte den Weg durch das Gehölz eingeschlagen, in dem vor einigen Wochen Frau Ottilie auf dem schmalen Pfad dem Pächter Klaus Bredenkamp begegnet war, eigentümlich in einer ähnelnden Weise und mit ähnlichen Vorstellungen, wie Gertrud heut vormittag auf dem Steg seinem Sohn. Wie stieß jetzt der Wind über ihrem Kopf in die Baumkronen, warf und wühlte die Wipfel brausend und heulend durcheinander. Eine plötzliche Erinnerung durchschoß sie; wenn ein Ast niederbrach und sie erschlug wie ihren Vater, daß sie nicht mehr nach Haus käme! Mit Schreck, mit einer tödlichen Angst befiel es sie, sie lief atemlos, sie mußte noch leben. Dumpf rollte der Donner um, polterte, knatterte näher; nun klirrte Hagelschlag ins Laubwerk. Wie Nachtfinsternis rückte es an, doch gottlob, sie kam noch heim; nah vor ihr flammte jetzt ein Blitz grell von der Schloßwand zurück. Dicht vor dieser riß es ihr den Hut vom Kopf, sie merkte es kaum, achtete nicht darauf. Mit sturmzerstobenem Haar flog sie in die Thür, die Treppe hinauf.

In ihrem Zimmer saß Frau Ottilie von Birkwald und blickte reglos in das Unwetter hinaus; nur die Blitze hellten, sonst war's um sie so dunkel, wie im späten Zwielicht. Mit diesem in trübem Einklang befand sie sich in schwer bedrückter, banger Gemütsstimmung, auch in ihr jagten sich die Gedanken haltlos hin und her. Sie fühlte sich unsäglich verlassen, einsam, zweck-

und trostlos in der Welt; was half ihr dagegen der reiche Besitz! Daß er ein widerrechtlicher war, rächte er an ihr und eben durch das Mittel, dem sie ihn verdankte. Der Auftritt mit Gertrud hielt sie noch im Innersten erschüttert, wie gebrochen; nachdem sie sich in den ersten Jahren nicht zu überwinden vermocht, hatte sie dann doch und mehr ihr Herz an das fremde Kind gehängt, das sie als ihre Tochter ausgeben gemußt, zuletzt, schon lange wie an ein eigenes. Aber vergebens — und heut erkannte sie's so scharf und grell, wie nur braußen die Blitze niederfuhren — für sie war nichts von Liebe in Gertrud, so wenig wie sonst irgendwer auf der Erde Liebe für sie in sich trug. An Jahren noch jung, doch alt an Hoffnungs- und Inhaltslosigkeit eines leeren Daseins, saß sie in dem öden Schloß, jede Mutter in armer Hütte beneidend, die von ihrem Kinde geliebt wurde, der ein Mann als Lebensgenosse mit Liebe zur Seite stand. Wie verhaßt ihr diese trügerische, aus Trug erwachsene äußere Habe war, die sie doch nicht von sich abwerfen konnte, nicht durfte. Sie hatte heut morgen im Begriff gestanden, das Wort über die Lippen fliegen zu lassen, doch sich noch beherrscht, besonnen, daß sie schweigen mußte, auch gegen Gertrud. Denn um ihrer selbst willen hätte es ihr entfahren sein können, vor jedem Ohr, vor aller Welt; die Folgen wären ihr völlig gleichgültig gewesen, hätten sie nur von einer Qual erlöst.

Da öffnete sich die Thür, es kam etwas herein, indes nicht unterscheidbar bei der Dunkelheit. Aber nun flog es stürmisch heran, auf den Boden vor ihre Kniee nieder, und von einem Mund kam ein noch nie in diesem Haus erklungener Ton: „Liebe Mama!" Und es griff nach einer der schönen Hände Frau Ottilies, bedeckte sie mit Küssen und schluchzte oder jubelte, das ging seltsam ineinander: „Liebe, liebe Mama — verzeih mir — liebe, liebe Mama!" Und ein blauer Blitz leuchtete durch die Stube und über das braune, windzerzauste Haar Gertruds, die, auf den Knieen liegend, in ungeheurem Sturm ihres Innern den Kopf ganz herunterbückte und ihre Lippen nun fest auf einen der Füße Frau Ottilies preßte. Dann richtete sie sich halb wieder empor und stieß aus: „Ich weiß ja, daß Du's nicht bist — aber darum bist Du's mir ja im Herzen geworden — meine Mama, die so viel Sorge und Güte und Liebe für ein wildfremdes Geschöpf gehabt hat, das sie nichts auf der Welt anging und das ihr immer nur Verdruß und Kummer und —"

Und jetzt erst kam Frau Ottilie aus namenloser, atem- und lippenlähmender Überwältigung zur Sprachfähigkeit, zum einfallenden Ausruf:

„Gertrud — Kind — woher weißt Du, daß ich nicht — ich hab' es Dir nicht verraten — ich nicht — das mußt Du mir bezeugen! Kind, was ist Dir — mein Kind —"

„O, ich bin so glücklich, liebe Mama — zum erstenmal in meinem Leben so glücklich!“

War die, welche das rief, der fahrige Unband, die Possentreiberin und dumme Streichemacherin, die Baroneß Gertrud von Birkwald? Aus tiefster Menschenseele klang’s herauf und in die der Frau Ottilie hinein, die noch nicht begriff, nur eines mit übermächtiger Empfindung faßte, daß sie plötzlich ein Kind, eine Tochter bekommen habe, deren Hand und Herz sich ihr mit warmer, heißer Liebessehnsucht entgegenbrängten. Und beide Arme ihr um den Nacken schlingend, zog sie den Kopf der spät Gewonnenen sich an die Brust herauf und küßte sie, wieder und wieder, und das wilde Unwetter draußen warf sein Krachen und Blitzflackern über die jetzt laut- und reglose Stille zweier Menschen, die kein Band des Blutes miteinander verknüpfte und die sich doch als die Nächsten im Leben stummbeseligt mit den Armen umschlossen hielten.

Dann nach langer Zeit erst hatte Frau Ottilie erfahren, was geschehen war, und bestätigte in allem die Angaben des Pastors. Eines jedoch wußte dieser nicht, wenn er auch eine Vermutung darüber kundgegeben. Der Gedanke, ein lebendes Kind unvermerkt an die Stelle des totgeborenen zu setzen, war nicht von der Mutter des letzteren ausgegangen, sie hatte davon erst erfahren, als ihr Mann auf behutsamste Weise das fremde Kind ins Schloß gebracht. Und zwar aus inniger Liebe und angstvoller Sorge für die Zukunft seiner Frau, da er gewußt, er werde nicht lange mehr leben und sie allein sonst in der Welt zurücklassen, der Gnade oder vielmehr der Eigensucht seines Bruders überliefert, bei dem er ihre Vertreibung von Helmstede als zweifellos vorausgesehen. Deshalb hatte sie ihm feierlich versprechen und auf seinem Sterbebett zuletzt noch einmal wieder in die Hand geloben müssen, nichts, was immer auch nach seinem Tode kommen möge, werde sie jemals bewegen, das Geheimnis zu verraten. Das seinige war es gewesen, nicht das ihrige; und ob es oft mit schwerem Druck auf ihr gelegen, ihr Gelöbnis, das sie dem Toten gegeben, hatte ihr unlösbar die Lippen versiegelt gehalten. Und dann, als ihre Liebe zu dem Kinde erwacht, war es allmählich, wenngleich mit einer Täuschung, doch beschwichtigend über sie gekommen, ihr Mann habe Gertrud als seine Tochter betrachtet, sie sei dies wirklich und auch die ihrige, und so sei's einer höheren Pflicht gegenüber nicht widerrechtlich, sie als die gesetzmäßige Erbin von Helmstede gelten zu lassen. Das hörte Gertrud nun an und warf ungestüm wieder die Arme um den Hals der Innehaltenden und rief: „Meine arme, liebe Mama — wieviel Kummer, Not und Angst habe ich Dir gemacht und kann's Dir mit aller meiner Reue und Liebe für Dich doch nie vergelten!“ Denn seltsam war's, die unberechtigte Anrede kam ihr nicht, wie wohl bisher ab und zu einmal, von den Lippen, sondern aus dem tiefsten Herzen; für sie war die vornehme Frau ihre Mutter geworden, so sehr, ja mehr noch, als sei sie's leibhaft und wirklich. Und wie das fremde Seiltänzerkind von keinem Gedanken angerührt ward, ob es ein Recht dazu habe, sich nur ganz seinem neuen überströmenden Gefühl hingab, so maß Frau Ottilie von Birkwald ihr voll das Recht zu, verlangte den vollen Anspruch darauf als Pflicht einer Tochter, durch die sie in der Verlassenheit und Leere ihres Daseins einen neuen Lebensinhalt gewonnen.

So dauerte es wohl eine Stunde, ehe eine von ihnen an anderes dachte, doch dann erinnerte der Anblick eines weißen Gegenstandes an etwas. Das Unwetter draußen hatte sich ausgetobt, an dem Himmel kehrten blaue Lücken zurück, volle Tageshelle kam auch wieder ins Zimmer und zeigte einen auf dem Tisch liegenden, um Mittag von Warleberg her überbrachten Brief. Er war von dem Baron Ulrich von Birkwald, der mit kurzen Worten seiner Schwägerin schrieb, daß nach dem gestrigen öffentlichen Skandal selbstverständlich eine Verbindung zwischen seinem Sohn und ihrer Tochter unmöglich geworden sei und er das Verlöbnis desselben als aufgehoben erkläre. Die Abfassung des Schriftstückes entsprach genau dem, was vorauszusehen gewesen; ein verhaltener Grimm zitterte durch die steife Formalität hindurch, doch ohne sich in offenen Worten Luft zu machen. Frau Ottilie sagte, den Brief zerreißend:

„Gottlob, mein Kind, daß ich auch von dieser Angst um Dich erlöst bin! Dein gestriges Thun hat der Himmel Dir eingegeben, nun haben sie selbst es nicht gewollt."

Gertrud sprang eifrig auf. „Ja, Mama, ich will ihnen gleich schreiben —"

„Was willst Du schreiben, Kind?"

„Daß sie den Grund nicht nötig gehabt, daß ich gar nicht mit ihnen verwandt und keine Frau und Schwiegertochter von abliger Geburt für sie bin. Ich darf's ja, denn ich habe niemand gelobt, davon zu schweigen, und ich muß es ja auch —"

Frau Ottilie war erschrocken gleichfalls aufgesprungen und stieß aus:

„Du willst — willst ihnen schreiben, daß Dein Name —?"

„Ja, Mama, ich habe ja kein Recht mehr auf ihn. Ich bin ja nur Deine Tochter, aber nicht die Deines —"

Noch schreckhafter fiel die Hörerin ein: „Auf Helmstede verzichten willst Du — daß wir morgen von hier fort müssen?"

Betroffen stutzte das Mädchen bei den letzten Worten zurück. „Du auch? O Gott, daran hatte ich nicht gedacht! Nein, Du nicht, Mama — vergieb mir, liebe Mama, daß ich vergaß, sie werden Dich auch — ich bin so thöricht. Ich wollte nur das Unrecht, das ich gethan, gutmachen — nicht um ihretwillen, nur für mich selbst. Denn ich kann doch für mich keine Betrügerin sein — aber für Dich, Mama, das ist ja ganz anders — da muß ich nach-denken, wie ich mich von meiner Schuld freimache, ohne daß ich Dich mit — es giebt wohl etwas —“

Hastig atmend, erwiderte ihre Mutter: „Nein, es giebt nichts, Gertrud —“

„Doch — da will ich — da will ich doch — ja, ich will nach Warleberg gehen und bitten, daß er mich — mich doch heiraten soll. Dann bekommt er ja auch sein Recht durch mich und betrüge ich nicht — nur so viel, wie ich's tragen kann, wie's die Liebe und Dankbarkeit für meine Mama nötig machen.“

In den Zügen Frau Ottilies war eine volle Veränderung des Ausdrucks vor sich gegangen. Sie stieß nur noch einmal ein hastiges, ihr in verwandeltem Schreck entfahrendes: „Nein!“ hervor, dann trat sie auf das Mädchen zu, schlang ihm den Arm um den Hals und fügte ruhig und sicher nach:

„Nein, Du hast recht, mein Kind, wir müssen beide von hier gehen. Schreib ihm — Du hast recht — ich danke Dir, daß Deine Mutter es durch Dich erkannt, von Dir gelernt hat. Das ist ein Dank der Liebe meines Kindes, wie er mir nicht reicher werden konnte; sie befreit mich von der langen Angstbedrückung meines Lebens. Wir werfen Trug und Schuld von uns ab — was aus uns werden mag, wenn wir mit unseren Händen arbeiten müssen, um Nahrung zu haben — das wird uns leichter, wir werden glücklicher sein, als hier im Schloß."

Da kam doch jählings das Seiltänzerkind zur Geltung. Mit atemlos stockender Brust hatte Gertrud nach ihrem letzten Anerbieten dagestanden; jetzt machte sie einen Luftsprung, der fast wie ein Anlauf zu einem Salto mortale aussah, und stieß jubelnd aus: „O, Mama, meine liebe, gute, beste Mama — ja, wir werden leicht und glücklich sein — und weißt Du, wenn's nicht anders geht, da tanz' ich auf dem Seil, damit ich für Dich verdiene, ich kann's ja — ich wär' gewiß nicht heruntergefallen, wenn Tante Jettchen nicht —"

Die Sprecherin brach ab: „Wir wollen's schnell thun — gleich — nicht wahr, Mama?" und sie flog an den Glockenzug und riß an ihm. Ein Mädchen kam, und Gertrud rief: „Wo sind die anderen? Ruft sie — alle — auch den Verwalter!"

Vergnügt tanzte sie in der Stube umher, bis die von ihr Herbeigewünschten kamen, verwundert dastanden. Dann überblickte sie kurz die Eingetretenen und sprach:

„Ich wollte Euch nur mitteilen, daß ich keine Baroneß bin, es ist zufällig heute herausgekommen. Ich bin nichts weiter, als ein ganz gewöhnliches Menschengeschöpf, mir gehört nichts von Helmstede, sondern alles meinem — dem Baron Albert von Birkwald oder seinem Vater, und ich will keinen Fußbreit davon und meine Mama auch nicht. Ihr thut uns einen Gefallen, wenn Ihr das jedem, den Ihr seht, so schnell als möglich sagt, damit morgen alle Welt es weiß. — So, nun könnt Ihr wieder gehen!"

Das letzte kam, etwas widerspruchsvoll, nach Art und Ton vollständig aus dem Munde der Baroneß Gertrud von Birkwald, die bis vor zwei Stunden geglaubt, die rechtmäßige Erbin von Helmstede zu sein. Lautlos staunend sahen der Verwalter und die Dienerschaft auf das Mädchen, hinter dessen Worten sie irgend einen possenhaft unklugen Umtrieb vermuteten. Dann blickten sie Frau Ottilie an, doch diese sprach nur kurz: „Ja, es ist so, wie meine Tochter gesagt," und so merkwürdige, verlegene und verdutzte Gesichter hatte das alte Herrenhaus von Helmstede seit seiner Erbauung noch nicht gesehen, als die, welche sich, noch wie an ihren gesunden Sinnen zweifelnd, schweigsam eins ums andere wieder aus der Thür herausdrückten.

* *
*

Das englische Rennpferd, der Windhund und die Wandertaube hatten sich bis vor nicht langem des Renommees erfreut, als mit der hurtigsten Bewegungsfähigkeit auf der Erde begabt angesehen zu werden; dann war freilich eine menschliche Erfindung ihnen über

den Kopf, Beine und Flügel gewachsen und ließ ihre
Eil-, Jagd- und Blitzzüge in der Geschwindigkeits-
Konkurrenz um einige Pferdelängen den Rennpreis
davontragen. Doch gab es, wenn auch nicht als ein
solches Wunder des Fortschritts und des Starts nach
der Glückseligkeit betrachtet, schon vorher eine ältere,
vielleicht die älteste Erfindung der Menschheit, mit
welcher diese die in Wirklichkeit allergrößte und höchst
erdenkbare Schnelligkeit herzustellen verstanden. Und
zwar um so bewunderungswürdiger, als sie sich dazu
gar keiner kunstvoll komplizierten Maschine, sondern
lebiglich eines einfachsten, natürlichen, obendrein ihr
angeborenen Hilfsmittels, nämlich ihrer Zunge bediente. Für alle Fälle freilich war diese wohl von
jeher nicht behufs solchen Zwecks verwertbar; im Gegenteil, sie blieb meistens erheblich hinter dem Wanderschritt
einer Schnecke zurück, wenn es sich darum handelte, den
Ruf auszubreiten, daß jemand etwas Gutes, Löbliches,
Ehrenvolles gethan habe. Doch, wo sie damit betraut
wurde, von einem Mitchristen oder — vor dieser Erfindung — einem Mitmenschen Übles, Anrüchiges,
Schimpfliches oder sonst hörenswert Skandalöses in
Umlauf zu bringen, da übernahm sie die Mühwaltung
mit einer Aufopferungswilligkeit, der sich nichts anderes
an die Seite stellen konnte. Weit nicht nur überbot
sie an Schleunigkeit das Rennpferd, den Windhund,
die Wandertaube und Lokomotive, sie bestrebte sich auch,

mit dem Wirbelwind zu wetteifern, ganz ohne elektrische
Batterie in schlichtester Weise das Telephon — die
allerneueste Glückseligkeitserfindung der Menschheit —
zu anticipieren, und zugleich sowohl als Tausendfuß
wie als Ohrwurm durch jede Thür- und Fensterritze
in jedes Haus, jede Stube und ohne Aufenthalt in
jeden Gehörgang hineinzukriechen. Dank solcher unvergleichlichen Hurtigkeit und Beharrlichkeit kam sie
jederzeit und überall in gleichem Umfang ihrer rühm-
lichen Aufgabe nach, und da sie diesmal von ihrer
Pflichttreue keine tabelnswerte Ausnahme machte, so
geschah es, daß es am nächsten Vormittag wenigstens
auf zwei Meilen in der Runde um Helmstede, selbst-
verstänblich sämtliche Behausungen der Stadt ein-
geschlossen, keinen so Beklagenswerten gab, der nicht
mehr oder minder genau — leider überwog allerdings
zumeist noch das letztere — in Erfahrung gebracht,
was für merkwürbige, unglaubliche und doch als zweifellos verbürgte Dinge die „Baroneß" gestern zur Schloß-
bienerschaft geredet und die Baronin Ottilie von Birk-
walb als richtig und thatsächlich bestätigt habe.

Dem bankte in weiterer Verknüpfung Jörgen Gobemelk eine verfrühte Tageseinnahme und sein Laden ein
vorzeitig morgenbliches Einschwirren von Honig suchen-
ben und saugenden Bienen, unter benen sich da und
dort auch eine Wespe, vielleicht sogar eine kleine Hornis
mit befinden mochte. Zunächst zwar warb für das

Ohr kaum anderes auffaßbar, als ein allgemeines gleichmäßiges Gesummse, wie über einer blühenden Juni-
wiese: „Hebbt Se all hört?" — „Ja, is denn das
die Menschenmöglichkeit, daß es sich so verhält?" —
„Nee, du mein Gott, do kann man ja uppe Welt an
nix mehr glöwen!" — „Dat harrn Se ock man all
lang laten schullt, so lang as Se all uppe Welt sünd!"
— „Wie kann denn das bloß so angegangen sein?" —
„Wenn Ein sich nich auf der Nase spielen lassen will,
thut er doch gut, von Menschen immer zu denken, daß
nichts Richtiges dahintersteckt." — „Nee, richtig is es
damit, das hab' ich für ganz gewiß gehört." — „Sie
sind wohl ein bischen taub auf'm Ohr, ich sag ja grade,
das wär allens so. Wenn ich so was sag, bann können
Sie sich brauf verlassen; das is nich so, als viele Leute
thun, die gar keinen Schein von 'ner Sache haben."

Aber dann löſten sich allmählich verständliche Solo-
stimmen aus dem Konzert ab, und eine sagte:

„Dat kunn een jo gliks sehn, as se vörgüstern up
bat Tau rumleep, bat bat keen richtige Baroneß sin kunn."

Frau Antoinette stand im Begriff, ein Viertelpfund
braunen Kandis abzuwägen, hielt indes augenblicklich
mit der anderen Hand die noch nicht beruhigte Zunge
der Wage an und äußerte, die ihrige dafür in Thätigkeit setzend:

„Um das zu erkennen, meine Liebe, brauchte man
nicht auf dem Jahrmarkt gewesen zu sein. Wer ein

angeborenes Gefühl für wirkliche Vornehmheit in sich trägt, der wußte von jeher, daß diese — diese Persönlichkeit nicht die leibliche Tochter der Baronin von Birkwald sein könne, und wenn man sich nicht anderen gegenüber darüber aussprach, so lag das an besonderen Rücksichten, die man durch Umstände zu nehmen verpflichtet war."

„Nette, hol mal be Tung un wessel dat Tweemarkstück, dat sünd jo wul twee Mark?" rief Jörgen Godemelk, zugleich rufend und werfend, herüber.

„Jo, mit dat ol nie Geld is dat to dull, man kann dat rein gor nich vunann' kennen."

„Nu maken Se hüt över dat doch keen Snack, dat kriegt wi oft nog to hören."

„Das wird aber ein Happen für die Warleberger sein, die sind gewiß schon da auf Helmstede."

„Ja, wär das 'ne Heirat gewesen, wenn der Baron Albert sich mit der Person hätt anschmieren lassen."

„Nu hat er das Gut so; das is ja auch man gut, denn heiraten hätt er sie nach den Skandal ja doch nich mehr können."

„Das war bei der vornehmen Gesinnung des Herrn Barons für jemand, der mit abligen Verhältnissen und Verpflichtungen vertraut ist, wohl selbstverständlich," bemerkte Frau Antoinette.

„Von wem mag sie denn 'ne Tochter sein? Davon hört man noch gar nichts."

„Nee, dat schint, dat weet keen."

„Passen Sie man auf, die kommen noch vor Gericht, die Baronin auch. Das is ja reiner Betrug."

„Ja, bloß soll einer das begreifen, warum sie das nun auf einmal sagen und zugestehen. Nötig hätten sie das ja nich gehabt."

„Dat warrd se doch wul, bo stickt wat achter. To'n Pläseer hebbt se dat nich bahn."

„Paß man up, dat erste, wat be Baron beiht, is, dat he den Pächter vun Ottenhof los to warrn söcht; up den het he jümmer en Piek hatt."

„Gottloff un Dank, dat de Seilspringers man webber ut de Stadt weg sünb. Dat weer jo gräsi mit de lütten Deerns un mit de ole noch mehr, as se in ehr korten Röck sick bo rumbreiht hefft, man muß sick ja rein wat schamen."

„Denn harr'n Se jo nich hentokieken brukt."

„Na ja, das muß man ja sagen, unanständig sah die Baroneß wenigstens nicht aus, wie sie ihnen das nachmachte."

„Ich muß bitten," fiel Frau Antoinette Gobemell ein, „daß man ihr in meinem Hause nicht biesen Titel beilegt, der ihr nicht zukommt und für ein feineres Gefühl etwas Beleidigendes hat."

„Jo, as schall man se denn arver heeten? Se het jo nu gor keen Nam mehr."

„Das interessiert mich nicht, so wenig wie biese

untergeordnete Persönlichkeit überhaupt. Aber mein Name legt mir die Pflicht auf —"

„Nette!" scholl's vom Mund des ehelichen Lebensgefährten der unterbrochenen Sprecherin her, „de Kölsch will twee Pund Kaffee to hüt Namiddag bi Madam Kiekebusch, do sünd alle Honoratioren-Damens tosam. — Hinnerk! Wo stickt be verdammte Bengel denn? Hinnerk!"

Der Gerufene hörte indes nicht, und daraus ließ sich ihm eigentlich auch kein Vorwurf machen, denn er befand sich schon seit etlichen Minuten nicht mehr auf seinem Posten neben der Petroleumtonne, sondern hatte plötzlich einmal zugleich seine Augen und seine Ohrmuscheln fast bis über die Grenzen der physischen Möglichkeit erweitert, um danach im dämmrigen Hintergrunde des Ladens mit der Verstohlenheit und Waghalsigkeit eines desertierenden Fahnenjunkers aus dem Mund- und Armbereich seines Hauptmanns durch eine kleine Rückthür zu verschwinden. Zwar bäumte sich etwas in ihm gegen die Vorstellung auf, sein Thun könne ihm als Unmännlichkeit einer feigen Flucht ausgelegt werden, aber „Schillers Werke" sprachen, „es gab im Menschenleben Augenblicke", in denen jede Rücksichtnahme auf das Erbärmliche der Alltäglichkeit, wie auf das Gefahrvolle eines ungeheuren Unterfangens als nichtig zusammenschrumpfte. Und ein solcher Augenblick, dem noch keiner vielleicht seit dem Beginn der

Menschengeschichte gleichgekommen, war's, als Hinnerk Schötensack dann, fünf Stufen auf einmal mit den Beinen überklafternd, in Giraffensprüngen die drei wackelnden Hintertreppen zu seiner Dachkammer hinansetzte. Dort stand er zunächst ohne Atem und im Anfang auch noch ohne sichere Herrschaft über einen unnennbaren Sturm in seiner Brust, der ihm betäubend die Klarheit des Geistes in Mitleidenschaft zog; nur aus seinen Augen sprach das Bewußtsein einer in seine Hand gegebenen Schicksalsstunde. Sonst that er fürs erste nicht das, worauf die fieberhaft ihm die Glieder rüttelnde Spannung einer höchsten seelischen Begeisterung ihn hindrängte, sondern er kniete haftig zu Boden, riß unter der Bettlade den Pappkasten hervor und griff mit krampfhaften Fingern nach der obersten Papierschicht desselben. Davon breitete er eine Anzahl mit Versen bedeckter Blätter um sich aus, deren Überschriften sein Blick, von einer zur anderen taumelnd, musterte, während sein Mund sie laut dazu vor sich hin sprach: „Als ich sie noch ohne Ahnung, wer es sei, auf das Seil treten sah“ — „Als sie in meinen Armen lag“ — „Als ich sie erkannte“ — „Als ich ihr das Leben gerettet hatte“ — „Als ich sie hierher trug“ — „Als ich glaubte, sie sei tot“ — „Als sie wieder zum Leben erwachte“ — „Als sie sagte, sie wäre mir noch Dank schuldig“ — „Als ich zum erstenmal wieder hier oben allein war“ —

Die Augen Himmerk Schötensacks kreisten wie zwei aus ihrer Bahnregel geratene, umirrende blaue Planetoiden über den Blättern, doch dann hatte er gleich Bertran de Born die Vollherrschaft über seinen Geist und die Willenskraft, sie zu benützen, zurückgewonnen. Er schnellte jählings in die Höh, daß es wie ein Papierschneegestöber um ihn flatterte und raschelte, stürzte nach dem wackelnden Tisch, griff mit der Linken sich in den blonden Haarwald, mit der Rechten nach einem schwarzüberkrusteten Federhalter und ließ diesen über einen großen Foliobogen zu der Überschrift wegfliegen:

„Als sie keine Baroneß mehr war." —

Einige Häuser weiter abwärts in der Straße bildete diese am Morgen eingetroffene Kunde gegenwärtig auch den Anlaß zu einem Redeaustausch zwischen dem Sanitätsrat Dr. Kaspar Präconius senior und dem Dr. Erich Präconius junior. Der erstere sagte:

„Ich werde wahrscheinlich heute nicht das Vergnügen haben können, mit Dir zu Mittag zu essen, da eine mir zugegangene Nachricht mich zu einer Ausfahrt veranlaßt, die das Ergebnis mit sich führen wird, mich auswärts speisen zu lassen."

Darauf versetzte der Angeredete: „Ich stand gerade im Begriff, Dir mein Bedauern auszusprechen, daß ich Dich heut allein bei Tisch lassen müsse, da Umstände eingetreten sind, die mir Ursache geben, das nämliche zu thun."

Beide waren besonders sorglich schwarz gekleidet, und Präconius senior erwiderte:

„Eine interessante Praxisfahrt?"

„Wie ich vermute, ebenso interessant als die Deinige."

„Da Du die meinige zu erraten scheinst, wirst Du nicht umhin können, sie sehr uninteressiert zu benennen, lieber Sohn."

„Die gleiche Anerkennung, lieber Vater, denke ich, wirst Du der meinigen nicht vorenthalten."

„Insofern es sich bei Dir nur um einen theoretischen Fall handelt, darf ich mir wohl die Bemerkung erlauben, daß ein junger Arzt immer gut daran thut, die materielle Seite eines solchen Schrittes nicht außer acht zu lassen."

„Ich halte nach dieser Richtung einen jüngeren Kollegen eher zu solcher Hinwegsetzung darüber berufen, als einen älteren, bei dem ich mich indes erfreulicherweise der Beruhigung hingeben darf, daß er sich nur mit der Ausrechnung einer imaginären Größe unterhält."

„Darin giebst Du Dich einem Irrtum hin," erwiderte Kaspar Präconius, „denn ich sehe es seit heute auch als eine Ehrenpflicht an, der Frau Baronin für den Verlust ihres Gutes eine würdige Existenz in meinem Hause zu bieten."

„Das ist eine Größe der Anschauung," entgegnete

Erich Präconius, „die ich bei Dir voraussetzen mußte, da ich sie offenbar als Erbteil von Dir empfangen habe; denn ich bin in meinem Entschluß gerade dadurch bestärkt worden, daß ich ein völlig besitzloses Waisenkind bei mir aufnehme."

„Es erscheint mir als eine väterliche Obliegenheit, Dir in Erinnerung zu rufen, daß diese Persönlichkeit durch ihr Auftreten in letzter Zeit nicht gerade ein Zeugnis vorteilhafter hereditärer Eigenschaften abgelegt hat."

„Einem Sohne dürfte wohl noch begründeter die Aufgabe zufallen, darauf hinzuweisen, daß jene Persönlichkeit sich einer nicht unbedenklichen Übertretung bestehender Rechtssatzungen schuldig gemacht hat und vermutlich mit dem Strafgesetzbuch in Berührung gelangen wird."

„Ich muß Dich aufmerksam machen, lieber Sohn, daß Du von Deiner baldigen Stiefmutter redest."

„Mich veranlaßte dazu, lieber Vater, daß Du von Deiner demnächstigen Schwiegertochter gesprochen."

Die Unterhaltung der beiden Kollegen wurde durch die Ankunft eines Gärtnerburschen mit einem großen Zeugkorb unterbrochen. „Ick schull dat bi de Dokters afgewen," sagte er.

„Ah, mein Strauß," äußerte der Sanitätsrat Dr. Kaspar Präconius senior, die Hand nach dem Korb streckend.

„Ich bitte Dich, zu entschuldigen, es wird der meinige sein," wandte der Dr. Erich Präconius junior mit der gleichen Handbewegung ein.

„Nee, dat fünd twee," meinte der Bursche, „se schull'n beid hier in't Hus."

„Et tu, Brute?" lächelte der Ältere.

„Erlaube mir vorzuziehen: Tu quoque, Caesar?" lächelte der Jüngere.

„Nun denn, auf Wiedersehen bei Philippi, lieber Sohn!"

„Da ich mich dieses verwandtschaftlichen Verhältnisses zu Dir erfreue, lieber Vater, wäre es wohl der Richtigkeit näher gekommen, wenn Du mir für diese Wiederbegegnung die Anrede »Oktavius« beigelegt hättest."

„Du bist ein närrischer Kauz, Erich."

„Der Respekt untersagt mir, einen passenden zoologischen Vergleich auf Dich anzuwenden, Kaspar."

„Du wirst mir nicht verübeln — mein Wagen muß bald eintreffen, und ich habe noch einiges zu erledigen."

„Ich bitte sehr — selbstverständlich wird mein Wagen sich dem des älteren Kollegen nachordnen. Da es sich bei Deiner Erledigung nicht wie bei mir um eine Entledigung handelt, so beeile Dich um meinetwillen durchaus nicht."

Mit einigen Verabschiedungsgrüßen trennten die

beiden ärztlichen Hausgenossen sich aus dem gemein=
samen Eßzimmer nach ihren unterschieblichen Ordi=
nierungsstuben voneinander, um sich für ihre beabsich=
tigte Doppelfahrt nach ihrem wiederum gemeinsamen
Ziel vorzubereiten. Darin, wie auch in Bezug auf das
letztere trafen sie zur Zeit eigentümlicherweise mit dem
Inhaber einer anderen „Räumlichkeit“, nämlich mit
Jakob Pflaumenbaum zusammen, dessen Vorsatz jedoch
dadurch zu dem ihrigen in größtmöglichem Gegensatz
stand, daß ihm auch nicht im entferntesten in den Sinn
geriet, von seinem Ausflug als glücklicher Bräutigam
zurückzukehren. Außerdem unterschied er sich von ihnen
noch insofern, als er sich nicht in der pekuniären Lage
befand, zur Zurücklegung des Weges einen Wagensitz
einnehmen zu können, sondern seine Füße mit dem
Geschäft betrauen mußte, und in diesem Anbetracht war
er gegenwärtig noch auf einige Kräftigung derselben
bedacht. Das auszuführen bereitete ihm durchaus keine
Schwierigkeiten mehr, wie sie lange Jahre hindurch bis
ungefähr vor vier Wochen bei ihm tagesüblich gewesen,
denn seitdem ward er jedem Nachdenken in dieser Rich=
tung durch einen Korb enthoben, der täglich schon in
erster Morgenfrühe vor seiner Thürschwelle wartete und
sich jedesmal mit dem nahrhaftesten und anziehendsten
Inhalt von frischem Weißbrot, Butter, Schinken, Wurst
und sonstigen Magenannehmlichkeiten erfüllt zeigte; ge=
rade in der Ausgiebigkeit, daß alles zusammen dem

Morgen-, Mittags- und Abendbedürfnis eines kräftigen Mannes in den besten Jahren entsprach. Wie diese tägliche Erscheinung zu stande kam, vermochte der „Magister" nicht zu ergründen; eine gespenstische indes war es nicht, da solche der erfreulichen Körperhaftigkeit der Korbgegenstände entbehrt haben würde, und vom Teufel, dem Urheber aller Bosheit, konnte sie jedenfalls nicht herstammen, denn unfraglich bildete sie den direktesten Gegensatz zu etwas Üblem. So entschlug Jakob Pflaumenbaum sich mit philosophischer Veranlagung gemach ebenso des fruchtlosen Nachgrübelns darüber, wie über die metaphysischen Anfangsrätsel des Lebens, begnügte sich mit der Leib und Seele erquickenden Thatsächlichkeit des Korbes und maß diesen — allerdings wohl eigentlich mehr bildlich als mystisch — einem himmlischen Erzengel zu, der ihrem gemeinsamen Erzfeind, dem Teufel, an jedem Morgen zum Frühstück einen Rutenhieb mit flammendem Schwert aufzutischen bezwecke. Die „Räumlichkeit" an sich ward dadurch freilich nicht zu einem Paradies; das empfand ihr Bewohner, vielleicht eben durch ihren Kontrast mit der sonstigen Verbesserung, jetzt zuweilen oder öfter mit einer gewissen Wehmut, welche durch die immer gleich fortdauernde Anhänglichkeit seiner Todfeindin, der in unveränderlichen Schwärmen von drunten aus dem Viehstall bei ihm zum Besuch einkehrenden gemeinen Stubenfliege nicht vermindert wurde. Zwar bekämpfte er sie, seiner Lebensaufgabe gemäß, tapfer und treulich mit dem Pappschwert und bedeckte täglich die Wahlstatt mit neuen Hunderten von schwärzlichen Leichen. Doch er vollbrachte in letzter Zeit diese Menschenpflicht nicht mehr mit dem elastischen Ansprung eines hungrigen Löwen, sondern erinnerte eher an das bedachtsame Auflauern und Beschleichen von seiten einer gesättigt zur Ruhe neigenden Boa constrictor; mitunter fühlte er sogar eine Anwandlung von Schlachtenmüdigkeit und ein Verlangen nach einem Friedensschluß. Das ließ sich schon äußerlich seinen jetzt von auskömmlicher Ernährung befriedigt redenden Gesichtszügen entnehmen; wenn er auch wohl noch nicht gerade der Anforderung Cäsars in Bezug auf die Leute, welche dieser um sich zu haben wünschte, genügt hätte, flößte er doch keinen Argwohn eines Gelüstes mehr ein, seine Zähne zu einer unliebsamen Ausnutzung bei seinen Mitmenschen anzuwenden. Er verwertete sie vielmehr neuerdings, ihrem anatomisch-physiologischen Zweck entsprechend, lediglich zur Zerkleinerung der verschiedenen Inhaltsgegenstände des vom Erzengel ihm vor die Thür gezauberten Korbes und gab sich dieser nützlichen wie angenehmen Zahnthätigkeit auch augenblicklich vor dem Antritt seiner Vormittagswanderung hin.

Denn zu einer solchen war er durch einen in seiner Räumlichkeit vorgesprungenen Jungen berufen worden, der ihm die Aufforderung ausgerichtet hatte, sich

baldmöglichst auf Helmstede einzustellen, um selbst nach
dieser Auftragserledigung sich sofort wieder über die
Hühnerstiege hinunterzukugeln. Und da Jakob Pflaumenbaum nicht allein an sich ein Unikum in der
Stadt ausmachte, sondern auch wohl in ihr die einzige
Ausnahmspersönlichkeit bildete, der die viel aufregende
Neuigkeit von Helmstede noch nicht zu Ohren gekommen,
so sah er in der an ihn ergangenen Citation nichts
übermäßig zur Eile Drängendes, nahm mit dem Appetit,
den er sich durch lange Jahre in nachhaltigem Vorrat
angesammelt, erst noch eine Wegstärkung zu sich und
setzte sich alsdann gegen das ablige Gut Helmstede in
Bewegung.

Es war nach dem gestrigen Nachmittagsunwetter
wieder unbewölkter Himmel zurückgekehrt, ein herrlicher
Morgen lag über Feldern, Gehölzen und der vom
Regen verdienstlich staublos gemachten Landstraße. Der
„Magister" hatte sich schon seit einigen Monaten nicht
mehr auf solcher Wanderung befunden, da die Erbin
von Helmstede während dieser Periode, mit anderem
beschäftigt, weder seine Zeichenkunst noch seine Persönlichkeit nach früherer Gepflogenheit in Anspruch genommen, und der Übertritt zum Vegetarianismus streng-
ster Observanz, bei dem der Sanitätsrat Präconius
Jakob Pflaumenbaum angetroffen, war nicht ohne eine
Kausalverbindung mit dem Ausfall der Unterrichts-
stunden auf dem Gut gewesen. Wenn das tägliche

Tischlein-deck-dich des Erzengels ihm die letzteren allerdings auch ihrer Bedeutung als conditio sine qua
non für seine leibliche Weiterexistenz entkleidet hatte,
so bot ihre zu erhoffende Wiederaufnahme in Ansehung
der etwas zu glanzreichen Nähte seines schwarzen Rockes
doch eine erfreuliche Bekleidungsaussicht und ließ ihn
rüstig die Schritte auf Hollebek zu fördern. Nur am
letzten, vereinzelt hinausgeschobenen Hause des Dorfes
hielt er, alter Gewöhnung Folge leistend, einmal an
und blickte über den kurzen, jetzt dichtgrünen Liguster-
zaun in das hübsche Vorgärtchen hinüber.

Der Tag war in der That so köstlich, daß welt-
lichen Anwandlungen zugängliche Gemüter die abge-
schiedene Martha Plumbum trotz ihrem gegenwärtigen
Aufenthalt unter den Seligen doch vielleicht darum bedauern konnten, nicht mehr in dem nieblichen, wein-
laubumzogenen Häuschen irdisch zu wirtschaften. Besonders wenn man das Gärtchen mit in Erwägung
zog, das jetzt für die Pfauenaugen, Füchse, Admiräle,
Weißlinge, Distel-, Zitronen-, Heu- und Perlmutter-
falter sein sommerliches höchstes Staatskleid von Lilien,
Akelei, Mohn, Verbenen, Fingerhut, Phloxen, Zinnien,
Storchschnabel und Rosen angezogen hatte. Es war
ein solches Farbengeleucht, Geschwirr und Geflatter,
daß sich kaum unterscheiden ließ, was Blume und was
Schmetterling sei, und dazu kam ein Duftgemenge von
Würzkräutern über den Zaun, das nicht nur den Geruchs-

sinn, sondern unwillkürlich auch den des Geschmacks mit
anmutigen Vorstellungen erfüllte. Wenigstens schien diese
Wirkung sich bei dem augenblicklichen Betrachter zu vollziehen, denn ein halblauter Seufzerton, der mutmaßlich
nicht ausschließlich seinem Bedauern der seligen Martha
Plumbum galt, löste sich von seinem Mund ab, und
er machte eine Umdrehung, seinen Weg fortzusetzen.

Doch im gleichen Moment erscholl — und bildlich
gesprochen, für den Hörer so unerwartet wie ein Blitz
vom blauen Himmel — unweit von ihm hinter einem
dichten Blütenbusch hervor eine artige Stimme:

„Welch ein unvermutetes Vergnügen, Sie hier zu
sehen, Herr Kollege! Ich hoffe, Sie gehen nicht vorbei,
ohne mir zu verstatten, daß ich Ihnen noch meinen Dank
für Ihre vorgestrige so liebenswürdige und menschen-
freundliche Hilfeleistung ausdrücken darf.“

Die das, hinter der Blätterwand hervortretend,
sprach, war Jette Blei und zwar in einem allerliebsten ländlichen Aufzug oder Anzug, der sie fast
um ein Dutzend Jahre rückgeschritten erscheinen ließ.
Sie trug einen hellen, breitrandigen Strohhut, ein
blaßrotes Röschen vor der Brust und eine Blumen-
schere in der Hand, mit der sie sich offenbar soeben
einer fleißigen gärtnerischen Thätigkeit hingegeben hatte.
Trotz dieser nach keiner Richtung hin abschreckenden
Erscheinung aber fuhr Jakob Pflaumenbaum jählings
zurück, als ob ihm eine Fliege geradezu in die Nase

gesurrt sei, und brachte, völlig verdutzt, kaum aus dem Munde hervor:

„Sie —? Wie kommen Sie hierher?"

„Ach, wußten Sie das nicht?" erwiderte Tante Jettchen halb verwunderten Tons. Aber sie fügte, das Gartenpförtchen aufklinkend, gleich nach: „Natürlich nicht, Ihre gelehrte Thätigkeit läßt Sie ja bedauerlicherweise so wenig unter die Menschen kommen. Sonst, hoffe ich, hätten Sie mir schon früher einmal die Freude bereitet — das Gericht hat mir das Häuschen zugesprochen, es ist eine rechte Last für mich mit dem großen Landbesitz, der dazu gehört — wenn es Sie interessiert, will ich Ihnen erzählen, wie's so zugegangen. Aber drinnen, in der Sonne ist's so heiß, und Sie werden recht ermüdet von dem schattenlosen Weg sein, Herr Kollege. Darf ich bitten?"

Jette Blei hatte jetzt auch eine Gartenzimmerthür des hübschen Häuschens geöffnet und nahm nach ihrer freundlichen Miene als so unzweifelhaft an, der zum Eintreten Aufgeforderte werde ihr diese Auszeichnung nicht versagen, daß er noch in halber Geisteslähmung den Fuß nicht, wie er beabsichtigte, rückwärts nach der Gartenthür, sondern vorwärts auf die Hausschwelle setzte. „So — so," sagte Tante Jettchen, „hier bitte ich — im ersten Augenblick hält's ein bißchen schwer, sich hineinzufinden, weil's einem drinnen nach dem blendenden Licht etwas dunkel vorkommt. Sie werden gewiß sehr hungrig sein, Herr Kollege; darf ich Ihnen vielleicht mit einem kleinen Imbiß auf= warten?"

„Ich danke — Mamsell — ich habe eben erst sehr gut gefrühstückt," versetzte der „Magister", wie mit einem leisen Geknurr zwischen den Zähnen entschieden ablehnend.

„So, so — das ist ja auch wünschenswert, ehe man sich auf solchen Weg begiebt. Aber ich denke mir, daß er mit seinem lästigen Staub sehr trocken im Halse und durstig machen muß."

„Wenn es am Tag vorher stark geregnet hat, pflegt auf der Landstraße kein Staub zu sein," bemerkte Jakob Pflaumenbaum mit einem lehrerhaft überlegenen, etwas sarkastischen Ton.

„So, so, hat es gestern geregnet? Ach ja, ich glaube, so ein kleines Gewitterchen mit ein bißchen Gebrumm und Geknurr; daraus muß man sich nicht viel machen, das geht rasch vorbei. Auf dem Lande merkt man es kaum, sondern meint, daß immer nur Sonnenschein ist. Mit dem Staub, das war wirklich sehr einfältig von mir, aber die Sonne, meine ich, die brennt heut so heiß. Sie müssen starken Durst haben, Herr Kollege."

Das letzte sagte Tante Jettchen mit so entschie= denem Nachdruck, daß es ein positives Faktum damit aufstellte und jede Möglichkeit eines Versuchs seiner

Bestreitung unbedingt abschnitt. Beide waren in ein einfach, doch sehr wohnlich-behaglich ausgestattetes, geräumiges Gartenzimmer eingetreten, an dessen Fenstern herabgelassene Rouleaux von gelblicher Farbe mit bunten, blumenreichen Landschaften darauf gegen den Sonneneinfall verwahrten. So entstand in dem anheimelnden Raum ein abgedämpftes, wie mit leichten Goldfäden durchwirktes Licht, das in der That nach dem Übergang von draußenher zuerst fast einen dämmerigen Eindruck erregte. Bald jedoch unterschied das sich gewöhnende Auge die Dinge darin und in der Mitte einen mit schneeweißem Linnen sauber gedeckten Tisch, der auf sich in höchst einladender Weise einen Teller mit Messer und Gabel, verschiedene appetitliche Frühstücksschüsseln, zwei Weinflaschen und einen großen, duftreichen Blumenstrauß darbot. Das Ganze übte in dem darüber gebreiteten eigentümlichen Licht auf den Blick eine zunächst überraschende, dann äußerst wohlthuende und zuletzt fast hypnotisierende Wirkung, der auch Jakob Pflaumenbaum sich nicht entziehen konnte, sondern sie durch die mechanisch ihm vom Mund klingende Frage kundgab: „Was ist das?"

„Das," antwortete Jette Blei, „ist mein Tischlein-deck-dich, das ich immer um diese Zeit hereinrufe, weil ich dann gern noch einmal frühstücke; die Landluft macht so leicht hungrig. Hätte ich geahnt, welch' lieber Besuch mir bevorstehe, würde ich Auftrag gegeben haben,

für zwei Bestecke zu sorgen, aber der Mangel läßt sich
ja rasch verbessern —"

Sie trat an einen Wandschrank, aus dem sie noch
einen Teller, eine Serviette, Messer und Gabel und
ein Glas hervornahm; ganz wie eine junge Hausfrau,
die an solches Thun alltäglich für einen Gast oder
einen sonstigen Mitbewohner des Häuschens gewöhnt
sei. Auch einen zweiten Stuhl zog sie herbei und sagte:
„So — so — nun kommt es in Ordnung — wenn
ich bitten darf, Herr Kollege. Pflegen Sie Rotwein
oder Weißwein zu trinken?"

Das war eine Frage so boshaft hohnvoller Art,
daß sie eigentlich nur aus dem — salva venia —
zähnebleckenden Maulwerk des Teufels herstammen
konnte. Doch besaß das nette rote Mündchen Jette
Bleis damit äußerlich so wenig Ähnlichkeit, und
die Erkundigung kam von diesem mit so harmlos
liebenswürdigem Klang, als ob ein Erzengel sie
über die Lippen gebracht, daß Jakob Pflaumenbaum
sich in halber Sinnverwirrung und auch halb ohne
Wissen auf den ihm zugeschobenen Sitz niederfallen
ließ und, etwas mit seiner Zunge in Konflikt, antwortete:

„Was Sie — wenn ich um roten bitten darf —
oder weißen — was Sie zu trinken pflegen, Fräulein —
Fräulein Jette."

* * *

Von jeher hatten die Geschehnisse auf der Erde
es im Brauch, sich nicht allein nacheinander, sondern
vielfach auch miteinander zuzutragen, besonders in
Fällen, wo veranlassende Ursachen mannigfache gleich-
artige oder wenigstens ähnliche Wirkungen erzeugten,
und infolge solcher Kausalbedingungen geschah's, daß
der heutige Vormittag eine ganze Anzahl verschiedener Personen sich ohne wechselseitige Beziehungen
zu einander ziemlich gleichzeitig auf das Herrenhaus
von Helmstede zu in Bewegung versetzen sah. Auch
die Harfentrina gehörte zu ihnen; sie war im Dorf
gewesen, hatte hier die erstaunliche und alle Bewohner
von Hollebek nah betreffende Neuigkeit vernommen
und begab sich mit dieser in merkbarer Erregung
schleunig zum Pfarrhaus, dessen Inhaber sie zuerst
die wundersame Nachricht übermittelte. Der Hörer
zeigte sich davon allerdings bezüglich der kaum glaub-
lichen Thatsache nicht überrascht, desto mehr aber von
der Dorfkundigkeit derselben im höchsten Maße betroffen, so daß es mehrerer Atemzüge für ihn bedurfte,
um seiner Bestürzung Ausdruck verleihen zu können.
Und auch dann brachte er nur noch unzusammenhängend
hervor:

„Wie ist denn das — was hat sie denn dazu —?
Um Himmels willen, hätte ich doch nicht — das Kind
— das liebe Kind — und ihre Mutter — was soll
daraus werden! Ich wollt's ja auch nicht — ich

fürchtete — aber Sie waren schuld dran, Katharina — ja, Sie — weil Sie mir Angst gemacht hatten, das Mädchen könnte durch seine Erbschaft ebenso auf den Abweg — so herunterkommen — wie Sie —"

Das verstand die Harfentrina in seinem Zusammenhang zwar nicht, doch das letzte bedurfte keiner Deutung, war im Gegenteil so unzweideutig, daß sie hörbar in ebenso vornehmem als gereiztem Ton erwiderte:

„Es besitzt jeder seine manière de voir, Herr Pastor, die man wohl von seiner Geburt mitbringt. Mein Gefühl hat stets die Gewißheit in sich gehegt, daß diejenige, die Sie ein liebes Kind zu nennen belieben, keine geborene Baroneß sei, sondern aus einem Kuckucksei herstammen müsse. Übrigens bin ich der Meinung, Herr Pastor, daß Sie nicht Grund besitzen, jemand einen Vorhalt daraus zu machen, daß er auf einen Abweg geraten sei —"

„Nun — ja, Sie haben recht, liebe Katharina — verzeihen Sie mir — es flog mir so — ich bin Ihnen Dank schuldig, Sie haben mich ja vom Abweg — wir sind alle Menschen — gewesen wenigstens — und man soll nicht — aber mein Gott —"

Gerhard Hollermann griff nach seinem Hut:

„Auf Warleberg werden sie's auch schon wissen — natürlich, und werden — da muß ich gleich — aber es ist ja nichts mehr anders zu machen, zu helfen.

Was für ein Unglück, was für eine Thorheit — nein, man kann die Wahrheit nicht so heißen, sie bleibt doch immer das beste — und es ist ja gut, nun braucht das liebe Kind den Kerl nicht — mir wollt's das Herz abdrücken, daß es sein mußte.“ Begleiten Sie mich ein Stück, liebe Katharina — ja, ich wußte schon, daß es sich so verhalte — nur nicht — ich will's Ihnen unterwegs mitteilen. Es nimmt ja niemand mehr Anstoß daran, wenn wir allein zusammengehen — tempora mutantur nos et — welche Veränderung wird das für die beiden Frauen geben und auch für unser Dorf — für alles. Nun, wir beiden haben es nicht lange mehr mit anzusehen —“

Die beiden gingen miteinander den „Totenweg“ entlang; von den Dörflern, die ihnen begegneten, ahnte keiner, wie ihr Pastor und die alte Leichenfrau einmal in einer absonderlichen Stunde auf dem Lebensweg zusammengetroffen seien, und niemand nahm den aller= geringsten Anstoß an ihrem gemeinsamen Weitergang durch das stille Feld. Nur die Sonne schien sich noch zu erinnern, warf die Schatten der beiden grauhaarigen Köpfe nebeneinander auf den Boden, bog sie sich manch= mal dicht zu, als wollten sie sich berühren, und ließ sie hastig zurückfahren. Die Augen der Harfentrina blickten stumm auf dies wunderliche Schattenspiel, doch der Pastor Gerhard Hollermann nahm nichts davon gewahr. Seine Gedanken nahm ganz anderes voll

in Anspruch, und außerdem hatte er ein volles Menschenleben so glücklich und friedvoll mit seiner Ehefrau vollbracht, um hinreichend Zeit gefunden zu haben, was
ihn in einer Jugendstunde mit einem Abweg bedroht,
wenn auch nicht aus seinem Gedächtnis, so doch aus
seiner Empfindung wie nicht gewesen auszulöschen. Bis
an den Parkeingang von Helmstede begleitete die Alte
den Pastor, dann blieb dieser stehen und sagte freundlich: „Auf Wiedersehen, liebe Katharina — es ist wohl
besser, daß ich jetzt allein meinen Weg fortsetze — doch
ich werde Ihnen Nachricht bringen, was und warum
es sich zugetragen hat." Und die Harfentrina wanderte
allein mit ihrem Schatten den Totenweg zurück.

Die allgemeine Vermutung, daß man auch auf
Warleberg sich bereits einer Kenntnis von der Helmsteder Begebenheit erfreuen werde, traf nicht nur zu,
sondern man besaß dort sogar die allergründlichste und
zuverlässigste, da noch am späten Abend ein Brief Frau
Ottilies von Birkwald vollen Aufschluß darüber erteilt
hatte. Begreiflicherweise war dadurch bei den Em-
pfängern außerordentliche Erregung, verwundertes Staunen, hohe Befriedigung und ein zweifelloser Vorsatz
hervorgerufen worden, welch letzterer damit den Anfang
zu seiner Ausführung nahm, daß auch der Baron
Ulrich und sein Sohn zu denen gehörten, die sich gegenwärtig auf dem Wege nach Helmstede befanden.

Leicht rollte der elegante Jagdwagen, in dem der

Baron Albert zum erstenmal ohne Spitzenbouquet saß,
auf der Landstraße heran, und zwar ihrer Anlage und
Richtung gemäß dicht an den Häusern von Ottenhof
vorüber. Hier hielten sich gerade der Erbpächter
Bredenkamp und sein Sohn unmittelbar am Wegrand
auf, oder vielmehr sie hatten sich schon seit mehreren
Stunden, ab und zu die Straße entlang blickend, so
unveränderlich an dieser Stelle befunden, daß es fast
den Verdacht weckte, als hätten sie die Ankunft der
Warleberger mit Sicherheit vorausgesehen und sich hier
in der Absicht aufpostiert, etwa durch Nichtbeachtung
und Nichtbegrüßung der Vorbeifahrenden ein niedriges
Gelüst zu befriedigen. Doch entweder erwies ein
solcher Argwohn sich glücklicherweise als nicht begründet oder Klaus Bredenkamp ließ im letzten Augenblick von seinem störrigen Vorhaben ab, weil er sich
mit praktischer Erwägung besann, daß er den neuen
Herrn, sowie den künftigen Erben von Helmstede vor
sich habe und gut daran thue, dieselben nicht noch
mehr, als es schon der Fall war, gegen sich aufzu-
bringen. So zog er im Gegenteil, wenn auch nicht
eben mit einem Ausdruck des Respekts, doch höflich
seinen Hut, und Hellwig Bredenkamp that das nämliche. Vom Wagen herab erwiderten Vater und Sohn
darauf mit einem kurzen Fingerticken an ihre Kopf-
bedeckungen und schienen bereits vorüberzurollen. Allein
der Baron Ulrich besann sich gleichfalls anders, hielt

die Zügel an und rief: „Sie werden gehört haben, daß ich den Besitz des Gutes antrete; es paßt mir nicht, den Pachthof länger zwischen meinen Feldern zu belassen, sondern ich will ihn an mich nehmen. Sie können sich in den nächsten Tagen bei mir einstellen, um zu erfahren, welche Abfindung ich Ihnen für Ihr sogenanntes Recht zu bewilligen gedenke.“

Es schien beinah, als ob der Angeredete auch etwas Derartiges vorausgesehen habe, er zeigte sich wenigstens äußerlich von der Mitteilung durchaus nicht überrascht, sondern versetzte gleichmütig: „Da ist es eigentlich einfacher, Herr Baron, weil Sie einmal hier sind, wenn ich gleich mit nach Helmstede gehe und Sie mir dort sagen, was Sie mir zu bewilligen gedenken.“

„Gut, Sie können nachkommen und warten, bis ich mit meiner Schwägerin gesprochen habe,“ nickte der Baron Ulrich. Die Pferde setzten sich wieder in Bewegung, und Klaus Bredenkamp folgte, von seinem Sohn begleitet, nach der Art beider rüstigen Schrittes ausholend, dem Jagdwagen nach.

Diesen sahen Frau Ottilie und Gertrud von einem Fenster des Schlosses aus heranrollen, und zwar keineswegs mit Überraschung, denn sie hatten ihn eigentlich schon früher erwartet. Auch zeigte die Miene beider gleicherweise nichts von Zaghaftigkeit oder Befangenheit; sie hielten sich an der Hand und blickten den Ankömmlingen mit voller Gelassenheit entgegen. Doch dann machten beide eine und zwar eine gleiche Bewegung, die dennoch Überraschung bei ihnen kundgab. Bald schon hinter dem Gefährt tauchten die Gestalten der rasch auf einem Abkürzungssteig vorwärtsgekommenen Ottenhofer Fußgänger auf, die unverkennbar gleichfalls der Thür des Herrenhauses zuschritten. „Was will —?" kam unwillkürlich halb von den Lippen Frau Ottilies, und wie in kindlicher Gefühlsübereinstimmung damit brachte Gertrud gleichzeitig genau ebenso abgebrochen vom Mund: „Was will —?" Und auch darin fand ein Einklang zwischen ihnen statt, daß sie, ihre Hände voneinander loslassend, nicht mehr so zaglos wie bisher dastanden, sondern sich bei beiden eine sehr ähnliche befangene Unruhe in den Augen bemerklich machte, die sie sich gegenseitig zu verbergen bemühten.

*　　*
*

In dem ehemaligen Gartenzimmer der seligen Martha Plumbum hatte sich der Inhalt der beiden auf dem Frühstückstisch stehenden Weinflaschen etwa um ein Viertel verringert, denn in der That versetzte die Juli= sonne jemand, der eine halbe Stunde unter ihr gewandert, in einen durstigen Zustand, dessen Beseitigung ihrerseits wiederum eine leibhaft, wie auch gemütlich befriedigende Stimmung erzeugte. Außerdem verband sich damit vermutlich die Wirkung, auch ein Neuerwachen eines selbst ausgiebig gestillten Appetites zu beschleunigen, unb infolge solcher Annahme strich Jette Blei gegenwärtig geschickt und zierlich ein Butterbrot, belegte dies einladend mit rosigem Schinken und reichte es ihrem Gast über den Tisch hin. Dazu äußerte sie mit dem eigentümlichen Ton, der ein Abweichen von ihrer Meinung als nicht zuläßlich erachtete: „Sie müssen sich nach Ihrem Weg ein wenig stärken, Herr Kollege; es ist auch für die Gesundheit nicht förderlich, zu trinken, ohne etwas dazu zu essen," und ihre nette Hand bewegte die Brotschnitte noch um ein bißchen näher gegen ihn vor. Seine Augen sahen darauf nieder, während er sich sonst völlig reglos verhielt; doch lag entschieden etwas Hypnotisierendes darin, wie die Hand Linie um Linie sich gewissermaßen dem Brennpunkt seines Blickes genauer anpaßte, und es zwang ihn, wider sein Wollen den Mund zu der Frage aufzuthun: „Meinen Sie — daß es nötig ist?" — „Ja, es ist ganz nötig, muß durchaus sein," antwortete Tante Jettchen; „ich hoffe, daß es Ihnen nicht zuwider fällt, es aus meiner Hand zu nehmen, ich hatte keinen Teller dafür zur Hand — so — so — sehen Sie, es geht. Sie müssen sich natürlich nur ein bißchen überwinden, da Sie ja schon gefrühstückt haben; aber dann stellt der Appetit sich ein und verbessert sich beim Essen, wie das Sprichwort sagt."

Jakob Pflaumenbaum hatte zögernd seine Finger vorgestreckt, sie wieder zurückgezogen, dann nach der Brotschnitte gefaßt, sie aus der Hand Jette Bleis genommen und biß jetzt mit den Zähnen hinein. Der gute Trunk machte in der That wieder hungrig, und Tante Jettchen war eine gute Wirtin, die befriedigt zusah, daß es ihm vortrefflich schmeckte. Auch unterbrach sie seine Beschäftigung nicht durch irgend eine Nötigung, ihr auf etwas Antwort zu geben; so konnte er seine Augen während des Einnehmens der nötigen Stärkung in dem hübschen Raum umhergehen lassen und hatte dies offenbar, nicht ohne einen angenehmen Eindruck davon zu empfangen, gethan, denn er äußerte nach der Beförderung des letzten Bissens:

„Wirklich eine recht anmutige Häuslichkeit.“

„Ach ja,“ bestätigte seine Tischgenossin, „ein ganz nettes Häuschen und geräumiger, als man es ihm von außen ansieht. Es sind so viel Stuben drin, daß ich oben mehrere leer stehen lassen muß, weil ich nichts mit ihnen anfangen kann.“

„Und keine Fliegen,“ bemerkte Jakob Pflaumenbaum, sichtlich von der völligen Abwesenheit seiner Todfeindinnen angenehm berührt.

Tante Jettchen nickte: „Nein, die dürften mir nicht hereinkommen. Ich sehe nur eine, die auch keine rechte, sondern ein Brummer ist, von der Art, die immer ungebärdig herumschnurrt und gegen alles plumpsend mit dem Kopf anrennt. Aber den werde ich auch bald zahm haben, daß er im Netz sitzt und zappelt.“

„Fangen Sie auch —?“ fragte der Hörer überrascht.

Jette Blei schüttelte den Kopf. „Ich nicht, aber ich halte mir eine Spinne, die sehr geschickt ist und ihre Maschen so gut macht, daß daraus nicht wieder herauszukommen ist. Ich darf Ihnen doch noch einmal einschenken, lieber Herr Kollege? Mir fällt ein, ich habe noch nicht gefragt, wohin Sie zu gehen beabsichtigten, als Sie die Freundlichkeit hatten, bei mir vorzusprechen."

„Ich danke, Fräulein — Fräulein Jette." Der Antwortende leerte mechanisch das angefüllte Glas in einem schnellen Zug. „Ich wollte — man hatte mich nach Helmstede gerufen —"

„O, dann muß ich wohl Verzicht auf das Vergnügen leisten, Sie länger bei mir zu sehen, und darf Sie nicht aufhalten," versetzte Tante Jettchen mit bescheidener Selbstschätzung und einer Bewegung, vom Tisch aufzustehen.

„Nein, es hat — es wird keine so große Eile haben. Sie wollten mir noch — werden Sie dauernd hier Ihren Wohnsitz —?"

„Das muß ich wohl," fiel Jette Blei ein, „und habe deshalb vom nächsten Monat an meine Stelle an der Schule aufgegeben. Der tägliche Weg zur Stadt ist doch ein bißchen zu weit, und ich brauche ja nicht mehr auf Verdienst bedacht zu sein. Freilich kann ich die Landwirtschaft auf den vielen Feldern, die zum Haus gehören, nicht selbst betreiben, sondern muß mich nach einer tüchtigen Hilfskraft dafür umsehen. Aber das nötigt mich eben, hier zu bleiben, und der Aufenthalt ist ja auch recht angenehm."

„Ja, das scheint — ist er wirklich wohl." Jakob Pflaumenbaum ließ mit voller Würdigung und Bestätigung wieder einen Blick umhergehen und fügte hinterdrein: „Sie wollten mir noch — ich begreife es noch nicht recht, auf welche Weise Sie zu diesem schätzenswerten Besitztum geraten sind, liebe Kollegin."

„Ja, das begriff ich auch anfangs nicht, lieber Kollege," erwiderte Tante Jettchen mit einem ganz leisen, lächelnden Zucken um die Mundwinkel, „und ich sehe mich eigentlich auch gar nicht als die Eigentümerin an, obgleich das Gericht mich dazu eingesetzt hat. Die verstorbene alte Besitzerin hatte keine Verwandtschaft hinterlassen und war mir ganz fremd, so daß niemand wußte, wer sie denn beerben sollte. Aber ganz zufällig hörte ich nach ihrem Tod ihren Namen einmal, und da kam's mir, weil ich mich etwas mit der lateinischen Sprache beschäftigt hatte — sie ist so interessant und obendrein bin ich ihr nun so großen Dank schuldig —, daß ich mich bei einem Abvokaten erkundigte, ob möglicherweise mein häßlicher Name damit in Verbindung stehen könnte. Und da stellte es sich wirklich heraus, daß ich ganz, ganz, ganz weitläufig mit der Alten verwandt gewesen sei, und so warb mir ihre ganze Erbschaft an Haus und Hof und dem baren

Geld, das sie überall komisch versteckt gehalten hatte, zugesprochen. Nun, da mußte ich mich denn ja drein finden."

Das letzte begleitete Jette Blei mit einem leichten Seufzer; die Augen ihres Zuhörers jedoch hatten sich ungewöhnlich groß aufgeweitet, und ihm kam jetzt verwundert vom Mund:

„Ihr Name? Ob der der nämliche — lateinisch — wie hieß denn die alte Besitzerin?"

„Martha Plumbum —"

„Pst!" machte Jakob Pflaumenbaum, als ob ihm doch plötzlich eine Fliege in die Nase gekrabbelt sei, so daß Tante Jettchen teilnehmend fragte:

„Sie haben sich auf dem Weg hierher doch keinen Roggenschnupfen geholt? Man kommt in dieser Zeit so leicht dazu; dagegen ist es am besten, ein Glas zu trinken."

Ihre hübsche Hand füllte das Glas ihres Gastes wieder an, der, in eine tiefsinnige Gedankenstarre versunken, nur mechanisch das Wort „Plumbum" vor sich hinmurmelte, während seine Wirtin ihre Mitteilung dahin ergänzte oder eigentlich wiederholte:

„Ja, das verdanke ich so meiner Beschäftigung mit der lateinischen Sprache, man lernt so viel von ihr —"

Plötzlich fuhr Jakob Pflaumenbaum jählings aus seiner Versunkenheit mit dem Kopf auf und stieß halb unbewußt aus:

„Jette —!“

Sein Gliederruck, sein Ausruf in Verbindung mit dem Ton desselben und dem Gefunkel des Blickes weckten den Eindruck eines bei ihm eingetretenen Rückfalles, so daß die Inhaberin des aus seinem Mund gefahrenen Namens unwillkürlich eine kleine, von ihm weiter abrückende Bewegung machte. „Ja — was?“ äußerte sie dazu.

„Das ist's ja — das Mittelglied, das Zwischenglied, das fehlende Bindeglied — das conjunctivum, die copula —“

Jetzt heftete Tante Jettchen in der That einen etwas unruhigen Blick auf seine Stirn, als den sprichwörtlichen Thron der Vernunft, und fragte: „Ist's Ihnen vielleicht etwas heiß geworden, daß ein Glas kaltes Wasser aus dem Brunnen —?“

Doch der „Magister“ machte eine energisch abwehrende Handgeste, seine Augen nahmen den Ausdruck eines sich Einbohrens in etwas nur für sie Sichtbares an, und er sprach gemessen, mit einer gewissen feierlichen Abklärung seines Organs:

„Es war einmal ein Mann, der hieß Blei. Wann er lebte, wissen wir nicht, vor manchen Jahrhunderten. Woher er den Namen trug, ist uns unbekannt, vielleicht weil er in einem Bleiwerk thätig war. Er hinterließ Kinder, die Überlieferung berichtet nicht, wie viele, jedenfalls mehrere Söhne. Einer widmete sich dem

gelehrten Stande, dem sein Name nicht entsprach. Er
übersetzte diesen nach dem Brauch seiner Zeit ins Lateinische und benannte sich Plumbum. Auch er besaß
Nachkommen, von denen einer aufs Land hinauszog
und das Feld bebaute. Sein Sohn und Enkel wurden
zu vollständigen Bauern, redeten in plattdeutscher Zunge
und sprachen ihren Namen, wie auch die Nachbarn
umher »Plumbom« aus. Es dauerte einige Geschlechter
lang, da waren sie gewöhnt, sich mit gedehnten Vokalen
»Pluumboom« nennen zu hören und selbst so zu heißen.
Dann entsprang ihnen ein letzter Abkömmling, der in
die Stadt, zur Bildung und dem Beruf seines gelehrten
Vorfahren zurückkehrte. Der übertrug seinen bäuerischen
Familiennamen wieder ins Hochdeutsche und nannte sich
»Pflaumenbaum«. Von ihm —"

„Pfch!" nieste plötzlich die Zuhörerin, wie vorhin
der Sprecher, nur ins weiblich Zierlichere übertragen.
Sie machte mit der Hand das blaßrote Röschen von
ihrem Kleid los, sagte erklärend: „Verzeihen Sie, ich
glaube, ich habe einen kleinen Rosenschnupfen," und
steckte, den Kopf niederbiegend, zunächst ihre Nasenspitze
zwischen die duftenden Kelchblätter hinein.

„Ich wünsche zur Gesundheit," unterbrach sich ihr
Tischgast und schloß seine Erläuterung danach:

„So sind Blei und Pflaumenbaum der nämliche
Name, insofern sie eines Ursprungs sind."

Davon hatte Tante Jettchen allerdings bis zu

biesem Augenblick trotz ihren lateinischen Kenntnissen keine Ahnung besessen. Aber es lag nicht in ihrer Natur- mitgift, sich lange verbutzen zu lassen, sie war vielmehr mit außerordentlich hurtiger Fassungskraft und der Gabe, diese stets zweckdienlich zu benützen, ausgerüstet, und rasch die Stirn wieder aufhebend, versetzte sie:

„Ich hatte immer ein dunkles Gefühl, daß wir miteinander verwandt sein müßten — Jakob. Da Sie mein Vetter sind, darf ich Sie wohl so nennen."

„Das Gefühl hatten Sie, Jette?"

„Ja, und nun begreife ich auch, weshalb ich Ihnen so widerwärtig sein mußte. Ich war so eine alte, in eine Rumpelkammerecke gehörige Bleifigur mit dem häßlichen, zurückgebliebenen Namen, während Ihrer so schön ist. Wie mußte es Sie da aufbringen, wenn Sie mich sahen, von einem Ursprung mit solchem Ge- schöpf herstammen zu sollen."

„Nein — das war es nicht, Jette —." Jakob Pflaumenbaum hielt einen Augenblick inne, ehe er fort- fuhr: „Es war mein Feind, der Teufel, der sich meiner bemächtigt hatte — meiner Augen und Ohren, wenn ich Sie sah und hörte. Er schlug mich mit Blindheit, mit Taubheit — seine Bosheit umdunkelte mir das Gehirn, gab mir ein, er stecke in mir von dem Blei her und alles, was davon stamme, habe den Teufel in sich, wie ich. Doch jetzt gehen mir die Augen auf —"

„Das wäre ja schrecklich, solchen Gesellschafter bei sich haben zu müssen; wie bedaure ich Sie deshalb! Worüber gehen Ihnen die Augen auf, lieber Jakob?"

„Daß der Teufel mich schändlich angelogen hat und daß er sich im Gegenteil vor Ihnen fürchtet, liebe Jette —"

„O wirklich? Glauben Sie — vor mir?"

„Denn ich fühle, daß er mir heut, hier in Ihrer Gegenwart, in Ihrem Hause nichts anhaben kann und von mir gewichen ist."

„O, da wird es ihm aber wohl sein — ich meine, Ihnen, lieber Vetter."

Jakob Pflaumenbaum hatte in den letzten Minuten mit einer gewissen sanften Ekstase gesprochen; nun trank er, etwas erschöpft, sein Glas aus und schaute schweigsam vor sich hin. Seine Tischgenossin wartete ein Weilchen, aber es kam ihm kein Wort mehr vom Mund. So räusperte Tante Jettchen sich zuletzt einmal leicht und sagte:

„Ja, wie das Ahnungsgefühl uns so das Richtige thun heißt. Als ich die Schinken und Würste in der Rauchkammer der seligen Tante Plumbum fand, sprach mir etwas: die gehören nicht Dir, sondern davon mußt Du täglich ihrem eigentlichen Eigentümer schicken."

Der Verstummte fuhr jäh aufblickend aus seinen brütenden Gedanken. „Was für Schinken und Würste?"

„Ich hoffe, daß sie Ihren Beifall haben," lächelte

Jette Blei, „und daß der Junge sie täglich richtig besorgt.“

„Der Korb — der Korb jeden Morgen,“ stotterte Jakob Pflaumenbaum, „kommt aus diesem Hause — von Ihnen, Jette — und Sie sind der — der Erzengel?“

Das war eine Betitelung, die doch wieder ein bißchen Überraschendes für Tante Jettchen in sich schloß, und sie antwortete unwillkürlich aus bescheidener Selbstkenntnis hervor: „O, davon habe ich wohl noch weniger als von einem Teufel — oder wenigstens auch nicht zu viel.“ Aber dann fügte sie, sich besinnend, hinterdrein: „Ich bin ja nicht die Besitzerin, nur die zeitweilige Verwalterin in diesem Hause.“

„Wie?“ stutzte der Hörer leicht zurück. „Sie sagten doch, das Gericht habe Ihnen —“

„Ach ja, das Gericht, aber mein Gefühl nicht, und eben habe ich ja erkannt, wie recht es hatte. Denn Sie sind ja auch mit der guten Tante Plumbum verwandt gewesen, vielleicht sogar noch näher als ich. Darum kümmert sich das Gericht ja freilich nun nicht mehr, aber mein Rechtsgefühl sagt mir, daß Sie — wenn auch nicht —“

Hier befand Jette Blei sich momentan nicht ganz in Klarheit über die Aussage oder Ausdehnung ihres Rechtsgefühls, besann sich ein Bruchteilchen einer Sekunde lang, ward dadurch aber schnell zur richtigen

Erkenntnis geleitet und sprach diese dahin aus: „Daß Sie — wenn auch nicht gerade das alleinige Anrecht an die Erbschaft, so doch ungefähr ebensoviel wie ich haben, etwa an die Hälfte, als halber Miteigentümer des Hauses."

„Mit-ei-gen-tü-mer —" wiederholte Jakob Pflaumenbaum, nach jeder Silbe einmal kurz schluckend. Danach machte er einen längeren Absatz, ehe es ihm gelang, fortzufahren: „Das sagt Ihnen wirklich Ihr edelherziges Rechtsgefühl, liebste Jette —?" Und er gab dem wundersamen Wort eine leicht verwandelte Färbungsnuance, indem er hinterdrein fügte: — „Daß ich als Mit-be-woh-ner —?"

Doch nun stieß Tante Jettchen erschreckt aus: „Nein — das habe ich nicht gesagt!" Dann setzte sie beruhigter, doch hörbar mit einer unweigerlichen Entschiedenheit hinzu: „Nein, das könnte nicht sein, lieber Jakob."

„Warum nicht?"

Eine kurz aufgeblühte, aber jäh zu Boden geknickte Hoffnung zitterte mit unverhaltener Wehmut aus der Frage, durch welche die Befragte sichtlich ein wenig in Verwirrung gesetzt ward. Doch auch diese bemeisterte sie mit der ihr angeborenen Hurtigkeit, freilich offenbar einer Kraftanstrengung dazu bedürftig, die ihr gleichzeitig, indes keineswegs nachteilig, ein hübsches mädchenhaftes Erröten ins Gesicht aufsteigen ließ. Und so erwiderte sie, die Augen in leichter Befangenheit zur Seite abwendend:

„Weil — wenn ich auch die Kinderschuhe lange schon ausgetreten habe — ich doch noch nicht so hoch in den Jahren stehe, daß ich — um der Welt willen — mit einem jungen Manne, wenn er auch mein Vetter ist, allein hier im Hause wohnen könnte. Das werden Sie begreifen, lieber Jakob — eben um der Welt willen — sonst wäre ja natürlich nichts —"

Die Sprecherin mußte doch wieder ein wenig mit ihrer Zunge kämpfen; ihre eigenen Worte schienen sie mit einer gewissen mädchenhaften Unsicherheit, Zaghaftigkeit oder, was es sein mochte, überkommen zu haben. Sie beendete ihren Satz nicht, sondern schloß abbrechend daran: „Es ist wohl Zeit, lieber Vetter, daß Sie — man wird Sie auf Helmstede erwarten."

Doch der Vorgang, der sich mittlerweile in dem Gehirn des „jungen Mannes" und Miteigentümers, wenngleich nichtmöglichen Mitbewohners des hübschen Häuschens vollzogen, hatte ihn augenscheinlich nicht zu der gleichen Schlußfolgerung gebracht. Er hob nicht die Beine zum Fortgehen, sondern nur einmal wieder ruckhaft den Kopf, und ihm entflog wieder:

„Jette —"

„Ja — was, lieber Vetter?"

„Ich wüßte — wüßte eine Auskunft, Jette, ein

Mittel, daß wir zusammen in diesem Hause — ohne daß die Welt —"

Da er stockend anhielt, richtete Tante Jettchen ebenfalls den vorgesenkten Kopf auf, blickte ihn erstaunt, ungläubig, doch auch neugierig erwartungsvoll an und entgegnete:

„Das kann ich mir mit allem Herumdenken nicht vorstellen. Ich wäre ja so froh darüber, denn ich könnte ja keinen liebenswürdigeren Mitbewohner haben. Aber es ist ja gar kein Mittel möglich."

So harmlos, unschuldsvoll, naiv-kopfzerbrecherisch hatte noch nie ein weibliches Menschenkind im ersten Backfischzustand einem neben ihm sitzenden Herrn mit großen Augen ins Gesicht geschaut, und der Zeichen- lehrer an der städtischen Volksschule drückte mechanisch die seinigen fest zu, wie er antwortete:

„Doch, Jette — es giebt eines — werden Sie — wollen Sie — wenn Sie — wenn Sie meine Frau würden —"

„Jakob —!" stieß Jette Blei mit einem Auf- schrei aus.

Nein, darauf war sie nicht gefaßt gewesen, und es überstieg doch ihre sonst nicht gering anzuschlagenden leiblichen und geistigen Kräfte. Sie wollte vermutlich ihren Stuhl gewaltsam aus der Nähe ihres Tischgastes abrücken, vergriff sich aber in ihrer Schreckverworren- heit in der Richtung und rückte ihn statt dessen gerade

nach der entgegengesetzten Seite, von der sie wegzuflüchten
trachtete. Zugleich indes verließ sie das Bewußtsein,
ihr Kopf schwankte haltlos, fiel vornüber und lag um
einen Augenblick später, zum Glück durch den Mißgriff
ihrer Bewegung eine Stütze findend, mit geschlossenen
Lidern an der Brust Jakob Pflaumenbaums.

Das war eine Situation, in welcher dieser sich
noch nie während seiner vierzigjährigen Lebensdauer
befunden, die er vor einer Stunde noch sicher für
das Undenkbarste auf der Welt gehalten hätte,
und da diese Sachlage oder Kopflage Jette Bleis
ziemlich lange unverändert andauerte, wies seine Miene
einen wachsenden Ausdruck von Rat- und Hilflosigkeit
auf. Obendrein befand er sich sichtlich über das
Schlußresultat ihrer Ohnmacht durchaus in Ungewiß-
heit, oder vielmehr nach einer Unruhe in seinen Zügen
neigte er sich entschieden der Besorgnis zu, sie werde
beim Wiedergewinnen ihrer Besinnung entsetzt auf-
springen und ihn in der behaglich eingerichteten Garten-
stube allein lassen. So indes konnte es doch nicht
bleiben; sein Blick fiel auf ein an der Wand stehendes
bequemes Sofa, und er machte schließlich eine Bewegung, aufzustehen, um die immer noch Bewußtlose
drüben in eine bessere Lage zu versetzen. Aber diese
Bewegung hatte das Gute, Tante Jettchen zu sich zu
bringen; sie fuhr davon — und zuerst noch wieder
schreckhaft — zusammen, denn ihre Hand griff wie

nach einem Halt, um sich oder um ihn zu halten, fest nach seinem Arm. Aber dann zeigte sie, daß er sich einer irrtümlichen Auffassung und völlig unbegründeten Furcht hingegeben habe, denn sie sagte mit weichem Ton:

„O, Jakob — habe ich denn geträumt? Du hast mich immer geliebt — und kannst nur glücklich werden, wenn ich Deine Frau sein will — und willst Dein Leben, Haus und Hof und alles mit mir teilen? Nein — ich habe noch nicht »ja« gesagt — so schnell nicht — ich weiß nicht, ob ich es kann —“

Dabei schlug Jette Blei endlich die Augen wieder auf, ein Paar schönglänzende, höchstglückliche und seelengute, wenn auch im Hintergrunde ein bißchen schalkhaft glimmernde Mädchenaugen. Dazu machte ihr Gesicht gegenwärtig einen noch so jugendlichen, frischen, allerliebsten Eindruck, daß Jakob Pflaumenbaum war, als habe er es überhaupt noch nie vor diesem Augenblick wirklich angesehen, und ihm stotternd vom Mund geriet:

„Ja, alles will ich mit Dir — ja, ich habe Dich immer — nein, ich kann ohne Dich nicht glücklich — ich bitte Dich — sage »ja«, liebste Jette —“

„Ach, ich fürchte, ich bin sehr unvernünftig — Du wirst so schwer zu behandeln sein, und ich bin ein so schwaches Geschöpf. Aber wenn Du nicht anders glücklich sein kannst, Jakob — hier habe ich mir den Trauring von unserer seligen Tante Plumbum angesteckt, ben ich in ihrem Kasten fand — »ja« denn, Jakob — so nimm ihn —"

Der Trauring der guten Martha Plumbum hatte überraschend gut seine Kräftigkeit und seinen Glanz bewahrt, so daß er wie ein nagelneuer aussah, vermutlich weil sie, soviel bekannt geworden, jungfräulichen Standes verstorben war und er ihr deshalb nur theoretisch, nicht als praktische Verwirklichung gedient haben mochte. Doch Jette Blei zog ihn jetzt von ihrem Finger, zwängte ihn mit einigem Kraftaufwand auf den vierten der rechten Hand Jakob Pflaumenbaums und sagte um ein bißchen später:

„Ich glaube, Jakob — habe es sagen hören, meine ich, — es sei bräuchlich, daß ein Bräutigam seiner Braut einen Verlobungskuß giebt."

Dann hüpfte Tante Jettchen einmal von den Knieen ihres Kollegen, auf die sie irgendwie geraten war, herunter, ans Fenster, sah durch das leicht weggebogene Rouleau mit der blumigen Landschaft nach dem Grund eines draußen ertönenden Rollens hinaus und rief: „Da fahren die beiden Doktoren, jeder allein, nach Helmstede — was mag da sein — mein Gott, ich habe ja ganz vergessen —"

Ja, die merkwürdige „Neuigkeit" von Helmstede hatte Jette Blei heute morgen ganz in ihrem sonst so löblichen Gedächtnis untergekramt, und es stellte sich heraus, daß Jakob Pflaumenbaum überhaupt noch nichts von derselben mußte, sondern erst unterrichtet werden mußte, was dort gestern an Unglaubhaftem geschehen sei. Es war auffällig und nicht recht erklärlich, wozu man trotzdem von Helmstede nach ihm heute geschickt habe; das hätte auch Tante Jettchen wohl schon früher einfallen müssen, wenn sie nicht eben gerad an diesem Morgen so vergeßlich gewesen wäre. Jetzt erläuterte sie es der Wahrscheinlichkeit gemäß kurz: „Der Junge, der es Dir ausgerichtet hat, wird seinen Auftrag falsch bestellt haben; die Jungen haben so leicht dummes Zeug im Kopf, auf Mädchen ist immer mehr Verlaß. Aber da muß ich, wenn die Ärzte gerufen sind, doch hinüber und nachfragen — ich meine, wir müssen, Du gehst natürlich mit Deiner Braut —"

Sie setzte in dieser felsenfesten letzten Annahme ihren Strohhut auf, trat hurtig in die Küche und rief einer höchst sauber darin am Herd schaltenden Köchin zu: „Richten Sie das Mittagessen heut und jetzt immer für zwei Personen, Dorthe!" Dann kehrte sie zurück: „So — so, das wäre in Ordnung gebracht. Komm, Karo — Jakob, mein ich — der Name ist mir noch so ungewohnt auf der Zunge, da verspricht man sich leicht noch einmal." Dagegen hängte sie ihren Arm, als ob sie dies schon in langjähriger Gewohnheit thue, in denjenigen ihres Bräutigams, und so verließen der „Magister" und die Mamsell als Verlobte das hübsche Häuschen und gehörten auch zu denen, welche an

diesem Vormittag aus verschiedenen Wegrichtungen und
Gründen sich dem Herrenhause von Helmstede zube-
wegten.

* * *

Dort traten um diese Zeit gerade die Ankömmlinge
von Warleberg ins Schloß ein und zwar, was den
Vater anging, etwas zwiespältig im Gemüt bewegt.
Denn so ausnehmend ihn die gestrige Benachrichtigung
selbstverständlich erfreute und so wenig Zweifel er in
ihre volle Richtigkeit setzte, empfand er doch als eine
lästige Beigabe, daß er sich schlechterdings nicht zu erklären vermochte, was seine Schwägerin jetzt nach achtzehn Jahren plötzlich zu ihrer für sie so unvorteilhaften
Mitteilung bewogen haben könne. Am nächsten lag
noch die Annahme eines Zerwürfnisses zwischen ihr und
ihrer sogenannten Tochter, aber diese Hypothese brachte
auch wieder etwas zur Behutsamkeit Mahnendes mit
sich. Einem Zwist, der zu voreiligem Handeln geführt,
konnte möglicherweise bei ruhigerer Überlegung schon
eine Versöhnung gefolgt sein, und es gab keinen weiteren
wirklichen Beleg für die Thatsächlichkeit der Unter-
schiebung einer fremden Erbin von Helmstede, als den
gestrigen Brief. Dessen Glaubwürdigkeit aber ließ sich
eventuell ableugnen, das ganze für einen guten oder
schlechten Spaß ausgeben, und bei der Anhängig-
machung einer Klage war alsdann, abgesehen von der

Langwierigkeit einer solchen, der Ausgang keineswegs mit
Sicherheit vorherzubestimmen. Diese Berücksichtigungen
machten entschieden vorderhand ein behutsames und
liebenswürdiges Auftreten durchaus zum Gebot, um so
mehr, als der Baron Ulrich jetzt, in das Zimmer ein-
tretend, wo die beiden Frauen ihn erwarteten, diese
offenbar aufs einträchtigste Hand in Hand stehend fand.
Er ging deshalb auf seine Schwägerin zu und äußerte
in einem Tone verwandtschaftlicher Herzlichkeit, wie ein
solcher ihm noch nie vom Munde gekommen, daß er
ihre Zuschrift erhalten, vollständig begreife und mit-
empfinde, was sie zu dieser freilich nicht gesetzmäßigen
Handlung veranlaßt habe, und sicher sei, es werde sich
ein freundlichster Ausgleich zwischen ihren Interessen
und denen seines Sohnes, die er ja aus väterlicher
Pflicht vertreten müsse, herbeiführen lassen. Während
er dies sprach, gewahrte er von der Seite her den
Erbpächter von Ottenhof mit seinem Sohn gleichfalls
durch die Thür hereintreten, allerdings mit einigem Erstaunen, doch im Augenblick keineswegs unangenehm,
sondern im Gegenteil höchst erfreulich davon berührt.
Er schien ihre unerwartete Anwesenheit nicht zu bemerken, fuhr vielmehr unverändert in seiner verbind-
lichen Aussprache fort und beendigte diese, mit welt-
männischer Leichtigkeit zum Schluß die Frage an-
knüpfend:

„Also verhält es sich wirklich so, liebe Schwägerin,

was uns anfänglich durchaus unglaubhaft vorkam, daß dies Mädchen, diese junge Dame keine Tochter meines teuren verstorbenen Bruders ist?"

„Nein, wie ich geschrieben, das ist sie nicht," erwiderte Frau Ottilie ruhig. „Meinem Herzen ist sie vollständig einer Tochter gleich, doch ihrer leiblichen Herkunft nach ein fremdes Kind, das mein verstorbener Mann aus Sorge für meine Zukunft an Stelle unseres damals tot zur Welt gekommenen gesetzt hat."

Es war unverkennbar, daß die Sprecherin in dieser unumwundenen Geständniskundgabe eine Befreiung von dem letzten Reste der Last fand, die sie bald durch zwei Jahrzehnte bedrückt hatte. Nicht minder aber kennzeichnete sich in der Miene des Barons Ulrich eine hohe Befriedigung über die Erreichung eines Zweckes; er drehte sich rasch mit halber Wendung gegen den Erbpächter und dessen Sohn und ließ im Moment die aristokratische Höhe seiner Stellung so sehr außer acht, daß er die beiden Demokraten durch die Anrede gleichsam zu sich aufhob:

„Die Herren sind zufällig anwesend und haben die Angabe der Frau Baronin gehört?"

„Ja, die haben wir gehört, Herr Baron," antwortete Klaus Bredenkamp, „und könnten es, wenn es nötig wäre, bezeugen."

Das war zwar höchst schätzbar, doch das Aussprechen solcher Annahme im Augenblick sehr plebejisch unpassend, und der Baron Ulrich äußerte, herablassend mit der Hand winkend:

„Nun, Sie können jetzt gehen, ich habe noch einiges mit der Frau Baronin zu bereden. Auch dies Mädchen mag sich entfernen."

Indes der Pächter blieb, der schwerfälligen Natur der bürgerlichen oder mehr bäurischen Landleute gemäß, noch auf dem Fleck stehen und entgegnete:

„Sie sagten vorhin, Herr Baron, daß Sie wegen der Abfindung mit mir zu sprechen wünschten, da dachte ich, es ginge hier am bequemsten hin. Und weil Sie nun wohl der neue Besitzer von Helmstede sind, so habe ich die Abrechnung wegen des Gutes auch gleich mitgebracht."

„Wegen des Gutes? Was für eine Abrechnung?" fiel der Angeredete ein.

Klaus Bredenkamp hatte ein Papierkonvolut aus der Brusttasche gezogen und versetzte:

„Mein Guthaben macht danach, wenn ich für die Abfindung von der Erbpacht sechzigtausend rechne, nach dem neuen Geld grad' elfhunderttausend Mark."

„Sind Sie im Kopf verrückt?" fuhr der Baron Ulrich ihn zugleich sehr ungnädig und mißächtlich an.

Doch der Erbpächter schüttelte diesen Kopf äußerst gleichmütig. „Nein, daß ich nicht wüßte, Herr Baron. Ich habe mir nur erlaubt, wegen der Vereinfachung, das, was ich an Warleberg gut habe, mit auf

Helmstede zu übertragen. Das stammt beides schon von Ihrem Herrn Vater und noch weiter her, der ein bißchen viel Geld brauchte und wenn er es nicht vorrätig hatte, das, was ihm fehlte, so nach und nach von meinem Vater geliehen bekam, natürlich gegen Schuldverschreibung und auch Eintragung im Hypothekenbuch. Ihr Herr Vater machte nicht Aufhebens davon, und so haben Sie wohl nie davon gehört. Ich habe hier natürlich nur seine Quittungen bei mir, aber wenn Sie's im Hypothekenbuch vergleichen wollen, müssen Sie finden, daß es auf den Pfennig damit stimmt. Und sechzigtausend Mark für die Erbpacht sind gewiß nicht zu hoch gerechnet."

Wie zu Stein erstarrt, standen sowohl der Baron Ulrich, wie der Baron Albert, während Klaus Bredenkamp gemütsruhig sein Papierbündel aufschnürte, eine Anzahl von Schuldbokumenten auseinanderfaltete und, sie auf einem Tisch ausbreitend, nachfügte: „Wenn Sie sich von der Unterschrift Ihres Herrn Vaters überzeugen wollen, Herr Baron."

Ja, es war so und ließ sich nichts baran abändern. Der Vorbesitzer der Güter Helmstede und Warleberg mußte in der Stille arg gewirtschaftet haben und hatte seinen beiden Söhnen, ohne daß sie's geahnt, mehr als schwere Belastungen ihrer Erbschaften hinterlassen; besonders Helmstede war fast überschuldet. Der Baron Ulrich brachte jetzt aus seiner bisher sprachunfähigen Erstarrung mühsam heraus:

„Warum haben Sie denn bis heute gewartet — Ihre Forderung nicht eher geltend gemacht?"

„Dazu war ich ja nicht verpflichtet, Herr Baron," antwortete Klaus Bredenkamp in seiner seelenruhigen Art.

„Aber die Zinsen in den dreißig — vierzig — wie lange — Jahren —"

„Ach, die brauchte ich ja nicht. Und dann war mein Vater ja ein guter Freund von Ihrem, Herr Baron; die hat er wohl gehen lassen, und da hab ich's dann auch so gemacht wie er."

Soweit hatte der Baron Ulrich ein paar Worte zusammengefunden, das, was ihm zunächst durch den Kopf gefahren, auch vom Mund zu bringen. Nun jedoch kam es wieder wie mit einer Betäubung über sein Denkvermögen zurück, daß er, den Pächter anstarrend, nichts weiter im Vorrat hatte, als halb erstickt zu fragen:

„Ja — was —?"

„Meinen Sie wegen der Hypothek auf Warleberg, Herr Baron?" half Klaus Bredenkamp ihm bereitwillig ein. „Das sagte ich vorhin, ich mache es ja gern wie mein Vater, und wie es Ihnen am bequemsten ist. Darum dacht ich, wär's Ihnen recht, wenn wir das mit auf Helmstede zurechneten und ich dies so in Bausch und Bogen dafür nehme. Ein paar hunderttausend Mark gehen dabei wohl mit hinein, aber bei so alten Nachbarn kommt's darauf ja nicht an, und ich hab's ja gottlob nicht nötig, so genau darauf zu sehen."

Der Baron Ulrich von Birkwald hatte immer noch
ein dumpfes, beschwichtendes Gefühl in sich gehabt, es
handle sich nur um einen dummen oder frechen Spaß,
den der Demokrat sich mit ihm erlaube. Doch nun
verflüchtete sich diese Täuschung vor einem ihm siedend-
heiß in die Schläfenadern aufklopfenden Blutandrang,
wie verdampfendes Wasser über einem kräftig angefeuerten Herd. Es hielt nichts dagegen Stich, daß es
barer, klarer Ernst und ein merkwürdig kurzes Vergnügen gewesen war, das er an der gestrigen Zuschrift
seiner Schwägerin und ihrer eben von zwei Zeugen
mitangehörten Erklärung gehabt. Ganz obendrein noch
hatte der Erbpächter auch eine Forderung an Warleberg, und es war die reinste Großartigkeit aus plebe-
jischem Dünkel von ihm, diese Schuld von mehreren
hunderttausend Mark mit in die Anschlagsumme für
Helmstede einrechnen, das hieß so viel als herschenken
zu wollen. Das alles besaß, zumal mit solcher Plötz-
lichkeit gekommen, wohl ausreichend Gedanken und
Zunge Lähmendes, um den Baron Ulrich wieder sprachlos und jetzt einmal in die Gesichter seiner Schwägerin
und ihrer unrechtmäßigen Tochter starren zu lassen.
Die Miene der letzteren kämpfte zwischen einem halb
verständnislosen Staunen, einem daneben bemerklichen
Ausdruck von Befangenheit und einem unwillkürlichen
Lachreiz; seitdem die beiden Ottenhofer eingetreten
waren, hatte sie eine leichte Drehung gemacht und

wandte ihnen den Rücken zu. Frau Ottilie dagegen zeigte im Gegensatz zu ihrer anfänglichen sicheren Ruhe unverkennbare Merkmale einer heftigen inneren Erregung. Ihr Gesicht war einmal von dunkelroter Färbung überflossen und dann unnatürlich blaß geworden. Ihr Mund hatte während des bisherigen Vorganges keinen Laut von sich gegeben; ihre beiden Hände hielten sich umeinandergelegt, es machte den Eindruck, daß sie damit das Sichtbarwerden eines Zitterns zu verhalten suchten. Was aus der Situation im Zimmer eigentlich werden sollte, ließ sich nicht absehen; es schien, daß niemand etwas anderes zu thun wußte, als stumm und reglos dazustehen. Doch erwarb der Baron Albert sich jetzt das Verdienst, diesen Bann zu brechen. Ihm war schon länger anzumerken gewesen, daß Grimm und Wut über die enttäuschte Erbhoffnung in ihm kochten; indes solange er noch nicht alles verloren gegeben, hatte er sich gebändigt. Nun aber — das, was seinem Vater hauptsächlich den Mund zuschloß, die Hypothek auf Warleberg, mochte ihm nicht so klar zum Verständnis gekommen sein — nun ließ er, um nicht daran zu ersticken, dem bis jetzt mühsam Zurückgepreßten die Zügel schießen. Es hatte etwas, wie wenn durch das Kochen in ihm eine Flüssigkeit zum Sieden gebracht worden sei und aus einem aufgesprengten Ventil jäh mit zischendem Ton herausfahre, wie er vom Mund stieß:

„Jedenfalls werde ich noch heute die gerichtliche Anzeige machen, daß wir seit achtzehn Jahren durch eine Fälschung um den Besitz und die Einkünfte des Gutes Helmstede betrogen worden sind."

Diese Einmischung des einen Sohnes diente jedoch dazu, auch den anderen zu einer solchen zu veranlassen, denn Hellwig Bredenkamp öffnete jetzt gleichfalls zum erstenmal den Mund und versetzte ganz in der ruhigen Sprechweise seines Vaters:

„Da das Gut schon seit mehr als dreißig Jahren in Wirklichkeit meinem Großvater und Vater gehört, so würden Sie keine Einkünfte davon gehabt haben, Herr Baron, und die Klage deshalb wohl nicht viel Aussicht auf einen Erfolg besitzen. Übrigens nehme ich die Gelegenheit, die mich mit Ihnen zusammengeführt, zu der Mitteilung wahr, daß ich vor ein paar Tagen im Park am Wasser eine Handsäge gefunden habe, von der ich glaube, daß sie Ihr Eigentum ist. Wenn Sie dieselbe auf Ottenhof abholen lassen wollen, so liegt sie dafür bereit."

Das Blut fiel auf einmal jäh aus dem vollkommen farblos werdenden Gesicht des Barons Albert von Birkwald herunter; sein Vater ward zwar von keinem Verständnis und Interesse für die letzte Nachfügung des Pächtersohnes berührt, doch er besaß dafür desto weislichere Einsicht in die Stichhaltigkeit der ersten Bemerkung desselben und wies seinen Sohn mit einem kurz-verbiſſenen, doch entſchiedenen: „Schweig, Albert, rede keinen Unſinn!" zur Ruhe und Raiſon. Frau Ottilie aber war jetzt das Verbleiben im Zimmer ſichtbar nicht länger erträglich geworden, ſie trat um einen Schritt gegen Klaus Bredenkamp vor und ſprach, ohne ihn dabei anzuſehen:

„Ich brauche wohl nicht zu ſagen, wie überraſcht ich von dem hier zu Tage Getretenen bin, und ich begreife ebenfalls nicht, weshalb — weshalb ich dieſen Thatbeſtand erſt ſo ſpät erfahren. Doch ich werde noch heute mit meiner Tochter das Haus für den Einzug des neuen, rechtmäßigen Beſitzers räumen."

„Warum wollten Sie das?" Auch der Pächter ließ bei ſeiner Antwort den Blick ſeitwärts neben der Angeredeten vorbeigehen. „Was ſollte ich wohl auf dem Schloß; in das paßte ich hinein, wie eine Krähe in den Papageienkäfig. Es iſt ja auch nichts anders geworden, meine ich, als ſeit achtzehn Jahren, ſo daß ich nicht einſehe, weshalb die Beſitzerin von Helmſtede nicht länger hier bleiben ſollte."

Danach ward es ganz ſtill in dem Raum, denn die, welche eben als die „Beſitzerin von Helmſtede" bezeichnet worden, ſtand ein paar Augenblicke lang vollſtändig ohne Atemzug und Sprachfähigkeit. Nur dem Baron Ulrich ward gegenwärtig das Lächerliche der Situation, in der er ſich befand, und das Wünſchenswerte, ſich ihr baldmöglichſt zu entziehen, klar, und mit raschem Entschluß den Fuß hebend, sagte er: „Komm, Albert, wir gehen!" Das schien dem letzteren seit der kurzen Belehrung, die er von dem Pächterssohn empfangen, gleichfalls nicht unwillkommen, doch ehe beide mehr als einen Schritt vorwärts gethan, hielt Frau Ottilie sie plötzlich jetzt mit einem Ruf an:

„Nein, bleibt noch — einen Augenblick — ich habe noch etwas — vor Zeugen — zu sagen. Das, was Ihr eben von Herrn Bredenkamp gehört habt und was er seit zwanzig Jahren gethan hat — das ist die Vergeltung, die Strafe, die jemand mir zugefügt —"

Sie stockte, alles Blut schoß ihr wieder ins Gesicht, wie sie dann haftig fortfuhr:

„Ja, das ist auch ein Geständnis, das Zeugen braucht, damit die Welt es für wahr und glaubhaft hält. Ich war mit siebzehn Jahren — war seine Braut — wir liebten uns und hatten uns heimlich verlobt. Aber meine Eltern erfuhren es, wollten von einem Bürgerlichen nichts wissen und drohten mir, mich aus dem Hause zu jagen. Sie hätten es auch gethan, das wußte ich — und ich war schwach — nein, ich war feig und erbärmlich, ihm zu schreiben — denn den Mut, es ihm zu sagen und in die Augen zu sehen, hatte ich nicht — wir müßten uns trennen. Er hat mir kein Wort darauf erwidert — nie — auch mit keinem Blick der Verachtung, obgleich der Zufall unser Leben sonderbar nah zusammengebracht. Aber gerächt hat er sich an mir seit zwanzig Jahren, ohne daß ich es geahnt, und Ihr habt gehört, wie er's mir eben aufs herbste, am bittersten gethan. Das war die volle Vergeltung — und ich will seine grausame Gabe nicht, will mich nicht von ihr, wie er's möchte, täglich verbrennen und martern lassen. Ich werfe sie ihm vor die Füße —"

Zwischen den letzten Worten Ottilies von Birkwald und ihrem Behaben, ihrem Gesichtsausdruck war ein merkwürdiger Widerspruch. Sie schluchzte vor tiefster Ergriffenheit, hob jetzt ihre Augen, zugleich von Glück leuchtend und bittend, gegen das Gesicht Klaus Bredenkamps auf und fuhr fort:

„Ich will nur eins von ihm — sehen, ob er meine Hand nimmt — die ihn fragt: Hast Du mir verziehen? — ob seine Hand drauf antwortet —"

Er sah auf die ausgestreckte Hand nieder, und so unglaubhaft es bedünken mochte, es war dennoch eine nicht anzuzweifelnde Thatsache, daß sich an den Wimpern Klaus Bredenkamps ein paar helle Tropfen angesammelt hatten und jetzt von ihnen herunterfielen. Für einen Atemzug wurde auch ihm das Sprechen schwer, doch dann sagte er:

„Die Hand gab sich mir schon einmal, Ottilie — da waren wir jung. Aber so ganz alt sind wir ja auch heute noch nicht — wir haben noch gute Zeit vor uns, vergessen zu machen, was zwischen die Hände

geraten. Was meine Dir antwortet, sagt sie — fühlst
Du, daß sie auch Dich fragt, Ottilie — ob Du mir
— ja, ob Deine Hand sich mir noch einmal so giebt,
wie sie damals sich in meine legte? Willst Du dies
Schloß nicht, wie ich's nicht will, so können wir's der
Jugend lassen, die uns wohl für den Rest unserer Zeit
auf Ottenhof läßt —"

Der Augenblick ging doch über das Beherrschungs-
vermögen Frau Ottilies. Zwar fiel sie nicht in Ohnmacht, wie um eine Stunde zuvor Jette Blei in ihrem
nieblichen Häuschen, aber sie that etwas, was Tante
Jettchen nicht gethan, und zwar etwas für jede Dame
schon im höchsten Maße Unpassendes und ganz gewiß
für eine Baronin bei einem Pächter völlig Unerhörtes,
denn sie bückte hastig ihren Kopf nieder und küßte die
Hand Klaus Bredenkamps. Dann richtete sie wieder
ein Antlitz auf, in dem Lächeln und Thränen miteinander stritten, und sagte leise: „Mein Herz hätte Dich
lange so gefragt, aber die doppelte Schuld, die auf mir
lag, nahm ihm den Mut."

Das war denn eigentlich etwas noch Überraschen-
deres gewesen, als die Schuldforderungen des Ottenhofer Erbpächters an die abligen Güter Helmstede und
Warleberg, und sämtliche Zuschauergesichter, mit Ausnahme desjenigen Hellwig Bredenkamps, zeigten sich
äußerst verbutzt, das Gertruds indes zugleich auch sehr
freudig erstaunt. Dagegen fiel es dem Baron Ulrich

nicht leicht, den in ihm erregten aristokratischen Widerwillen gegen die neue oder erneuerte Verlobung seiner
Schwägerin zu verhehlen. Doch gab er sich aus Nütz-
lichkeitsgründen Mühe dazu, ward aber hinsichtlich derselben noch von einem praktischen Gedanken seines
Sohnes übertroffen, der offenbar von einer Äußerung
Klaus Bredenkamps sympathisch berührt, jetzt plötzlich
gegen Gertrud hinantrat und sie liebenswürdig ansprach:

„Ich glaube, liebe Cousine — Du wirst mir hoffentlich das Recht belassen, Dich so zu nennen — es ist
ohne mein Vorwissen durch einen Brief meines Vaters
ein Mißverständnis zwischen uns geraten, das sich sehr
leicht lösen wird. Ich habe durchaus keinen Anstoß
an Deinem köstlichen Einfall genommen, zu probieren,
ob es Dir auch gelingen könne, auf einem Seil zu
gehen — die Liebe eines Bräutigams sieht einen solchen
unschuldigen Scherz ja ganz anders an, als die momen-
tane Überraschung eines Vaters, und ich bin überzeugt
— ich kam, Dir dies auszudrücken —“

Der Sprecher machte eine Bewegung mit der Hand,
die ihrige zu fassen; die artige Anrede war ihr merklich
so unvermutet gekommen, daß sie gegen ihre Bräuchlich-
keit wie auf den Mund geschlagen stand und keine Antwort aus ihm herausbrachte. Ihre Augen ließen außerdem in der letzten Stunde erkennen, daß sie wohl
nicht ganz Herrin über ein gewisses taumelndes Durch-
einandergehen ihrer Gedanken sei und dies dazu beitrage,

sie im Moment in einen etwas hilfsbedürftigen Zustand zu verſetzen. Jedenfalls ging ihr Blick, wie
nach einem Beiſtand ſuchend, umher, glitt während der
Schlußworte deſſen, der die Vorurteilsloſigkeit kundgab,
ſie nicht nur als ſeine Couſine, ſondern auch als ſeine
Braut weiterzubetrachten, zufällig einmal über das
Geſicht Hellwig Bredenkamps und traf merkwürdig damit zuſammen, daß der letztere faſt im ſelben Augenblick mit höflichem, doch nicht mißzuverſtehendem Tone
ſagte:

„Ich glaube, Herr Baron, es ſind jetzt keine Zeugen
mehr im Zimmer erforderlich.“

Das war ein höchſt unangenehmer Menſch, und
noch widerwärtiger waren die Umſtände, die es nicht
angemeſſen machten, ihm die entſprechende Antwort auf
ſeine unbefugte Einmiſchung und den darin erteilten
unzweideutigen Hinweis zu geben. Und keineswegs zur
Verannehmlichung trug bei, daß die zunamenloſe Gertrud
jetzt mit kurzer Wendung ihrem „Vetter“ den Rücken
drehte und ſo ungeniert und unariſtokratiſch, wie nur
je die Baroneß von Birkwald, in ein höchlichſt ver-
gnügtes lautes Lachen ausbrach. Die Bemerkung des
Pächterſohnes ſchien ihr ganz außerordentlich großen
Spaß zu verurſachen; jedenfalls aber that ihr Lachen
zweifellos kund, daß der Baron Albert ſich weitere Be-
mühungen, ſie über das Mißverſtändnis aufzuklären,
vollſtändig erſparen könne. Zu dieſer Einſicht gelangte

er denn auch, wie sein Vater nunmehr aus eigener Beobachtung zu der Erkenntnis fortschritt, seine Schwägerin sehe ihn nicht weiter als einen ihr wünschenswerten Zeugen an und überhaupt nehme niemand mehr von seiner Anwesenheit Notiz. Daraus entsprang als Folge, daß die beiden Warleberger Herren, auch eigentlich ohne es jemand zum Bewußtwerden kommen zu lassen, um einige Sekunden später durch die Zimmerthür miteinander verschwanden und sich weiter über den großen Schloßflur fortbegaben, ohne hier ihrerseits eine Anzahl auf demselben versammelter Persönlichkeiten deutlicher und mit Interesse wahrzunehmen. Denn obwohl zu ihrer Begrüßung sich mehrere Hüte lüfteten, ließen sie die ihrigen gänzlich unberührt, schritten eilfertig mit sehr verfinsterten Mienen dem Ausgang zu, und gleich danach klatschte draußen eine Peitsche in der Hand des Barons Ulrich mit solcher Vehemenz zwischen die beiden Pferde des Jagdwagens hinein, daß sie äußerst befremdlich und unliebsam davon berührt, fast wie zum Durchgehen anspringend, das leichte Fuhrwerk mit einer bedenklichen Geschwindigkeit hinter sich drein rissen. Auf dem Schloßflur aber äußerte der gerade eingetroffene Pastor Gerhard Hollermann: „Mich bedünkt, die Herren Barone sahen überraschend mißvergnüglich aus, als ob sie ein unerwarteter großer Verdruß betroffen habe." Und zwar sagte der Sprecher dies ohne einen sonst bei derartigen Wahrnehmungen bräuchlichen Ton des

Bedauerns; im Gegenteil hellten seine bisher ungewöhnlich ernsten Züge sich dabei zu einem Ausdruck heiterer
Beschwichtigung auf.

Ebenfalls als Ankömmlinge der letzten Minute befanden sich auf dem kühlen Vorraum der Sanitätsrat
Dr. Kaspar Präconius und der Dr. Erich Präconius
jun., von denen der erstere jetzt den Hollebeker Seelsorger mit einiger Verwunderung begrüßte:

„Wie ich sehe, hat das geistliche Divinationsver-
mögen den Herrn Pastor bereits von dem hier bevorstehenden freudigen Ereignis unterrichtet, daß Sie sich
zur Ausspendung des Ihnen anvertrauten himmlischen
Segens mit hier eingefunden.“

„Ich bedaure, Herr Sanitätsrat, nicht eingeweiht zu
sein, von welchem Anlaß Sie reden,“ erwiderte Gerhard
Hollermann und fügte freundlich lächelnd nach: „doch da
ich das Vergnügen habe, die beiden Herren Doktoren hier
zu sehen, so bedünkt mich, steht wohl zu befürchten, daß
es sich um einen betrübsamen Ausgang handeln muß.“

Eine Beunruhigung konnte indes eigentlich durch
die doppelte Gegenwart der beiden Ärzte nicht hervorgerufen werden, da jeder von ihnen einen großen,
kunstvoll gebundenen Blumenstrauß in der Hand trug.
Durch die offenstehende Hausthür bewegte sich in
diesem Augenblick noch ein nach Helmstede gepilgertes
Paar herein, nämlich der „Magister“ und die Mamsell
oder wohl eigentlich in richtigerer Aneinanderreihung

Jette Blei und Jakob Pflaumenbaum, und zwar in
einem wörtlichen Zusammenhang, der alle Augen sich
erstaunt auf sie richten ließ. Denn sie gingen Arm
in Arm, und der Üblichkeit nach wäre es wohl zunächst dem Manne, als der sogenannten stärkeren Hälfte,
zugekommen, den Anwesenden eine Erklärung dieser
überraschenden Vertraulichkeit zu übermitteln. Doch in
diesem Fall nahm ihm die sogenannte schwächere Hälfte
fürsorglich diese Nötigung ab, denn Tante Jettchen sagte
sogleich: „Ich habe das Vergnügen, den Herren meinen
Bräutigam vorzustellen," und der Sanitätsrat entgegnete,
seine Nase unwillkürlich komisch zusammenkräuselnd:

„Was — den — den da wollen Sie heiraten,
liebes Kind? Sind Sie auch Liebhaberin von Fliegen-
ragout mit Lazarettpflaumen geworden — oder, wie
ich neulich schon merkte, wohl ein bißchen —?"

Er bewegte einen Finger gegen seine Stirn. Tante
Jettchen aber antwortete ohne jede Übelnahme der ihr
entgegengebrachten Anzüglichkeiten lächelnd:

„Wenn es nur bei allen da so richtig ist, Herr
Sanitätsrat! Nein, mit Fliegen geben wir uns gar
nicht mehr ab, wir haben heute morgen den letzten
Brummer von der Spinne einfangen lassen. Wem wollen
Sie denn mit Ihren Sträußen hier gratulieren? es ist
doch kein Geburtstag. Ja, den will ich mit Ihrer Erlaubnis heiraten, Herr Sanitätsrat — nicht wahr, Jakob?"

Das letzte fügte Jette Blei mit einem Tone hinzu,

daß an dem vollen Ernst ihres Willens kein Zweifel sein konnte, und auch Jakob Pflaumenbaum bestätigte dies, mit einem „Ja" auf ihre Frage erwidernd, als unbestreitbar. Im übrigen ging den beiden letzten Ankömmlingen gleichfalls auf, daß die Anwesenheit der beiden Doktoren — ausnahmsweise — auf nichts Übles hindeute, und der ältere von ihnen hielt jetzt einen über den Flur kommenden Diener mit dem Auftrag an, ihn bei der Frau Baronin zu melden. Dem fügte Erich Präconius jun. sofort nach: „Und melden Sie mich bei der Baroneß, ich meine, dem Fräulein Gertrud." Doch der Diener, der die Mutmaßung wachrief, sich eines ungewöhnlich weitreichenden Gehörsinnes zu erfreuen, versetzte, die Herren von Ottenhof befänden sich noch, wie er Grund habe anzunehmen, bei den Damen in wichtigen Angelegenheiten, und er müsse bitten, erst die Erledigung derselben abwarten zu wollen.

Das traf allerdings insoweit zu, als Frau Ottilie und Klaus Bredenkamp Hand in Hand an der einen Seite des Zimmers ununterbrochen leise miteinander redeten. Bei den beiden übrigen noch in dem weiten Raum verbliebenen Persönlichkeiten war es dagegen offenbar nicht der Fall, denn sie standen seit dem Weggang der Warleberger, zwar nicht weit voneinander entfernt, noch auf dem gleichen Fleck, ohne irgend welche Angelegenheit, geschweige denn eine wichtige, zu erledigen zu haben. Gertrud drehte nur an ihrer Hand den alten, silbernen Ring mit dem pfeildurchbohrten Herzen herum, den ihr Vater einmal ihrer Mutter von einer Jahrmarktsbude gekauft und den sie sich heute morgen wieder, doch vorsichtiger als beim erstenmal, nur locker auf den vierten Finger gesteckt hatte. Es war ein seltsames Stück Hinterlassenschaft, und seltsam auch war sie dazu gekommen, so daß ein ernsthaftes Gesicht sich ihr bei dieser Beschäftigung nicht verdenken ließ, und sie schien überhaupt für heute nichts anderes mehr, als eine gleich schweigsame Fortsetzung derselben vorzuhaben. Doch nachdem sie den Ring etwa ein halbhundertmal herumgedreht und ebenso oft die kleine Platte mit der Eingravierung betrachtet hatte, ward sie dabei ganz unvermutet durch eine Frage unterbrochen:

„Ist das etwas Neues? Das hab ich noch gar nicht bei Dir gesehen."

Ein Meteorstein, der vom Himmel und durch die Decke herunter ins Zimmer geschlagen wäre, hätte Gertrud nicht unerwarteter kommen können und auch nichts Verwundersameres gehabt. Denn das war haargenau die Stimme, der Ton, überhaupt die Art und Weise von Hellwig Bredenkamp, als ob er vor zehn oder sechs oder auch noch vor vier Jahren beim Spieltreiben und Herumjagen im Feld auf einmal etwas ihm Neues an seiner Kameradin gesehen und danach gefragt habe. So konnte gar kein sonstiger Mensch

auf der Welt sprechen, und sie brauchte gar nicht auf=
zusehen, Hellwig müsse dicht vor ihr stehen und sie
derartig angeredet haben. Deshalb schlug sie denn
auch die Augen nicht auf, sondern antwortete nur, wie
es kürzer nicht wohl möglich fiel:

„Was?“

„Ach so, das ist wohl —“

Unfraglich war es Hellwig Bredenkamp, denn bei
dem letzten Wort faßte er, wie er's oft und gern zu
thun pflegte, nach ihrer Hand und ergänzte, diese, um
den Ring zu besehen, mit seiner haltend: „Das ist
wohl Dein Verlobungsring?“ Und wenn noch ein
geringster Zweifel über seine Identität bestand, so mußte
auch der in Luft zergehen, denn er brach danach in
ein hellstimmiges, hübsches, frohsinniges und knabenhaft
übermütiges Lachen aus, wie abermals überhaupt auf
der Erde nur Hellwig Bredenkamp es vom Mund zu
bringen vermochte. Das übte eine so verblüffende
Wirkung auf die Hörerin, daß ihr völlig unbewußt
herausflog:

„Kannst Du denn noch lachen?“

„Warum sollt ich das nicht können? Besonders
wenn man so viel Grund dazu hat.“

„Was für Grund?“

„Ach, ich stellte mir gerade allerhand Komödien vor,
die ich diesen Sommer angesehen habe. Aber das war's
eigentlich nicht: mir fiel jetzt ein —“

„Was?"

„Wie komisch es ist, daß Du keine Baroneß mehr bist und ich nicht mehr fürchten muß, daß Du mir den Kopf abschlagen läßt. Davor hatte ich lange — bis gestern noch — so große Angst."

„Du kannst noch lachen? Du bist ja ein ganz abscheulicher Mensch!"

Das stieß Gertrud hörbar aus innerster Überzeugung heraus und riß ihm ihre Hand fort. Aber dazu beging sie ganz den nämlichen Widerspruch wie vorhin Frau Ottilie dem Erbpächter Klaus Bredenkamp gegenüber, denn sie hob zum erstenmal mit einem plötzlichen Aufruck den Kopf, um Hellwig Bredenkamp ins Gesicht zu sehen, und da er seine Augen nicht abdrehte, schauten beide sich, ohne ihr Gespräch weiter fortzusetzen, etwa eine viertel bis eine halbe Minute lang groß an. Dann zeigte Gertrud durch ein plötzliches Ausplatzen, daß auch sie das Lachen seit gestern keineswegs verlernt habe, und fragte danach, wie ihre Lippen wieder dazu in den Stand gerieten, als gute Spielkameradin:

„Du, Hellwig — wenn er Dir gefällt — willst Du vielleicht den Ring?"

„Ja, er gefällt mir schon, Trudi — und wenn Du ihn weggeben willst —"

Übermut und Überschwang der Jugend war's, der in diesem Augenblick kein Gedanke an den verlotterten toten Mann drüben unter der Hollebeker Kirche, noch

an ein unbekanntes junges Geschöpf kam, dem er einmal diesen Silberreif an den Finger gesteckt, sondern
Gertrud riß hurtig den Ring von dem ihrigen herunter
und ähnelte in dem einen Punkt ganz Tante Jettchen,
daß sie ihn mit der nämlichen Eilfertigkeit und Nach-
drücklichkeit fest über den kleinen Finger Hellwig Bredenkamps schob, wie Jette Blei es mit dem Trauring der
jungfräulich verstorbenen Martha Plumbum an der
Hand Jakob Pflaumenbaums bewerkstelligt hatte. Doch
nachdem Gertrud dies mit außerordentlicher Geschwindigkeit ausgeführt, warf sie jählings beide Arme um
den Nacken ihres freigebig beschenkten Jugendkame-
raden und schien ihn augenblicklich als eine Art lebendigen Baumstammes zu betrachten, bei dem es sich lohne,
einmal zu versuchen, ob sich an ihm in die Höhe
klettern lasse, denn sie hob sich mit der Gelenkigkeit
einer Seiltänzerin etwa einen halben Schuh hoch an
ihm vom Boden empor, so daß sie, den Größen-
unterschied zwischen ihnen ausgleichend, ihre Lippen
auf das Niveau der seinigen brachte und ihm blitzschnell ein Dutzend Küsse darauf drückte. Woher
sie das gelernt hatte, war nicht leicht zu sagen, da
sie's zum erstenmal in ihrem Leben that; aber da
sie es zu thun verstand, mußte auch die Anlage zu
dieser Kunstfertigkeit wohl eine Naturmitgift bei ihr
bilden. Dann jedoch schnellte sie sich herunter, zog
den Pächterssohn hastig mit sich nach der anderen

Seite des Zimmers hinüber und rief aus etwas trunken durch ihren Kopf herumtaumelnden Gedanken heraus:

„Mama — nun wirst Du doch meine richtige Mutter — denn Hellwigs Vater macht Dich ja dazu, weil Hellwig mich dazu machen will!"

Und das war — diesmal auf dem Gebiet der Sprache mit dem Munde ausgeübt — eine allerdings etwas kuriose Ausdrucksleistung, doch der Art und gelegentlichen Kindsköpfigkeit der wieder auf den status quo ante zurückversetzten „Erbin von Helmstede" vollkommen entsprechend.

* * *

Damit hatten nun, wenigstens vorderhand, die wichtigsten Angelegenheiten dieses absonderlichen Vormittags ihre Erledigung gefunden, und der Diener mit dem bevorzugt feinen Gehörssinn mußte irgendwie auch zu dieser Annahme gelangt sein, denn er achtete jetzt den Zeitpunkt für geeignet, der Frau Baronin die Anmeldung des Sanitätsrates Präconius sen. und Gertrud diejenige des Dr. Präconius jun. zu übermitteln, sowie beizufügen, der Herr Pastor befinde sich gleichfalls zur Abstattung eines Besuches draußen. Das Gesicht Frau Ottilies gab zunächst zwar zu erkennen, daß sie eigentlich Besuche heut für eine Erhöhung ihrer Gemütsstimmung nicht als erforderlich ansehe. Aber da die Herren sich einmal herbemüht hatten und zudem ein gewisses Anrecht besaßen, über ihnen vermutlich zu Ohren gekommene wunderliche Dinge eine Aufhellung zu erhalten, die am besten von der kompetentesten Stelle ausging, so erwies sich der Moment dafür doch nicht gerade unpassend. Und die Luft mußte heute noch mehr als sonst von ihren ein bißchen im Kopf närrisch machenden Bestandteilen an sich haben, denn selbst die Gesichter Klaus Brebenkamps und seines Sohnes weckten ein Gefühl, von solcher Einwirkung auf ihre Köpfe nicht ganz frei zu sein; so war es von Frau Ottilie auch nicht zu verlangen, daß der ihrige sich langen Vernunfterwägungen hingebe, sondern sie wandte sich raschen Entschlusses zu ihrem neuen und ältesten Bräutigam: „Wenn es Dir recht ist, wollen wir die Herren begrüßen." Sie legte ihren Arm in den seinigen, denn offenbar war ihm alles recht, was sie zu thun für gut befand. So begaben sie sich zur Thür hinaus, und das junge Paar, als erst zum erstenmal verlobt, richtete sich nach dem Vorbild des älter erfahrenen und folgte diesem in gleicher Weise nach.

Wie sie dergestalt auf den Flur gelangten, bewährte sich aber in vollendetstem Maße eine von der gütigen Natur dem weiblichen Geschlecht verliehene wundersamste Eigenschaft. Denn für die Mutter, wie für ihre künftige Stief- oder eigentlich Schwiegertochter bedurfte es nur eines einzigen Blickes auf die zwiefach ihnen

entgegenleuchtenden Blumensträuße, um die frauenhafte
Divinationsgabe beider augenblicklich nicht im Zweifel
über die Bedeutung und Absicht dieser duftigen Erscheinungen zu belassen. Und beide — nicht nur die daran
sehr gewöhnten Lippen Gertruds, sondern selbst die davon
lange entwöhnten Frau Ottilies — mußten sich außerordentliche Gewalt anthun, nicht gleichzeitig in ein
schallendes Lachen auszubrechen. Doch geschickt dämpfte
die letztere die drohende Gefahr eines solchen zu einem
anmutigen Lächeln ab und sagte: „Welche liebenswürdige
Aufmerksamkeit, Herr Sanitätsrat, mir so rasch und so
hübsch Ihren Glückwunsch zu meiner Verlobung selbst
zu überbringen; ich freue mich darüber, ihn mit meinem
Bräutigam zusammen zu empfangen." Etwas Ähnliches,
nur mit ein wenig deutlicher zuckenden Mundwinkeln
äußerte zugleich Fräulein Gertrud, den Strauß aus der
Hand des Dr. Erich Präconius jun. nehmend, und die
Gesichter der beiden Doktoren zeigten in dieser Minute
nicht nur die gewöhnliche Familienähnlichkeit, sondern
desgleichen eine bei ihnen ganz außergewöhnliche voll-
ständigster, nach dem bezeichnenden Wort auf den Mund
schlagender Verblüffung. Erst als sie ein bißchen später
an einer Seite der großen Flurhalle abgesondert zu
einem tête-à-tête gelangten, löste sich ihre Mundstarre,
indem der Sanitätsrat Dr. Kaspar Präconius sen. etwas
gedämpften Tones sagte:

„Mich bedünkt, lieber Sohn, Du warst von der

Unwiderstehlichkeit Deiner Person ohne vorherige Beweisaufnahme ein wenig zu fest überzeugt."

„Ich glaube, lieber Vater," entgegnete Erich Präconius jun., „Du hast Dich etwas zu schnell der Meinung überlassen, es bedürfe nur Deines Erscheinens, um jede Möglichkeit eines Mißerfolges auszuschließen."

„Es thut mir leid für Dich, daß Dir zur Behandlung dieses Falles die richtige Diagnose gebrach, und ich hoffe, Du wirst eine Lehre daraus entnehmen, der Beurteilung von seiten eines erfahrenen Praktikers künftighin etwas besser Gehör zu schenken."

„Du wolltest leider, Deiner Angewöhnung nach, der zweifellos begründeten Prognose eines jüngeren Kollegen nicht beipflichten und wirst Dich, wie ich denke, jetzt von der Wünschbarkeit, ihn gelegentlich zu einer Konsultation beizuziehen, überzeugt haben."

„Flores tuos pro filio rustici nexisse videris, mi fili."

„Erlaube, daß ich die Form vorziehe, lieber Vater: »Mihi videtur, fasciculum tuorum florum pro rustico ipso esse nexum.«"

Jette Bleis Hörvermögen reichte nicht bis zu dem Wechselreden-Austausch der beiden Doktoren hinüber, aber sie bewies sich gegenwärtig auch als vom Besitz der weiblichen Divinationsmitgift nicht ganz ausgeschlossen, indem sie, mit einem Finger leicht gegen ihre Stirn tippend, ihrem Bräutigam zuraunte:

„Du, Karo — Jakob, meine ich — ein bißchen schadet ja nicht, im Gegenteil, ohne das bringt man eigentlich nichts Vernünftiges zuwege. Aber mir kommt beinah vor, die beiden haben ein bißchen zu viel."

Frau Ottilie hatte sich zur Begrüßung dem Pastor zugewandt, dem sie, ihm gleichfalls ihre und Gertruds Verlobung mitteilend, herzlich die Hand drückte. Was eigentlich vorgegangen, vermochte Gerhard Hollermann sich daraus noch nicht zurechtzulegen, nur so viel, es müsse nach allen Richtungen etwas höchst Erfreuliches sein, und so viel allgemeine Verwunderung und Verständnislosigkeit, die sich in einer Minute nicht beheben ließ, lag noch in der Luft, daß es auf ein bißchen mehr oder weniger nicht ankam, und auch Frau Ottilie überließ sich beruhigt diesem Gefühl. Zugleich indes kam der Sprecherin ein Gedanke, den sie in ihrem heutigen Kopfzustand auch nicht erst auf die Wagschale legte, sondern ihm sofort Ausdruck gebend, richtete sie sich an sämtliche auf dem Schloßflur Anwesende:

„Da sind Sie ja auch, liebe Jette, und wahrhaftig der Herr Magister ebenfalls, was ich sehe, lauter zu uns in befreundeter Beziehung Stehende. Das ist sehr hübsch von Ihnen allen — ich kann mir denken, daß freundliche Teilnahme Sie hergebracht — und wenn die Anwesenden auch so freundlich vorlieb nehmen wollen, so bitte ich sie, zu bleiben und es daraufhin zu wagen, ob unser Mittagessen mit für sie ausreicht. Das wird

Gelegenheit geben, Sie über manches aufzuklären, was Sie wohl noch nicht ganz begreifen. Wenn Sie bis dahin einen Gang mit uns durch den Park machen mögen —"

Die liebenswürdige Wirtin legte ihren Arm wieder in den ihres Verlobten, und niemand schloß sich von der Annahme der Einladung aus, auch die beiden Doktoren nicht, denn allen stand mehr oder minder Begehrlichkeit im Gesicht, eine Auflösung des Rätsels, das sie auf Helmstede vorgefunden, zu erhalten. So begab die erwartungsvolle Mittagsgesellschaft sich nachfolgend ins Freie und unter den Schatten der alten Parkbäume, wo Gerhard Hollermann eine Gelegenheit wahrnahm, gegen Frau Ottilie zu äußern:

„Es sitzt drüben in der Feldhütte eine Alte, deren Name eigentlich Baroneß Katharina von Rosenstern lautet, und von deren absonderlichem Lebensgange ich Ihnen neulich einmal Kenntnis gegeben habe. Ein trüber Abend ist um sie geworden und rückt mit dunklem Einschlag dichter auf sie heran; mich bedünkt, es wäre von diesem schönen Mittag freundlich gehandelt, in seiner Freudigkeit ihrer zu gedenken, daß der Nachteinbruch sie ein wenig sanfter zum Schlafen gebettet fände."

Frau Ottilie ergriff die Hand des Sprechers: „Ja, Sie haben recht — wie immer — lieber menschlicher Freund. Glück macht leicht vergeßlich, daß man es

mahnen muß, auch des Unglücks gedenk zu sein, das
es mildern und sich selbst dadurch den freudigen Tag
noch verschönern kann. Bitten Sie Ihre alte Freundin,
morgen zu mir zu kommen —"

Doch da ward sie für den Augenblick unterbrochen,
denn ein Gärtnerbursche kam mit etwas Weißem in
der Hand auf Gertrud zu und reichte es ihr, er
solle es ihr abliefern. Verwundert schlug sie einen
großen Folioschreibpapierbogen auseinander und las
darauf:

„Als sie keine Baroneß mehr war.

Mir war's, als ob ich hätt' im Kopf getragen
Ein Fuder Stroh, drin — knall! — der Blitz geschlagen,
Daß es auf einmal brannte lichterloh.
Nicht gleich verstand ich's aus dem Weibermunde,
Denn draußen bissen sich grad' ein paar Hunde,
Und kaum zu glauben blieb es ja auch so.

Dann aber kam auf mich der Flügelgreif
Und hob mich mit dem Fuß im Bügelreif
Die Musentempeltreppen auf im Nu.
Noch brannte fort im Kopf mir's ungeheuer,
Doch ward es nun ein richt'ges Himmelsfeuer,
Und alles ward mir sonnenklar dazu:

Wenn also sie jetzt nicht mehr Baroneß ist,
Nicht weiß ich noch, wie zugegangen es ist,
Da könnt' es leicht geschehn, sie käm davon
In andre Umstände und ihr vergönnte
Die Schicksalsbosheit, daß sie hungern könnte —
Da hab' gottlob ich meinen Wochenlohn.

Ja, eher wollt' ich jeden guten Happen
Das ganze Jahr lang mir vom Munde knappen,
Als hungern sie zu lassen, wenn ich eſſ'!
Das gab der Greif mir ein zu dieser Stunde,
Weil sie für mich — so kling's ihr mir vom Munde —
Bleibt immer doch und ewig Baroneß.

Gewidmet vom Dichter

H. Sch.,

sich von jetzt an »Greif« nennend.“

„Das iſt doch der Obernarr!“ rief Hellwig Breden=
kamp, der über die Schulter seiner Braut mit auf das
Blatt gesehen, und es klang aus seinem Ruf nicht ohne
eine etwas verdächtige Anspielung auf das ärztliche
Dioskurenpaar, wie vielleicht noch auf einige sonstige
anwesende Persönlichkeiten. Doch Gertrud hielt ihm
rasch den Mund zu und stieß schreckvoll aus:

„Um Gottes willen, Hellwig — und daß Du mich
nicht anrührst! Wo das Blatt iſt, da iſt auch mein
Held, mein Ritter, der Hort meines Lebens nicht weit
— und wenn Du Dich gar unterſtündeſt, mich küſſen
zu wollen, was Dir zum Glück nicht einfällt — da
gäbe ich für Dein Leben keinen Pfifferling mehr —“

Ihre Augen liefen hurtig in die Runde, und mit
einem Jubelton kam's ihr hinterdrein von den Lippen:
„Da flammt ja sein Löwenhaar, als brenne es lichter=
loh!“ Sie flog auf einen dicken Ulmenſtamm zu,
neben deſſen dunkler Rinde ein blonder Aureolenschein

hervorquoll, zog um einen Augenblick später Hinnerk Schötensack in seinem Sonntagsstaatsanzug an der Hand aus dem Versteck hervor und rief:

„Das ist mein Lebensretter, Mama, ich spür's noch am Kopf! Ihn mußt Du mit zu Tisch einladen — alles in der Welt wollt' ich eher, als ihn hungern lassen, wenn ich eff'! Wie schön haben Sie das gedichtet! Und ich habe furchtbaren Hunger, Mama!"

Das begleitete die Erbin von Helmstede mit einem Lachen so köstlicher Art, daß alle, selbst der sich künftig „Greif" benennende, mit dem ganzen Gesicht wie eine dunkle Bauernrose leuchtende Dichter mit einstimmen mußten. Wundervoll lag der wolkenlose Julihimmel über der hochsommerlichen Erde, und Klaus Bredenkamp, der neben dem Hollebeker Pastor stand, sagte ein wenig später, mit einem stillfreudigen Blick um sich schauend:

„So hat jeder mit seinem bißchen Leben zu schaffen, bis es auf den richtigen Weg kommt, aber die Sonne steht ja noch hübsch hoch."

„Ja," nickte Gerhard Hollermann, „man muß nach Kräften die Hilfswissenschaften des Menschenberufs, unter ihr zu leben, zu benutzen trachten. Es ist nur schade, daß sie schon recht schräg steht."

www.ingramcontent.com/pod-product-compliance
Lightning Source LLC
Chambersburg PA
CBHW032139110726
47902CB00003B/627